眸回青春

中國知青文學〈增訂版〉

一個世代的青春
一個世代的文學
一個世代記憶文本的回眸

王力堅◎著

airiti press

一個世代的青春。一個世代的文學。

文革後新時期的知青文學,事實上就是當年的知青對自己青春歷程的回眸。其中自然有眷戀與回味,更有感傷與憤慨,還有自責與懺悔……

本書的撰寫,事實上亦是一個當年的知青對有關知青集體記憶的回眸。其中固然有動情的推崇與渲染,也有平和的介紹與陳述,還有冷靜的剖析與批判……

目 錄

i 增訂版前言

第一章 緒論

001 第一節 概念的釐析與選題的意義
001 一、概念的釐析
012 二、選題的意義
015 第二節 知青歷史回顧
015 一、1955-1966：醞釀
023 二、1967-1970：狂飆
032 三、1971-1977：洪流
037 四、1978-1980：退潮

第二章 彩虹的誘惑——文革前的知青題材文學

043 第一節 時代與代表作
049 第二節 作品的社會效果

第三章 矯作的激情——文革中的官方知青文學

063 《崢嶸歲月》/《農場的春天》/《邊疆的主人》/《征途》/《劍河浪》/《分界線》/〈理想之歌〉/〈展翅篇〉

第四章　潛運的地火——文革中的知青地下文學（一）

- 075　第一節　知青中的讀書風氣
- 085　第二節　詩歌創作

第五章　潛運的地火——文革中的知青地下文學（二）

- 129　第一節　流行歌曲（歌詞）創作
- 152　第二節　小說與散文創作

第六章　傷痕與控訴——新時期的知青文學（一）

- 175　盧新華〈傷痕〉/竹林《生活的路》/孔捷生〈在小河那邊〉/葉辛《蹉跎歲月》/甘鐵生〈聚會〉/陳村〈藍旗〉

第七章　彷徨與反思——新時期的知青文學（二）

- 193　陸天明《桑那高地的太陽》/張抗抗〈白罌粟〉/梁曉聲〈今夜有暴風雪〉/王安憶〈本次列車終點〉/孔捷生〈南方的岸〉/鄧賢《天堂之門》

第八章　懷鄉與尋根——新時期的知青文學（三）

- 209　張承志〈黑駿馬〉/葉延濱〈乾媽〉/梅紹靜〈她就是那個梅〉/張曼菱〈有一個美麗的地方〉/史鐵生〈我的遙遠的清平灣〉/鍾阿城〈棋王〉/韓少功〈爸爸爸〉/鄭義〈老井〉/李銳《厚土》

第九章　人性與原慾——新時期的知青文學（四）

239　王安憶〈崗上的世紀〉/鐵凝《麥秸垛》/老鬼《血色黃昏》/王小波〈黃金時代〉/嚴歌苓《天浴》/更的的《魚掛到臭，貓叫到瘦》/林梓〈水魑〉

第十章　解構與顛覆——新時期的知青文學（五）

259　池莉〈懷念聲名狼藉的日子〉/林白《致一九七五》/韓東《扎根》/劉醒龍〈大樹還小〉/畢飛宇《平原》/李洱〈鬼子進村〉

第十一章　紀實與網路——新時期的知青文學（六）

277　「老三屆著名作家回憶錄」叢書/鄧賢《中國知青夢》/「中國知青民間備忘文本」叢書/知青業餘作家寫的紀實文學作品/邢奇《老知青聊齋》/知青網路文學/胡發雲：走向民間，走向現實，走向自己真實的內心世界。

第十二章　移民成長記憶——知青文學的特殊屬性

295　第一節　「移民」屬性
301　第二節　「成長」屬性
309　第三節　「記憶」屬性

第十三章　有關知青文學的質疑與爭議

- 320　第一節　知青理想主義的質疑與爭議
- 331　第二節　知青懺悔意識的質疑與爭議
- 341　第三節　知青話語權的質疑與爭議

第十四章　眾眼看知青——上山下鄉運動的多向度觀照

- 351　第一節　仰慕：城市文明的傳播者
- 362　第二節　感恩：知青老師的影響
- 371　第三節　糾結：家人與幹部的關注
- 386　第四節　缺憾與建言

- 393　參考書目
- 397　增訂版後記

增訂版前言

　　本書的出版，轉眼就四年多過去了。如今趁著假期，下決心進行一次較全面的修訂工作。除了做一些必要的舛誤修訂，缺漏及資料的增補外，較大的動作有三：

　　其一，原第四章「潛運的地火——文革中的知青地下文學」部分，由於較大增補而一分為二，分為「潛運的地火——文革中的知青地下文學（一）」與「潛運的地火——文革中的知青地下文學（二）」兩部分。

　　其二，在第九章（原第八章）「人性與原欲」部分，增補進更的的及其長篇小說《魚掛到臭，貓叫到瘦》的介紹。「更的的」是一位網路作家，「更的的」便是其網名。確切說，這是本書設專項介紹卻無翔實個人資料的唯一「另類」的作家。在其代表作《魚掛到臭，貓叫到瘦》正式出版前，筆者即因緣際會拜讀其原稿並寫了書評推薦給讀者，也因此「認識」了這位作家更的的。雖然一直保持電郵聯絡，但時至今日，筆者（包括香港北京二地出版社的所有編輯朋友）都未能一睹其廬山真面目。只是該書（《魚掛到臭，貓叫到瘦》）本身的魅力，促使人們下定決心

積極出版並召開討論會大力推崇。因此,本書進行修訂,也就義不容辭將該作者及其代表作的介紹增補進來。

其三,也就是另一個較大的動作,便是增補了一章內容:第十四章「眾眼看知青——上山下鄉運動的多向度觀照」。該章的撰寫,雖然是緣於一個研討會,卻也跟形勢的發展變化交集,而後者卻又可視為促成本書「與時俱進」進行修訂的一個重要原因——

2012年11月,中共18大產生新一代的中共領導人。大陸官方媒體對這批新領導人的履歷介紹時,頻頻出現一個名詞「知青」,尤其是中共最高領導層——政治局常委七人中就有四人曾為知青。此現象引起廣泛注意,從而出現所謂「知青治國」的論述[1]。本身就曾是知青的香港鳳凰衛視主持人何亮亮亦持「知青治國」的主張,認為當過知青的領導人,肯定瞭解農民的疾苦;並因此在2012年12月於香港中文大學召開的一個上山下鄉運動研討會上,與持否定態度的老三屆知青徐友漁等,引發了「很愉快的辯論」。[2]

其實,「知青」本身就是一個複雜多元並動態變化著的歷史文化現象,不宜簡單的一概而論。籠統說「知青治國」固然失之偏頗,甚至不免有妄自尊大之嫌;但決然否定知青經歷有任何影

---

[1] 如屠刡編《知青治國——十八大後中共政治新生態》(香港:新視界傳媒,2012);相江宇、楊韻《知青掌控中國》(香港:明鏡出版社,2012);金鐘〈試論知青治國〉(《開放》2012年12月號)。「知青治國」論者,對知青經歷的影響作用有肯定也有否定。金文雖然批判意味頗濃,但也斷言:「青春故事將影響一生。習近平的知青故事也將影響他的一生,未來十年如無意外,還將影響中國和世界。」

[2] 參見鳳凰衛視2012年12月10日「時事亮亮點」。

增訂版前言

響,卻也似乎過於輕率。[3]前述2012年12月於香港中文大學召開的上山下鄉運動研討會,名為:「一代人的命運‧一個國家的命運:中國知青上山下鄉運動的歷史與回憶」國際研討會;其中心議題即為:「瞭解上山下鄉運動成因及其發展歷程與長期影響是洞悉今日中國發展的關鍵?」該議題末尾雖然用問號,但議題提出的初衷及與會代表討論的一致結果,無疑是認同其為「關鍵」的。但也都一致認為,知青的歷史、影響及其解讀是複雜多元的,不宜簡單的肯定或否定。

筆者有幸獲邀出席上述會議,並提交會議論文〈眾眼看知青——上山下鄉運動的多向度觀照〉,闡述知識青年上山下鄉運動是一項社會系統工程,跟運動有關的鄉村農民、基層幹部、帶隊幹部、知青家人等的發言,使對知青上山下鄉運動的考察,更為全面、完整,從而得到更接近客觀公允的認知與評價。認為農家子女的發言最為踴躍,他們所受到知青的影響多具積極進取的意義。農村幹部(及帶隊幹部)發言並不多,主要原因之一,是他們處在「知青—農民—國家」之間一個難堪的位置。知青家長

---

[3] 恰好是何亮亮在鳳凰衛視節目重申其觀點的次日,2012年12月11日李克強在中南海紫光閣會見美國前總統卡特時就一再強調:「我曾經做過農民,也當過村長。在中國改革之前,中國的農民幾乎沒有決定自己生產什麼、向市場提供什麼的自由。」「過去我當村長的時候,每天早上要指揮每一個生產隊甚至是每一個農民,你幹什麼、他幹什麼。現在我們的村委會主任沒這個權力。」又據「新浪播客」(http://www.sina.com.cn/)2013年2月3日報導:當天上午,習近平來到甘肅渭源,同村民共商脫貧之計。習近平表示,40多年前自己在陝北,生活也很苦,現在已有所改善,呼籲大家一起努力脫貧。李克強則於當日上午來到包頭火車站看望返鄉農民工,表示他也當過農民,知道農民工在外打工的辛苦。如此表現,且不論是否作秀,至少表明兩點:一,早年知青生涯確實給習、李等人留下印象;二,習、李等人也有意識強調他們早年知青生涯的影響。後者尤其值得注意。

跟知青關係最密切,但發言最少,令人困惑。與農家子女及鄉村學生相比,知青家長、農村幹部及帶隊幹部的關注點都頗具現實性,更多矛盾糾結表現。跟知青上山下鄉運動有關的各方人員中,沉默缺席者尚多,這是知青上山下鄉運動研究的明顯缺憾。各方對知青及上山下鄉運動的反映,不僅是史料的補充與豐富,更是觀念、立場、思考、認知、敘述的多元並置。只有這樣,才能更有效完善知青上山下鄉運動史的建構。

這篇會議論文增補進本書,為最後一章(第十四章),除了作為對知青歷史、文化及文學介紹的輔助資料,以期在知青主體視域以外拓展更多向度的觀照,同時也寄寓著筆者的願望:對於知青歷史、文化及文學的更具深度的分析、探討、論述及研究,惟冀望與知青歷史有一定時空距離的「局外人」及「後來者」。[4]

王力堅
2013年2月於獅城

---

[4] 筆者(網名「老例」)多年前在一篇部落格文章〈《歲月甘泉》定位的困窘〉中,對知青作為上山下鄉運動當事人參與知青研究表示質疑時,就曾提出如此認知:「中國歷史上就有隔代修史的傳統。其理由大概就是獲得時間的沉澱與空間的疏離,從而爭取更大可能的思考、視野、客觀、公允。基於此,我對當代史、當代文學史的論著,總是心存疑慮的。所謂當局者迷、感情用事、主觀偏執、選擇性記憶(失憶),往往是防不勝防的陷阱。然而,當事人從不同角度、立場留下的各種文字,卻又是不可或缺的歷史資料。這,或許就是我們需要努力的地方。」

第一章 緒論

第一節　概念的釐析與選題的意義

一、概念的釐析

所謂「知青文學」，關鍵詞無疑是「知青」。「知青」即「知識青年」，確切說稱「上山下鄉知識青年」。如今社會乃至學界，對有關知青及其相關概念的定義與關係常有混淆，須進行必要的釐析。

（一）知青與老三屆、紅衛兵

（1）知青——是在中國大陸特定的歷史條件下產生的一個特殊的世代。它不是一般意義上所謂有文化的青年，而是專指從上世紀五十年代初直至八十年代初的幾達三十年時間中，曾在學校受過教育，然後在「上山下鄉」的特殊政策之下，由政府所組織到農村或邊疆從事農、林、漁業生產的城鎮戶籍青年人（事實上也包括一些少年）。雖然名義上稱「知識青年」，其實往往是既無知識，亦非青年：按照規定（毛澤東的說法），下鄉者是初中與高中的畢業生，但是那個年代，在學校學不到多少知識，即

使高中畢業，知識程度也十分有限，初中畢業就更不用說了，到後來，小學畢業生升不了學的也都要下鄉了。因此，無知識的情形可想而知（通過堅持自學獲得知識者另當別論）；而其中初中畢業以及未畢業或只有小學畢業者，年齡就只有十四五歲，事實上，未足十八歲下鄉者占相當大的比例。

免下鄉者有幾類：（1）直接分配工作，一般到工廠、服務行業。（2）當兵。這就需要有特殊背景，如父母輩是軍官、高幹等。（3）家庭困難、兄弟姊妹已經有人下鄉。但這個條件最不保險，一旦「政治需要」（如出身不夠紅、遇上運動風口及高潮等）還是得下鄉。（4）因病免下鄉。後來也有人鑽這個空子，裝病逃避下鄉。（5）具有優異的文藝體育才能，獲對口單位招收；但這種安排並不普遍，不少有優異文體才能的人才是下鄉後才獲機會招選進對口單位的。如當代中國圍棋界有「棋聖」之稱的聶衛平（1952-），1969年插隊北大荒[①]軍墾農場，到1973年春，國家圍棋隊重新組建。聶衛平才入選由三十多名全國各地的高手組成的集訓隊，由此開創上世紀七八十年代的聶衛平時代──橫掃中國棋壇，且創造了四屆中日圍棋擂臺賽連勝十一場的驚人紀錄。

知青是個體稱謂亦是集體稱謂，即可以指稱曾經上山下鄉的某個人，亦可指稱上山下鄉的這一世代人。換言之，知青不僅

[①] 指黑龍江省北部在三江平原、黑龍江沿河平原及嫩江流域廣大荒蕪地區。上世紀五十年代到七十年代大批復員轉業軍人、農民以及知識青年匯集於此進行了大規模的墾殖，創建了一大批國營農場與軍墾農場（即生產建設兵團的基地）。

第一章　緒論

可以界定一個個體的特質，亦可界定一個世代的特質。事實上，後者的涵括性與凝聚力更強，前者往往不由自主依附於或趨歸於後者，否則難以理解那些下鄉才一二年的知青（如知青作家朱曉平與李杭育[②]等）能有那麼強烈的知青情結。這個特性應是來自於長年累月集體主義教育的影響，是根深蒂固的集體主義認同，群體意識潛移默化地統攝著個體意識。此外，「知青」本是個歷史概念，但時至今日，人們仍然習以為常地用此概念稱呼有知青經歷的人（照理說應稱為「前知青」）。故此，本書亦「入鄉隨俗」地稱這些「前知青」為「知青」。「知青作家」之類的稱謂，也正是這種「誤讀」的結果。

　　（2）**老三屆**——指1966-1968年三年的初、高中畢業生。在大陸，入學那年稱「級」、畢業那年稱「屆」。1966年5月，「無產階級文化大革命」（以下簡稱「文革」或「文化大革命」）開始，學校就「停課鬧革命」，後來雖號召「復課鬧革命」，但無課可復——「復課」是虛的，「鬧革命」才是實的。1966-1967年，正是文革最為緊張熱鬧的時期，六六、六七屆根本沒機會分配就業或升學，小學畢業生進不了中學。到了1968年，連著三年的初、高中畢業生壓積在一起，小學、初、高中就校舍而言，也難以維持正常升學系列，大學已經停止招生，高中畢業生根本無升學機會，各行各業的生產也近乎停頓，初、高中的畢業生就連分配工作的機會也沒多少了。於是，基本上只剩下

[②] 朱曉平（1952-），1968年12月下鄉，1969年9月參軍；李杭育（1957-），1974年下鄉，1976年回城。二人下鄉的時間都很短，後來卻創作了大量知青小說，前者有「桑樹坪」系列，後者有「葛川江」系列。

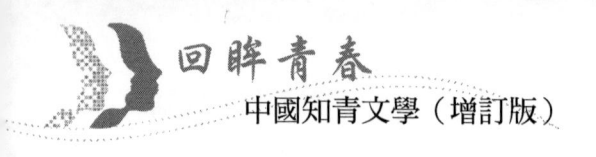

上山下鄉一條路可以走。「老三屆」也就別無選擇地成了1968-1969年知識青年上山下鄉運動高峰期的主力軍。

（3）**紅衛兵**——文革初期，各種學生組織蜂起，名稱紛雜。1966年5月29日，清華大學附中的張承志與駱小海、卜大華、鄺桃生、王銘、張曉賓、熊剛、宮小吉、陶正、高洪旭、宋柏林、袁東平等十七名學生在北京圓明園遺址討論時局商量對策，由張承志提倡用「紅衛兵」作為自己組織的名稱，意即毛澤東的紅色衛兵，大家一致贊成。「紅衛兵」的名號打出後，反應奇佳，仿效者日眾，迅速成為各地學生組織最為「吃香」的名稱。從1966年8月18日起，毛澤東連續八次在天安門檢閱來自全國各地超過一千萬的紅衛兵。就在1966年8月18日，毛澤東第一次檢閱紅衛兵時，北京師大女附中學生宋彬彬在天安門城樓上為毛澤東戴上「紅衛兵」袖章。於是就有了大時代中的一個小插曲——

毛問：「叫什麼名字？」
宋答：「我叫宋彬彬。」
毛問：「是不是文質彬彬的彬？」
宋答：「是。」
毛說：「要武嘛！」

於是宋彬彬改名宋要武，「紅衛兵」也就名正言順成為毛澤東的青年衝鋒隊。儘管如此，紅衛兵畢竟只是自發組成的學生團體，始終沒有統一組織與管理，每個學校都有數量不等、名稱不同

第一章　緒論

的紅衛兵組織。進入七十年代，紅衛兵風光不再，但仍作為受當局統一管理的學生組織保留在初、高中，並曾一度欲取代共青團（共產主義青年團）③。1978年8月19日，中共中央轉發共青團十大籌備委員會《關於紅衛兵問題的請示報告》，宣佈取消各地的紅衛兵組織。④

由上可見，並非全部老三屆都是紅衛兵，在同一時間段（1966-1968年），老三屆的概念大於紅衛兵；紅衛兵組織到1978年方取消，在此之前，在校初、高中學生大多隸屬紅衛兵組織（黑五類⑤子女及本人政治表現不佳者除外），因此，在整個文革時期（1966-1976年），紅衛兵的概念又大於知青。

(二) 知青的分類及知青經費補貼

「上山下鄉」只是一個籠統地說法，事實上，知青的去向有好幾種，按照大的去向也就可劃分為如下幾種不同類型的知青。

（1）**下鄉插隊知青**——即散佈各地農村，插隊落戶的知青。這是知青世代中人數最多者。下鄉插隊知青雖然文革前就

---

③ 1975年，在共青團「十大」籌備組第一次全體會議上，中共中央副主席王洪文提議，把共青團和紅衛兵兩個組織合併，定名為「紅衛兵」。然而當中國共產主義青年團第十次全國代表大會於1978年10月16日召開時，文革已經結束，王洪文亦已成為階下囚，共青團和紅衛兵的合併的提議自然未能實現。

④ 這裡僅僅是就以紅衛兵為名義的組織而言。事實上，文革初期學生自發組織的紅衛兵、中央文革支持的紅衛兵，乃至文革後期（七十年代後）的紅衛兵，都有很大的不同。而在自發組織的紅衛兵中，又有「老」紅衛兵和後來的紅衛兵之分，在後來的紅衛兵裡還有造反派和保守派之分。造反派紅衛兵從開始到後來很長一段時間裡受到中央文革的支持，但是最後也被鎮壓。

⑤ 黑五類：在中共階級劃分政策下，地主、富農、反革命、壞分子、右派，統稱為黑五類，在歷次政治運動都是被整肅、鬥爭、鎮壓的對象，平時則被監督改造與管制。黑五類的子女則長期備受排擠、歧視與打擊。

5

有，如侯雋[6]，1964-65年間各地也有小規模下鄉插隊，但大規模下鄉插隊還是在文革。總的來說，下鄉插隊知青一般是以小組（幾人到十幾二十多人）為單位到生產隊，組成知青集體戶；也有幾十個人一起到一個村子，組成類似青年隊的集體大戶。在集體戶中，知青幹活掙的工分所得歸自己，口糧等實物收入則歸集體戶，共同生活，輪流做家務（包括照料集體戶的自留菜地與家禽牲畜）。也有少數分散住到農民家庭，特別是早期下鄉者或者同一集體戶的知青同伴多數離開後所剩餘者。

由於中國農村大多貧窮落後，所以下鄉插隊知青的生活一般都比較艱難困苦，問題也比較多，如打架、盜竊、抽煙、酗酒等。跟當地農民的關係有好的也有很不好的，有欺負農民的，也有被當地人（尤其是幹部）欺負的；如在爭取離開農村的問題上，下鄉插隊知青往往又被當地人所操控，女知青也往往因此而受淩辱。

出身自下鄉插隊知青的作家，雖然沒有出身兵團知青的作家那麼突出，但由於跟鄉村、農民的關係更為密切，因此有機會接觸、浸濡、探索更深厚的傳統文化底蘊，文革後新時期尋根文學的產生與發展大多就是下鄉插隊知青作家所引領。也由於插隊知青的生活環境較為寬鬆自由，思想上的政治性束縛遠不如兵團（及農林場）嚴重，無論生活或思想上都較大的自由度，因此，日後較具顛覆性的後知青文學也大多出自下鄉插隊（尤其是後期

---

[6] 侯雋（1943-），女，原籍北京，1962年高中畢業後放棄高考（升大學考試），隻身從北京來到天津寶坻縣竇家村安家落戶，成為文革前知青的先進典型人物。

第一章　緒論

下鄉插隊）的知青作家。

（2）**兵團知青**——兵團即各地生產建設兵團（及農建師），以農墾戍邊為主要職責，屬於准軍事單位。有較為嚴格的徵選標準⑦，雖然沒有徽章卻能分發軍服裝備，少數人還能配備武器，在崇尚集體主義、英雄主義的年代，這對年輕人無疑是致命的誘惑力。1960年代初，上海等城市已組織青年赴新疆生產建設兵團，但到了文革，才出現有組織性的大批城市知青奔赴各地生產建設兵團。

兵團的集體化管理（包括生產、生活與思想）以及薪酬津貼、口糧配給、公費醫療等福利制度，使兵團知青的生活比插隊知青優越許多。但在個人人身自由上，卻遠不及插隊知青，如不能隨時離開兵團外出，沒有招工機會，基本上屬於被動扎根勢態。因此，到了後期，特別是某些地方（如雲南）兵團轉農場

---

⑦ 當時生產建設兵團招收城市知識青年必須經過政審（政治審查），政審的標準一般為「本人作風正派，家庭和本人歷史清楚，無限忠於毛主席，無限忠於毛澤東思想，無限忠於毛主席的革命路線」。有下列情況的中學畢業生，兵團不予接收：（1）出身剝削階級家庭的子女，本人表現不好者；（2）叛徒、特務、死不改悔的反革命、壞分子、右派子女；（3）直系親屬被鎮壓者；（4）有海外關係或社會關係複雜而不清楚者；（5）本人道德品質敗壞或思想反動者。然而，具體執行時有所出入。如「華夏知青網」網友DDN稱，在文革初期（1966年），他作為新疆生產建設兵團徵招工作組成員到上海徵招支邊青年，當時的情形與文革中生產建設兵團的招收標準不太相同。當時對家庭出身沒有限制，什麼出身都收。對本人表現基本沒有限制，只要不是服刑人員就收。不符合招生要求的主要在以下幾方面：（1）身體殘缺或有嚴重疾病；（2）不是上海戶口的；（3）年齡不屬於青年的；（4）有正式工作的。還有個特別的情況是，當時要求招收的男女比例是50%對50%，以防將來找結婚對象比例失調。不過，徵招工作組儘量多招男的，因男女工資待遇一樣，而男的較能幹活，將來不易離開。然而上海方面拼命要多塞給女的，可能上海社會青年中的男女比例已經失調，女性多於男性。

（准軍事的光環消失）後，原本就長期存在的各種矛盾進一步惡化，如打群架、與地方農民的衝突、知青中的生活貧困或頹廢、幹部欺負淩辱知青（尤其是女知青）等問題叢生。

或許是兵團群體生活更具政治性、戲劇性及衝突性，文革後具有轟動效應的知青作品與有成就的知青作家（尤其是早期）大多出自兵團知青，如梁曉聲的〈今夜有暴風雪〉、鄧賢的《中國知青夢》等。

（3）**農林場知青**——政府有組織地將初、高中畢業生整批地安排到國營農林場，這樣的知青則可稱為農林場知青；有的農林業部門則將本系統學校的畢業生安置在本系統的農林場，亦可視為特殊的農林場知青。除了沒有准軍事的色彩與光環，農林場知青與兵團知青大體相同；不同的是，兵團所在地大多在邊疆，自然環境條件較為艱苦，一般的農林場分散在內地，自然環境條件相對要好些。然而，沒有准軍事的色彩與光環，在當時以及後來，卻也往往使農林場知青不像兵團知青那麼具有較為強烈的榮譽感及凝聚力。或許是如此，反映農林場（不包括由兵團轉農林場）知青生活的作品並不多見。

（4）**回鄉插隊知青**——指城鎮戶籍的初、高中畢業生，返回農村原籍插隊落戶，但不包括農業戶籍的農村回鄉知青[8]。在招工、招生、徵兵機會方面，回鄉插隊知青跟下鄉插隊知青相同。早年的知青典型之一邢燕子[9]就是回鄉插隊知青（另兩位典

---

[8] 按照社會及學界慣例，回鄉知青不在「知青」討論範圍，因此本書在論述知青歷史、尤其是文學史，亦基本上不涉及回鄉知青如賈平凹、路遙、莫言等。
[9] 邢燕子（1940-）女，原名邢秀英，天津市寶坻縣人，從小跟爺爺在農村老家

型侯雋是插隊知青,董加耕⑩則是農村回鄉知青),文革時期,回鄉插隊知青人數大大少於前述三類知青,主要原因是「集體主義」觀念使然。然而,由於地緣及人緣關係,他們在招工、招生、徵兵方面的機會,卻相對比下鄉插隊知青要多些。

回鄉插隊知青基本上是落戶到原籍農村的親戚家中,或者是單獨成戶,因此就沒有下鄉插隊知青集體戶的生活體驗,相對來說,他們的生活顯得比較單調平淡。或許也正因如此,日後知青文學創作中,極少看到回鄉插隊知青的身影。如散文家趙麗宏(1951-)是知青作家群中少見的回鄉插隊知青,但其大量的作品中,反映知青生活的卻也不多。

(5)「幹校知青」——一些中央及地方機關的幹部子女,被安置到父母所屬的五七幹校⑪,被稱為「幹校知青」,似乎不屬於國家政策統一規劃,而是由有關單位自行規劃;後來有的「幹校知青」轉到生產建設兵團,也有招工離開的;在幹校時期,不像其他知青那樣有安置費等補貼,但文革後經過爭取也獲算工齡。

長大,父親是天津市一家工廠的副廠長。1958年,邢高小畢業後沒有回父母所在的天津市區,而是回到家鄉寶坻縣大中莊鄉司家莊村務農,成為文革前最著名的知青先進典型。

⑩ 董加耕(1940-),原名董家庚,江蘇省鹽城縣葛武鄉人。1961年高中畢業,放棄獲保送進北京大學哲學系的機會而立志回鄉務農,同時將名字改為董加耕。被譽為「新式農民」,成為文革前回鄉知青先進典型。

⑪ 1966年5月7日,毛澤東看了解放軍總後勤部《關於進一步搞好部隊農副業生產的報告》後,給林彪寫了一封信。在這封後來被稱為《五七指示》的信中,毛澤東要求全國各行業都要辦成「一個大學校」,這個大學校「學政治、學軍事、學文化,又能從事農副業生產,又能辦一些中小工廠……又要隨時參加批判資產階級的文化革命鬥爭」。根據毛這個指示,自1968年起,全國各地辦起大批幹部學校,簡稱五七幹校,以安排各級幹部下放勞動。

（6）「**隨戶知青**」——文革前至六十年代末，不少地方動員城鎮居民全戶一起下放插隊（包括回原籍），即所謂「成戶下鄉」[12]。這些隨家庭下鄉青少年或可稱為「隨戶知青」（尤其是下鄉後參加生產勞動自食其力者）。這些青少年由原遷城鎮和所在學校證明，經接收縣知青辦公室批准後，按下鄉知識青年對待；但除了安置費少於下鄉插隊知青外（見下），招工、招生等，也往往被排擠在外。然文革後經落實政策，還是獲得承認工齡。如下鄉時不滿十六周歲，在其農村自然成長滿十六歲後，參加生產勞動，後經落實政策返城參加工作的，其工齡可從滿十六周歲後參加生產勞動的時間算起，與參加工作後的工齡合併計算。倘若是黑五類子女，在安置補貼以及招工、招生、徵兵方面就無法獲得與下鄉知青同等待遇，不過文革後回城參加工作的工齡可以按政策改正從回鄉起計算。

（7）**關於知青經費補貼**[13]——下鄉插隊知青，國家規定撥給安置費，主要用於修建住房，購置必要的生產工具和生活用具，以及下鄉青年的單程路費、行李運費和第一年的生活困難補助。具體的費用，各地有所出入，大體情況如下：1973年前，單身下鄉插隊者平均安置費二百三十元至二百五十元（人民幣，下同），成戶下鄉者一百三十元至一百五十元；1973年調整為單身下鄉插隊者平均四百八十元至五百元（1973年調整不見提成

---

[12] 事實上，毛澤東著名的「知識青年到農村去」的指示，就是出現在一篇有關城鎮居民「成戶下鄉」報導的編者按語中。詳見後文。

[13] 這裡所介紹的知青經費補貼是就全國性範圍的情況而言，不能排除個別地區有不同的處理方式，如有廣東知青反映，他們那裡文革前下鄉的知青無任何補貼，而文革早期（1968年前）的農場知青也無任何補貼。

第一章 緒論

戶下鄉,大概那時成戶下鄉政策不再執行[14]),到內蒙古、新疆等牧區的,每人七百元。回鄉插隊知青投親靠友者安置費平均五十元,獨立成戶者按照下鄉插隊知青計(平均四百八十元至五百元)。

安置費的開支範圍(按五百元計)大致是:建房補助費二百三十元,生活補助費一百七十元,農具、傢俱、炊具補助費五十元,學習材料費十元,醫藥費十元,動員費三十元。到生產建設兵團和林農場插隊安置費一般為四百元。插隊(包括下鄉與回鄉)知青的口糧,在下鄉第一季度由當地糧管部門供應,第二季度開始,由生產隊按社員口糧標準供應。食油,當季按居民標準供應,第二季度開始按農村標準供應。吃菜,由當地社、隊分給每人自留地一至二分,供知青種菜。生產建設兵團和國營農、林、牧、漁場等單位的知識青年,享受所在單位職工的糧油標準待遇。大多數知青(尤其是插隊知青)在經濟上是無法自立的,必須不同程度地依靠家人的支持。

(三)何謂知青文學?

舉凡描述不同時期的上山下鄉知識青年生活相關經歷[15]的文學作品,包括小說、散文、詩歌、報告文學、戲劇與影視(及劇本)、回憶文章等,都應該歸入知青文學範疇。知青文學的作者,以有上山下鄉經歷的知青作家為主,但也有沒當過知青者,

---

[14] 如山東「淄博市志」(http://www.zibo.gov.cn/article_show2.asp?ArticleID=1392)載稱,淄博市於1970年停止動員成戶下鄉。

[15] 包括在知青生涯中所觀察體驗的鄉村世界與農民生活,以及返城後體現知青經驗的生活以及對鄉村的記憶。

如王蒙、嚴歌苓、劉醒龍、葉兆言、閻連科等。相反，儘管當過知青的作家，但其作品反映的題材內容與知青生活經歷無關者，亦不應歸於知青文學。

二、選題的意義

「知青文學史」選題的意義，其關鍵即在：瞭解「知青」有助於瞭解中國當代歷史與當代文學史的重要性——

（一）知青並非是孤立的群體與現象，它牽掛著千千萬萬的家庭，牽連著無數親朋好友、老師同學，以及更為龐大的農民與鄉村，乃至牽動著中國四面八方各行各業的神經動脈，折射著文革乃至整個中國大陸當代社會的面貌以及歷史的進程。可以說，知青是中國大陸當代史上一個合邏輯產生的怪胎，其歷史之長（1955-1980），涉及人數之多——知青身分者數千萬，直接涉及三代人，加上受影響者如親戚、同學、朋友，乃至鄉村的農民，人數便有數以億計。知青對於中國當代史的重要性還在於：（1）獨特性——所謂知青，或許也可以說他們是學生出身，為什麼偏偏提出知青的身分？這就是因為知青具有獨特性，即知青是非常態的歷史產物，是空前的也應該是絕後的，前無古人後無來者；而學生則是常態的，以前有現在有以後還有。（2）複雜性——與工、農、學、軍、商等行業相比，知青的人生經歷是較獨特的非常態的（說得不好聽是「非驢非馬」的），也很難簡單地界定其意義、貢獻、價值以及種種危害和負面作用；這麼一種獨特而複雜的人生經歷，也將是空前絕後的。或者「右派」也是一種獨特的空前絕後的人生經歷，但卻沒那麼複雜，而是較一致

的負面表現。最直接的說明,就是知青可以喊出「青春無悔」的口號,有右派這樣喊嗎?意氣風發與悲哀蒼涼、慷慨激昂與消極頹喪、奮發與沉淪、崇高與卑鄙、理想與幻滅,真誠與虛偽等等,在知青的人生經歷中往往是並行不悖糾纏不清的。(3)戲劇性——正是由於其複雜性,知青的歷史往往有多樣化的戲劇性表現:悲劇、喜劇、悲喜劇、正劇、鬧劇、諷刺劇……因此,要瞭解當代中國的歷史,認識其今天,甚至展望其未來,知青,都是一個無法忽視的重要現象。

(二)在當代中國,無論是政壇新貴,還是異己人士;無論是億萬富豪,還是下崗工人;無論是聲名顯赫的作家、導演、影星、學者,還是默默無聞的平民百姓,只要年齡是在五十歲左右到六十五歲左右,不少或深或淺帶有一個難以抹去的烙印——知青。其中如中共十八大選出的最高領導層——政治局常委七人中就有四人曾為知青:習近平、李克強、張德江、王岐山[16];異己人士有:王力雄、王希哲、王超華、王軍濤、何清漣、周舵、陳一陽、陳子明、劉曉波、魏京生等;億萬富豪有:任志強、李長山、李曉華、黃鴻年、馮佳、劉永好、劉長樂、榮海、廖長光等;影壇明星有:王剛、田壯壯、陳凱歌、張藝謀、張鐵林、葛優、劉曉慶、濮存昕、龔雪等;學術界各個領域都可看到具有知青經歷的學者,僅就涉足知青研究領域者而言,海內外便有王

---

[16] 據統計,中共十八屆中央委員會的205個委員當中有六十多人,就是超過了1/4,將近1/3都有知青的經歷。省部級的官員更是數不勝數,如由國台辦主任轉任外交部長的王毅,新任國台辦主任的張志軍(以及原副主任鄭立中與孫亞夫),由商業部部長轉任海協會會長的陳德銘,乃至接任商業部部長的高虎城,皆是知青出身。

江、史為民、何嵐、杜鴻林、金光耀、金虹、定宜莊、岳建一、邱新睦、孟繁華、胡健林、徐友漁、秦暉、倪樂雄、姚新勇、郭小東、許子東、陳意新、曹左雅、楊健、潘以紅、黎服兵、劉小萌、黎亞秋、鄧鵬、譚加洛等；當然，更有成千上萬的下崗工人——知識的劣勢、年齡的劣勢，致使知青群體成為各行各業下崗首當其衝的犧牲者。[17]

（三）那麼，文壇的情形怎樣呢？以下這批作家，就是上世紀七十年代末以來不少今天仍活躍在大陸文壇上的作家：王小波、王小妮、王小鷹、王安憶、王家新、牛伯成、孔捷生、甘鐵生、史鐵生、朱曉平、江河、竹林、老鬼、朱偉、池莉、芒克、多多、更的的、余小惠、何頓、李劼、李銳、李海音、李龍雲、吳歡、林白、林梓、范小青、查建英、柯雲路、孫力、孫卓、徐乃建、徐星、胡月偉、胡發雲、高伐林、高紅十、高洪波、郭小林、郭小東、郭路生、陳可雄、陳村、陳墨、陶正、陸健、馬原、張抗抗、張辛欣、張承志、張曼菱、張勝友、舒婷、喬雪竹、梁小斌、梁曉聲、梅紹靜、陸星兒、傅天琳、葉辛、葉延濱、葉廣芩、楊煉、費邊、董宏猷、趙喻、趙麗宏、黃蓓佳、鄧賢、劉曉航、鄭義、潘婧、蔣巍、盧新華、謝春池、韓少功、鐵凝、鍾阿城、蕭復興、顧城……他們都有一個共同的歷史背景——知青。也就是說，要瞭解當代中國文壇，知青依然是不可忽視的一個世代。

---

[17] 參看陳意新〈從下放到下崗：1968-1998〉，《二十一世紀》1999年12月號，總第五十六期，頁122-135。

第一章 緒論

（四）記憶理論認為：「發生在十二歲到二十五歲之間的事件，乃是一個人一生中，最能記憶持久和最具有意義的。」[18]「青少年時期發生的重大事件，比發生在其他的年紀，最能夠影響他們日後的行為和觀點。」[19]因此也可以說，瞭解當年知青的生活狀況與心理狀態，能有助於瞭解當代中國大陸文學相當一部分作品及其作者的歷史背景、思想淵源、思維方式及其心路歷程。甚至有助於瞭解當代中國大陸一大批五十歲左右到六十五歲左右年齡層者的歷史背景、思想淵源、思維方式及其心路歷程。

概言之，瞭解「知青」以及「知青文學」，無疑極大有助於瞭解中國當代的社會與歷史；也無疑極大有助於瞭解中國當代文學史的發展與演變，以及重要的作家與作品。

第二節　知青歷史回顧

一、1955-1966：醞釀

五十年代，大陸當局實行集權的計劃經濟體制，集中力量進

---

[18] James W. Pennebaker, Becky L. Bandsik, "On the Creation and Maintenance of Collective Memory: History as Social Psychology", in James W. Pennebaker, Dario Paez, Bernard Rime ed., *Collective Memory of Political Events* (Mahwah, New Jersey: Lawrence Erlbaum Associates, Publishers, 1997), p.14. 譯文參看梁麗芳〈私人經歷與集體記憶：知青一代人的文化震驚和歷史反諷〉，《海南師範學院學報》2006年第4期，頁22-23。

[19] Roy F. Baumeister, Stephen Hastings, "Distortions of Collective Memory: How Groups Flatter and Deceive Themselves", in *Collective Memory of Political Events*, p. 279. 譯文參看梁麗芳〈私人經歷與集體記憶：知青一代人的文化震驚和歷史反諷〉，同18，頁22。

行國家工業化建設，禁止農村人口向城市移動，逐漸形成城鄉分治的格局。尤其是1958年人大常委會通過《戶口登記條例》，城鄉界限從此被嚴格固定下來。這個格局的形成，前提是犧牲了農民的利益，把農民限制在農村。其結果，是進一步擴大了城鄉之間的經濟以及文化差異，因而儼然形成兩個經濟與文化迥然相異且落差極大的世界。計劃經濟的失誤與失敗，致使城市人口不斷過剩，於是，便採取由城市向農村移民的措施，以城鎮居民為對象的「下放」與以學校畢業生為對象的「上山下鄉」，就是這個背景下的移民政策與措施。而後者，更形成長期堅持執行的「國策」。

1949年中共建政後，教育事業發展較快，到1953年底止，與1949年相比較，全國小學增加了百分之五十，小學生增加了一倍多，中學增加了百分之十三以上，中學生增加了近兩倍。到了五十年代中期，城鎮日益增多的高小和初中畢業生不能充分升學、就業，而發展農業生產和農村合作化運動[20]正需要大批有文化的年輕人。到五十年代末期，因大躍進[21]失敗，當局又面對精減職工、壓縮城鎮人口的巨大壓力，於是，動員城鎮中小學畢業

---

[20] 五十年代初，中共在大陸農村組織農民依循互助組→初級合作社→高級合作社的模式推行「合作化運動」，實行土地、耕牛、農具入社，由農民個體所有制到社會主義集體所有制的轉變，事實上是取消了農民私有財產權利和身分自由。

[21] 1958年至1960年間，在毛澤東的主導下所興起的全民生產建設運動，在生產發展上追求高速度，以實現工農業生產高指標為目標。要求工農業主要產品的產量成倍、幾倍、甚至幾十倍地增長。要完成那些不切實際的高指標，必然導致反科學的瞎指揮盛行，浮誇風氾濫，最終導致了國民經濟比例的大失調，並造成災難性的經濟大崩潰。

第一章　緒論

生回鄉、下鄉參加農業生產勞動的政策與措施，在五十年代便應運而生且得到較為切實的貫徹。

1953-1954年間，中共青年團中央、教育部及《人民日報》相繼發出關於高小、初中畢業生參加農業生產的號召，為日後的城鎮知識青年下鄉務農進行了較充分的輿論準備。然而，知識青年上山下鄉歷史的正式啟動，應該定位於1955年。

1954年2月，蘇聯政府號召青年到西伯利亞墾荒，建立共青團城。這一事件對中國大陸的直接影響就是：1955年4月，新民主主義團[22]中央向青年發出到邊疆開發北大荒的號召。時任北京市石景山區西黃村鄉鄉長的楊華（1932-）以及李秉衡、龐淑英、李連成、張生等五人發起組建北京青年志願墾荒隊，並於8月9日向青年團北京市委提交了倡議書。8月16日，《北京日報》、《中國青年報》等以「讓我們高舉起志願墾荒隊的旗幟前進」為題，刊登了這封倡議書。青年團北京市委從報名的青年中挑選了六十人作為首批隊員（男隊員四十八人，女隊員十二人），於8月25日，組成全國第一支青年志願墾荒隊，由楊華任隊長，赴黑龍江省蘿北縣荒原上創建「北京莊」。

這一事件，可視為城鎮知識青年上山下鄉的第一個具有深刻歷史影響的具體行動，由此拉開了中國大規模開墾邊疆荒地的序幕。之後，全國先後有十幾個省市組建了青年志願墾荒隊。

1955年9月至12月，中共主席毛澤東主持編輯《中國農村的社會主義高潮》（北京：人民出版社，1956）一書，並為此書

---

[22] 即共產主義青年團前身。

寫了許多按語。在〈在一個鄉裡進行合作化規劃的經驗〉一文的編者按說：

> 其中提出組織中學生和高小畢業生參加合作化的工作，值得特別注意。一切可以到農村中去工作的這樣的知識份子，應當高興地到那裡去。農村是一個廣闊的天地，在那裡是可以大有作為的。

這一段話（尤其是末二句），在日後成為推動城市知識青年上山下鄉的最著名的口號。人們往往忽視了這段話原本只是針對回鄉青年說的，而且，這裡也包括了「高小畢業生」（反映當時教育水準普遍不高），跟六十年代末的初、高中畢業生的範圍不一樣。儘管如此，其理論先導意義是不可忽視的。

1954年12月5日，由解放軍進疆部隊第二十二兵團部與新疆軍區生產管理部合併，成立了新疆生產建設兵團，總人口為十七萬五千人。五十年代後期及六十年代初，新疆生產建設兵團大量接受支邊[23]青年，其中有一部分來自上海等大城市的知識青年。

---

[23] 支邊：即「支援邊疆」的簡稱。五十年代，為了迅速改變新疆、雲南（尤其是前者）等邊疆地區經濟落後、人才匱乏的局面，先後從湖南、湖北、山東、江蘇、廣東、天津、上海等省市組織動員大批各行各業邊疆急需的人才赴邊疆工作，其中包括各級幹部、復員轉業軍人、青壯年農民、各類學校分配來疆的學生。其中較易引人注意的是從湖南與山東各徵招了數以千計的女青年入疆，目的就在有利於進疆人員組織家庭、扎根邊疆。可見，當時支邊，不一定是城鎮人口、不一定是青年、不一定專職務農；但到了六十年代、尤其是文革期間，支邊人員幾乎專指赴邊疆農村、農林牧場及生產建設兵團務農／林／牧的城鎮知識青年。

第一章　緒論

到1961年底，總人數達八十六萬六千人。

　　1955年，由四千餘名復員轉業官兵在雲南開辟了九個軍墾農場；1957年劃歸省農墾局領導；1960年雲南省的國營農場達到九十個，總人口十四萬人。

　　1957年10月26日，中共八屆三中全會通過了《一九五六年到一九六七年全國農業發展綱要修正草案》。其中將有關城鎮知識青年到農村中去的內容，作了重大修改。條文規定：「城市的中、小學畢業的青年，除了能夠在城市升學就業的以外，應當積極響應國家的號召，下鄉上山去參加農業生產，參加社會主義農業建設的偉大事業。」第一次出現「下鄉上山」的用語，並且把下鄉上山的主體明確為「城市的中、小學畢業的青年」。

　　要說明的是，當時「下鄉上山」一語，實際上也適應於社會各行各業支援基層，支援農業生產的活動，如《新聞業務》1957年第11期便有專刊文章〈新華社陝西分社記者下鄉上山〉；12月6日，湖北省委召開「省級財貿機關歡送幹部下鄉上山生產大會」；1957年12月11日，中共山西省太原市委與市政府聯合頒發「積極回應黨與國家的號召，下鄉上山，勞動生產，決心為建設社會主義的新農村而奮鬥」的證明書。其實，這是源自1957年2月27日召開的最高國務會議上，毛澤東在《關於正確處理人民內部矛盾的問題》報告中強調的「精簡機構、下放幹部」、「使相當大的一批幹部回到生產中去」的精神而實施的幹部下放措施。不過，幹部下放是帶薪的，跟學生下鄉自食其力不同。另外，幹部下放措施雖然實行在前，但同年10月《一九五六年到一九六七年全國農業發展綱要修正草案》頒佈後，「下鄉上山」

一語便也普遍應用於幹部下放活動的論述了。[24]

在1958至1959年大躍進熱潮期間，原來為解決就業問題發愁的城鎮，竟然出現勞動力遠遠不足，還得大量從農村招工的現象。這就造成了城鎮職工隊伍的極大膨脹，而且一切具有勞動能力的人也都基本上參加了力所能及的社會勞動。因招工人數過多的失控，農民重新湧入城市，開始了另一輪的人口大遷徙，於是，國家從1956年開始為制止農村人口向城市移動，以保證城鄉間經濟發展平衡的努力，一概付諸東流。

可以說，1958下半年和1959年是知識青年下鄉運動的低潮。

大躍進之後，隨之而來的就是大飢荒[25]。1960年是中國農村的饑荒發展最嚴重的年頭，很多農民包括回鄉知識青年紛紛流向城鎮尋找活路。為了穩定局勢，上山下鄉又成為因應現實需要的重要議題。

從1955年到1961年，全國城鎮下鄉青年不到二十萬。[26]

總的來說，從1955年以來，關於知識青年上山下鄉的工作一直處於探索階段，雖然不時提出城鎮青年下鄉的問題，但工作

---

[24]「下鄉上山」一語沿用多年，一直到文革期間，1967年7月9日《人民日報》發表〈堅持知識青年上山下鄉的正確方向〉的社論，「上山下鄉」才成為普遍用語。然而，本書在有關文革前的一般論述中，還是採用當今普遍的習慣用語「上山下鄉」。

[25] 1959年到1962年，大陸工農業生產因「大躍進」等天災人禍跌入谷底，導致生活資料嚴重匱乏以致釀成災難性的全國大饑荒。因饑荒引起的死亡者數以千萬計。

[26] 本書所採用1955-1979年上山下鄉知青人數的資料，來自潘鳴嘯〈上山下鄉運動再評價〉（張清津譯），《社會學研究》2005年第5期，頁155。

第一章 緒論

的重心基本上是動員農村青年回鄉務農、安心務農。

六十年代初，由於大躍進的失敗，城鎮各行各業一派蕭條，就業途徑變得空前狹窄，城鎮眾多青年中學畢業後既無法充分升學，就業更遇到前所未有的困難。正是在這種背景下，當局從1962年起在全國範圍內有組織有計劃地動員城鎮青年上山下鄉，上山下鄉工作的重點由此完全轉到城鎮中來。

在1962年間，中共當局發佈一系列指示、規定、辦法與決議，要求大力精簡職工、減縮城鎮人口（包括不能在城鎮就業的青年），主要的方式之一就是上山下鄉。也正是在這一年，開始在全國範圍內有計劃、有系統地動員城鎮知青上山下鄉，並將此做法列入國家發展計畫。為此，同年十一月，中央成立了安置城市上山下鄉青年領導小組。時任中共中央農村部長鄧子恢，則在《中國青年》1962年第13期，從五個方面對出知青上山下鄉的工作、任務、作用及重要性等問題進行了頗為系統完整的闡述。由此可說，1962年是知青歷史發展的一個重要的轉折。[27]

1963年6月到10月間，國務院總理周恩來相繼提出一系列有關指示，強調動員城市知識青年上山下鄉，是一項長期性的任務，是城鄉結合、移風易俗的一件大事。要求各大區，各省、市、自治區都要作長遠打算，要編制出十八年的安置規劃。每年全國有三百萬人需要安置，其中城市各方面可以安置兩百萬，還有一百萬必須下農村。將城市知識青年上山下鄉的安置工作從城

---

[27] 因此，有的知青問題研究者甚至將1962年視為知青歷史的發端。如楊智雲等《知青檔案：知識青年上山下鄉紀實1962-1979》（成都：四川文藝出版社，1992）。

市人口精簡工作中單獨劃出來,並明確將其作為長期性工作,就是從這時開始的。

1964年,中共中央國務院發佈《關於動員和組織城市知識青年參加農村社會主義建設的決定(草案)》,把上山下鄉確立為城鎮青年學生就業的一項長遠方針,制定了一套相應的政策與措施。這是知青上山下鄉運動的一個綱領性文件。從此,上山下鄉的議題被列入中共和國家重要的日常工作範圍。

隨著總方針的明確,一系列具體措施也陸續出場了,動員和安置知識青年的一整套模式終於形成——即在動員上採取政治運動的形式,在物質上採取由國家包下來的辦法,或集體分配到國營農場、生產建設兵團,或到農村生產隊插隊落戶。

這個時期(特別是1964-1965年),全國各地動員了一定規模的城鎮青少年下鄉,有應屆中學(主要是初中)畢業生,也有社會青年[28]。這批知青,大都來自社會中下層家庭,不少還是來自出身不好的家庭,除了一些積極分子,思想較為雜亂、落後。有的地方,甚至趁機將流散於社會上的青少年趕下鄉。如1965年北京市就將大批這樣的社會青年送往寧夏軍墾農場,編為寧夏十三師。使這批青少年成為城市甩包袱的犧牲品。[29]

1962-1966年的五年間,全國共下鄉知識青年一百二十九萬人,平均每年二十六萬人。

這個時期,雖然1957與1962年之後,上山下鄉的活動沾染

---

[28] 畢業或失學、輟學離校多年,卻又無正當職業,流散於社會的青少年。
[29] 參見定宜莊《中國知青史——初瀾(1953-1968)》(北京:中國社會科學出版社,1998),頁371。

第一章 緒論

上政治色彩，但經濟因素還是十分顯著的。從1955到1966年，大大小小的上山下鄉活動持續不斷，顯示了知青歷史的一段坎坷進程，雖然也有學者將之歸進知青運動史的敘述範圍[30]，但筆者寧願謹慎些，避免用「運動」的概念。因為相對文革的上山下鄉運動而言，這十一年充其量只是在探索經驗、醞釀氣氛、積累能量而已，真正的上山下鄉運動狂飆與洪流還在後頭。

二、1967-1970：狂飆

1966年5月，「無產階級文化大革命」爆發。

文化大革命引起社會各方面的混亂，以初中高中學生為主體的紅衛兵成為文化大革命的主力軍。紅衛兵的鬥爭目標先後是：文教界的反動路線／黑幫→社會四舊（舊思想、舊文化、舊風俗、舊習慣）→走資派（由地方到中央）。至此，還屬於「四大」（大鳴、大放、大辯論、大字報）得以淋漓盡致發揮的「文攻」階段；之後，逐漸分化為對立的兩大派，於是，進入兵戎相見的「武衛」[31]階段，也就是全國性大規模的派性武鬥，這時期，紅衛兵也分為兩大派，或者說，對立兩大派的武鬥主力隊伍就是紅衛兵，紅衛兵的鬥爭對象事實上也就轉換成他們昔日的同學。

---

[30] 如杜鴻林《風潮盪落（1955-1979）——中國知識青年上山下鄉運動史》（深圳：海天出版社，1993）。

[31] 1967年7月22日，江青以中央文革小組組長的身分接見河南省群眾組織代表時說：「『文攻武衛』的口號是對的，你們不能天真爛漫。當他們不放下武器，拿著槍支、長矛、大刀對著你們，你們就放下武器，這是不對的。你們要吃虧的，革命小將你們要吃虧的。」7月23日「文攻武衛」口號登在《文匯報》上，從此全國武鬥急劇升級，進入全面內戰。

回眸青春
中國知青文學（增訂版）

瞭解、認識這一段紅衛兵的經歷很有必要：這些紅衛兵就是後來知青的前身，二者在思想、感情、思維與行為方式上都有一脈相承的關係，尤其是紅衛兵極為崇尚的集體主義、理想主義、英雄主義，在早期（林彪事件前）知青群體中依然很有影響力。

經歷過慘烈的武鬥之後，（全國中學生／紅衛兵）雙方兩敗俱傷，最終，又共同面臨著「出路在何方」的困境。也就是說，到了1968年，四百萬「老三屆」（1966-1968年三年中畢業的初、高中生）——其中大部分就是身心俱疲的昔日紅衛兵——待在城裡，既不能升學，也無法充分就業，繼續聚集在一起還會亂，於是就成了突出的社會問題。

文革初期，上山下鄉的做法受到衝擊，各地文革前下鄉的知青紛紛以「返城鬧革命」的名義回城，實際上原因複雜，有的申訴在農村受到迫害，有的跟當地農民關係惡劣而無法繼續留在農村，有的純粹就是受不了艱苦而試圖逃避。在這種情形下，1966-1967年，城鎮知識青年上山下鄉的工作幾乎全面停頓。

1967年7月9日，《人民日報》發表題為「堅持知識青年上山下鄉的正確方向」的社論，表明儘管文革前實施的諸多方針政策都受到否定，但對上山下鄉的方針政策卻是要求堅持執行的。但這只是在輿論上理論上強調上山下鄉為「正確的方向」，尚未見諸行動。直至1967年10月9日，北京二十五中高三學生曲折率領郭兆英、王紫萍、胡志堅、鞠頌東、金昆等九名初高中學生，自行赴內蒙古錫林郭勒盟西烏珠穆沁旗白音寶力格公社插隊落戶。這一行動理所當然得到當局及媒體推波助瀾的鼓勵、支持與宣傳，由此拉開了文革知識青年上山下鄉運動的序幕。

第一章 緒論

　　此後，1967年末到1968年前幾個月，各地開始有小規模的城鎮學生上山下鄉，並從中產生了何方方、李鎮江、蔡立堅等上山下鄉的知青典型人物。

　　1968年4月21日，北京市革命委員會[32]發出《關於分配中學畢業生的通知》，除了規定農業戶口的畢業生一律回鄉，還宣稱要有計劃地分期分批組織城市戶口的畢業生上山下鄉以及到工礦企業，參加工農業生產。

　　同年5月2日，中央安置城市下鄉青年領導小組辦公室向國務院呈送《關於1968年城市知識青年上山下鄉的請示報告》。全國1966至1968年三屆城鎮初、高中畢業生近四百萬人，其中勢必有大批人要走上山下鄉這條路。

　　同年8月18日，《人民日報》為了「紀念毛主席首次檢閱紅衛兵兩週年」發表社論〈堅定地走同工農兵相結合的道路〉，提出「無產階級文化大革命開闢了知識青年與工農兵相結合的空前寬廣的道路」。所謂「與工農兵相結合」，事實上，「工」與「兵」在當時都是頗具政治榮譽與經濟權益的階層，當工人與參軍是無須「動員」的，惟有與「農」結合需要動員號召。同日的《人民日報》更有報道稱：北京、天津、上海大批中學畢業生奔赴邊疆與農村，上山下鄉被推崇成為「知識青年與工農兵相結合的一種最徹底、最革命的行動」。因此，文革─紅衛兵─與農民

---

[32] 革命委員會：文革期間，自1968年起，中國大陸經過造反運動後取代原有各級政權的新的組織形式，簡稱革委會。革命委員會實行一元化方式，即黨政合一，其成員由「三結合」的方式組成，即包括幹部，群眾組織代表，和「工（貧）宣隊」（全稱為「工人／貧下中農毛澤東思想宣傳隊」）以及軍管代表組成領導層。到了文化革命後期，工農兵代表逐漸撤出革命委員會。

結合,這一詞語鏈條,已經不是暗示而明示了廣大城鎮學生今後的去向。

接下來的幾個月內,媒體紛紛報道各地初高中畢業生上山下鄉、「奔赴農業第一線」。

1968年12月22日,《人民日報》以「我們也有兩隻手,不在城市裡吃閒飯」為題,報導了甘肅省會寧縣部分城鎮居民奔赴農業生產第一線,到農村安家落戶的消息。《人民日報》在這篇報導的編者按語中發表了毛澤東的「最高指示」[33]:

知識青年到農村去,接受貧下中農[34]的再教育,很有必要。要說服城裡幹部和其他人,把自己初中、高中、大學畢業的子女,送到鄉下去,來一個動員。各地農村的同志應當歡迎他們去。

雖然這段話是出現在一篇有關城鎮居民「成戶下鄉」報導的編者按語中,但論述的對象卻初中、高中、大學[35]畢業的知識青年,

---

[33] 文革期間,凡是毛澤東的論述、意見、談話、訓示,皆奉為「最高指示」,具有絕對的、無上的、不容懷疑、不可對抗的權威。特別是文革初期幾年,凡事皆先祭出「最高指示」,一切報刊媒體的刊頭首頁,都印上若干條「最高指示」。由於這個形式過於極端,文革後期逐漸被淡化。

[34] 所謂「貧下中農」,即貧農與下中農的合稱。按照中共對農村階級劃分標準,貧農是農村中土地稀少或沒有土地,生活困苦者,下中農則貧困程度僅次於貧農者。貧農和下中農,是中共在農村依靠的主要力量。改革開放後,中共放棄了階級劃分的做法,「貧下中農」便成為了歷史的名詞。

[35] 雖然毛澤東的話包括大學畢業生,以及1968年6月與11月先後發佈的中共中央,國務院,中央軍委,中央文革關於1967/68年大專院校畢業生分配問題的通知也宣稱,大專院校畢業生(包括研究生)「一般都必須先當普通農民,當普通工人」(針對67屆)、「一般都必須去當普通農民,當普通工人,大

第一章　緒論

因此成為最為經典的知識青年上山下鄉運動的「總動員令」。時至今日，每到12月22日，總還會觸動不少人內心剪不斷理還亂的情愫。而在當時，這一最高指示猶如狂飆從天落，全國各地迅即掀起了上山下鄉的政治運動浪潮。許多地方甚至出現了「一刀切」、「一鍋端」、「一片紅」的極端做法。

　　事實上，由於「文化大革命」的嚴重破壞，1968年整個國民經濟處於全面衰退狀態，工農業總產值比上年下降4.2%，絕大多數工礦和企業無法招收新工人。同時，招生考試制度又被廢除，造成六六至六八屆初高中畢業生（俗稱「老三屆」）大量積壓在城鎮，成了一個突出的社會問題，所以不得不把出路寄希望於到農村去。

　　1968年4月4日，中共中央提出畢業生分配，實行「四個面向」（面向農村、邊疆、工礦、基層）方針以後，各地陸續動員知識青年上山下鄉；毛澤東關於「知識青年到農村去，接受貧下中農的再教育，很有必要」的指示發表後，很快在全國範圍內形成了上山下鄉高潮。全年上山下鄉的城鎮知識青年一百九十多萬人（不含大專畢業生），其中，到人民公社插隊的一百六十多萬人，到國營及軍墾農林場的三十多萬人。此外，還有六十萬城鎮居民下鄉。全國城鎮非農業人口再次呈下降趨勢。

量的必須去當普通農民」（針對68屆），但是，大學畢業生在當時畢竟十分缺乏，各方面建設都需要，所以，大學生下放，雖然有到農村的，但大多是到幹校、農林場（便於管理），仍屬幹部編制，工資比照幹部級別（或許各地情形不同，據湖南師範學院畢業的沈教授給筆者來函回憶，當時他們下放到農村勞動，每月只有15元補貼，交屋主10元，自己留5元買生活用品，40斤全國糧票全部交給屋主），而且最終都分配了正式工作。因此，事實上在當時以及日後，從來就不把大學畢業生歸入到知青群體的範圍討論。

1969年2月初，中央安置辦公室召開跨省區安置下鄉青年協作會議，決定由十省區接收京、津、滬、浙下鄉知青一百一十萬人。2月16日至3月24日，全國計劃座談會確定的《1969年國民經濟計劃綱要（草案）》提出本年度五項任務之一，是繼續動員四百萬知識青年上山下鄉。而實際上，該年下鄉與到國營及軍墾農林場的知青人數是二百七十多萬，儘管如此，也是上山下鄉運動史上人數最多的一年。1970年也仍有超過百萬知青下鄉及到農林場與生產建設兵團，與1968-1969年共同形成文革知青運動的第一次高峰期。

　　到1970年底，全國約有五百七十三萬上山下鄉知青到了農村、農林場及生產建設兵團。

　　自1954年新疆生產建設兵團成立、1968年黑龍江生產建設兵團成立後，在1969年一年內，相繼成立了內蒙古生產建設兵團、蘭州生產建設兵團、廣州生產建設兵團、安徽生產建設兵團、江蘇生產建設兵團、福建生產建設兵團、江西生產建設師。1970年，雲南生產建設兵團、浙江生產建設兵團、山東生產建設兵團、廣西生產建設師、西藏生產建設師相繼成立。1971年，湖北生產建設兵團成立。這些生產建設兵團（師）是接收知青的「大戶」，動輒就有數以十萬計，成為日後知青最為集中的地方，也正是最多問題的地方，事實上，最後知青運動的崩潰，也正是從這些生產建設兵團（師）開始。

　　我們還要注意：1968年，那是一個什麼年頭？——文革已經疾風驟雨地進行了兩年多，毛澤東戰略部署要打倒的人差不多都倒了，特別是全國性的武鬥把整個社會衝擊得七零八落，在這

第一章 緒論

個過程中衝鋒陷陣的紅衛兵的利用價值也消耗完了。於是，毛澤東便又有了最高指示：「武鬥有兩個好處：第一是打仗有經驗；第二是戰爭暴露敵人。……現在正是輪到小將們犯錯誤的時候了。」[36]於是，也就有了「五大領袖」的下場——

譚厚蘭：女，北京師範大學幹部，1968年10月，作為大學生分配到北京軍區某部農場勞動；

蒯大富：清華大學學生，1968年12月，分配到寧夏青銅峽鋁廠當工人；

王大賓：北京地質學院學生，1968年底，分配到成都探礦機械廠工作；

韓愛晶：北京航空學院學生，1969年11月被分配到湖南株洲三三一廠工作；

聶元梓：女，北京大學幹部，1969年11月，分配到江西省北京大學分校農場勞動。

請注意他們的去向：工廠、農場。都是比較艱苦的地方，目的要他們勞動改造，是帶有懲罰性的處理。學生領袖是這樣處理，那麼，一般的學生／紅衛兵的去向就似乎有了工廠或農場的參考性坐標了。但是工廠、農場容不下那麼多學生（大學已停止招生），所以，也就有了上面說到的毛澤東那個「偉大設想」——到農村去！中國是農業國，農村確實是「廣闊天地」，

---

[36] 「毛澤東接見首都紅衛兵五大領袖的談話」1968年7月28日。

多少學生都容得下。但也不能像對學生領袖那樣表明帶有懲罰性質的處理，而是標榜著冠冕堂皇的目的：接受再教育、鍛煉思想、改造農村、縮小三大差別[37]、成長為革命事業接班人。所以，1969年知青運動高潮時候下鄉的知青大都是意氣風發、甚至興高采烈的。從當時官方製造的宣傳歌曲及有關照片與宣傳畫，就可以看到當時的情景。

雖然官方宣傳歌曲與宣傳畫的激昂情調確實刻意製造的，當時拍攝的照片中知青的意氣風發、興高采烈，現在的人看來大多認為是裝出來的。其實，不宜那麼簡單化理解。應該這麼說，如果這些照片拍攝於上山下鄉運動的高潮，這些知青大多是真的意氣風發、興高采烈的。他們正在下鄉的啟程，或者剛到農村不久，很多真相還沒有知道，很多醜陋還沒有發現。倘若是拍攝於上山下鄉運動後期的照片，就確實有虛假之嫌了。

那麼，知青的情緒、知青運動為什麼會有變化？很有意思，就是因為官方的意圖：接受教育、鍛煉思想、改造農村、縮小三大差別，成長為革命事業接班人。也就是說，官方的宣傳告訴人們：農村廣闊天地，知青在那裡會大有作為；農民（貧下中農）是先進的群體，知青要接受他們的再教育；知青們上山下鄉是一場革命，經受了這個鍛煉會成為革命事業接班人。

但是，官方的意圖非但不能達到，反而起到了反作用：知青下鄉後，看到農村以及農民的落後、貧窮、醜陋、愚昧，大為震

---

[37] 三大差別：即工人和農民之間、城市和鄉村之間、腦力勞動者和體力勞動者之間的差別。

第一章 緒論

驚。加拿大學者梁麗芳在其研究知青文化的論文〈私人經歷與集體記憶：知青一代人的文化震驚和歷史反諷〉[38]中，就將知青這種反應稱為「文化震驚」（culture shock），並對此進行了頗為深入的探討。確實是文化層面的震驚、心靈深度的震驚——革命是這樣的嗎？社會主義是這樣的嗎？人民當家作主是這樣的嗎？那麼，農村、農民有沒有正面影響知青的東西？有——農村偏僻、寧靜，相對遠離了城鎮喧囂的革命氣氛；農民純樸忠厚誠實，也感化了知青，或者說軟化了他們在長期革命教育下已僵化、硬化的思想與感情，多了不少人性與人情味。

知青作家鄭義曾以嘲弄的口吻說：「共產黨動不動就把知識分子趕到農村去，美其名曰：深入基層，改造思想。但總是事與願違，越瞭解社會真實，思想便越『反動』。對他們的理論、宣傳，本來還有不少傻帽兒相信或半信半疑，結果深入來深入去，最後半句都不信了！」[39]知青出身的社會學家李銀河也曾深有感觸地說：「當初讓我們到廣闊天地裏去接受再教育的人，大概做夢也不會想到，他的殘酷的決定帶來了什麼樣的後果，造就了什麼樣的人——他的理想主義造就了我們的現實主義，他的教條主義造就了我們的自由思想，他的愚民政策造就了我們的獨立思考。」[40]由此可見，知青上山下鄉所受到的最有意義的影響就是：認識了真實的農村與農民，認識了社會的真相、人生的真

---

[38] 載《海南師範學院學報》2006年第4期，頁20-26。
[39] 鄭義〈第五封信・山西插隊生活〉，《歷史的一部分——永遠寄不出的十一封信》（臺北：萬象圖書股份有限公司，1993），頁197-198。
[40] 引自潘鳴嘯著，歐陽因譯《中國的上山下鄉運動：1968-1980》（北京：中國大百科全書出版社，2010），頁416。

諦。但同時，信仰崩潰了，理想破滅了，對前途深感茫然。於是，情緒也消沉低落了、思想也消極悲觀了。

三、1971-1977：洪流

1971年發生了一個大事件，文革因此出現了轉捩點；知青運動與知青的思想也在此出現了轉捩點。

這個大事件就是1971年9月13日的「林彪事件」——毛澤東與時任中共副主席兼國防部長的林彪翻臉，林彪及其家人葉群、林立果叛逃，墜機於蒙古溫都爾汗——這一事件，客觀上宣告了「文化大革命」的理論和實踐的破產；更成為知青運動的分水嶺，使知青們從革命的夢中驚醒，對文革、對革命產生了深深的困惑、懷疑；感覺到以前被愚弄了，信念動搖了。林彪事件使知青們極度震駭，想不通：林彪一直宣稱最忠於毛主席，還被毛主席用黨章規定為自己的接班人，怎麼突然間就成了企圖殺害毛主席的人了呢？而林彪事件之後，大批老幹部復出，他們的子女也以各種機會離開了農村／農林場／兵團，所謂「走後門」[41]等「不正之風」迅速蔓延，進一步瓦解、分化了知青群體。隨著知青群體的分化，知青們的情緒迅速陷入低落、混亂，也進一步引發知青對現實政治的思考與叛逆。

吊詭的是，被指控為林彪叛亂證據的《「五七一工程」紀要》[42]，道出了歷史的真相：「他（指毛澤東）濫用中國人民給

---

[41] 指通過不正當的手段與方式來謀求達到某種個人目的。
[42] 按照中共官方的説法：為了保林彪，林彪的兒子林立果（空軍作戰部副部長）確定旨在推翻毛澤東的計畫，名稱為「五七一工程」（「五七一」為「武裝

第一章 緒論

其信任和地位,歷史地走向反面」,「把黨內和國家政治生活變成封建專制獨裁式家長制生活」,「把中國的國家機器變成一種互相殘殺,互相傾軋的絞肉機」。尤其是「青年知識分子上山下鄉,等於變相勞改」的指責,頗受廣大知青認同。上海大學教授、當年的老知青朱學勤陳述當時傳達《「五七一工程」紀要》的效果說:「多少年後我問同代人促其覺醒的讀物是什麼,百分之六十的人居然會回憶起這份《「五七一工程」紀要》!」[43]

這兩年,上山下鄉知青人數持續下降,1971年為七十四萬多,1972年為六十七萬多。

1973年4月3日,國務院科教組下發了《關於高等學校1973年招生工作的意見》。其中提出:招生工作要「重視文化程度,進行文化考核,了解推薦對象掌握基本知識的狀況和分析問題、解決問題的能力,保證入學學生具有相當於初中畢業以上的實際文化程度。」「對上山下鄉知識青年與回鄉知識青年要一樣看待。上山下鄉知識青年比較集中的地方,可適當多分配名額」。根據這一《意見》,1973年,大陸實施了文革以來首次大學升學考試。

本來這是對知青是一個極好的機會,但「白卷事件」使不少知青夢碎。

1973年7月19日,《遼寧日報》以「一份發人深省的答卷」

起義」的諧音)。林立果的親信于新野(空軍司令部副處長)執筆起草了《「五七一工程」紀要》。《紀要》分九個部分:可能性;必要性;基本條件;時機;力量;口號和綱領;實施要點;政策和策略;保密和紀律。

[43] 朱學勤〈「娘希匹」與「省軍級」——「文革」讀書記〉,《上海文學》1999年第4期,頁64。

33

為題刊登遼寧省興城縣白塔公社下鄉知識青年、生產隊長張鐵生的一封信。張鐵生參加遼寧省高等學校招生考試時，在物理化學試卷背面寫了一封信。陳述自己作為生產隊長，領導社員夏鋤，沒有時間復習的理由，並譴責了一些知青在生產大忙季節扔下鋤頭回家復習的行為。他希望領導在這次入學考試中能對他加以照顧，以實現他上大學的「自幼理想」。《遼寧日報》在報導此事所加的編者按語中卻說：張鐵生「雖然在文化考試上交了『白卷』，然而對整個大學招生路線卻交了一份頗有見解、發人深省的答卷」。8月10日，《人民日報》轉載了《遼寧日報》的編者按語和張鐵生的信。此後，張鐵生便成為風雲一時的「反潮流」新聞人物。

於是，推薦取代了考試，公平競爭的路堵死了。企盼通過考試升學改變命運的知青再次陷入絕望。

1973年4月間，毛澤東一個頗有「人情味」的舉動，又給知青上山下鄉運動添了一把烈火。事緣1972年12月20日，福建莆田一位叫李慶霖的小學教員給毛澤東寫了一封信，以其兒子插隊山區的遭遇，陳述了下鄉知青生活上的困難、揭發上山下鄉運動中的弊端。毛澤東讀了這封信後，於1973年4月25日給李慶霖復了信，還寄上三百元，「聊補無米之炊」[44]。

李慶霖冒死告御狀的事件，對抑制上山下鄉運動中的醜陋現象、改善知青的境遇，也確實起到一定的正面作用。毛澤東覆信

---

[44] 原信全文為：「李慶霖同志：寄上三百元，聊補無米之炊。全國此類事甚多，容當統籌解決。」

第一章 緒論

後數日,即4月29日周恩來主持召開政治局會議,傳達毛澤東對李慶霖的覆信,專門討論如何落實毛澤東「統籌解決」知青問題的指示,並聽取了有關部門負責人的彙報,研究了有關統籌解決知青上山下鄉工作中存在的問題,並組成調查組,分赴全國各地調查知青情況。

6月22日至8月7日,國務院在北京前門飯店召開了全國知青上山下鄉工作會議,貫徹執行中央提出的《關於當前知青上山下鄉工作中幾個問題的解決意見》,全面調整了知青上山下鄉的政策。會議期間,一份新華社的《情況反映》引起中共領導和與會者的震動:雲南生產建設兵團四師十八團三十個單位,有二十三個單位發生過捆綁吊打知青的事件,被捆綁吊打的知青達九十九人。雲南生產建設兵團一師獨立一營營長賈小山,強姦女知青二十餘人,捆綁吊打知青七十餘人;一師二團六營的連指導員張國亮強姦女知青幾十名;黑龍江兵團十六團團長黃硯田、參謀長李耀東強姦女知青五十多人;內蒙兵團被姦污的女知青達二百九十九人,罪犯中有現役軍籍幹部二百零九人。為平民憤,各地大開殺戒,將以上罪犯處以死刑(但有的八十年代復查後撤銷原判)。此外,知青安家費等經濟補助也得到一定的提升與調整,對生活困難的知青也給予救濟補貼。這其實只是解決局部以及表面的問題。

不過當局更高明的地方是:化腐朽為神奇、化危機為轉機,以「用實際行動感激領袖關懷」為由,又再次掀起上山下鄉運動高潮。不少地方採取大掃除的方式,將歷年滯留城鎮的青少年都動員下了鄉。當年下鄉人數便達近九十萬,比上一年多了二十多

萬；1974-1977年，四年間下鄉知青更達共七百六十九萬多人，平均每年一百九十多萬，形成文革中上山下鄉運動的第二個高峰期。

　　從上山下鄉人數來看，這四年的知青運動似乎形成洪流滾滾的勢態。然而，跟1968-1970年的第一個高峰期相比，這時期知青的上山下鄉已失去當年那種自覺、昂然的革命激情，而基本上是在政府強制性操作下進行的。更有甚者，這時期知青的思想進一步混亂，知青群體進一步分化——正視了農村的落後、知青的苦難以及前途的渺茫，卻無能為力、無可奈何。

　　1976年9月9日，中共主席毛澤東逝世。10月6日，「四人幫」[45]被逮捕。十年文革至此落幕。

　　雖然文革在1976年結束了，但上山下鄉運動繼續進行。到1977年末，在農村、邊疆的下鄉知識青年還有八百六十三萬八千人。

　　但也就在這一年，具體說在1977年8月13日至9月25日，全國高等學校招生工作會議在北京召開。會議決定高校招生改變「文化大革命」期間不考試的做法，採取統一考試、擇優錄取的方法。這也就是後人所說的「恢復高考」。這表明國家在關涉教育、青年政策的一個大轉變。這一轉變對知青思想乃至整個上山下鄉運動的衝擊也是十分直接且強烈的。

---

[45] 指王洪文、張春橋、江青、姚文元四人。中共第十次全國代表大會後，王洪文任中共中央副主席，中共中央政治局常委，張春橋任中共中央政治局常委、國務院副總理、解放軍總政治部主任，江青（毛的妻子）與姚文元任中共中央政治局委員。

第一章 緒論

四、1978-1980：退潮

　　1978年，中共當局的基本思路是：在堅持上山下鄉方向、穩定大局的前提下，著眼於少下鄉或不下鄉，逐步地從根本上解決城鎮知識青年上山下鄉的問題。

　　本年各地動員下鄉的阻力相當大，雖然經過大力動員工作，但下鄉人數從上年度的一百七十多萬急速下降到本年度的四十八萬人，僅占年度下鄉計畫一百三十四萬人的35.8%。平均每省、市、區一萬六千多人。下鄉人數最少的有：四川三千七百人，天津六百人，廣西二百人，青海一百人。而當年調離農村的知青達到二百五十五萬人。

　　到了1979年，全國下鄉人數更銳減到二十四萬多。知青運動發展到此，似乎已經是強弩之末了。

　　從上面介紹的情況可見，知青運動已經走到了窮途末路，大退潮已迫在眉睫，現在就差壓倒駱駝的最後一根稻草。這根稻草終於出現在雲南──一個天高皇帝遠的邊陲省份。

　　上世紀五十年代初，雲南就開始設立軍墾農場。1970年，這些農場改編為雲南生產建設兵團[46]，從此以迄1973年，陸續接受了十多萬知青，分別來自北京、上海、昆明、重慶、成都等

---

[46] 1969年10月6日，中共中央、國務院、中央軍委批准組建雲南生產建設兵團。1970年3月1日，雲南生產建設兵團正式成立，建制歸昆明軍區，行使軍級許可權，由雲南省革命委員會和雲南省軍區領導。然而，根據在「華夏知青網論壇」發文的雲南生產建設兵團知青回憶：「雲南兵團各師／團分別於1970年1月中旬至3月初舉行正式成立大會，此前已經使用雲南兵團名義在1969年底接納北京等地的知青。」「此前已經使用雲南兵團名義在1969年底接納北京等地的知青，4月底5月初的樣子。」

城市。1974年兵團建制撤銷，恢復農場建制[47]。兵團改為農場建制，不僅准軍事單位的榮譽消失了（知青名正言順成為農工），隨著現役軍人幹部撤離，農場管理也相應趨向鬆弛渙散，加速了知青的離心力，原本已存在的各種矛盾也就進一步惡化了。

1978年底，一起偶然的醫療事故引發了雲南農場的知青聲勢浩大的要求返城請願及上訪的風潮。這場風潮，對全國各地知青產生了極大的影響。

1978年11月10日，雲南西雙版納橄欖壩農場（原兵團一師四團）的上海女知青瞿林仙因醫療責任事故難產死亡。雖然這是一起偶然的醫療事故，但卻是雲南農場長期存在的各種矛盾不斷惡化的必然結果。雲南各農場不僅生活條件惡劣，農場領導的惡劣作風更積重難返，知青自殺率為全國最高。惡質事件頻頻發生，如1973年的「河口事件」[48]與1974年的「徒步請願事件」[49]，相比之下，瞿林仙事件似乎不算大，卻成了壓倒駱駝的最後一根稻草。然而，這根稻草要發揮效用，還要經過一番艱難的過程。

瞿林仙死亡後，橄欖壩農場知青抬屍遊行示威。當局企圖用

---

[47] 雲南、內蒙古、新疆和黑龍江四個生產建設兵團，聚集了最多知青，被兵團知青戲稱為「四大兵團」。繼雲南生產建設兵團改建後，1975年內蒙古與新疆生產建設兵團改農場建制，黑龍江生產建設兵團則於1976年改農場建制。

[48] 河口是中越邊境的一個縣，全稱叫河口瑤族自治縣，屬於文山壯族苗族自治州，同時也是雲南生產建設兵團第4師16團團部駐地。「河口事件」雖是1973年揭發出來的，但不完全是當年發生的事，而是第4師下屬的幾個農場裡的一些團、營、連級的現役軍官在前幾年裡都發生過姦汙和捆綁吊打知青的惡行。

[49] 1974年，幾千名雲南生產建設兵團知青沿著滇西南的昆畹公路向昆明行進，徒步請願，昆明與北京都為之震動，最後出動軍隊，實行逐個強行遣返。

高壓手段迅速平息這場風波，卻事與願違，反而是激化了矛盾，其他農場的知青紛紛起來響應，群情激憤的知青如滾雪球般不斷加入到遊行的隊伍。對死者個人的哀悼已經演變為對知青共同命運的抗爭。11月底到12月，知青們連續聯署了三封《致鄧副總理的公開聯名信》，提出了回城的強烈願望。12月8日，知青開始舉行無限期罷工，並先後派出了兩個北上請願團。請願團的知青在昆明街頭聲淚俱下地演講，最後升級為集體臥軌行動。滯留於昆明火車站的旅客一邊倒地支持悲憤的臥軌知青。突破重重阻撓之後，知青北上請願團終於抵達北京。

1979年1月4日，國務院副總理王震與民政部長程子華接見了請願團，卻是以訓導的方式代替溝通。接見的結果以文件的方式下達到雲南農場後，更激發知青的憤怒情緒。景洪農場（原兵團一師一團）知青率先宣佈恢復罷工，聲稱不達回城目的決不罷休。各地農場紛紛響應，勐定農場（原兵團二師七團）更有兩百知青宣佈絕食。農業部副部長、農墾總局局長趙凡趕到勐定，在他面前——

　　場部大操場上坐滿了黑壓壓的知青，主席臺好象一座孤島，又像一條小小的舢板，被知青的汪洋大海包圍著，顯得十分渺小。前幾排的知青顯然是有組織的，他們穿著白襯衣，曾經無比自豪的頭顱上纏著白布條，屈辱地低垂著，直挺挺地跪在沙礫地上，仔細看才能發現他們的膝蓋部都在滲血，這種下跪已失去了本來所具有的哀求的色彩而變得具有強烈的示威和抗議的精神，當年叱吒風雲的紅衛兵低下了藐視一切的頭顱，顯得十分絕望和

悲壯。㊾

就是這一幕,徹底摧毀了圍堵知青返城的一切障礙。

1979年1月21日,在中共中央指示下,在昆明市召開了北京、上海、四川、雲南等有關省市負責人參加的緊急會議,商量解決善後事宜。

大返城開始了,不到三個月,雲南農場數萬知青各奔前程。到了1979年底,約五萬知青走剩下只有七十多人。

此後,多米諾骨牌效應迅速發酵:全國各地的建設兵團、農場、林場以及農村的知青,競相刮起了返城風。1978年,全國已有二百五十五萬知青返城,1979年,返城的知青人數更達三百九十五萬,1980年,再有一百五十萬知青返城。在這種局勢下,雖然當局還動員青年下鄉,但相當困難了,1979年計劃動員下鄉人數八十一萬人,實際只完成二十四萬百千人;到1980年,上山下鄉的知青已經寥寥無幾。雖然至今為止由於各種原因滯留農村與邊疆的知青仍有數以萬計,然而,支持、扶助知青的各種政策與措施已經改變與撤銷,滯留農村與邊疆的知青從生活到心態,也無可奈何地迅速「在地化」。據此可說,長達二十多年的知青歷史,也曾經轟轟烈烈的知青上山下鄉運動,到1980年止基本上是壽終正寢了㊿。

㊾ 董浩〈庚戌三十年祭〉,「華夏知青」(http://www.hxzq.net/Essay/2745.xml)。
㊿ 這是就全國範圍而言,某些地方仍有較多知青滯留,如1983年新疆農一師就仍尚有近二萬上海知青,到1985年黑龍江農墾系統仍有近四萬知青未能返城。而1983-1986年陝西與山西數以千計的知青仍在採取上書甚至靜坐的方式爭取回城。至今,延安地區仍滯留北京知青三百多人,雲南的農場則滯留北

第一章 緒論

　　綜觀知青歷史,事實上就是一場曠日持久的人口大遷徙,一次陰錯陽差的文化大交融。無論有意或無意、積極或消極、自覺或不自覺,沾溉／污染,受益／損害,同化／異化,發展／倒退,都是雙向互動的,亦是共同概括承受的。

　　風過有痕,雁過留聲;洪流退去,滿目瘡痍⋯⋯

京上海及四川知青八百多人。1981年11月25日,作為一個相對獨立的單位實體,國務院知識青年上山下鄉工作辦公室(簡稱「知青辦」)撤銷了,被合併到一個新的機構裡:國家勞動總局內新成立的就業司;全國各級知青辦也相應隨之撤銷(為了處理知青遺留問題,有的地方一度暫時恢復知青辦)。至此,中國知青上山下鄉歷史在形式上算是正式終結了。

第二章　彩虹的誘惑
——文革前的知青題材文學

第一節　時代與代表作

　　如前所述，農村青年回鄉與城鎮青年到農村落戶參加生產勞動的做法，可追溯到上世紀五十年代初；1954年新疆生產建設兵團成立後，大批支邊青年奔赴新疆；到五十年代後期及六十年代前期，城鎮青年上山下鄉的浪潮不斷；在這種形勢下，反映下鄉知青的農村生活、勞動場景的文學作品應運而生。在當時來講，並沒有嚴格意義上的「知青文學」，相關的作品只是充分肯定知識青年上山下鄉，重點描寫知青接受農民（貧下中農）教育以及知識青年「在階級鬥爭風浪裡成長」的事蹟，顯然，這是一種鼓勵廣大青年上山下鄉、帶有政治宣傳性質的文學作品（這裡所指的是公開發表的作品）。

　　事實上，這時期反映農村青年及轉業軍人投入農業生產的作品大大多於描述下鄉城鎮青年生活的作品，如短篇小說有王汶石的〈沙灘上〉、〈夏夜〉，馬烽的〈結婚〉、〈韓梅梅〉，李准的〈耕雲記〉、〈清明雨〉等，中篇小說有康濯的〈春種秋

收〉，長篇小說有柳青的《軍隊的女兒》、《雁飛塞北》、《創業史》等，電影則有《夏天的故事》、《金鈴傳》、《我們村裡的年輕人》、《老兵新傳》、《草原雄鷹》、《青山戀》等。雖然這些作品的主角只是有文化知識的農村青年或轉業軍人，但積極鼓勵有文化知識的青年與無／少文化知識的農民結合，鼓吹扎根農村與邊疆大有作為，謳歌無私忘我的精神世界，具有濃烈的革命英雄主義和理想主義的色彩，為後來知識青年大規模上山下鄉樹立了榜樣，具有一定的號召力與誘惑力。這些作品所形成的敘事模式，也為同時期描寫城鎮知青下鄉及赴邊的文學作品提供了行之有效的範本。

這時期反映城鎮知識青年下鄉務農以及奔赴邊疆軍墾農場（生產建設兵團）的代表作品，當屬《朝陽溝》、〈西去列車的窗口〉、《年青的一代》以及《邊疆曉歌》等；此外，《軍隊的女兒》與《雁飛塞北》作為反映軍墾農場的小說，對後來知青奔赴邊疆亦起到了極大的激勵作用。

《朝陽溝》（豫劇）為編劇楊蘭春（1921-2009）創作於大躍進時期的1957年，1963年由長春電影製片廠拍成電影。故事內容為：從小生長在城市的銀環，和同學栓保在高中畢業後，表示了決心，堅決要到農業生產第一線，做一個社會主義的新型農民。由於銀環和栓保有愛情關係，他們一同來到栓保的家鄉——一個偏僻的山村朝陽溝，決心為建設山區貢獻力量。可是當銀環下到農村，實際參加了農業生產後，碰到一些困難，思想又動搖了：她認為農業勞動既勞累受苦，農村的生活又單調乏味，覺得

第二章　彩虹的誘惑

在農村幹一輩子是屈了她的才；加上媽媽舊思想的影響，銀環便要離開農村，回返城市。在黨支部和社員們的耐心幫助下，經過種種思想鬥爭和實際鍛煉，銀環終於認清了農業生產的廣闊前途，堅定了做一個新型農民、建設社會主義新農村的志願。《朝陽溝》被視為是第一部寫城鎮青年下鄉務農的作品（戲劇與劇本）。

〈西去列車的窗口〉是一首長篇政治抒情詩。1963年春夏間，新疆生產建設兵團到上海吸收了一大批支邊青年。詩人賀敬之（1924-）到上海親自參加了這次徵招活動，並與上海支邊青年一起乘火車從上海奔赴新疆。〈西去列車的窗口〉就是以此為題材寫成的一首長篇政治抒情詩，對集體主義、英雄主義、理想主義進行了熱情的謳歌：「……呵，在這樣的路上，這樣的時候，/在這一節車廂，這一個窗口……/你可曾看見：那些年輕人閃亮的眼睛，/在遙望六盤山高聳的峰頭？/你可曾想見：那些年青人火熱的胸口，/在渴念人生路上第一個戰鬥？/你可曾聽到呵，在車廂裡：/彷彿響起井岡山拂曉攻擊的怒吼？/你可曾望到呵，燈光下：/好像舉起南泥灣披荊斬棘的鐵頭？/呵，大西北這個平靜的夏夜，/呵，西去列車這不平靜的窗口……」

《年青的一代》（話劇），編劇陳耘、徐景賢（1933-2007），1963年6月由上海戲劇學院教師藝術團首演。劇本發表於《劇本》1963年第8期，經修改後於1964年出版單行本。《年青的一代》通過幾個青年對生活、勞動、升學、工作分配等問題

的不同看法，反映了無產階級和資產階級兩種幸福觀及世界觀的鬥爭。劇中勘探隊員蕭繼業和林育生同是地質學院畢業生，卻走上了截然不同的人生道路。蕭繼業不畏寒風烈日，登山探礦，甚至當他的腿因救人受傷需要截肢的時候，仍然頑強地堅持工作。而林育生一心追求安逸舒適的個人幸福生活，為了達到長期留在大城市的目的，竟至偽造病情證明。養父林堅是工人出身的老幹部，當他發現林育生已經走入歧途時，深感痛惜，拿出了林育生親生父母的遺書，告訴他原是烈士的後代，在事實教育下，林育生決心痛改前非，繼承父母的遺志，於是與女友夏倩如隨蕭繼業赴青海。林育生的妹妹林嵐也與社會青年李榮生等赴江西井岡山農村插隊務農。劇本除蕭繼業外，還塑造了林堅、蕭奶奶、林嵐等先進人物，以及夏倩如、李榮生等「中間人物」[①]的形象。《年青的一代》曾獲文化部授予的1963年以來優秀話劇創作獎。1965年，被改編、攝製成同名故事片。

《邊疆曉歌》（長篇小說），作者黃天明（1930-），作家出版社1965年3月出版。這是一部反映一批知識青年響應政府的號召，組織志願墾荒隊，到雲南孔雀壩墾荒戍邊的長篇小說。這些知識青年義無反顧地離開城市，奔赴遙遠的邊疆，在那裡，他們戰勝了炎熱、疾病等重重困難，艱苦奮鬥，白手起家，終於建成了亞熱帶經濟作物農場。小說處處可見政治宣傳口號式的語

[①]「中間人物」指不是先進人物，也不是反面人物，屬於落後但經過政治教育得以進步的人物。這是革命文學創作方法指導下形成的模式化角色。

第二章　彩虹的誘惑

句,他們唱的歌是:「我們青年不能讓荒地長野草,我們青年不能讓荒地睡大覺,青年們到祖國偉大的邊疆去!墾荒隊員們向困難進軍!」女主角蘇婕夜訪心儀的男主角林志高,心中想的是:「這是一個新的開始啊!茫茫黑夜永遠地過去了,一個從未受過正式教育的青年,為了黨的事業,踢翻了重重障礙,開始跨到廣闊的知識天地裡來。體力勞動與腦力勞動之間的千年冰峰,在新時代的曙光中崩坍了。歷史的創造者,終要成為文化知識礦藏的真正主人!」儼然國家政策、意識形態的代言。當然,小說也用頗為藝術化的筆觸,對墾荒生活進行了浪漫的描述,在西雙版納美麗神秘的大自然中,墾荒隊員捕捉孔雀、飽吃香蕉、白天開荒,晚上圍著篝火跳舞,暢談理想,過著集體主義、軍事共產主義的生活。這對於充滿革命激情、浪漫理想的年輕人來說,又無疑是一個具有強烈誘惑力的、田園詩般的世界。

《軍隊的女兒》(長篇小說),作者鄧普(1924-1982),中國青年出版社1963年出版。該小說故事的生活原型為:1952年,不滿十四歲的少女王孟筠(1941-)虛報歲數從湖南參軍到了新疆生產建設兵團。她性格倔強,重活、累活搶著幹,過重的勞動和艱苦的環境,使她患了嚴重的風濕病,雙耳失聰。她以驚人的毅力,頑強地與疾病進行抗爭,同時,以日記的形式寫下了《病床上的歌》。病情稍有好轉,她又堅持工作,看別人口形與對方交流。1956年,作家王玉胡(1924-2008)發表了介紹王孟筠事蹟的報告文學〈生命的火花〉,國內各大報紙相繼刊載。1962年,王孟筠所在農場的宣傳幹部鄧普根據報告文學編寫了

同名電影劇本，由西安電影製片廠搬上銀幕。1963年鄧普的中篇小說《軍隊的女兒》出版。小說講述，女主人公劉海英十五歲報名參加新疆生產建設兵團，成為一個拖拉機手，因為救落水小孩與抗洪接連遭受兩次嚴重疾病的打擊，變得又聾又癱。在老場長的關懷教育下，她以堅強的意志和樂觀的精神與疾病抗爭，表現了生命的極限和奇跡，最終戰勝了中耳炎與癱瘓，健康成長起來，重新駕起拖拉機。

《雁飛塞北》（長篇小說），作者林予（1930-1992），作家出版社出版1962年出版。該小說具有真實的歷史背景：1958年1月24日，中共中央軍委發出《關於動員十萬轉業官兵參加生產建設》的指示，於是全國各地八萬多轉業官兵（加上隨軍家屬及流放的右派共約十萬人），匯集北大荒，其中包括一批軍校畢業生以及不少參軍前就是清華、北大、復旦、同濟等著名院校的畢業生，還有軍隊的文化教員、作家與藝文工作者。短短兩三個月時間，號稱十萬的移民隊伍迅速進入荒原腹地，開墾出大量荒地，建起一大批農場。林予1958年轉業來墾區，在負責八五三農場四分場（雁窩島）的場史撰寫工作的同時，以1956年鐵道兵和1958年轉業官兵開發荒原上的雁窩島、建設農場的生活為原形，創作了這部「反映了北大荒人艱苦創業的英雄氣概和獻身精神」的長篇小說。這部小說不僅描寫了北大荒人開荒種地，艱苦創業的真實情景，還描繪了天廣地闊、野草茫茫，以及「棒打麅子瓢舀魚，野雞飛到飯鍋裡」富有詩意的奇特景象，對表現「北大荒題材」的小說創作產生了深遠的影響。

第二章 彩虹的誘惑

第二節 作品的社會效果

上述作品,對當時以及後來尤其是文革中的知青,都產生了不同程度的影響。從當時的報導、當事人的日記、文革後的回憶文章,尤其是知青網路文章[②],便可看出這些影響所在——

有關《朝陽溝》的讀者反映:

一,當年可真是激情澎湃,受《朝陽溝》影響。還打算扎根農村一輩子呢。我是1970年當兵,在農村只幹了兩年。(白凡〈回千里〉)

二,當時正是豫劇《朝陽溝》唱遍全中國的時候,那時的年輕人,男的個個都想當栓保,女的人人都想做銀環,青年人到新村這種年輕人成堆的地方去,應該還算是一件很浪漫的事。(xiangpiyazhi〈文革憶舊系列之三——新村〉)

三,這便是我最初的美妙想像,其實它正是豫劇《朝陽溝》中一個充滿詩情畫意的場面,也是我下鄉後最喜歡回味的一些電影鏡頭。之所以常出現這種聯想,是因它與我眼前的生活有關,也與我眼前的生活類似。鏡頭中那一男一女便是劇中的男女主人公栓保(回鄉知青)和銀環(下鄉知青),他們正是一對戀人。他們所幹的鋤草,正是我下鄉這地方工期最長的一種農活。只可惜我們的鋤草場面沒有一點詩情畫意,那大約是因為眼前這些手握鋤頭的農人們無一例外都穿著骯髒破舊的衣褲,我的身邊也沒有一個操著鋤頭指導我幹活的「栓保」。(流水潺潺〈好想有個

[②] 本節未注明出處者皆為網路文章。

「栓保」〉）

　　四,電影《朝陽溝》把農村描繪得美如天堂,其實,我們插隊後的第五天便開始丟農具,一年共丟了一百二十多件,偷盜者百分之百的貧下中農成分。集體戶殺的第一口豬,剛開膛大隊會計就等著要肉了,愚蠢的我竟沒給,這使得他記了我四年的仇。1973年推薦我上大學,這位會計管公章,當著生產隊長的面在推薦表上寫了「立場不穩」四個字,狠狠報了一箭之仇。(馬鎮〈沉重的奉獻〉)

　　《朝陽溝》主人公銀環的生活原型趙銀環並不是上山下鄉的知青,而是一個土生土長的鄉下人,也沒念過中學,充其量也就只是具備高小文化。作者將她塑造成城鎮知青,似乎是為了突出「知識青年與勞動人民相結合」的政治教化作用,以及強化該作品對城鎮知青的號召力與影響力。《朝陽溝》雖然主要是圍繞著一對戀人兩個家庭,沒有像其他幾部作品那種濃烈的集體主義、英雄主義、浪漫主義及理想主義的色彩,但畢竟是第一部描寫城鎮知青下鄉的作品,因此在後來的知青中還是產生了一定的影響。

有關〈西去列車的窗口〉的讀者反映：

　　一,姚進在同學會那天深情地背誦著郭小川(應是賀敬之)先生的〈西去列車的窗口〉,此情此景讓人感動……朗朗詩句,把我們帶回到了那個紅色的年代,想想雖然當時自己家庭的政治背景差,幾乎差一點就被學軍中學高中拒之門外。但那個年代卻

第二章　彩虹的誘惑

反而造成了自己一心想證明自己的赤子之心，總是追隨著完美的理想主義色彩而不斷努力著。（fujing〈由高中三十年同學會所想到的〉）

二，因了賀敬之的詩，「西去列車的窗口」曾成為理想主義的同位語。我就在這個窗口旁坐立過。……無論在四年的插隊生涯裡，還是告別陝北後的二十多年來，我一直對構成我們群體中堅的西城和海淀的同學們心存不變的感激。事實上，是他們將我引到了西去列車的窗口，引上了黃土高原，引進了既貼近土地又超越平俗家常的高遠暢爽之境，溫潤著我的生活，也溫潤著我的生命。（田豐〈西去列車的窗口〉）

三，（〈西去列車的窗口〉）那些燙人心扉的語句，又把我帶回到了我的生命的前端，帶回到了那熱血沸騰的年代。就是這些我和同學們爭相傳抄的詩文，在我們當時稚嫩的心靈上產生了強烈的共鳴，從而整理行裝，毅然決然登上了北去邊疆的列車，要為了祖國母親去獻出自己的美好青春。（佚名〈影響我生命歷程的詩文〉）

四，我們是北京市委敲鑼打鼓歡送出去的最後一批北京知青。還記得1977年4月的那天，我們一行二十八人手捧「紅寶書」[3]，接過市裡送給我們每人一件的風衣，在鑼鼓喧天的熱烈歡送中踏上了西去的列車。那年我十八歲，揮別了親人、同學，義無反顧地離開了北京，一種要扎根農村的壯志豪情激勵著我們去實現自己的人生理想。在西去的列車上，我們捧讀毛選五卷，

---

[3] 指毛澤東選集或語錄本。

大聲朗誦賀敬之那首著名的詩歌〈西去列車的窗口〉，幫著打掃車廂，一種對新生活的嚮往鼓舞著我們。這種熱情一直保持到了延安市。一下火車，延安市幾千人打著鼓夾道歡迎我們。可是，在往縣裡走的路上我們的心越走越涼。看著兩邊光禿禿的山脈，沒想到這地方這麼貧瘠，不通車，交通工具就是毛驢。本來一路上都是高歌著的我們，這時情緒一下子跌落下來，一想到我將一輩子在這麼窮的地方生活，心裡充滿了矛盾。……我們幾個男生相依為命就這樣捱了一年。這一年我覺得所有的苦都吃過了，我特感謝邁向人生第一步時給我的這個機會，它煉就了我吃苦的毅力、忍耐力和坦誠的個性，我的團隊意識也是在那時形成的。十八九歲，在人生觀的形成期對我產生了深刻的影響，是我一生的財富。那些品質我想我現在大部分還保留著。（白雲濤〈磨難——我職業生涯的一筆財富〉）

詩詞國度的悠久傳統，理想主義的宣傳與教育，加上革命年代的浪漫情懷，〈西去列車的窗口〉的誘惑力無疑是十分強烈且致命的。事實上，〈西去列車的窗口〉本身也就是理想主義宣傳與教育的最佳教材。作者賀敬之是聲名顯赫的延安老革命詩人（官至文化部副部長、代部長，中共中央宣傳部副部長），革命加浪漫是其爐火純青的創作手段。不可否認，在那個年代，〈西去列車的窗口〉對讀者的影響是十分深刻且牢固的。亦不可否認，理想與浪漫自有其超越性——超越時空與階級，故即使時至今日，人們對〈西去列車的窗口〉仍是寵愛多於批評。浪漫散去激情未減，即使下鄉後經歷苦難仍對其影響仍多持肯定態度。

第二章 彩虹的誘惑

有關《年青的一代》的讀者／觀眾反應：

一，正在上海演出的新疆生產建設兵團楚劇團的一些青年演員看了《年青的一代》以後感動得流了淚。他們表示，看了這個戲，更加熱愛邊疆，願在新疆幹一輩子。（新華社1964年1月21日稿〈反映新人新事新思想的戲強烈感人，華東話劇觀摩演出充滿時代氣息，戲劇工作者決心多寫多演社會主義的現代劇〉）

二，今天我們年級全體同學來到一宮，參加市委組織的歡送張勇烈士④的弟弟張健到呼倫貝爾大草原插隊落戶大會。會後放映了彩色電影《年青的一代》。我感到，張健是我們學習的好榜樣。他參軍服役期滿，不留大城市，主動要求到他姐姐張勇烈士戰鬥過的地方插隊落戶，這種精神多麼可貴啊！電影《年青的一代》是一部好影片，已經看過多次了。可每看完一次都讓我激動一次。（孫浴塵1976年3月20日星期六日記〈電影《年青的一代》觀後〉）

三，上午去找紀北鳴，他到廠裡去了，沒遇上，吃過中飯去看了一場電影《年青的一代》。看的時候，我是多麼地受著感動啊！那種年青人的思想、工作、生活，單純而理想。他們是那樣的年輕而富有朝氣，懷著一顆火熱的心，投身到艱苦而有意義的社會主義建設中去，對資產階級思想進行了堅決的鬥爭，看著這銀幕上的年輕的一代是多麼的使人欽佩和羨慕啊。理想，前途，

---

④ 張勇，女，天津市四十二中學68屆初中畢業生。1969年4月25日到內蒙古呼倫貝爾盟新巴爾虎右旗額爾敦烏拉蘇木插隊，1970年6月放牧時為搶救羊群而遇難。

幸福，青春……可詛咒的時代呀！你卻連這麼一點發揮的機會都不給予。五四時代學生還可以上街遊行示威，演講宣傳，現在就連「大字報」這種憲法規定的權力才貼上牆幾天，就被沖洗的乾乾淨淨，還要「追查」、「嚴懲」、……完了！「躲進小樓成一統，管它冬夏與春秋」。（1976年4月9日日記，作者佚名，引自白鹿書院網站載《七十年代青春日記》）

　　四，後來看了電影《年青的一代》，一部反映地質學院學生在畢業前夕，是上艱苦地區為祖國找礦，還是留戀大城市生活，展開了思想交鋒的影片。主人公蕭繼業的形象，深深震撼了我。我萌發了將來考地質學院，畢業後當一名地質工作者，一輩子跟石頭打交道的美好理想。（莊大偉〈石頭記〉[5]）

　　舞臺與電影的直觀形象感染力，使《年青的一代》的影響更為廣泛地深入人心。因此也往往成為動員、組織知識青年下鄉最有力也最有效的文宣工具。標題「年青的一代」直接了當昭示了其所欲號召與動員的對象。獻身事業、報效祖國，成為一代青年的共同理想。個人小我的利益無條件地消溶於國家集體主義的需要之中。兩組男女主人公「革命加愛情」的劇情調配，給激情年代注入了幾許浪漫；激情高調但手段高超的包裝，也使人因其道德感召而歷盡滄桑後仍不忍對其過多責難。

---

[5] 載《新民晚報》2005年4月12日。

第二章　彩虹的誘惑

有關《邊疆曉歌》的讀者反映：

一，記得是在初中三年級讀書時⋯⋯我看到了這本《邊疆曉歌》，首先是書的封面一下子吸引了我。當我讀了第一頁時，便覺得放不下手了。⋯⋯書中知識青年那種英勇豪邁的革命熱情和創業精神，使我深受感動；書中知識青年戰天鬥地，不怕困難的一段段故事，深深地映在我的腦海。從那時起，我就立誓長大了要像他們一樣，做一個優秀的知識青年，到廣闊天地裡去，經受革命的暴風雨的鍛煉和考驗。有很長一段時間，我都沉浸在《邊疆曉歌》封面那幅畫裡，沉浸在它的一段段故事裡，朦朦朧朧地做著我的「知青夢」，甜甜美美地做著我的「青春夢」。那時，我並不知道知青生活的艱苦，農村生活的艱辛⋯⋯兩年多後，我的「知青夢」仿佛在一夜之間成真了。1974年12月，我也像《邊疆曉歌》裡的知識青年一樣離開安樂窩似的城市，到完全是農村生活方式的國營林場插場了，成了一個名副其實的知識青年。在那裡，我才真正懂得了什麼是生活，它不是爛漫，不是幻想，而是歷盡艱辛，跋涉前行；什麼是人生，它不是享樂，不是逍遙，而是風雨歷程，坎坷長途。（佚名〈《邊疆曉歌》讓我做起「知青夢」〉）

二，我想起，正是《軍隊的女兒》、《邊疆曉歌》⋯⋯這些書鼓舞著我們上山下鄉「到最艱苦的地方去，到祖國最需要的地方去」。我們這群青年是唱著「寶貴的生命屬於人民，讓生命的火花放射光芒⋯⋯」這首歌離開北京的。（郭晨〈這麼辦？〉）

三，兵團幹部們的動員報告還未完，我就已經決定了自己的

命運：到雲南，一定要去！使我如此堅定的還有《邊疆曉歌》這本書。書中對西雙版納的描寫，使我著迷，也使我執著地想去開墾那片神奇的土地⋯⋯我們被帶到一位老鄉的閣樓上。一上去，一陣黴臭和農藥味撲鼻而來。房梁上，蜘蛛結了無數的網；樓板上，堆著老鄉還未搬完的糧食等雜物。我完全呆住了，不相信地問自己：這就是我將要開始的兵團的生活麼？（田太慧〈十七歲的夢〉[6]）

四，魯豫：「當時為什麼會去北大荒呢？」姜昆：「那個時候我們初三畢業以後，說實在的有兩個原因，一個呢就等於是當時來講也是沒有出路了，大家都走了，如果能夠有機會跟大家一起走的話，也是一個非常高興的事情；第二個就是當時說實在的還有一點積極的東西，就是我看了一本小說，那個時候我們這一代，好像知青都看過這本小說，叫做《邊疆曉歌》，寫的是在雲南西雙版納，一群上海知識青年他們就來到了西雙版納，在一片原始的沒有被開墾的土地上，怎麼樣就是跟當時的自然環境，跟當時還有這個社會環境，做了一些鬥爭吧。看得人心情激昂，熱血澎湃，特想到廣闊天地作一番事業。」（香港鳳凰電視2008年4月24日「魯豫有約」之「知青四十年・愛在北大荒」）

熱帶風光、異族風情，給浪漫主義及理想主義加上了一層迷人的外紗，對充滿理想與浪漫情懷的少男少女更具誘惑力與殺傷力。開荒墾邊、農場生活，又給集體主義與英雄主義戴上一圈耀

---

[6] 載《紅土熱血》（成都：四川人民出版社，1991），頁15，18。

第二章 彩虹的誘惑

眼的光暈,對「在紅旗下成長」「時刻準備著」[7]的一代人更具感召力與動員力。但其美麗外紗與光暈消失後所袒露的醜陋真實卻也令人更加難以容忍。因此,相對而言,文革後人們對《邊疆曉歌》雖然仍有幾許溫情,但批評的力度卻也超過對其他作品。

有關《軍隊的女兒》的讀者反映:

一,當有機會從晚上到凌晨一氣讀完這本感人至深的小說時,我十四歲。回首或深或淺的半百人生,腳印裡竟然有著許多「劉海英」的痕跡,方知書中自信、自立、自強的精神已經潛移默化到我的靈魂和一生當中去了。七一年建設兵團來淄博招人的時候我剛滿十六歲,因男女比例,女孩要的很少,我便學著書中劉海英樣子整天跟著帶隊首長軟磨硬逼,連哭帶鬧的最終踏上了去孤島建設兵團一師一團的客車,成為一名穿軍裝種米糧的軍墾戰士。(冷秋寒月〈《軍隊的女兒》──影響我一生的一本書〉)

二,1971年9月我告別了從小一起「撿」書,看書的好朋友紅紅和星星,行囊裡裝著紅紅和星星送給我的《軍隊的女兒》和《歐陽海之歌》到那遙遠的祖國邊疆,開始了我的兵團生涯。(無恙〈看「閑」書〉)

三,我喜歡美麗的女人和美麗的生活。也在那裡看了《軍隊的女兒》,於是也想到軍墾農場去,去過那種不上學的快樂的生

---

[7] 中共建政前後及五十年代出生的一代人被視為是在(革命)紅旗下成長的一代人,「時刻準備著」,則是共產主義少年先鋒隊的誓言。

活。在那裡有那麼多的水果可以吃，真讓我心馳神往。（吳萍〈讀書的歷史〉）

　　四，呵呵，感謝樓主的妙筆，我喜歡這文章。還記得在我十四五歲的時候，看了《冰凌花》那本書，特別嚮往北大荒，非常想去那裡當農墾工人。入林海，漁鏡泊，割大豆，獵百獸……呀，恰同學少年不知愁，後來我又迷戀上了《軍隊的女兒》裡描寫的新疆建設兵團生活，終於去了內蒙兵團，事稼穡，建工廠，寫檄文，演百戲，一去六年，歸去來兮……今思之，恍若隔世矣……唯見兄弟們文章，豈不黯然神往，又見青春年少翩翩也……嗚呼！（Narcisus [158352688]〈Re:老兵不言[之六]〉）

　　五，在那特殊的年代，我初中尚未畢業就來到內蒙古這塊亙古的荒原裡「屯墾戍邊」，而且是到了兵團以後才過的十六周歲生日。完全是受了兩本書的影響：一本是《邊疆曉歌》講的是雲南兵團的軍墾生活，另一本是《軍隊的女兒》講的是新疆兵團的軍墾生活。當我在小學五年級時讀了這兩本書後，就對遙遠的邊疆產生了奇特的幻想。尤其羨慕《軍隊的女兒》中的主人翁劉海英的形象，立志長大後向劉海英一樣到邊疆去，用自己的雙手開墾邊疆，建設邊疆，過那令人嚮往的軍墾生活。可以說我正是讀了這兩本書，自己的命運就由此而發生徹底改變。儘管如此，我至今都無怨無悔！可以說是八年的兵團生活，礪煉了我們的意志、開闊了我們的胸懷、練就了我們吃苦耐勞的堅強品質。在這塊奉獻出我們最美好的青春年華的土地上，至今還深深地留著我們生命的足跡。（儲蓮珍〈感言〉）

第二章　彩虹的誘惑

儘管作品主人公不算是「真正的」上山下鄉知識青年，卻是軍墾農場──即若干年後大量知識青年蜂擁而至的生產建設兵團的先驅者。而且以真人真事為藍本，從報導、報告文學、電影再到小說，一系列的文宣造勢，更使主人公劉海英的形象已近乎神化；其所在地──大西北、新疆生產建設兵團，更為其神化的形象撐開了一個頗具英雄主義與浪漫色彩的背景。因此，對城市青年奔赴邊疆起到十分強烈且有效的號召力與榜樣作用。時至今日的回憶，依然殘留幾許青春浪漫的緬懷之情。

有關《雁飛塞北》的讀者反映：

一、35年前的中秋之夜，天幕上掛著一輪金黃的圓月。浙江嚴州中學大操場，說是大操場，其實就是一個200多平方米的大圓圈。來自不同年級的四個同學，就這麼一圈又一圈的「壓」操場。明天我們就將各奔東西，下鄉插隊落戶。當時，我滿腦做著文學夢：描寫十萬官兵開墾北大荒的長篇小說《雁飛塞北》……所有這些文學作品，曾使我鬥志昂揚，熱血沸騰。下農村有什麼可怕的？那時的歌聲就是這麼唱的：「到農村去，到邊疆去，到祖國最需要的地方去！」團圓之夜，沒有分手的淒涼之感。於是，我脫口而出：「新安江也是靠雙手建設起來的！」（吳育華〈新安在天上〉，《浙江日報》電子版2004年6月25日）

二、那時候的知青，大多看過反映新疆軍區生產建設兵團的《軍隊的女兒》，描寫轉業軍人開發北大荒的《雁飛塞北》，記敘昆明青年開拓西雙版納的《邊疆曉歌》，以及謳歌上海知青奔

赴新疆的朗誦詩〈西去列車的窗口〉等等，作品裡主人公高大的形象和火熱的生活極大地感染了我們這一代人，我的理想之一就是當個軍墾戰士。這不，美夢成真了。（冬東〈「九大」、兵團和「二百七」〉）

三、初中時讀過《雁飛塞北》這本小說，書中描寫了五十年代一大批轉業官兵開進北大荒，在那裡開荒種地，艱苦創業的情景。三十多年過去，故事內容已淡忘，但是書中「棒打麅子、瓢舀魚、野雞飛到飯鍋裡」，這富有詩意的詞語卻永遠鎖定在我的腦海裡。美麗、富饒而又神秘的北大荒深深地吸引了我，一九六九年三月，我來到了這片黑土地。但是，現實情況讓我失望，至今還「耿耿於懷」。（興安嶺〈北大荒——我難忘的夢〉）

四、我未經父母的同意，就偷偷報了名。這麼積極的態度在當時確實少見，我的熱情來源於一部長篇紀事小說《雁飛塞北》。書中介紹的是1958年中國人民解放軍十萬轉業官兵奔赴黑龍江的北大荒，開發雁窩島的真實故事。我被書中所描繪的廣闊天地、野草茫茫、用棒子就能打到麅子、野雞自己飛到鍋裡、用瓢就能舀到魚的美好神話，深深吸引了。（張家炎〈滿懷熱情要下鄉〉，《十堰晚報》2007年3月29日）

五、在熟讀了《軍隊的女兒》、《雁飛塞北》、《邊疆曉歌》那些書籍（當然還有挺英雄主義的丹柯故事，還有《鋼鐵是怎樣煉成的》紅色經典）以後，上山下鄉時竟沒有一絲一毫的猶豫了。當然不能說這裡面有必然的因果關係，但也不能否認這些書籍潛移默化的影響。（王愛英〈讀書，從廢品站開始〉，《天津日報》2006年10月24日）

第二章　彩虹的誘惑

該小說雖然也沒有正面反映知識青年，但由於有「十萬轉業官兵開發北大荒」的真實歷史背景，《雁飛塞北》所體現的集體主義與英雄主義色彩——軍人的天然色彩——更為濃郁，「棒打麅子瓢舀魚，野雞飛到飯鍋裡」的傳奇性則增添了作品的浪漫主義色彩，而由北大荒變成北大倉的遠景規劃，又無疑提供了理想主義的想像空間。於是，《雁飛塞北》對城鎮青少年的誘惑力與吸引力是十分強烈的，文革期間上山下鄉運動中，北京、天津、上海、杭州等大城市的知識青年最嚮往的就是北大荒。文革後，知青文學中最具理想主義與英雄主義色彩的作品，也多出自北大荒知青作家的創作。而「青春無悔」的旗幟亦首先是矗立於北大荒的黑土地[8]。

總而言之，上述幾部作品確實給當時讀者（主要是年輕人）提供了集體主義、英雄主義、浪漫主義及理想主義的教化，不過這些教化，是透過對農村、邊疆生活的美化、牧歌化、田園詩化的描寫來實現的。因此也就給了成千上萬年輕人展現了一個彩虹般的幻境與理想，在日後大規模知識青年上山下鄉運動中，不少年輕人就是帶著美麗的幻想奔赴邊疆與農村的。

彩虹的誘惑，美麗卻也致命。

---

[8] 1990年，北京北大荒支邊知青於「魂繫黑土地——北大荒知青回顧展」和石肖岩主編《北大荒風雲錄》（中國青年出版社，1990）中，首次提出「青春無悔」的口號。

第三章 矯作的激情
——文革中的官方知青文學

　　文革期間的官方知青文學，指得到官方授意、承認、支持並公開發表的作品。這些官方知青文學基本上是繼承文革前反映知青題材文學的革命英雄主義和理想主義特徵，肯定知青上山下鄉運動大方向的正確，強調不計條件扎根農村與邊疆幹革命，塑造勇於獻身的知青形象為己任。其目的是教育上山下鄉的知識青年。

　　文革中的官方知青文學除了由官方組織、授意專業作家創作，還有意培養、組織知青進行創作。出於政治宣傳教育的需要，知青的文學創作受到官方的關注與重視。為了提高知青的寫作能力，各地還經常舉辦知青報道員培訓班、寫作班以及創作學習班。這種活動，主要是在知青集中的地方如生產建設兵團與農林場等。如1971年，黑龍江生產建設兵團在佳木斯總部舉辦文藝創作學習班，集中了各師的創作骨幹四十多人，參加學習班的有李雲龍、梁曉聲、蕭復興、陳可雄、陸星兒、郭小林等人。1972年，雲南生產建設兵團在思茅總部舉辦了小說創作學習班。1973年，內蒙古生產建設兵團以兵團報社名義，集中了

兵團的寫作尖子，舉辦了一次創作學習班[1]。生產建設兵團的集體化生活與體制，確實是為知青中的業餘作者創造了比較好的學習與提高的條件，文革中不少知青文學就出自這些兵團知青作者手中。

在這個時期，也有不少兵團知青與下鄉知青開始在各地文藝刊物及作品集中發表各類文學作品及文學批評，甚至出版長篇小說。

詩歌類有：蔣巍等的詩集《沃野朝陽》（黑龍江人民出版社，1973年11月）、黃子平的〈膠林深處〉三首（《廣東文藝》1973年第11期）與〈如風如火──獻給紅衛兵戰友們〉（《廣州日報》1976年8月19日）、陶傑等的詩集《北疆新歌》（黑龍江生產建設兵團政治部內部發行，1974年9月）、王小妮的〈向毛主席宣誓〉（《吉林日報》1976年10月10日）、梅紹靜的長篇敘事詩〈蘭珍子〉（《陝西日報》1976年3月10日），等等。

短篇小說類有：張抗抗的〈燈〉（《解放日報》1972年10月22日）與〈小鹿〉（《文匯報》1973年11月25日）、韓少功的〈紅爐上山〉（《湘江文藝》1974年第2期）、王小鷹的〈小牛〉（《農場的春天》，上海人民出版社，1974年7月）、梁曉聲的〈邊疆的主人〉（《邊疆的主人》，上海人民出版社，1975年5月）、陳可雄的〈新松挺拔〉（《邊疆的主人》，上海人民出版社，1975年5月）、劉戈等的小說集《屯墾新篇》（黑龍江人民出版社，1975年5月）、韓少功的〈對臺戲〉（《湘江文藝》

---

[1] 劉小萌等《中國知青事典》（成都：四川人民出版社，1995），頁211。

第三章　矯作的激情

1976年第4期)、陸星兒的〈牛角〉(《黑龍江文藝》1975年第3期)、〈楓葉殷紅〉(《人民文學》1976年第1期)與〈舞臺主人〉(《黑龍江文藝》1976年第4期),等等。

長篇小說類有:汪雷的《劍河浪》(上海人民出版社,1974年9月)、張抗抗的《分界線》(上海人民出版社1975年9月)等。

報告文學類有蕭敬仁等的《北疆戰士》(黑龍江人民出版社,1972年9月)等。

散文及文學批評類有:張抗抗的〈大森林的主人〉(《文匯報》1973年7月8日)、王小鷹的〈花開燦爛〉(《朝霞》1974年10月)、韓少功的〈稻草問題〉(《湘江文藝》1975年第4期)、韓少功與劉勇的〈斥「雷同化的根源」〉(《湘江文藝》1976年第2期)、張抗抗的〈征途在前〉(《人民文學》1976年第5期)、梅紹靜的〈堅決走毛主席指引的路——敘事詩《蘭珍子》創作體會〉(《西安日報》1976年5月21日),等等。

這些作品,雖然不盡然是有關知青,卻也大多關涉知青、甚至就是以知青為表現對象,從中不僅可見當時文革時代背景氛圍,還可從不同側面看出知青與紅衛兵一脈相承的關係。文革中最具代表性的知青文學便是《崢嶸歲月》、《邊疆的主人》、《農場的春天》、《征途》、《劍河浪》、《分界線》、〈理想之歌〉等。

《崢嶸歲月》是1973年6月由廣東人民出版社出版的上山下鄉知青短篇小說集,收錄知青所創作的小說十九篇,主旨即是反

回眸青春
中國知青文學（增訂版）

映知青接受貧下中農再教育、在三大革命——階級鬥爭、生產鬥爭、科學試驗——運動中成長。小說作者頗為熟練地運用「三突出」②的創作原則，塑造了貧下中農、革命幹部及知識青年的光輝形象。當然，一般上總是知識青年是在貧下中農教育下成長，而在貧下中農背後支持的也總有一個代表黨（中共）的領導幹部。這樣的作品顯然是文革時代主流意識形態的產物，然而，中共機關報《人民日報》1973年9月26日仍有署名文章，批評這部小說集對階級鬥爭、路線鬥爭反映不夠深刻，由此可見中共當局對知青文學掌控的要求之高、力度之大。

《農場的春天》是1974年6月由上海人民出版社出版的農場知青所創作的短篇小說集。與《崢嶸歲月》相比較，《農場的春天》對主旋律的緊跟可謂更進一步：前者中的知青還是需要再教育的「正面人物」，後者中的知青已經「升華」為「主要英雄人物」了。而且這些英雄人物大多具有紅衛兵式的革命精神，如接受過毛澤東檢閱後響應號召到農場插隊落戶的紅衛兵（〈「農墾68」〉），勇於抵制錯誤領導的聞松華（〈長江後浪推前浪〉），勇於揭大字報、有硬梆梆石頭脾氣的二根（〈會燃燒的石頭〉），在關鍵時刻大叫一聲「我來！」的楚英（〈雛鷹〉），永遠跟著北京時間前進的新雁（〈北京時間〉），等等。在關於「能不能把先進青年的形象寫得很高大、並成為一部作品的主要英雄人

---

② 由革命樣板戲創作總結出來的創作原則：在所有人物中突出正面人物、在正面人物中突出英雄人物、在英雄人物中突出主要英雄人物。

第三章　矯作的激情

物」這個問題上,任犢(上海市委寫作班子)在〈燃燒著戰鬥豪情的作品——《農場的春天》代序〉中明確地自問自答道:「既然三大革命運動的現實鬥爭已大量地造就了這樣的人物,文藝作品為什麼不能寫,甚至把他們寫得比現實生活更典型、更完美些?」可見,這樣一種「升華」是得到官方的支持與鼓勵的。

《邊疆的主人》是黑龍江生產建設兵團政治部組織兵團知青所創作的短篇小說與散文集,由上海人民出版社於1975年5月出版。這部小說散文集同樣是突出階級鬥爭、路線鬥爭與再教育的主題,「反映了知青在北大荒的鬥爭生活」,「從不同側面塑造了一批建設邊疆、保衛邊疆,做邊疆主人的知識青年、邊疆少年、老軍墾戰士等的先進形象,熱情地歌頌知識青年上山下鄉這一社會主義的新生事物」。其中有跟企圖逃越國境的獸醫做鬥爭的軍馬連「九姐妹放牧班」(〈風雪之夜〉),有抓獲意圖破壞連隊豬群的壞分子的養豬班長知青小閻(〈秀麗的窗花〉),有同連長保守思想作鬥爭的女知青寧平(〈戰士的責任〉)。值得注意的是,知青陳可雄的〈新松挺拔〉描述了上海女知青余詠豆對摘帽壞分子進行鬥爭的事跡,梁曉聲的〈邊疆的主人〉則塑造了老軍墾士兵和知青模範的高大英雄形象。陳、梁二人,在文革後都成為「新時期」知青文學作家中的佼佼者。

《征途》(作者郭先紅),1973年6月由上海人民出版社出版。這是一篇較為特別的長篇小說。首先,小說寫的雖然是知青的事情,作者郭先紅(1929-)卻不是知青而是專業作家;其

次，該小說是以現實中的知青為原型進行創作：1969年秋天上海赴黑龍江知青金訓華為了撈起幾根被山洪沖走的電線杆而遭溺斃，因此被樹立為「為搶救國家財產英勇犧牲」的英雄。《征途》以金訓華為原型塑造了主人公知青鍾衛華，從上海到黑龍江邊疆插隊落戶，經歷了在邊防線埋伏、撲滅荒火、抗洪、抓蘇聯特務等頗具刺激性也頗具革命意義的事件，最終成為一個十全十美的革命英雄人物。

《劍河浪》（作者汪雷），1974年9月由上海人民出版社出版。作者汪雷，祖籍徽州，生於南京，1969年下鄉插隊，為「老三屆」知青。他所創作的《劍河浪》，是文革中第一部由知青創作的長篇小說。小說開頭便提及，劉竹慧及其紅衛兵同學下鄉前，在紅衛兵大串聯時便與紅霞村結下情緣，以此強調知青上山下鄉運動在本質上是紅衛兵運動的延續。因此，小說在對知青的描寫中，突出承續自紅衛兵的造反精神，貫穿著階級鬥爭的思想。劉竹慧在老貧農嚴德鐵的帶領與支持下，跟公社革委會副主任馮志淩及大隊會計孟振甫作鬥爭，堅持扎根農村幹革命，通過一系列事件的發展，逐步把矛盾推向高潮，從中刻畫了劉竹慧、葛輝、李淑敏等知識青年的英雄形象。

《分界線》（作者張抗抗），1975由上海人民出版社出版。作者張抗抗是一位從杭州到黑龍江農場的知青，《分界線》所反映的就是黑龍江農場知青的生活。通過農場受澇，是放棄還是搶救，展開了知青先進分子與農場落後分子的路線鬥爭與階級鬥

第三章　矯作的激情

爭。主人公耿常炯為來自上海的新一代知青代表，鄭京凡為已在農村成家落戶的老一代知青代表，他們二人都被塑造成與工農相結合的典型模範。小說的結尾，知青們發表了一封〈革命青年扎根農場的公開信〉，並通過耿常炯讀信後認識到堅持扎根農場幹革命就是一條「鮮明的分界線」。

〈理想之歌〉是一首長篇抒情詩，署名為「北京大學中文系1972級創作班工農兵學員③集體創作」，1975年12月該詩由中央人民廣播電台以配樂詩朗誦的形式廣播，1976年1月25日則由《人民日報》全文刊登。〈理想之歌〉節選如下：

　　紅日、／白雪、／藍天……／乘東風／飛來報春的群雁。／從太陽升起的北京／啟程，／飛翔到／寶塔山頭，／落腳在／延河兩岸。／／……呵！理想，／青年人心中／瑰麗的壯錦／燦爛的詩篇。／然而，／什麼是／革命青年的理想？／怎樣理解／又怎樣實踐？／──這確是一張／十分嚴肅的考卷！／／……呵，描繪理想的大筆／從來傾注著／階級的深情；／文化大革命在

---

③ 工農兵學員：文革開始後，大陸的高校（大學及高等專科學校）都停止招生。進入七十年代，高校開始陸續招收新生。不過取消了全國統一高考，直接從工人、農民（主要是插隊或回鄉知青，也有少數勞動模範）、解放軍或生產建設兵團中，選拔合乎標準（主要是政治標準）的青年直接進入大學學習。1974年以後，走後門興起，選拔成了形式。這些學生在進入大學之前的文化程度參差不齊，有六六屆高中畢業生，也有小學文化程度的。他們的任務是：上大學，管理大學，用毛澤東思想改造大學。學制縮短到兩年到三年。教材、教學教法都按照「教育要革命」的思想進行了重大變動。從1970年開始招生，到1976年結束，1977年恢復高考。這些大學生，被統稱為「工農兵學員」。

我心中／埋下了理想的種子；／「為共產主義奮鬥終生！」／而走與工農結合的道路，／這才是通向／革命理想的／唯一途徑！……／／「知識青年到農村去……」／毛主席／發出了進軍號令！／百川歸海呵／萬馬奔騰，／決心書下／簽名排成／一列長龍／……農村／需要我，／我，／更需要／農村。／為了共產主義事業，／我願在這裡／終身奮戰；／為了實現階級的理想，／我願在這陝北的土地上／迎接十個、二十個／戰鬥春天！／……呵，讓千年的鐵樹／作證吧！／只有在這裡／花朵才和最美麗的青春／一齊開放；／讓萬丈的昆侖山／作證吧！／只有在這裡／白雪才染上解放全人類的／理想之光！……

顯然，這是一首極為典型的、洋溢著「革命浪漫主義與理想主義激情」的政治抒情詩。值得注意的是，雖然在那個時代，「革命道路」不僅上山下鄉一途，但〈理想之歌〉卻集中筆墨歌頌知識青年上山下鄉運動，除了執筆的四位作者高紅十、陶正、張祥茂和于卓都曾經是知青外，也應該與當時官方即認為上山下鄉運動是青年們「反修防修」、「繼續革命」的重要方向。或許就是為了配合這一策略實施，《人民日報》、《光明日報》等報刊還連續報道了詩作執筆者之一高紅十。1976年2月5日的《光明日報》更發表了高紅十的文章〈回延安，當農民〉，宣傳她大學畢業後再次重返延安插隊落戶。這一「繼續革命」的實踐無疑是將〈理想之歌〉所宣揚的「革命理想」作了很合乎現實需要的詮釋。其他執筆者也正或許是沒有這樣一種重返農村插隊的實際行動而未能得到任何宣傳。

第三章　矯作的激情

〈展翅篇〉是受到〈理想之歌〉「成功」的鼓舞，由北京大學中文系1973級創作班工農兵學員創作的一首長詩：「……莫忘記呵，／莫忘記！／戰鬥呵，／戰鬥！／鼓起『炮打司令部』的勇氣，堅守無產階級的營盤……／就這樣，我們從與敵人較量過的田野，／來到階級爭奪的校園，／從一個戰場，／又來到一個火線；／我們帶著工農兵的囑托，／譜寫教育革命的新篇，／讓鬥爭的烈火，／一次次將我們冶煉……」（《人民文學》1976年第2期）在這裡，〈理想之歌〉還殘留的一點點詩意已蕩然無存，只剩下無情的鬥爭性、濃烈的火藥味，政治的宣示取代了藝術的抒情。從現實影響上看，東施效顰的〈展翅篇〉也已遠沒有〈理想之歌〉的效果了。

這些官方知青文學的作者，本身就是知青。照理說，他們應該是頗為熟悉知青的生活與思想，所描寫的知青形象、知青生活應該更具真實性與說服力。但是很遺憾地，由於這些作品是公開發表在官方掌控的刊物上，因此也就不可避免地帶有那個時代主流意識的痕跡，如革命、造反、鬥爭、光明、積極、先進，等等。這些作品所反映的只不過同樣是官方需要的主旋律──肯定知青上山下鄉運動，歌頌扎根農村與邊疆幹革命，塑造勇於獻身的知青英雄形象。這些主旋律的宣傳，顯然跟知青作者們在現實所經歷過的生活相去甚遠，儘管如此，他們也畢竟在不同程度上將自己在上山下鄉生活中的某些真實感受帶進了創作之中。如果說文革前的知青文學所宣傳的主旋律，是由非知青身分的作者所想像的具有神秘感染力與誘惑力的彩虹；那麼，文革中這些由知

青作者執筆創作的知青文學作品,則多少是在時代主旋律制導下所抒發的矯作激情。這種矯作的激情不僅不能感動人,反而會引起人們、尤其是知青的反感與厭惡。張抗抗在回憶文革期間的創作狀態時就不無懊悔地說過:「文革的教條一直不同程度的影響著我,我現在寫作,在語言和敘述上還感到有一種壓力,我儘量克服這種影響。我在一九七四年寫《分界線》時,就深深地受當時文學與政治不分家的意識形態影響。」[4]

事實上,這種矯作的激情也只是作者為了某種目的而因應官方主旋律意識所作的姿態,他們自己也並不相信這一套。如創作過歌頌農場知青生活詩歌〈膠林深處〉的黃子平,曾回憶在海南島一個偏僻農場觀看了樣板戲《智取威虎山》後的經驗:「看完電影穿過黑沉沉的橡膠林回生產隊的路上,農友們記不得豪情激蕩的那些大段革命唱腔,反倒將這段土匪黑話(指『天王蓋地虎寶塔鎮河妖⋯⋯』)交替著大聲吆喝,生把手電筒明滅的林子吼成一個草莽世界。」同樣是發生在「膠林深處」的事情,但這裡的描述無疑更具真實性。而知青們熱衷於黑話的現象,是因為「相對於正統敘述的旗幟鮮明,這套話語的含混曖昧卻產生出某種魅力,既暗示了另類的生活方式,也承續了文化傳統中對越軌的江湖世界的想像與滿足」[5]。顯而易見,這麼一種心態與現象,跟〈膠林深處〉中所彰顯的主旋律真可謂相差十萬八千里。

---

[4] 梁麗芳《從紅衛兵到作家——覺醒一代的聲音》(臺北:萬象圖書股份有限公司,1993),頁174。
[5] 參見黃子平《「灰闌」中的敘述》(上海:上海文藝出版社,2001),頁68-70。

第三章　矯作的激情

　　如果說，官方體制下產生的知青文學對知青文學發展史有什麼貢獻的話，那就是在人才（作者）的培訓與鍛煉上，為日後（文革後）的知青文學新階段準備／儲備了一支新生力量。事實上，文革後登上文壇的一大批作家——當然包括知青文學作家，都是文革中就得到訓練並開始創作的知青，盡管他們仍然背負著有那麼沉重的歷史包袱。

第四章　潛運的地火
——文革中的知青地下文學(一)[①]

第一節　知青中的讀書風氣

　　上世紀五六十年代，大陸一般城鎮裡學校的讀書風氣就比較好，六十年代初讀毛選（毛澤東選集）、中蘇論戰[②]等政治因素進一步助長了這種風氣。文革初期，更是因應大批判與派性鬥爭，以及對文革亂象困惑而進行的思考，到六十年代末期，以老三屆學生為主的（地下）讀書自學風氣達到高潮[③]，爾後這些老

[①] 本章及下章所參考的原始資料除了註明外，主要來自楊健的《中國知青文學史》（北京：中國工人出版社，2002）。這兩章所介紹的知青時代（及紅衛兵時代）的文學創作（包括詩歌、小説、散文）皆為「地下」狀態，為敘述方便，一概省略「地下」二字。

[②] 五十年代末期，中蘇關係由友好同盟開始走向破裂，到了1962年，中蘇兩黨已經開始通過公開致信的方式，從交換意見演變成為公開爭論。1963年9月6日至1964年7月14日，《人民日報》和《紅旗》雜誌連續發表九篇評論蘇聯共產黨的社論文章，展開中蘇論戰。

[③] 著名學者徐友漁、朱學勤、秦暉等都有紅衛兵—知青的經歷，他們的回憶文章多有提及此類情形。參看徐友漁〈一群思想者的風貌和蹤跡〉（《中國青年研究》1996年第2期，頁5-6）；朱學勤〈思想史上的失蹤者〉（《讀書》1995年第10期，頁55-63）；秦暉〈沉重的浪漫〉（徐友漁編《1966：我們那一代的回憶》，北京：中國文聯出版公司，1998，頁285-306）；魏光奇〈「文革」時期讀書生活漫憶〉（《首都師範大學學報》2003年增刊，頁160-164）；佩里安德森（Perry Anderson）〈知青九年——秦暉訪談錄〉，「經濟

紅衛兵自然也將讀書風氣帶到鄉村及邊疆。另一方面，客觀來說，無論是老三屆知青還是七十年代下鄉的知青，在學校接受的教育確實有限；然而，或許正是意識到這個缺憾，當時不少知青都堅持了閱讀、自學的良好習慣，讀書風氣在各地知青中十分盛行；當然也不排除純粹是為了排遣空虛、無聊，或自我娛樂、自我沉醉（麻醉），或由於愛好、興趣，甚至只是盲目的習慣性閱讀。無論如何，似乎可以說，幾乎是伴隨著上山下鄉行程的開始，知青們的讀書生活也就開始了。

到黑龍江插隊的上海知青劉琪（1954-）回憶說：「剛滿十六歲的我去黑龍江呼瑪插隊時，行李中最重的一個木板箱裡裝滿了我的主要藏書。……外國文學類有狄更斯的《大衛·科伯菲爾》和《雙城記》、勃朗特的《簡愛》、巴爾札克的《高老頭》和《歐也妮·葛朗台》、雨果的《九三年》和《悲慘世界》、司湯達的《紅與黑》、左拉的《娜娜》、莫泊桑的《漂亮朋友》及載有〈羊脂球〉在內的中短篇小說集……中國文學類有四大古典《三國演義》、《水滸傳》、《紅樓夢》、《西遊記》和《唐詩三百首》……因為書少而想看的人又多，只好按朋友的先親後疏、宿舍的先近後遠原則，大家挨個排隊交換看了。我的豎排本《鋼鐵是怎樣煉成的》和《牛虻》等在生產隊裡也算是稀有的好書，這樣我便有了和別人交換或者優先閱讀其他好書的資本。」[4]

觀察網」（http://www.eeo.com.cn/2006/0630/44765.shtml）；甘鐵生〈關於「二流社」的介紹〉，「甘鐵生新浪博客」（http://blog.sina.com.cn/gjtxug）。
[4] 劉琪〈從下鄉插隊到上學讀書：一個上海知青的讀書生活〉，「上海知青網」

第四章　潛運的地火（一）

當年的回鄉插隊知青，北京大學教授陳平原（1954-）在接受訪談時也表示：「我的好處是，出生於教師之家，家裡有不少藏書，可以自己讀。父母都教語文，『文革』中被打倒，但藏書沒有多少損失，先是被封存，後跟著我們到了鄉下。⋯⋯我的惟一優勢，就是不太受現有學科邊界的限制，也不理會什麼古代、現代的隔閡，或者文學、史學的分野。當年求知若渴，拿到什麼讀什麼，好書壞書我都能消化，這種閱讀趣味，自然不同於科班訓練出來的。」⑤

知青網友「在創輝煌」則在知青論壇著文道：「艱苦勞動之餘，知青們孜孜苦讀著一本本捲了邊的名著。交流讀過的好書，常常成了這個知青樓特有的風景，十分賞心悅目。我們曾嚴肅討論《復活》，為卡佳‧馬絲洛娃的不幸而歎息，也為聶黑紐道夫的人性的復活而感動，我們讀了高爾基的《人間》，發現書中所有人都有善良的一面。」⑥

北大荒知青leini在自己的部落格記述：「北大荒貧困的物質生活和繁重的勞動我都覺得可以忍受，精神生活的貧乏卻是最難熬的。當時公開出版的文藝書也就是《歐陽海之歌》、《金光大道》等幾本，我只好買了好多政治、哲學、歷史類的書籍。記得比較清楚的有范文瀾的《中國通史》、《中國近代史》和周一良的《世界通史》。反正是饑不擇食，隨便什麼書都看得津津有味

　（http://shzq.org/hljpd/sxds.htm）。
⑤ 查建英〈陳平原訪談錄〉，「中國文學網」（http://www.cnwxw.com）。
⑥ 在創輝煌〈追夢，在精神沃土──知青生活與俄羅斯文化〉，「青島知青網」（http://www.qdjpk.com/article-1568-1.html）。

的。」⑦

曾為紅衛兵領袖的知青網友Wenjunq在〈讀書雜談〉中回憶:「我回到鄉下便開始讀書,特地找同學尋來樊映川的《高等數學》,還有《結構力學》、《材料力學》。全然忘記了對蜘蛛的研究。那時我戴著『敵我矛盾按人民內部矛盾處理』的帽子,絕對沒機會招工,更別提考大學了。冬天點著煤油爐子暖腳,尼龍襪粘在爐子上,破個洞再補上。大隊那些幹部們說笑話,但我未必在乎。因為我已經被又耽誤了寶貴的四年,生命是我自己的,未來也是我自己的,我必須把這個生命的小窩,構築得漂亮一點。」⑧

武漢大學哲學系教授鄧曉芒(1948-)著文回憶在插隊時的讀書生涯:「我的涉獵面很廣,古今中外的哲學、自然科學、經濟學、歷史學、文學、藝術、美學、邏輯學等等,只要是字、是書,幾乎沒有界限……在老家農村的三年中,我徹底靜下心來讀了一些哲學書,包括西方哲學原著。」⑨

當然,在條件簡陋的農村,要堅持自學理工科與艱深的哲學畢竟不易,更多知青自學讀書的範圍是集中在文史一類。如早年隨母親下放(即「成戶下鄉」),高中畢業後再次回鄉插隊的福建知青張勝友(1948-),原本志在考進清華大學,然而,「一

---

⑦ Leini〈讀書樂〉,「春華秋實」(http://hk.netsh.com/eden/bbs/8489/tree_index.html)。
⑧ 載《Wenjunq文集》,「華夏知青」(http://www.hxzq.net/aspshow/showarticle.asp?id=667)。
⑨ 鄧曉芒〈我怎麼學起哲學來〉,韓少功等編《我們一起走過──百名知青寫知青》(長沙:湖南文藝出版社,1998),頁25。

第四章　潛運的地火(一)

到農村,我覺得自己的大學夢徹底破滅了。我把所有的高中課本,以及考入清華大學的老鄉送的一套數理化參考書,集中起來,在自家的天井裡一把火燒了個乾乾淨淨。在農村這樣的環境裡,想搞理工科根本不具備什麼條件,但搞文學還是有希望的。……於是,我就在家裡自修大學中文系的課程,讀《文學概論》啦、《寫作教程》啦……」[10]最終,張勝友走上了文學創作之路,並於1977年考進復旦大學中文系。

香港鳳凰衛視國際問題專家何亮亮(1951-)當年在福建北部山區插隊時,攜帶了上百冊各種書籍,其中一冊上世紀三十年代的英國《政治家年鑒》,成為他經常翻閱的工具書,得以從中學習英文、世界地理和二戰前的世界形勢。這種自學習慣打下的基礎,使何亮亮在文革後能成功考進北京中國社會科學院研究生院新聞系。[11]

何亮亮的香港鳳凰衛視同事,著名時事評論家曹景行(1947-)在皖南山區插隊十年期間,做工之餘,就會找書來讀,尤其是放年假的時候,大家都走了,他主動留下來,一個年假便可以讀很多書。那時候曹景行不僅通讀了馬克思恩格斯全集與列寧的《哲學筆記》,以及《世界史綱要》、《哲學史》、《政治經濟學》等,還重讀了《紅樓夢》、《水滸傳》、《聊齋》、《二十四史》等,並偷讀了雨果的《九三年》、《巴黎聖母院》、大仲馬的《三個火槍手》、《基督山恩仇記》等禁書。

---

[10] 張勝友〈我的財富是經歷〉,王江主編《劫後輝煌——在磨難中崛起的知青·老三屆·共和國第三代人》(北京:光明日報出版社,1995),頁5。
[11] 〈何亮亮——深得家傳門風感染〉,「鳳凰網」(http://www.ifeng.com/)。

正是有了這個豐厚的底子，1978年，曹景行以上海市文科第二名的成績考進了復旦大學歷史系。⑫

首都師範大學歷史系教授魏光奇（1950-）回憶道：「插隊後我們的讀書活動達到了一個新的高潮。我們帶著兩大木箱書來到晉東南沁縣，此外還不斷通過各種渠道找書看。如我的朋友丁東和楊志拴乘縣裡組織知青參加『審書』之機，從縣師範偷出了好幾本被封借的書，如周谷城的《中國通史》、修昔底德的《伯羅奔尼薩斯戰爭史》、科瓦略夫的《古代羅馬史》、福斯特的《美洲政治史綱》、歌德的《少年維特之煩惱》、狄更斯的《大衛·科波菲爾》等等。當時，志同道合的知青時興在村與村之間搞串聯，大家不時聚在一起，『指點江山，激揚文字』，會餐聯歡，登山擊水，愜意得很。與此同時，我們與在內蒙等地插隊和在東北生產建設兵團的同校同學以及『二流社』⑬時期的外校同學也保持著頻繁的通信聯繫，互相交流學習心得，交流參加『三大革命實踐』和知青集體建設情況，所有這些，都推動著我們讀書活動的深入。那一時期，白天出工，晚上趴在小油燈下讀書，往往直到深夜。我當時寫過一組詩歌，反映我們知青集體的生

---

⑫ 徐雁，童翠萍〈中國當代閱讀史（1949-2009）〉，《圖書館雜誌》2009年第9期，頁5-6。

⑬ 「二流社」：文革期間在北京形成的一個非正式的跨校際的紅衛兵文化沙龍，聚會地點在北京西郊紫竹園「風雨亭」和北海公園等地。其成員有師大女附中的戎雪蘭，潘青萍，史保嘉；35中的孫康（方含），包國路（柯雲路），101中的任公偉；31中的甘鐵生等人。早期多討論政治問題，1968年後，出於對政治的失望，大多數成員開始把注意力投向文學藝術。柯雲路，甘鐵生，孫康，史保嘉等均成為知青地下文學中風雲一時的人物。參看甘鐵生〈關於「二流社」的介紹〉，「甘鐵生新浪博客」（http://blog.sina.com.cn/gjtxug）。

第四章　潛運的地火(一)

活,其中有一首〈夜讀〉:『茫茫夜,四周星,村東側,點點燈。正襟危坐南窗下,夜讀會神又聚精。趕走一天勞和累,忘卻冬寒雪與風……』這是當時我們讀書情景的真實寫照,毫無渲染誇張。」[14]

當代散文家趙麗宏(1951-)在〈讀書之樂〉一文中記述道:「記得當年鄉下『插隊』時,最美好的時光,是一個人在草屋裡讀書,窗外蟬鳴螢飛,綠風瀟瀟,書中美景和身邊天籟融合為一體,這時,便忘卻了生活的艱辛和前途的渺茫。」[15]

日後成為作家的北京知青鄭義(1947-)多次陳述在鄉村讀書的情景說:

我們從北京帶去的書很少,縣裡有個圖書館,被封存了。我們跟那個圖書館的人關係不錯,每次到縣裡去,總用大麻袋裝書回來。從一九六八年到一九七一年這幾年,我狂熱的大量的看馬列,包括北京在文革前出的內部的書,能借到的都看了。[16]

勞動是艱苦的。看書同樣是艱苦的。每天下了工,吃了飯,已是筋疲力盡。又沒有電、連煤油燈都沒有。最初的日子裏,我們只有墨水瓶、葯瓶自製的「小煤油壺壺」,豆大的燈焰下,擠

---

[14] 魏光奇〈「文革」時期讀書生活漫憶〉,《首都師範大學學報》2003年增刊,頁163。
[15] 趙麗宏〈古詩專欄《玉屑》之四十〉,見「趙麗宏博客」(http://blog.people.com.cn/blog/u/zhaolihong/)。
[16] 梁麗芳《從紅衛兵到作家——覺醒一代的聲音》(臺北:萬象圖書股份有限公司,1993),頁399。

不了三兩個人，於是只有輪班看。第一撥兒從晚飯後看到十一、二點。第二撥兒從十一、二點看到三、四點。再叫醒第三撥兒接著看到天明。特別是當外村傳來好書，限定兩三天還，大家還想自己做點筆記，唯一的辦法就換班看，通宵達旦。回憶起來挺苦的：睡得正香，硬要掙扎起來「接班兒」！只有走出窯洞，在雪地上捧把雪擦擦臉，看山區格外明亮的星星月亮，直到凍得清醒得不能再清醒了，再趴到小炕桌上看。但那陣兒不覺得苦，因為不看這些書不知道該怎麼往下活！[17]

下鄉六年，記滿了六本讀書筆記的湖北知青作家劉曉航（1947-）回憶：「我幾十年的讀書生涯中，最令人難忘的是在農村當知青時，在漫長的冬夜，在一盞煤油燈下，如飢似渴地捧讀一本本『禁書』，就像餓漢撲向麵包……1968年冬天，我去皖南山鄉插隊，僅有的一只舊藤箱，除了幾件衣裳，其餘的都是書。」[18]

文革中在貴州山區插隊逾10年，最執著於知青題材創作的作家葉辛在接受報刊採訪時說：「我到貴州去插隊落戶時，兩隻木箱子裡的書中，也選了巴爾扎克的兩本小說《高老頭》和《貝姨》。戴思傑[19]用《巴爾扎克和小裁縫》這麼個書名，是有其代

---

[17] 鄭義〈第五封信・山西插隊生活〉，《歷史的一部分——永遠寄不出的十一封信》（臺北：萬象圖書股份有限公司，1993），頁182。
[18] 劉曉航〈鄉村雪夜讀「禁書」〉，《湖北審計》2001年第12期，頁58-59。
[19] 戴思傑：1971年至1974年，作為知青在四川雅安地區滎經縣山區插隊落戶。1977年考入四川大學歷史系。1982年考取國家第一批公派出國研究生，補習一年半西方文化史、美術史及法語後，於1983年年底赴法。在法國先後考入巴黎第一大學藝術學院和盧浮宮學校學習藝術史。一年後改考法國國立高等電

第四章　潛運的地火(一)

表性和意味的。我本人在插隊期間的精神生活，我已在其他文章中提到過，大多數時間是翻來覆去地看帶下鄉去的兩箱子書。無奈中的『炒冷飯』還是有收穫的，我從反覆的閱讀中獲益匪淺。」[20]

知青作家韓少功的回憶，更將知青當年的讀書風氣跟他們（中間的一部分人）日後在文壇及其它領域有所作為聯繫起來：

知青下放農村那一段，因為社會閱歷的增加，因為農村裡的政治控制較鬆，思想是比較活躍的。那時候讀「禁書」是普遍現象。漫長的夜晚，沒有什麼事做，讀書就成了最大的享樂。你（按：指王堯）剛才提到的黃皮書和灰皮書，雖然名義上是「反面材料」，但在一些知青圈子裡廣為流傳。……八十年代以來一批活躍的知青作家，有幾個是讀了大學的？他們都是在鄉下讀「禁書」成長起來的，黃皮書和灰皮書功不可沒，所以後來出現了史鐵生、張承志、李銳、張煒、王安憶、北島、賈平凹、阿城、梁曉生、張抗抗、鄭萬隆等等。還有一些人進入了哲學和社會科學領域，溫鐵軍、劉禾、陳嘉映、朱學勤、黃子平等等，也是一個可以開列得很長的名單。[21]

影學院，學習三年電影。畢業後至今執導了五部法國電影：《牛棚》、《吞月亮的人》、《第十一子》、《巴爾扎克與小裁縫》、《植物學家的女兒》；出版的小說則有《巴爾扎克與小裁縫》、《釋夢人》（亦譯名為《狄的情結》）、《無月之夜》等。

[20] 陳占彪〈作家這一稱呼還是有其神聖感的——葉辛訪談〉，《社會科學報》2006年8月31日。

[21] 韓少功、王堯〈在妖化與美化之外的歷史〉，《當代作家評論》2003年第3期，頁49-50。

這麼一種聯繫或許過於直接簡單，但不可否認，知青的讀書風氣，或許是由於承續以往養成的閱讀習慣與興趣，亦或許是為了填補、打發空虛無聊的生活，但客觀上畢竟充實了知青們的思想與生活。而更重要的是，知青讀書的風氣也確實是影響到文學創作——尤其是自發性的文學創作風氣形成。如在當時及後來影響深遠的白洋淀知青詩歌群落（詳述見後）的形成，就跟在白洋淀插隊的知青群體的「整體性閱讀氛圍」密不可分。這些知青不僅廣泛閱讀了波爾萊特、艾略特、馬雅可夫斯基、阿赫馬杜琳娜、普希金、葉賽寧、茨維塔耶娃、洛爾迦、聶魯達、阿拉貢、聶利亞等人的詩歌，還傳閱了《存在主義》、《在路上》、《麥田的守望者》、《等待戈多》等現代思想及文學的著作，從而形成他們別具現代主義風格的詩歌創作。[22]

與生產建設兵團由官方操控下組織知青進行創作不同，散佈在廣大農村的插隊知青（當然也有相當一部分兵團知青）自發性的文學創作，不但難有發表出版的機會，反而會無端遭受圍剿鎮壓的命運，因此基本上處於「地下」狀態。儘管這樣，各地知青中還是湧現了不少在詩歌、小說、散文等方面勤奮創作並卓有成績的群體與個人。從而也確實為文革之後真正的知青文學崛起——從人才、題材到作品——進行了頗為充分的醞釀與準備。

---

[22] 參看吳投文〈論朦朧詩產生的現代主義文學背景〉，《同濟大學學報》第13卷第5期（2002年10月），頁118-124；宋海泉〈白洋淀瑣憶〉，《詩探索》1994年第4期，頁119-145；王士強整理〈「白洋淀」與我的早期詩歌創作——林莽訪談錄〉，「王士強」博客（http://blog.sina.com.cn/wangshiqiang1979）。

第二節　詩歌創作

　　中國本來就是一個詩歌的國度，古典詩詞的影響源遠流長。五四新文化運動以來，西方新詩的影響又使詩歌創作在中國另闢了更廣闊的天地。中共建政後，五十年代的「中蘇蜜月」時期，隨著蘇俄政治文化體制全面「移植」大陸，蘇俄文學中的詩歌傳統也廣泛影響了大陸五六十年代熱愛文學的青少年。文革時期，在一切「封資修」[23]舊文學被全面掃蕩之後，取而代之的紅衛兵文學[24]以及稍後的工農兵文學[25]，便主要是各式各樣的詩歌創作。正是在這麼一個歷史背景之下，詩歌創作在知青中也是十分普遍的現象，幾乎可說是凡有知青群體的地方，都可見有進行詩歌創作的知青[26]。限於篇幅，本節僅能擇取如下幾個方面展開敘述。

知青詩歌第一人——郭路生

　　知青詩歌創作領風氣之先者當屬郭路生，筆名食指，1948出生在行軍途中，故名路生。郭路生自幼深受蘇俄詩人馬雅可夫斯基、普希金、萊蒙托夫等人詩歌的影響。1967年，正當文革如火如荼進行中，郭路生拜訪了已被「打倒」的著名詩人何其芳（1912-1977）並開始向何其芳請教作詩。在此期間，郭路生寫

---

[23] 即封建主義、資本主義、修正主義。這是中共對一切敵對體制、思想、文化的統稱。
[24] 參看楊健《中國知青文學史》，頁67-155。
[25] 指作者以工人、農民、解放軍士兵為主，所反映的題材亦以工人、農民、解放軍士兵的生活為主的文學作品。事實上，文革中後期「工農兵文學」的作者，大都也是當年的紅衛兵（畢業後轉進各行各業）。
[26] 從郝海彥主編的《中國知青詩抄》（北京：中國文學出版社，1998）所載，便可窺見大概。

下了被廣為傳誦的詩作〈海洋三部曲〉、〈魚兒三部曲〉等。〈海洋三部曲〉在寫作技巧上受到萊蒙托夫影響,內容卻是表達了對紅衛兵運動失敗的悲觀情懷。郭路生還參加北京青年的地下文學沙龍活動,和張郎郎、王東白等朋友聚會,一起聊天、唱歌、聽音樂、講故事,尤其朗誦詩歌。郭路生可說是由紅衛兵詩歌向知青詩歌轉變的關鍵人物。1967年秋,屬於當時受打壓的老紅衛兵郭路生與朋友在離京逃難之際,他的朋友張郎郎在友人王東白的日記本扉頁上寫下四個字:相信未來。[27]為此,郭路生1968年2月就創作出其成名之作〈相信未來〉:

> 當蛛網無情地查封了我的爐臺,
> 當灰燼的餘煙歎息著貧困的悲哀,
> 頑固地鋪平失望的灰燼,
> 用美麗的雪花寫下:相信未來!
> 當我的紫葡萄化為深秋的淚水,
> 當我的鮮花依偎在別人的情懷,
> 我仍然固執地望著凝霜的枯藤,
> 在淒涼的大地上寫下:相信未來!
> ……

這首〈相信未來〉據說曾被江青點名批判(因相信未來就意

---

[27] 張朗朗〈「太陽縱隊」的傳說及其他〉,廖亦武主編《沉淪的聖殿》(烏魯木齊:新疆青少年出版社,1999),頁49。

第四章　潛運的地火(一)

味著否定當時的文革），但卻使郭路生聲名大噪。〈相信未來〉的出現，激勵了許許多多在文化專制下倍覺苦悶失望的年輕人。〈相信未來〉在知青群體中引起很大的反響，在某種程度上起著驚醒和呼喚的作用，當年的白洋淀知青詩人宋海泉記述說：「1969年的夏天，我第一次讀到郭路生〈相信未來〉。……〈相信未來〉使我看到一個新的世界。那些『失望的灰燼』、『餘煙嘆息』、『凝霜的枯藤』、『孩子的筆體』……朴素的詞語編織的一種與心靈相共鳴的律動，鮮明的詩的形象表達了一種對現實的反叛與抗爭。」[28]因此，郭路生這首詩在全國有知青插隊的地方廣為流傳，也喚醒了一代青年詩群，其影響被及文革後新時期七八十年代的詩壇。

　　1968年12月20日下午4點零8分，一列載滿上山下鄉知識青年的專列火車緩緩駛離了北京站。被派赴山西插隊的郭路生也正是在這列火車上，寫下了那首著名的〈四點零八分的北京〉：

> 這是四點零八分的北京，
> 一片手的海洋翻動；
> 這是四點零八分的北京，
> 一聲雄偉的汽笛長鳴。
> 北京車站高大的建築，
> 突然一陣劇烈的抖動。
> 我雙眼吃驚地望著窗外，

---

[28] 宋海泉〈白洋淀瑣憶〉，《詩探索》1994年第4期，頁123。

不知發生了什麼事情。
我的心驟然一陣疼痛,一定是
媽媽綴扣子的針線穿透了心胸。
這時,我的心變成了一隻風箏,
風箏的線繩就在媽媽手中。
線繩繃得太緊了,就要扯斷了,
我不得不把頭探出車廂的窗櫺。
直到這時,直到這時候,
我才明白發生了什麼事情。
——一陣陣告別的聲浪,
就要捲走車站;
北京在我的腳下,
已經緩緩地移動。
我再次向北京揮動手臂,
想一把抓住他的衣領,
然後對她大聲地叫喊:
永遠記著我,媽媽啊,北京!
終於抓住了什麼東西,
管他是誰的手,不能鬆,
因為這是我的北京,
這是我的最後的北京。

1969年3月從北京赴河北白洋淀插隊的宋海泉(1947-)曾記述了當時火車站送行的情景:「當火車開動的一剎那,車站車

第四章　潛運的地火(一)

廂,突然爆發出一陣揪動人心的聲響。這聲響,激越而又淒厲,這是由哭泣和叫喊交織成的撕心裂肺的聲音。」[29]郭路生只不過是用詩歌的形式真實地描述了這麼一段具有共同特色的歷史畫面:知青們要離開親人遠赴他鄉。這裡沒有高亢的口號,沒有昂揚的激情,只有刻骨銘心的親情牽絆,只有依依不捨離鄉情懷。

郭路生在追述寫作此詩的情景時說:「寫的時候我就感覺到母親綴衣扣的針線。我開始想了很多,寫了很多。火車開動的時候不是有那麼『咔嚓』一下嗎?就是那一下,一下子把我抓住了。」詩人從人性最根本的骨肉分離切入,於是就抓住了詩的靈魂,於是就打動了千千萬萬知青的心。當郭路生將這首詩念給一同下鄉的知青朋友聽時,朋友們都哭了。[30]

到山西插隊期間,郭路生依然不停地創作詩歌。他的詩,知青們爭相傳抄誦讀,從鄰近山西的陝西、內蒙古、河北等地,到遙遠的黑龍江兵團和雲南兵團,廣泛流行於全國,影響深遠。郭路生插隊所在地杏花村竟一時成了詩聖朝拜地,附近的知青每逢下雨天歇工日,就紛紛來到杏花村拜見郭路生,跟他談詩。與郭路生同村的女知青戈小莉回憶道:「到現在我還記得那些身穿破襖、腰間繫草繩(當年知青的典型裝束)的男青年,迎著細雨,踏著泥濘,走上通向我們住處的小山坡,破得開了花的棉襖遮不住他們洋溢的青春及臉上透出的知識氣息,有的人甚至可以說是風度翩翩。」[31]

---

[29] 宋海泉〈白洋淀瑣憶〉,《詩探索》1994年第4期,頁122。
[30] 參看楊子〈食指:將痛苦變成詩篇〉,《南方週末》2001年5月25日。
[31] 劉禾〈屬於《今天》的往事〉,《新快報》2009年4月3日;戈小莉〈郭路生在

赴內蒙古插隊的知青詩人史保嘉（齊簡）著文回憶當時讀郭路生詩的情景：「郭路生的出現極大地震撼了詩友們。他對於個人真實心態的表達喚醒了我，使我第一次瞭解到可以用詩的語言將自己的思想感情表達出來。記得那晚停電，屋裡又沒有蠟燭，情急之中把煤油燈的罩子取下來，點著油撚權當火把。第二天天亮一照鏡子，滿臉的油煙和淚痕。當時讀到的詩大致有：〈相信未來〉、〈煙〉、〈酒〉、〈命運〉、〈還是乾脆忘記她吧〉、〈魚群三部曲〉等。郭路生的詩在更大範圍的知青中不脛而走，用不同字體不同紙張被傳抄著。世界上不會有第二個詩人數不清自己詩集的版本，郭路生獨領這一風騷。」[32]

在山西汾陽杏花村插隊期間，郭路生著意向民歌學習，寫出了一些鄉土味濃鬱的詩作，如〈新情歌對唱〉、〈窗花〉等。前者表現鄉村少男少女兩情相悅互訴愛意；後者描述心靈手巧的農家少女，用紅紙剪出冰淩花的情景。這些詩寫得很有情味很有意境，不過，最能打動人心的還是他那些抒發個人情懷，反映當時年輕人心聲的詩作，如〈寒風〉：「我來自北方的荒山野林，／和嚴冬一起在人世降臨。／可能因為我粗野又寒冷，／人間對我是一腔的仇恨／為博得人們的好感和親近，／我慷慨地散落了所有的白銀，／並一路狂奔著跑向村舍，／向人們送去豐收的喜訊。／而我卻因此成了乞丐，／四處流落，無處棲身。／有一次我試著闖入人家，／卻被一把推出窗門。／緊閉的門窗外，人們

杏花村〉，「新語絲電子文庫」（www.xys.org）。
[32] 齊簡〈到對岸去〉，《詩探索》1994年4期，頁146。

第四章　潛運的地火(一)

聽任我／在飢餓的暈旋中哀號呻吟。／我終於明白了，在這地球上，／比我冷得多的，是人們的心。」這首詩創作於1969年夏天，表現的卻是「寒風」，這樣一種頗具反差張力的創作心態，似乎就給全詩的敘事、抒情及寫景都奠定了一個極具負面意義的基調。詩人用擬人的手法寫風，而且還用第一人稱，很自然就給予讀者強烈的代入感。從詩中的敘述、形象、景色、氛圍，不難感受到在那瘋狂年代，詩人（及一般人）擺脫不了的孤獨、恐懼、無助、茫然，甚至絕望的種種情緒。郭路生在接受專訪時說：「可能那時候沒有反映那個時代的詩，並不是我的詩特別好，如果有個比較，我還不一定能成為佼佼者。沒有人反映知識青年的心聲。我是惟一寫這些真實東西的人，所以他們印象特別深。這是特殊環境的產物。」[33]

郭路生於1970年離開農村進工廠當工人，次年參軍，兩年後復員，曾在北京光電技術研究所工作。因在軍隊中曾遭受強烈刺激，導致精神分裂，文革後長期住在精神病院。其〈相信未來〉刊於《文友》雜誌1998年1月號，獲頒該年度「文友文學獎」。同年8月14日下午，郭路生在北京第三福利院接受了這一榮譽。沒有任何頒獎儀式，只有文友副主編伊莎和一群詩友相伴。《文友》的授獎詞是：

他在他的時代裡，獨力承擔了一位大詩人所應承擔的。──謹以1998年度文友文學獎授予〈相信未來〉的作者、中國現代

---

[33] 楊子〈食指：將痛苦變成詩篇〉，《南方週末》2001年5月25日。

詩的一代先驅食指先生。

　　宋海泉將郭路生譽為「文革詩歌第一人」,並評曰:「他使詩歌開始了一個回歸:一個以階級性、黨性為主體的詩歌開始轉變為一個以個體性為主體的詩歌,恢復了個體的人的尊嚴,恢復了詩的尊嚴。……他主要表現的是青春、幻滅、抗爭和固執的希望。這正是當時知青們共同的感情。」[34]甘鐵生也對郭路生推崇備至:「他的詩,如〈相信未來〉、〈煙〉、〈酒〉、〈海洋三部曲〉、〈這是四點零八分的北京〉……在60年代後期散佈著巨大的魔力。他的詩歌所具有的衝擊力,掃蕩了當年所有官方發表的順口溜。我覺得,郭路生的歷史功績就在於,當所有的輿論都在糟蹋文化的時候,他用他的文字重新確立了真正的詩歌形像。」[35]對郭路生及其詩歌創作而言,這樣稱譽,無疑是實至名歸的,這樣的評價也無疑是恰如其分的。

　　時至今日,人們對郭路生及其詩歌仍給予極高的讚譽與評價:「他以深沉的文本和光明的人格,以及在逆境中不屈不撓的探索精神,成為感動中國的詩壇巨匠。」「食指作為朦朧詩之前的先行者,為新詩的回歸作準備,敢於真實地發出內心的聲音,而真實正是詩歌的第一要素。」「〈相信未來〉是一個精神標高,是一種生命姿態,是人生最積極、珍貴的信念。就像未來是取之不竭用之不盡的一樣,食指先生詩歌的價值也在向未來的時

---

[34] 宋海泉〈白洋淀瑣憶〉,《詩探索》1994年第4期,頁122-123。
[35] 甘鐵生〈開心年月〉,《高中》(北京:華文出版社,2005),頁81。

第四章　潛運的地火(一)

空無限延伸。」而今日的郭路生,則用詩作回應:「年年如此,日月如梭／遠離名利,遠離污濁／就這樣在僻靜荒涼的一角／我寫我心中想唱的歌／／痛苦對人們無一例外／對詩人尤其沉重尖刻／孤獨向我的筆力挑戰／心兒顫抖著:我寫歌。」[36]

知青第一詩群——白洋淀群落

郭路生固然是知青詩歌創作第一人。然而,若要以「第一」的標準檢視當時的知青詩人群體,最有成就也影響最大的便是「白洋淀詩歌群落」。

白洋淀是中國海河平原上最大的湖泊,位於河北省中部,舊稱白陽淀,又稱西淀,是在太行山前的永定河和滹沱河沖積扇交匯處的扇緣窪地上匯水形成。白洋淀有大小淀泊一百四十三個,其中以白洋淀、燒東淀、羊角淀、池魚淀、後塘淀等較大,總稱白洋淀。面積三百三十六平方公里。1960年代後期起,先後有六百多名知青彙集白洋淀。這些知青包括回鄉知青、天津知青與北京知青,其中北京知青就占約三百人。而其中就有六十多位喜歡詩歌的北京知青形成了白洋淀詩歌群落。據知情者回憶說,當年到白洋淀插隊的北京知青全是自行聯繫去的,這表明了在限制個性的大環境中追求小自由的一種自我意識。[37]

白洋淀半封閉的地理環境,也形成其文化的相對不發達,然而,正是這種文化疏離狀態,給知青詩群的產生提供了一個別具

---

[36] 俱引自李肇星、陳梓秸〈寫給人類的詩——食指詩歌研討會發言紀要〉,《南京理工大學學報》第23卷第1期(2010年2月),頁56-65。
[37] 齊簡〈到對岸去〉,《詩探索》1994年4期,頁147。

意義的環境:「詩歌作者群產生在這裡,也許正是由於它的這種非文化的環境,由於它對文化的疏遠和漠不關心,因而造成一個相對寬鬆、相對封閉的小生態龕。借助於這個生態龕,詩群得以產生和發展。」[38]

白洋淀知青詩歌群落主要成員有:岳重(根子,1951-)、姜世偉(芒克,1950-)、栗世征(多多,1951-)、張建中(林莽,1949-)、宋海泉等,他們都是1968年底到1969年初從北京到白洋淀插隊的。白洋淀詩歌群的知青們抄錄、傳閱了馬雅科夫斯基、普希金、勃洛克、葉賽寧、茨維塔耶娃、洛爾迦、聶魯達、阿拉貢、聶利亞等蘇俄及西方詩歌,其中洛爾迦、茨維塔耶娃與聶魯達對他們的影響最大。白洋淀知青詩人的創作,大致醞釀於1970年,開始創作於1971年。白洋淀詩歌群落的創作明顯受到外國現代主義詩歌影響,沒有什麼束縛,沒有什麼而常規,自由地區想像,愛怎樣寫就怎麼寫,如:

既然

大地是由於遼闊才這樣薄弱,既然他

是因為蒼老才如此放浪形骸

既然他毫不吝惜

每次私奔後的絞刑,既然

他從不奮力鍛造一個,大地應有的

樸素壯麗的靈魂……

(根子〈三月與末日〉,1971)

---

[38] 宋海泉〈白洋淀瑣憶〉,《詩探索》1994年第4期,頁122。

第四章　潛運的地火(一)

我到處是創傷

像一片龜裂的土地

我永遠地合上了傷口一樣的

眼睛

傷口卻像眼睛一樣大睜著

疼痛

（根子〈橘紅色的霧〉，1972）

莊稼：

　　秋天悄悄來到我的臉上

　　我成熟了

土地：

　　我全部的情感

　　都被太陽曬過

　　（芒克〈十月的獻詩〉，1974）

假如膽怯再也不會存在

假如你說了：

快從太陽底下滾開！

那我將一百次地重複

絕不虛偽

你比太陽更可愛

（芒克〈給〉，1974）

不錯,我們是混帳的兒女

面對著沒有太陽升起的東方

我們做起了早操……

(多多〈蜜周〉,1972)

虛無,從接過吻的唇上

溜出來了,帶有一股

不曾覺察的清醒

在我瘋狂地追逐過女人的那條街上

今天,戴著白手套的工人

正在鎮靜地噴射殺蟲劑

(多多〈青春〉,1973)

白色的浪花

　　開在深綠色的

　　　　水面。

靈魂的蓓蕾

　　長在不成熟的

　　　　心田。

水流翻騰又沒入

　　　　冰層。

蓓蕾綻放而埋於

　　　　心靈。

(林莽〈心靈的花〉,1970)

第四章　潛運的地火(一)

0：
專制的幕布，幽禁了大理石的雕像
五線譜在鋼琴上發出刺耳的喊叫
在這個盛產高音喇叭的國度
灰制服中有女人柔美的肩襯
誰樹起的旗幟下，有一群骯髒的狗
（林莽〈26個音符的回想──獻給逝去的歲月〉，1974）

抖索飄搖的枯枝被帶上長空，
哀鳴失群的孤雁被留在沙灘上；
同是一個淒風苦雨的夜晚，
流浪漢蜷曲在冰冷的棧房。

飽經身世的浮沉，
歷盡人間的風浪；
現在還有什麼能攪擾這疲倦的旅客，
倒下，就進入恬靜的夢鄉。
……
（宋海泉〈流浪漢之歌〉，1973）

……
那威武地蹲伏著的礁石哪裡去了？
被潮水般湧來的粗獷的淚水淹沒了。
在那喧鬧的潮頭，

屹立著一個黑影。

飄揚著黑色的旗，

支張著黑色的帆，

那就是我，海盜船的精靈。

（宋海泉〈海盜船謠〉，1973）

白洋淀知青詩人的共同寫作特徵是：對現實主義創作原則不滿，刻意疏離革命話語體系，追求個體價值與自由，關懷人性、人本身的價值，著重人的直覺，個人的感受以及反映自然的東西。因此，他們的詩一反社會主流官方知青文學／詩歌的激情、昂揚，以顛覆性的語言體現了知青們的率真而又不無叛逆的精神；高舉反叛旗幟，以犀利的冷漠傲視世人；用荒誕的詩句表達對錯位現實的控訴與抗爭。他們在詩中展示了一種人存在的荒謬狀態以及由此引起的迷惘、焦慮與孤獨感，並在奇譎瑰麗、光怪陸離的詩風中，凸現了鮮明的個性、細膩的感覺以及具有強悍的生命力。[39]不少白洋淀知青詩人還喜歡西方繪畫，如印象派、野獸派、達達派等，這對他們的詩歌語言運用也似乎起到潛移默化的影響，形成他們詩歌意象的怪異、分裂、破碎、混沌、陰暗、冷酷等現代主義詩歌藝術的特徵。[40]

---

[39] 參見宋海泉〈白洋淀瑣憶〉，《詩探索》1994年第4期，頁134-144。白洋澱知青詩人之所以採取現代主義手法，也不排除有「避禍」的考量。如林莽就曾經說：「寫詩相對來說安全一些，由於寫詩意思可以表達得隱晦一些。」參看王士強整理〈「白洋淀」與我的早期詩歌創作——林莽訪談錄〉，「王士強」博客（http://blog.sina.com.cn/wangshiqiang1979）。

[40] 參看王士強〈從「白洋淀」到《今天》：芒克訪談錄〉，《新文學史料》2010年第1期，頁57-66；王士強〈「前朦朧詩」尋蹤：從《今天》到「太陽縱

第四章　潛運的地火(一)

中國現代主義詩歌，從二十年代的李金髮肇啟、經三十年代的戴望舒、卞之琳、馮至等，延續至四十年代後期辛笛、穆旦、鄭敏、杜運燮、陳敬容、杭約赫、唐祈、唐湜、袁可嘉等人的「九葉派」止，即告人為截斷，此後十餘年空白期，到了白洋淀知青詩群，才將這條中斷的鏈條重新連接起來了。

值得注意的是，當時同芒克、多多、根子、林莽等一起插隊到白洋淀的北京女知青，如趙哲、周陲、戎雪蘭、潘婧、孔令姚、陶雒誦、夏柳燕等，也都創作了數量不等的詩作。其中趙哲（1948-）、周陲（1949-）二人的表現尤為突出。

1969年4月，趙哲即以「自然主義的方式」（林莽語）寫下了抒情小詩〈丁香〉：

一群女孩子興沖沖走過，
滿懷盛開的丁香，
留下一路芬芳，一路歡唱。
生活裡更多的是丁香葉子的苦味啊，
姑娘，
不信，你就嘗嘗。

詩的前半段，展現一個春光明媚的畫面，在這個畫面中，興沖沖的女孩，盛開的丁香，一路芬芳，一路歡唱──綿密的意象，將春光春意渲染得無以復加；下半段，詩意輕輕一轉，從自然引向

隊」、「X小組〉，《揚子江評論》2012年第3期，頁35-43；宋海泉〈白洋淀瑣憶〉，《詩探索》1994年第4期，頁119-145。

生活，丁香花朵的芬芳，轉為丁香葉子的苦澀。末了，一句反問句，以生活的親身體驗（「嘗嘗」），將詩人的關注點定位於苦澀人生。

趙哲於1971年12月所作的〈無題〉，則顯示詩人的心靈在無邊暗夜般的虛空和夢魘中掙扎：

深夜從睡夢中驚醒，
包圍我的是一片可怕的虛空。
我伸手在無邊的暗夜裡挽留你，
挽留你神似的幻影。
我怕這悠長的冬夜，
我怕這死一樣的沉靜，
我怕聽夢醒後空寥的回聲。
真若如此，讓我永遠酣睡吧，
——我不願醒。

該詩採取層層疊進，卻又回環往復的敘述／抒情方式：夢中驚醒，面對的是可怕的虛空，而這虛空，更是彌漫在無邊的暗夜：三組皆為負面冷色調的意象，從人的主體感受，逐層疊進地推向景的客體描繪。而這一切又無不裹纏著詩人發自心底恐懼，以致在極致之際要尋求救助——挽留你！然而，這個「你」卻只是神似的幻影，在令人擔驚受怕的悠長冬夜中、只讓人感受到死一樣的沉靜，待回復到夢醒後的時候，惟剩空寥的回聲。至此，詩人只求永遠酣睡不願醒。對照詩人作於1970年元旦的〈無題〉詩，

第四章　潛運的地火(一)

更能感悟現實中無所不在的恐懼與無奈:「撕下六九年最後一頁日曆,/像剛剛結束一場可怕的夢魘/靈魂在痛苦中甦醒,/希望又迎來新的一年。/夕陽爬上了東邊的斷壁,/即將來臨的,又是/長夜的淒寒,/長夜的幽暗。」

周陲於1971年寫的〈情思〉,表現了在無愛年代對愛情的渴求與思考:

讓我把你安放在心靈的哪方?
可是供奉在情愛的殿堂?
哦,我期待的難道就是你嗎?
——吻平箭創的傷痛,一片迷茫。

誰在意這信筆的詩行?
它把我哀哀的情思依傍。
維納斯,你發錯了箭矢?
送來他?一動我愁煩心傷。

革命道德觀的制約——愛情被視為犯罪的革命年代,外在的壓力使知青不能也無法享受愛情的滋潤;生存/出路的焦慮——為了保障生存及日後的出路,內心的束縛令知青自我摒絕青春年華的本能欲望。面對愛、情、性、欲的吸引、召喚與誘惑,他們嚮往、追求,卻又只能苦苦掙扎,一籌莫展。

周陲寫於1970年的〈幻滅——希望〉則顯示詩人處在焦慮與彷徨中尋找希冀,在幻滅與夢想中備受煎熬:

幸福、愛情，這朝朝夕夕的期冀
　　已如淡淡的薄霧消逝了，消逝了，
　　──像晨露滴落下瓊葉，
　　像熱淚在冰雪中消融。

　　遠去了，遠去了，離我遠去了，
　　你慢慢地隱去，緩步悄行。
　　徒望著你飄忽的背影，
　　傾聽著你輕移的足音，
　　哪還有黃金的雙手
　　把我引渡天庭？

　　幸福、愛情，是現實生活中的男女情思與甜蜜幸福，還是蘊藏著更豐富複雜的社會義涵？無須考證也無須確指，在那個沒有任何個人主體性的年代，任何美好的東西都只能是可望不可即的幻影，終究會歸於幻滅。然而，在幻滅中詩人仍寄寓著無望的希望。

　　與白洋淀男性知青詩人相比較，知青女詩人們的詩歌創作似乎多了幾分柔情甚至幾分嫵媚，但內心裡的掙扎及骨子裡的叛逆卻是不加掩飾的。

　　白洋淀詩歌群落的知青將現代詩創作風氣帶回到北京，以致1972年在北京青年沙龍中也興起了一陣現代主義詩歌旋風。外地的知青及詩友也一再到白洋淀參訪。如北島（趙振開）、江河（于友澤）、嚴力、鄭義、甘鐵生、陳凱歌、史保嘉等。甘鐵

第四章　潛運的地火(一)

生回憶其白洋淀之旅：「飯桌上我們談政局、談種種小道消息，談那時在我們這個圈子裡流行的黃皮書、灰皮書和藍皮書，也談其他朋友寫的詩或小說什麼的……更多的時候是把自己欣賞的譬如惠特曼、愛略特、龐德、艾倫堡、馬雅可夫斯基、阿赫瑪杜琳娜、波得賴爾等等的詩句和意境拿來推崇一番……在那裡我讀書、游泳，真是悠哉遊哉。我們在大堤上閒聊，有時討論一些頗為深奧的問題。談文學，談詩歌，糞土當年政局。」[41]

隨著白洋淀知青詩人們的相繼回城，一段記錄了一代知青命運的歲月也成了一曲輓歌，但詩歌的火焰卻在後來芒克、方含、北島、江河、嚴力等人發起的《今天》新詩創作中，重新綻放光芒。可以說，無論在精神上還是形式上，白洋淀詩歌群落都給中國當代詩歌的發展留下了深刻的影響。白洋淀時期的大多數知青詩人由青春期的感傷逐漸過渡到個人生命體驗上，徹底與文革前就形成的現實主義詩歌傳統做了決裂，讓詩歌有了內在的精神構成。[42]白洋淀知青詩歌是對文革主流詩歌寫作的一次背離和反撥，重新確立了詩歌本體的獨特存在，堅持了個體主體性和個性

---

[41] 甘鐵生〈開心年月〉，《高中》，頁80，89。「糞土當年政局」，顯然是套用毛澤東〈沁園春・長沙〉詞中「指點江山，激揚文字，糞土當年萬戶侯」的句子，以表達知青們的豪邁、不羈與自信。鄭義給筆者的信函回憶，他雖然也曾到過白洋淀，但目的並非文學交流，而是為一具有政治色彩的案件，專程到白洋淀知青點送遞警告消息。因此，雖然也見識了白洋淀的蘆葦、湖蕩中的航道、對面來船交換客人的習俗，還吃到極其鮮美的魚，卻無法與白洋淀知青詩人們進行更多交流。由此也可見，白洋淀並非純然的世外桃源。

[42] 韓玉光〈白洋淀詩歌群落：中國當代詩歌顯著的精神地標〉，《五臺山》2011年Z1期，頁150。有論者在探討中國新詩發展譜系時，將「白洋淀詩群」視為上承「X小組」、「太陽縱隊」、食指（郭路生），下啟《今天》、「朦朧詩」的一個重要環節。參看王士強〈「前朦朧詩」尋蹤：從《今天》到「太陽縱隊」、「X小組」〉，《揚子江評論》2012年第3期，頁35-43。

化的聲音,並運用現代詩歌技巧,如隱喻、反諷、悖論、意象疊加和重合,表現內心世界的荒誕意識和對理想的追尋與探索。[43]

近三十年之後,白洋淀知青詩歌群落成員之一的潘婧,用抒情、浪漫、詩性的筆觸,撰寫了長篇小說《抒情年代》,以文學的形式再現了白洋淀知青詩歌群落的歷史風貌。該小說刊載於《收穫》2001年第6期,2002年由作家出版社出單行本,2003年獲第六屆「上海長中篇小說優秀作品大獎」長篇一等獎。

知青詩人的盟友——北島

北島並不是知青,他1949年出生於北京,1969年在北京當建築工人,但他跟知青如姜世偉(芒克)、甘鐵生、史保嘉、宋海泉等關係非常密切,在文學創作上也與知青們有非常深刻的互動影響,北島的詩歌創作就是受到知青第一詩人郭路生的影響。

郭路生〈命運〉的詩句——「我的一生是輾轉飄零的枯葉/我的未來是抽不出鋒芒的青稞」——那種迷惘與苦悶深深觸動了北島,後者不由慨歎:「那正是我和我的朋友們,以至一代人的心境!」1978年北島油印了自己的第一本詩集《峭壁上的窗戶》後,在贈送郭路生那本的扉頁上恭恭敬敬地寫道:「送給郭路生:你是我的啟蒙老師。」[44]

北島也正是在跟知青們的交往中寫下了一系列優秀詩篇[45],

---

[43] 霍俊明〈白洋淀詩群的新詩史意義〉,《南都學壇》2006年第3期,頁45-48。
[44] 王士強整理〈「白洋淀」與我的早期詩歌創作——林莽訪談錄〉,「王士強」博客(http://blog.sina.com.cn/wangshiqiang1979)。
[45] 參看齊簡〈飄滿紅罌粟的路——關於詩歌的回憶〉,《黃河》1994年第3期,頁101-106轉207。

第四章　潛運的地火(一)

開始奠定了自己在（地下）詩壇上的地位。如1975年寫的〈結局或開始〉：

必須承認
在死亡白色的寒光中
我，顫慄了
誰願意做隕石
或受難者冰冷的塑像
看著不熄的青春之火
在別人手中傳遞
……
我，站在這裡
代替另一個被殺害的人
沒有別的選擇
在我倒下的地方
將會有另一個人站起
我的肩上是風
風上是閃爍的星群
……

北島作於1976年清明前後的〈回答〉更可視為他的代表作：

卑鄙是卑鄙者的通行證，
高尚是高尚者的墓誌銘。

> 看吧,那鍍金的天空中,
> 漂滿了死者彎曲的倒影。
> ……
> 告訴你吧,世界!
> 我─不─相─信!
> 縱使你腳下有一千名挑戰者,
> 那就把我當作第一千零一個吧。
> ……

倘若比較一下郭路生的〈相信未來〉,我們不難發現,郭路生「相信未來」無疑意味著對現實的不相信;而北島的「我─不─相─信」,便是公然昭示了對現實的質疑,呼應了郭路生的「相信未來」,二者形成同質對話關係。倘若進一步深入思考,我們還會發現,郭路生其實是堅韌地高張著一種「理想主義」,而北島的〈回答〉卻固執地秉承著一種「英雄主義」。在此,「理想主義」與「英雄主義」分別體現了這兩首詩的精神實質,事實上就是從官方主流意識形態的理想主義與英雄主義蛻變／嬗變而來的。只不過官方主流意識形態基於革命／國家／民族的共名[46]立場,郭路生與北島則基於知青群體／叛逆一代的共名立場。具體而言,郭路生之所以能堅韌地呼喚「相信未來」,是從

---

[46] 何其芳於1956年著文〈論阿Q〉,用「共名」的概念指代具有某種共通性的典型人物,如阿Q,見何氏《何其芳文集》(北京:人民文學出版社,1983),頁173;陳思和於1995年上海文藝出版社出版的《逼近世紀末小說選》序言中亦用「共名」的概念,指代某種文化形態或群體立場。本書所用的「共名」概念,來自後者。

第四章　潛運的地火(一)

張郎郎等老紅衛兵群體的相互勉勵與支持中獲得力量；而北島之所以能固執地宣稱「我—不—相—信」，是從之前的「一千名挑戰者」以及之後的N萬名挑戰者中獲得道德勇氣。二者依然體現著一種對集體主義（儘管叛逆了主流意識形態）強烈且根深蒂固的依歸與認同[47]。換言之，郭路生與北島只不過是用知青群體／世代的共名立場取代了革命／國家／民族的共名立場，他們詩歌「理想主義」與「英雄主義」的精神實質，是在新的語境／情境下的異質同構——主流意識形態被顛覆／消解後的重構。

北島的〈一切〉，似乎是〈回答〉的姊妹篇，提出了同樣強烈的質疑一切、否定一切的思想。不同的是，〈一切〉少了〈回答〉的那種英雄挑戰意識，而更多了幾分小我的虛無悲觀情緒：

一切都是命運
一切都是煙雲
一切都是沒有結局的開始
一切都是稍縱即逝的追尋
一切歡樂都沒有微笑
一切苦難都沒有淚痕
一切語言都是重複

---

[47] 北島在《失敗之書》（汕頭大學出版社，2004）的〈附錄〉中即聲稱：「現在如果有人向我提起〈回答〉，我會覺得慚愧，我對那類的詩基本持否定態度。在某種意義上，它是官方話語的一種回聲。那時候我們的寫作和革命詩歌關係密切，多是高音調的，用很大的詞，帶有語言的暴力傾向。我們是從那個時代過來的，沒法不受影響，這些年來，我一直在寫作中反省，設法擺脫那種話語的影響。對於我們這代人來說，是一輩子的事。」

一切交往都是初逢

一切愛情都在心裡

一切往事都在夢中

一切希望都帶著注釋

一切信仰都帶著呻吟

一切爆發都有片刻的寧靜

一切死亡都有冗長的回聲

儘管如此，詩中清醒而明晰的思辨，具有高度概括力的悖論式警句，顯示出其獨有的振聾發聵的藝術力量。福建知青女詩人舒婷在七十年代後期結識了北島，雙方不僅通信往來，還用詩歌進行交流與對話。舒婷的〈這也是一切〉，就是以反諷的方式，對北島〈一切〉的懷疑與否定進行交流與對話，以期從中體會更為深刻的人生意義和價值：

……

不是一切大樹都被暴風折斷

不是一切種子都找不到生根的土壤

不是一切真情都消失在人心的沙漠裡

不是一切夢想都甘願被折掉翅膀

不，不是一切都像你說的那樣

不是一切火焰都只燃燒自己而不把別人照亮

不是一切星星都僅指示黑夜而不報告曙光

不是一切歌聲都掠過耳旁而不留在心上

第四章　潛運的地火(一)

......

無論如何，北島的出現，標誌著文革地下詩歌創作進入了一個新的發展階段。北島的詩廣泛影響了各地的年輕詩人，當然也包括了知青詩人在內。

成都知青詩群——陳自強、杜九森、吳阿寧等

成都知青詩群源自成都地下文學沙龍。該沙龍的文學活動從文革前夕開始，在文革中仍持續堅持活動。其成員有鄧墾、陳自強、杜九森、吳阿寧、蔡楚、殷明輝、苟樂嘉、吳鴻、羅鶴、謝莊、徐抔、何歸、馮里、白水、野鳴、樵夫、蘭成、一了、無慧等二三十人，大多為「黑五類」家庭出身。

1971年，在陳自強的鼓動下，鄧墾著手將詩友們的詩作編輯了一本《空山詩選》，後來因為文字獄，他的夫人恐連累眾詩友，遂將這本手抄孤本付之一炬。1976年，吳鴻又編了一本《空山詩選》，也因為文字獄之故，被迫將這本手抄孤本燒掉了。

鄧墾（1944-），筆名雪夢，1963年高中畢業後，在成都當工人。他創作的長篇敘事詩《春波夢》，對血統論[48]進行了嚴厲地抨擊，如其詩第四十九節寫到：「黑五類的子女，／正是革命的對象，／白燕已被揪鬥了幾十次，／被折磨得失去了人樣，／最近又被紅衛兵／半夜抓去審問，／脫光了她的衣服，／她終於

---

[48] 血統論：也是中共階級劃分政策的產物，將個人命運與家庭出身直接掛鉤，在文革初期更衍生出著名的對聯：「老子英雄兒好漢，老子反動兒混蛋」，對黑五類及其他出身不好的青少年造成極大的傷害。

不堪淩辱，／跳樓身亡……／這是人的世界嗎？！」鄧墾雖然沒有下鄉，但《春波夢》詩在四川、雲南、湖南等地的知青中廣泛流傳，還被越境參加緬甸共產黨游擊隊的知青帶到境外。

成都文學沙龍的多數成員在1968年後相繼下鄉插隊。他們下鄉後堅持作詩並相互傳抄詩作。其中，陳自強、杜九森與吳阿寧的表現尤為突出。

陳自強（1945-），筆名陳墨；父親是一名國民黨軍官，五歲那年母親改嫁，即離開了父親，由外婆帶大；在1964年，陳自強就自編詩集《殘螢集》、《燈花集》、《落葉集》、《烏夜集》，1965年高中畢業後當過臨時工；文革武鬥期間（1968年），陳自強編纂了《中國新詩大概選》，試圖全面否定臧克家的《中國新詩選》，全面否定獨裁專制下的社會主義現實主義文學史觀（《中國新詩大概選‧前言》）；1970年陳自強到四川西昌鹽源彝族自治縣插隊，1975年底因病回城。早在1962年，陳自強作的〈蚯蚓〉詩，就表達了強烈的渴望、追求自由的心願：

……
出來吧，
小小的靈魂。
為著自由的馳騁，
為著自由的呻吟。
那些蠕動在雨泥中的，
容易滾滿污泥的沉昏；

第四章　潛運的地火(一)

你最先爬出，
將最先受到暴風雨的沖淋。
……

陳自強插隊農村所創作的詩歌，則更鮮明地反映了其獨立人格，如他在1970年4月至1971年4月寫作的〈獨白〉之五：

我要在我的秋天裡沉默，
人海的風雨又飄下多少紅葉？
熱淚和冷笑不能使它變成桑田，
做一個漁父釣一柱人格的獨白。

做一個漁父釣一柱人格的獨白，
像一棵麻木消磨我殘剩的歲月。
希望已落盡還怕什麼風風雨雨，
我要在我的秋天裡沉默。

1970年下鄉期間，陳自強在一首〈永遇樂·隱意〉詞中即寫道：「離意千觴，青袍窮野，幾回熱夢空谷。長鋏在握，挑燈聽夜，且把兵書讀。黎明風來，推窗成醉，天外曉星亦出。——認碧血，深山久埋，化為美璞！」（下闋）受革命風雲衝擊，被文革紅潮淹沒，詩人仍然熱夢空谷，執著挑燈夜讀，堅信儘管深山久埋，也總有一天會化為美璞。他自始至終認為：「在獨裁和極權統治的話語霸權時代，是沒有真正的人的文學的，只有隱性的

地下創作（不只文學），才具獨立精神、尊嚴、品格與風采。」[49]

　　杜九森（1949-），筆名九九。其父杜均衡（1910-1983）於1949年隨國民政府赴台，曾任東吳大學教授、國民政府財政部次長。杜九森在父親赴台時，尚在襁褓之中，噩運卻從此開始。文革中，1970年至1974年杜九森和陳自強一起在四川西昌鹽源彞族自治縣插隊。在上世紀末出版的長篇紀實小說《魂斷台北》（哈爾濱：黑龍江人民出版社，1998）第一章的「知青與詩才」一節中，杜九森頗為生動地敘述了他跟陳墨（即陳自強）等人在農村的詩歌創作活動。杜九森在農村寫的詩作，很有民歌俗謠的風格，如其創作於1972年的一系列詩作：

　　……要搶水/莫後悔/知哥你爺本是鬼/想當年/敢拿橫/耍了機槍耍「吊盤」（注：轉盤機槍）/腦殼昏/下農村/這盤老子要當真/哪個上/不得讓/一刀一個當解放/想吞飯/就要幹/再來拉響手榴彈……（〈搶水謠〉）

　　走走走/喝悶酒/胡豆豌豆都沒有/只有嘴啃手//來來來/敞開懷/一醉方休勝活埋/土地是棺材//唱唱唱/自晃蕩/知哥知妹/浪打浪/句句扎心上/哭哭哭/八陣圖/不見爹娘不見屋/淚水大掃除……（〈醉酒歌〉）

---

[49] 陳墨〈關於前後持續三十年的四川成都地下文學沙龍──「野草」訪談〉，《陳墨文集》（http://www.boxun.com/hero/chenmo/11_1.shtml）。

第四章　潛運的地火(一)

　　破牆破門破窗破得凶／人寒人苦人黴腰帶鬆／想人想物想錢想得瘋／打米打油打鹽算得空／倒湯倒水倒飯倒栽蔥／怨天怨地怨命怨祖宗。（〈倒楣歌變調〉）

　　這些詩很有元明俗曲的風味，雅俗共賞、兼具深厚的社會內涵和鮮明的批判意識；可謂淋漓盡致展現了農村貧窮落後的環境乃至文革黑暗污濁的時代，以及知青在這種極度惡劣的環境與黑暗污濁的時代中所扭曲的人性；同時，字裡行間也體現了詩人對造成這個惡劣環境與污濁時代的專制體制的嚴厲譴責與抨擊。

　　吳阿寧（1950-），小學畢業後受父母右派問題株連，回原籍四川榮經農村插隊務農。作為黑五類子女，詩人在長年累月的政治運動中備受迫害，儘管早年失學，卻愛好寫作，自學成才。他的人生遭遇在其詩歌創作中得到形象的表現，如：

　　……
　　對甜蜜的回憶，莫要問一句「曾記否」，
　　對苦恨的深淵，莫要歎一聲「全怪我」，
　　對沸騰，凍結的人血莫要大驚小怪，
　　不這樣，譜不出生命的輓歌。

　　向四壁宣佈我的「墜落」，
　　屈恨無須向蒼天訴說，
　　讓行屍走肉塞滿新的岔道，
　　困死我呵，不隨下流又不能超脫。

（〈困獸〉，1974年）

面對苦難人生，詩人冷靜而又淡然，堅韌卻也無奈。

……
呵，崩塌吧，雲端裡的巨岩！
暴漲吧，讓一切都重來，都重來！
看，來了，那漫天的洪水，
要浮起地球，翻轉整個舊世界！
（〈鷹嘴岩〉，1973年）

詩人憤怒了，他借助山間怪石，傾瀉了滿腔的悲憤。

一個積滿死水的泥坑。
除了青苔，孑孓和惡臭，
裡面還泡著一個活人！

一個人，
一個捆緊著手腳的男人！
除了希望和絕望的交替折磨，
他有時也作些徒勞的翻滾。
（〈坑和人〉，1976年）

他描述坑和人，也是訴說自己和命運，更是展現一個民族和一個

第四章　潛運的地火(一)

時代。

　　由上引詩例可見，在懷疑現實、叛逆體制方面，成都知青詩群與白洋淀知青詩群頗為一致；然而相比之下，成都知青詩群當是更為直面及關注現實社會，歷史責任感也似乎更為強烈而執著。至於感情抒發較為外露，語言運用則較為直白，無疑又是成都知青詩群創作的一個軟肋。因此，在詩歌抒情藝術及語言藝術方面，成都知青詩群似乎稍遜於白洋淀知青詩群。[50]

南國知青女詩人──舒婷

　　在今天回顧文革中的傑出知青詩人，「北有食指，南有舒婷」的說法，基本上已得到讀者及學界的普遍認同。

　　舒婷，本名龔佩瑜，1952年生於福建漳州。1957年父親被打成右派，發配山區勞動改造。因父母離異，舒婷長期寄養在廈門外婆家，因此廈門可說是舒婷的故鄉。文革中，舒婷躲在家裡閱讀了大量中外名著，1969年到閩西上杭縣太拔公社插隊時開始寫詩，並先後得到廈門詩人黃碧沛以及當時被流放到閩西北山區的印尼歸僑詩人蔡其矯（1918-2008）的指導。舒婷的詩作在知青中流傳開來。

　　舒婷曾撰文回憶知青時代的感受：「一九六九年我與我的同代人一起，將英語課本（我的上大學的夢）和普希金詩抄打進我

---

[50] 成都知青詩群的代表人物陳自強（陳墨）在面對採訪人質疑其作品為「直白式的文革式的表達」時，陳亦表示部分接受採訪人的批評。見陳墨〈關於前後持續三十年的四川成都地下文學沙龍──「野草」訪談〉，《陳墨文集》（http://www.boxun.com/hero/chenmo/11_1.shtml）。

115

的背包,在撕裂人心的汽笛聲中,走向異鄉。月臺上,車廂內一片哭聲。我凝視著遠山的輪廓,心想,十二月革命黨人在走向流放地時一定不哭的。我要在那裡上完高爾基的『大學』。生活不斷教訓我的天真。然而這人間大學給予我的知識遠遠勝過任何掛區的學院。……我曾經發誓要寫一部艾蕪的《南行記》那樣的東西,為被犧牲的整整一代人作證。」[51]於是,舒婷在插隊期間認真地記日記,摘抄各種中外詩人的作品,有意識地去尋找各種各樣的書來讀。

1971年,舒婷與一位學政治經濟學的大學生有過一次關於詩與政治的關係的長談,這次長談讓舒婷認識到,文學是有思想的,是承擔著社會使命的。這種思想對舒婷日後的詩歌創作產生了重大的影響。為這次長談,舒婷寫了〈致杭城〉:

如果有一個晴和的夜晚
也是那樣的風,吹得臉發燙
也是那樣的月,照得人心歡
呵,友人,請走出你的書房

誰說公路枯寂沒有風光
只要你還記得那沙沙的足響

---

[51] 舒婷〈生活、書籍與詩——兼答讀者來信〉,《今天》(http://www.jintian.net/today/html/08/n-3108.html)。

第四章　潛運的地火(一)

那草尖上留存的露珠兒
是否已在空氣中消散

江水一定還是那麼湛藍湛藍
杭城的倒影在漣漪中搖盪
那江邊默默的小亭子喲
可還記得我們的心願和嚮往

榕樹下，大橋旁
是誰還坐在那個老地方
他的心是否同漁火一起
漂泊在茫茫的天上……

1975年前後，已回城工作的舒婷創作了一批洋溢著清純浪漫情調卻也不乏深沉哲思的詩作，如〈致大海〉、〈海濱晨曲〉、〈珠貝——大海的眼淚〉、〈船〉、〈贈〉等一批作品，表達了困境中的青年詩人對美好生活的嚮往與追求：

大海的日出
引起多少英雄由衷的讚歎
大海的夕陽
招惹多少詩人溫柔的懷想
多少支在峭壁上唱出的歌曲
還由海風日夜

日夜地呢喃

多少行在沙灘上留下的足跡

多少次向天邊揚起的風帆

都被海濤秘密

秘密地埋葬

⋯⋯

「自由的元素」呵

任你是佯裝的咆哮

任你是虛偽的平靜

任你掠走過去的一切

一切的過去──

這個世界

有沉淪的痛苦

也有甦醒的歡欣

(〈致大海〉1973年)

一隻小船

不知什麼緣故

傾斜地擱淺在

荒涼的礁岸上

油漆還沒褪盡

風帆已經折斷

既沒有綠樹垂蔭

連青草也不肯生長

第四章　潛運的地火(一)

滿潮的海面

只在離它幾米的地方

波浪喘息著

水鳥焦灼地撲打翅膀

無垠的大海

縱有遼遠的疆域

咫尺之內

卻喪失了最後的力量

隔著永恆的距離

他們悵然相望

愛情穿過生死的界限

世紀的空間

交織著萬古常新的目光

難道真摯的愛

將隨著船板一起腐爛

難道飛翔的靈魂

將終身監禁在自由的門檻

(〈船〉1975年)

舒婷的詩意象明麗雋美，思維縝密流暢，善於通過複雜細緻的情感體驗來表現出女性獨有的敏感，並從中發掘出深刻的詩化哲思，從而使她的詩歌散發出特有的感染人激勵人的魅力。

1977年，舒婷初讀到北島的詩時，「不啻受到一次八級地

震,北島的詩的出現比他的詩本身更激動我」[52]。經蔡其矯介紹,同年舒婷開始與北島書信往來。1979年10月,舒婷北上,蔡其矯帶著北島到北京火車站迎接。由此,舒婷與北島、芒克、楊煉、顧城等北京詩人密切聯繫,並通過北島等在《今天》先後發表了〈致橡樹〉、〈中秋夜〉、〈四月的黃昏〉、〈呵,母親〉等詩作。舒婷從此登上了中國新時期的詩壇,進而成為朦朧詩派[53]的領軍人物。

舊體詩創作

由於中共領導人毛澤東、陳毅等喜用舊體詩(包括古體、律體與詞體——下同)進行創作,因此,舊體詩創作在中共建政後的文壇上依然得到微妙的保存與發展;即使在大破四舊的文革中,舊體詩非但沒被禁止,反而得到異乎尋常地保護與應用。史保嘉(齊簡)即回憶說:「我們這一代人接受的詩歌教育主要是以毛主席詩詞為版本的,因此起初寫舊體詩的人居多。寫詩不是為發表,主要是抒發情緒,把那種混雜著青春、理想、鬱悶、茫然的情緒濃縮在字斟句酌之中。」[54]正是在這個背景下,用舊體

---

[52] 舒婷〈生活、書籍與詩——兼答讀者來信〉,《今天》(http://www.jintian.net/today/html/08/n-3108.html)。

[53] 以舒婷、北島、顧城、江河、楊煉等為先驅者的一群青年詩人,從一九七九年起,先後大量發表了一種新風格的詩。他們善於通過一系列瑣碎的意象來含蓄地表達出對社會陰暗面的不滿與鄙棄,開拓了現代意象詩的新天地,新空間。他們受西方現代主義詩歌影響,借鑒一些西方現代派的表現手法,表達自己的感受、情緒與思考。這些詩歌後來被統稱為朦朧詩。但舒婷自己並不認同這樣的歸類,見舒婷〈生活、書籍與詩——兼答讀者來信〉,《今天》(http://www.jintian.net/today/html/08/n-3108.html)。

[54] 齊簡〈飄滿紅罌粟的路——關於詩歌的回憶〉,《黃河》1994年第3期,頁102。

第四章　潛運的地火（一）

詩詞來進行創作的風氣也流行於知青之中。

郝海彥主編的《中國知青詩抄》（中國文學出版社，1998）收錄了三百多首作品，其中就有一百七十多首是舊體詩創作。如前述陳自強（陳墨）七十年代初所作的四首詞〈永遇樂・隱意〉、〈八聲甘州・雨後夕窗寫懷〉、〈何滿子・國慶〉、〈玉蝴蝶・重陽影裡〉就收錄其中。陳自強平生買的第一本書，就是讀初中時在舊書店買的《白香詞譜》。陳自強覺得詩詞很美，音韻悅耳，顯示了古人在一種約束下又獲得更高一級自由的才華美。陳自強的詩詞創作，音韻以及起承轉合，無師自通，幾乎先天地喜歡一切愈有格律因而愈難，而愈難反而愈能體現才華美的形式。[55]因此，陳自強的詞，格律工整、筆力沉雄、意蘊濃郁，顯示了頗為深厚的文史國學功底。

《中國知青詩抄》中眾多作品，有反映知青生活的：「既事耕耘又紉炊，雪崖樵徑每驚危。身孤落日穿鉤棘，腸斷啼鴉棲老枝。」（劉立山〈七律・採薪〉）「野路盤旋向老林，揮斤伐木汗沾襟。樵夫不盡辛勤力，多少良才棄山陰。」（王晞〈七絕・採伐〉）「昨日始學耕，欲速不能。惶惶只道牛欺生。精疲力乏扶犁嘆，大汗如蒸。」（秦暉〈浪淘沙・學耕〉下闋）「茂草流螢明滅，幽林樹鳥驚飛。腰挎膠簍入山去，一路瓊華踏碎。」（黃燕生〈西江月・夜半割膠〉上闋）

有描寫鄉村風光的：「風吹波碎月成花，滿池魚影四聲蛙。山暗水深深深處，映出燈火是人家。」（王克明〈七絕・無題〉

---

[55] 陳墨〈關於前後持續三十年的四川成都地下文學沙龍——「野草」訪談〉，《陳墨文集》（http://www.boxun.com/hero/chenmo/11_1.shtml）。

「五月春來姍姍，六月春又歸去。東風掃盡千里雪，喚醒生靈無數。　我欲喚春長住，卻得瀟瀟細雨。白草褪盡嫩芽出，漫山遍野碧綠。」（施曉明〈西江月・春來草原〉）

有敘志抒懷的：「大浪淘沙波未平，一代風流辭北京。星河明滅關山路，步履高低相攜行。」（葉坦〈七律・感懷〉）「百里孤雁鳴秋，望雲愁。千古大江東流，不回頭。　二百年，彈指間，何時休？血染桃花一枝，立寒秋。」（顧衛華〈相見歡〉）

有思鄉懷人的：「夜班夢中醒，漏屋篩寒風。冰花窗上凍，冷月天外明。忽復憶友人，悵惘心難平。去歲同衾語，今宵卻西東。」（常箴〈五律・夜懷友人〉）「桃花紅，杏花紅，風落紅蕊雨蒙蒙，難捨難相逢。　思家鄉，憶家鄉，念時時已麥花香，薄酒醉何方？」（王新華〈長相思〉）

有贈答辭別的：「聚散匆匆過古城，衣單不耐早春寒。危中尚念山河碎，夢裡尤聞父老聲。」（魏光奇〈七律・贈友人〉）「十年深交，一旦重逢，好不相投。恰汾陽酒冽，添君快意；蕪湖魚美，釋我閑愁。何所重哉？哥們意氣，此外人情不必求。兒女事，有興趣談談，無也罷休。」（孫恆志〈沁園春〉上闋）

早在上世紀七十年代初，內蒙古阿巴嘎旗的北京知青劉小陽就已將知青創作的舊體詩八十首，編成《扎洛集》（扎洛：蒙語為「青年」），這些詩詞作品用舊體詩詞體裁反映了知青在內蒙古草原的插隊生活、勞動與情感，如北京知青邢奇（1948-2011）的組詩〈虹〉，將草原上雨後彩虹的美景與知青的青春夢幻融為一體：

第四章　潛運的地火(一)

白日追虹觸手空，夢鄉再遇卻成功。
莫怪青春多異夢，青春色彩有如虹。（其一）

半天細雨半天晴，雨後青青草色新。
彩虹一架平空出，虹腳落於馬腳前。（其二）

與邢奇同樣來自北京二中的施小明（1950-）則似乎更喜歡用詞體進行創作，其〈清平樂·冬牧〉詞，便頗為形象生動地描繪冬季草原蒼茫寒荒的景象：

羊歸何處？漫漫牛車路。茫茫雪原西去，不知搬家幾度。　落日餘暉盡收，寒凝大地生愁。遙望氈包新立，恰似海上孤舟。

同樣是以〈冬牧〉為題，施小明用「沁園春」調所填的詞，更是著意從草原的蒼莽蕭瑟寒荒中顯示知青的粗獷、雄渾與豪邁之情：

草原冬色，莽莽蒼蒼，遍地皆白。風撼乾坤，撕膚割面，雪掩曠野，滿目皚皚，慘慘白白，瑟瑟羊群，陣陣狼嚎陣陣哀。朝天嘯蕩，深山幽谷，壯我胸懷。（上闋）

這些作品，雖然在用詞及格律方面略嫌生澀，但仍見一定古詩詞的底蘊，亦顯新的意象與思想，古典雅致之間透現清新質樸

之氣。

　　白洋淀詩群女詩人潘婧在從北京下放到白洋淀插隊落戶的當年，即1969年的12月就寫下了〈行香子·和戎雪蘭〉送給同在當地插隊的好友戎雪蘭：

　　渺渺故園，隱隱西山，鎖重煙，蘆蕩漫漫。萋萋堤柳，門霧霏然。悠悠碧水，沉野鶩，暗雲天。　　京華結交，常話銘禪。俀何年，天涯行帆？海角逢春，天示神懺。今事蹉跎，嬋娟素，漁火寒。

這首詞在淒冷蕭索的背景上抒寫了詩人對故鄉的懷念、內心的彷徨失落以及對未來的一絲期望。

　　而戎雪蘭也與1968年到內蒙古哲里木盟扎魯特旗香山公社插隊的北京女知青史保嘉（齊簡）保持著詩詞往來。1970年史保嘉曾致詩戎雪蘭，其中有「筆伐四月識君志，戈枕三載賴師尊」句，表達了對戎雪蘭的思念和敬重之情；戎雪蘭則回詩曰：「芳淒草迷歸路斷，綠綺久損恐難彈。縹紙雖感暖君意，無奈歲月易溫寒。靈旗空揚赤子縶，朱簾待秀正辛酸。去載玉關一捧土，勝似秋山楓葉丹。」

　　史保嘉（1951-），文革時是北京師範大學女子附中學生，與郭路生、孫恒志（1947-）被視為紅衛兵運動終結時期的三位代表詩人[56]。史、郭、孫三人後來都下鄉成為插隊知青。史保嘉

---

[56] 楊健《中國知青文學史》，頁137-142。

第四章　潛運的地火(一)

認為郭路生的詩作仍屬於格律詩的傳統，並非現代詩的開端而是古典詩的終結。史保嘉自己與孫恒志的創作則更以舊體詩詞見長，不同的是，孫恒志多作律詩，史保嘉喜用詞體，其處女作〈臨江仙‧記康寧的四條熱帶魚〉表達了對文革的幻滅心態及人生喟歎：「杯中有水樂便在，何必逐浪平生？龍門堪勸鯉兄明：似我非無志，終飾案頭瓶。」（下闋）該詞在北京中學生中廣為流傳。此後，其北師大女附中同學潘婧與戎雪蘭，以及北京師院附中、二十八中、北大附中、清華附中的舊體詩詞愛好者都與史保嘉有詩詞交流，這種關係一直保持到下鄉插隊之後。

　　1968年冬季，史保嘉到了內蒙古農村，恰經歷了一次感情上的挫折，又對艱苦的農村生活絲毫沒有思想準備，還生了一場肺炎，儘管如此，精神卻並沒有被擊垮，因作〈滿江紅‧答友人〉詞以明志：

　　茫途疲旅，此去豈必重披掛。憶流年，三度曇花，往事煙霞。一別小園春秋夢，畫中塞外今是家。欲浪跡三江尋故事，遍天涯。　　斷血戟，譜胡笳，棄長纓，赴蠻鞋。卻人情依舊，足下難乏。蘭草經年伴忠骨，詩魂幾醉付黃沙。何須顧當年曾臨海，雄關下。

雖然〈滿江紅‧答友人〉創作的背景有較為具體的個人因素，但該詞的內容畢竟頗為真實地反映了知青在艱苦惡劣的環境中，仍然執著追求青春理想的心境。因此，該詞一出，和者踴躍，前後約有和作三十餘闋。有和者讚曰：「待來年再看史、青、蘭，在

誰家？」由此可見，史保嘉及其同學好友潘婧、戎雪蘭隱然已成北京地下詩群的聚焦點。次年（1969）下半年起，史保嘉大病初癒，從內蒙古啟程經河南、甘肅、山西各地知青點輾轉漂零了五個月，終於回到北京，回京後作〈滿江紅・答友人〉以酬答一路與朋友們的思想情感交流：

別來一載。晉中會，又值年殘。喜重讀，華章秀藻，韻簡毫寒。無能信筆任沉浮，有勞俯拾責與讚。看志得意滿文橫溢，曾何難。　春秋史，付笑談，血珠字，任千般。多才莫詫我，無意苦攀。躬耕未感天倫樂，凡心寧棄孺子冠。已秋風隔斷歸時路，是群山。

字裡行間，顯見對自我才情的自得與謙遜，對嚴酷現實的抗爭與無奈。[57]

中國詩歌言志抒情的傳統，在知青舊體詩詞創作中得到頗為充分的體現。北京知青木齋（王洪）下鄉伊始，1968年10月24日深夜，恰逢當年草原第一場大雪，便攀上高高的柴草垛，高聲朗誦毛澤東〈沁園春・雪〉後，更「即興口占一詞」，抒發其熱血壯懷：

昨夜京華，遊子天涯，塞北雲端。聽老河寂寞，濤聲冰底，瓊枝玉樹，畫意詩篇。風舞長空，浩野莽原，八月風雪何壯觀！

---

[57] 以上關於史保嘉及其創作的介紹，參看齊簡〈飄滿紅罌粟的路——關於詩歌的回憶〉，《黃河》1994年第3期，頁101-103。

第四章　潛運的地火(一)

書遠信，想故鄉漫遠，風景依然。　歌聲唱徹秋寒，送身影一一舞蹁躚。雪落如信箋，淚痕思念，故宮北海，攜手流連。壯志鴻鵠，小燈如豆，誰人與我伴華年。揮墨蹟，遙遙吟故友，睡夢正酣。[58]

經歷了多年的磨練，尤其是林彪事件的衝擊之後，作者的思想情感產生了變化，精神危機也已「初現端倪」。1972年2月25日春節酒席間，跟知青朋友吟詩行令所作〈憶秦娥〉便顯困頓消沉之狀：

燈明滅，高歌醉飲除夕夜。除夕夜，除舊迎新，無垠江月。　紅梅綻染凝霜雪，玉潔孤傲誰索解？誰索解，一輪紅日，雲霞赤血。[59]

在現今眾多的知青網站與部落格（博客）中，也不時可見當年知青所作舊體詩詞作品，諸如西部老土〈砍橡行〉（作於1969年）：「三星未落走關山，夕陽斜照歸營盤。屈指行程兩百里，茅草棚中躺三天。」[60]曹革成〈生日〉（1972年10月7日）：「廿五人間黃金嬌，遊走八星忘晨霄。神鬼驚心愁虛度，萬事蹉跎白髮妖。」[61]余一〈鷓鴣天·無題〉（作於18歲）：「天教疏

---

[58] 木齋《恍若隔世——我的知青歲月》（北京：作家出版社，1998），頁31。
[59] 木齋《恍若隔世——我的知青歲月》，頁143-144。
[60] 「老三屆」（http://www.laosanjie.net/）。
[61] 「caogecheng的博客」http://blog.sina.com.cn/u/。

狂走泗洪，囊貧如洗不呼窮。嶙峋傲骨藏忠膽，陣陣清歌笑北風！　　詩萬首，酒千盅，長叼莫合霧濃濃。一根禿筆雖無墨，懶畫章台九尺蟲。」[62]謝小慶〈玲瓏塔記〉(1972年夏)：「小小玲瓏塔，逍遙躲草仙。今臨南湖畔，明上北山巔。甎壁白如雪，木柵赤如丹。涼爽蔽夏日，溫煦禦冬寒。馬嘶和風嘯，龍騎配朱鞍。朗朗傳長誦，冉冉起炊煙……」[63]喬景浚〈清平樂·摘果〉(1975年8月於19團直屬連果園)：「果林爛漫，盡染中秋豔。映紅白雲枝壓斷，四面峻嶺齊暗。　　笑談瓊台品桃，疆天同此多嬌。未等對酒賞月，詩情已至碧霄。」[64]尹占華〈鷓鴣天〉：「日日稀粥聊免饑，棉衣雖破尚堪披。情懷欲問詩詞在，辛苦長看手胝知。　　風靜後，夜深時，推衣坐起自沉思。英雄逐鹿時已去，老死南陽未必癡。」[65]

　　總體上看，知青畢竟文化知識、專業訓練皆有所欠缺，雖然有生活體驗與感受，但在語言的運用、意象的營造，尤其是聲韻格律的掌握上仍有不盡人意的表現。另外，用舊的形式反映新的內容，所謂舊瓶裝新酒，亦或會讓人覺得「隔靴搔癢，意猶未盡，寫不出內心深處真正的感覺」[66]。儘管如此，知青的舊體詩詞創作，不僅表現知青們具有一定水準的國學基礎，還透露了他們對傳統文化割捨不斷的情愫。

---

[62]「老三屆」http://www.laosanjie.net/。
[63]「謝小慶博客」（http://blog.sina.com.cn/s/blog_4cce63700100jhsb.html）。
[64]「黑龍江兵團網」http://www.hljbt618.com/。
[65]「知青詩詞選讀」http://sz1966.blog.hexun.com/12417722_d.html。
[66] 齊簡〈飄滿紅罌粟的路——關於詩歌的回憶〉，《黃河》1994年第3期，頁103。

第五章 潛運的地火
——文革中的知青地下文學(二)

第一節 流行歌曲（歌詞）創作

從前面對知青歷史發展的介紹可知，知青運動是從激情、高昂向消沉、悲觀以及覺醒的趨勢轉變發展的。具體說是從七十年代初起招工、招生（工農兵學員），尤其是林彪事件後，知青們對現實產生困惑、懷疑乃至思考、叛逆，這樣的轉變迅速產生並蔓延開來。體現在知青的日常生活及思想情緒中，就是原先被否定的所謂封、資、修的東西如小說、音樂、繪畫等重新得到知青們精神上的普遍認同。在知青中流傳、影響都更為廣泛且另類的「地下詩歌」——即所謂「知青流行歌曲」也就是在這樣的背景下產生的。

中央音樂學院音樂學研究所的戴嘉枋教授曾撰文論述：

在20世紀中國音樂發展歷程中，文革期間知識青年上山下鄉中產生的「知青歌」，當時屬於官方主流意識形態所禁止的領域，不僅在文革期間的創作和流傳都處於地下，而且在其後的中

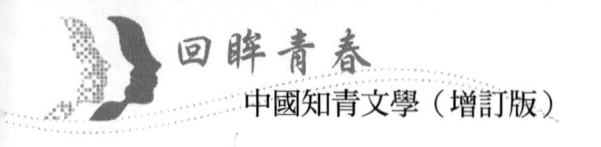

国现代音乐史研究中，也始终是一個耐人尋味的空白。然而它是中國現代音樂歷史進程中一個不可或缺的部分，不但在當時流傳極其廣泛，影響巨大，而且在之後對中國的通俗音樂發展也有著深遠的影響。①

此說甚為精闢，惟須補充的是，文革知青歌對通俗音樂的影響意義，突出表現在作為中國流行音樂史參考的原生態案例，同時，還更可作為文革時期知青歷史的原生態案例。

所謂「原生態」，指這些知青歌跟大多數文革後回憶、記錄的文史資料不同，屬於一種產生於文革期間，與知識青年上山下鄉運動同步出現的紀實性資料，最為直接反映了當時知青的生活情形與思想情感。也就是以「原生態」的方式反映知青群體的精神面貌與情感世界。

在文革期間大陸文壇一片蕭條的情形下，知青流行歌曲的產生與流傳，既是對文化專制的反彈，也極大彌補了知青們空虛荒蕪的精神生活；當然，更為直接的就是反映了知青的生存狀態與精神面貌。

知青中流傳的歌曲大致有三類：一是外國（主要是蘇俄）歌曲；二是文革前的一些民歌味道較濃的老歌，三是知青自創的歌。這三類皆從不同側面反映了當時知青的精神情感世界。前兩類（外國歌曲與老歌）在知青中流傳最廣，說起知青歌，很多指

---

① 戴嘉枋〈烏托邦裡的哀歌——文革期間知青歌曲研究〉，《中國音樂學》2002年第3期，頁5-26。

第五章　潛運的地火(二)

的就是這兩類歌，知青自創的歌曲流傳較少，一是自創有一定的難度，二是自創的歌曲更具叛逆性反主流性。無論如何，這些歌曲雖然「流行」，卻不能公開，甚至遭受當局的打壓，摧殘，自創歌曲的作者甚至被逮捕、判刑坐牢。

在這裡要介紹的，就是「自創」一類的知青歌曲。所謂「自創」，包括詞曲皆自創，但不少是自己填詞，套用其他原有的曲。無論何者，本章需要關注的只是知青自己所填的歌詞——詩歌的一種類型。這裡要說明一下，在網上可看到一些據說是當年知青創作的歌曲，其格調、精神跟當時的主旋律是一致的，也就是「扎根農村幹革命，廣闊天地煉紅心」之類的激情表現。這類歌大概是為知青文藝宣傳隊演出而創作的，配合形勢公開演唱的，不屬於本章所要討論的範圍。

本章所要討論的知青自創歌曲（歌詞）的基本特徵可歸類為以下四點：

一、「反主流」格調

也就是跟當時社會（官方）主流歌曲的高昂格調不同，知青自創歌曲（歌詞）頗有拒絕崇高、拒絕雄壯、遠離政治、遠離理想的意味，大多傾向於軟性抒情、感傷沈鬱的類型。比如：

> 望斷蓉城，不見媽媽的慈顏；
> 更殘漏盡，難耐衣食寒。
> 往日的歡樂，方映出眼前的孤單。
> 夢魂何處去，空有淚漣漣。

> 幾時才能回成都,媽媽呀!
> 幾時才能回到故鄉的家園……
> (〈望斷蓉城〉)

這首歌的歌詞顯然是成都(俗稱「蓉城」)知青所創作,其曲卻是套用了1937年電影《古塔奇案》的插曲〈秋水伊人〉(賀綠汀詞曲)。雖然時間相隔三十多年,但那哀怨、迷茫、憂鬱的格調與心境全無二致。又如廣西南部鄉村插隊知青中流行的一首〈嚮往〉:

> 晚霞散去滿天的星星,
> 整個大地月照明。
> 一位青年獨自徘徊,
> 走在那寧靜的小路上。
> 他在凝思,他在嚮往,
> 對著遠方歌唱;
> 他在嚮往,他在歌唱,
> 快來信吧好姑娘……

這是〈嚮往〉第一段的歌詞,無論是歌詞還是其旋律情調跟當時同樣流行於知青中的蘇俄的歌曲〈莫斯科郊外的晚上〉、〈山楂樹〉、〈小路〉等頗為相似。或許是知青那代人大多經歷過所謂「中蘇友好蜜月」(五十年代前中期),當時傳入的蘇俄

第五章　潛運的地火(二)

歌曲十分盛行[2]，而且蘇俄歌曲又天然有蒼茫、感傷、憂鬱、黯淡、深沉、悠揚的情韻，這跟知青當時普遍的心態甚為契合，因此，包括〈莫斯科郊外的晚上〉、〈山楂樹〉與〈小路〉在內的不少蘇俄歌曲便自然而然地被知青們在各種場合中「移唱」了，知青們自己創作的歌曲也自然而然秉承了蘇俄歌曲的情調。

這首〈嚮往〉的意境還體現了知青歌曲的一個特點：晚上（或黃昏）的昏暗背景。這大概是更能契合上面所說的蒼茫、感傷、憂鬱、黯淡等氣氛與情調，同時也似乎恰好能配合知青唱歌時的背景氛圍——知青白天要幹農活，唱歌的時間，基本上就是在傍晚和晚上。傍晚收工後，知青們就常常三三兩兩聚在一起（當然也有自己一個人的），或清唱，或用各種樂器（如二胡、小提琴、手風琴、笛子等）伴奏，在暮色中，在月光下，唱這些感傷、憂鬱的歌，那氣氛是很能感染人的。

有一些「反主流」的知青自創歌曲，是反映知青在農村的劣跡。比如偷雞摸狗是知青中非常普遍的劣跡。在某種意義上，這種現象可以說是以極端的方式體現對主流意識的反動。有一首流行於四川知青中的〈偷雞謠〉就是反映知青劣跡的歌：

深夜村子裡四處靜悄悄，
只有蚊子在嗡嗡叫，
走在小路上心裡嘭嘭跳，

---

[2] 參看戈小麗〈蘇聯歌曲和我們〉，《北京文學》1999年第8期，頁96-100；在創輝煌〈追夢，在精神沃土——知青生活與俄羅斯文化〉，「青島知青網」（http://www.qdjpk.com/article-1568-1.html）。

133

在這緊張的晚上。

偷偷溜到隊長的雞窩旁，
隊長睡覺鼾聲呼呼響，
雞婆不要叫快點進書包，
在這迷人的晚上。

醒來的隊長你要多原諒，
知青的肚皮實在餓得慌，
我想吃雞肉我想喝雞湯，
年輕人需要營養。

從小沒拿過別人一顆糖，
揀到錢包都要交校長，
如今做了賊心裡好悲傷，
怎麼去見我的爹和娘。

有意思的是，這首〈偷雞謠〉用的樂譜，卻是知青中最為普遍流行的蘇聯愛情名曲〈莫斯科郊外的晚上〉。用美的樂譜唱醜的事情，很有些反諷的意味。

二、愛情主題

事實上，這也正是當時所謂反主流意識的具體表現之一。在那個時代，愛情幾乎是罪惡的代名詞，知青（以及任何年輕人）

第五章　潛運的地火(二)

是不允許談戀愛的；當時主流的革命文學與藝術也是排斥愛情的，尤其是所謂革命樣板戲③，無一例外，都沒有任何愛情、甚至家庭的描寫——任何主要正面人物都是孤男寡女，即使是有家庭表現，也是殘缺的（如阿慶嫂）或假的（如李玉和）④。因此，說是反主流也好，補償心理也好，知青流行歌曲的主題最多跟愛情有關。像前面提到的蘇聯歌曲〈莫斯科郊外的晚上〉、〈山楂樹〉、〈喀秋莎〉等其實都是愛情歌曲。此外，還有加拿大民歌〈紅河谷〉，以及老歌〈九九豔陽天〉、〈梅娘曲〉等，都是知青喜歡唱的愛情名曲。而知青自創的歌曲中最顯著的主題更是愛情。前面所引的〈嚮往〉第一段的歌詞就有這麼個特點，不過這段歌詞中，愛情的主題不明顯，只有最後一句透露點信息，到了第二段歌詞就十分明顯了：

> 青年充滿熱烈的愛情，
> 深情的歌聲飄遠方。
> 年輕的姑娘，你真漂亮，
> 眼睛好像那明月光。
> 年輕的姑娘，你真漂亮，
> 每天為你歌唱；

---

③ 是指文化大革命期間被江青樹為樣板的幾個現代題材的戲劇，包括現代京劇《紅燈記》、《沙家浜》、《奇襲白虎團》、《智取威虎山》、《海港》、《龍江頌》、《杜鵑山》等，現代芭蕾舞劇《紅色娘子軍》和《白毛女》。
④ 阿慶嫂：京劇樣板戲《沙家浜》的女主角，其丈夫阿慶在戲中始終沒有出現。李玉和：京劇樣板戲《紅燈記》男主角，與母親、女兒組成一家庭，但三人來自三個家庭，無任何血緣關係。

每天歌唱,日夜嚮往,

快來信吧好姑娘……

讚美愛情,讚美漂亮的姑娘,還每天為她歌唱,這在那個時代可說是大逆不道的,那年代要求天天讀的是毛澤東的書,天天講的是階級鬥爭。

又如〈重慶知青之歌〉,是從下鄉知青的角度抒發與情侶離別相思的情懷:

盼不到彩雲歸,

留不住南飛燕,

秦嶺大巴山,

一山高一山,

你讓我們天各一方。

啊,親愛的姑娘莫為我悲傷;

啊,親愛的姑娘莫為我悲傷。

知青歌曲之所以有那麼多愛情主題的表現,民歌的影響也是不可忽視的。文革的老歌中,就有不少是民歌或民歌風格的愛情歌曲。事實上,古往今來愛情或說情愛是民歌最為突出且顯著的主題與題材。下鄉後,知青直接從民間學習、吸取民歌的情愛題材及其表達方式。如電影《巴爾扎克與小裁縫》中,知青馬劍鈴向山中老人請教民歌、記錄歌譜;電視連續劇《血色浪漫》也有不少片段,反映知青向農民學習民歌,以及對歌。老知青孫偉在

第五章　潛運的地火(二)

〈關於《血色浪漫》的對歌〉一文對此評說:「這是用陝西民歌『腳夫調』唱的。有味!對歌在我插隊的烏蒙山區可太尋常了,按照山裡規矩,家裡、村裡、大道等公眾場合不許唱,其他任何時候任何地方都能聽到對山歌調子。知青們下去的時候,乍一聽,耳熱心跳,都覺得那內容巨流氓,害得我拿譜本追隨歌聲翻山越嶺的記譜卻不敢記詞,至今遺憾。」[5]

　　愛情,是男女雙方兩情相悅的產物,男女對唱的方式,最能反映兩情相悅的心情。民歌就常常用男女對唱來反映愛情主題,知青歌也頗充分表現出這個特點。當然,知青歌的歌詞內容不可能像民歌那樣「巨流氓」(赤裸裸展示性愛),也沒有鬥歌的意味,但在「你儂我儂」的情調上還是神似的。比如〈小小油燈〉就以男女對唱及合唱方式表達同樣的相思苦戀之情:

(男)
長夜難眠想姑娘,
你和我天各一方。
不知何時才能見面,
共訴說心中的夢想。

(女)
心上的哥哥在何方,
可知我無限的惆悵?

---

[5] 引自「老例的博客」http://blog.sina.com.cn/s/blog_6560dfbf01015338.html。

只盼早日再見情郎，
同回到可愛的故鄉。

（合）
心上的哥哥（妹妹）在何方，
可知我無限的惆悵？
只盼早日再見情郎（情妹），
同回到可愛的故鄉。

在四川知青中廣為流傳的〈娜娜之歌〉，現在被製作為音樂視頻在網上流傳。在這個視頻中，〈娜娜之歌〉也是以男女對唱的方式呈現的，從而強化了這首歌愛情抒發的感染力：

（女）
月亮高掛天上，水仙花正開放。
抬起溫柔的臉龐，向月亮吐露出芬芳。
啊，月亮；啊，月亮；
我只為你放聲歌唱。

（男）
我的娜娜呀，你是我心中的愛。
我的心兒啊，永遠為你歌唱。
啊，娜娜；啊，娜娜；
我只為你歡樂憂傷。

第五章　潛運的地火(二)

據說，這首歌的作者周倫是一位頗具傳奇性的老知青，曾因「創作和散佈黃色下流歌曲」的罪名入獄，判處20年徒刑，文革後才平反出獄，後下落不明。據回憶文章稱：「在那個精神生活極度貧乏的年代裡，這首歌無疑是一泓清澈甘美的泉水，填補了人們精神生活的空白。」[6]

這些情歌往往是悲傷痛苦的情調。當然，表達愛情的知青流行歌曲，也並非全是悲傷痛苦的，也有歡快情調的風格，比如一首在廣西河池地區流行的〈龍江大橋〉，便以男女對唱的方式，表達知青跟女友相思重逢的喜悅：

(男)
龍江的江水清又清，
龍江的大橋多美麗，
我趕馬車回城咯，
阿妹在橋頭等著我。

(女)
龍江的江水清又清，
龍江的大橋多美麗，
我在橋頭等阿哥，
阿哥今天回城咯。

---

[6] 見《華西都市報》2003年9月11日12版所登載特別「尋人啟事」。

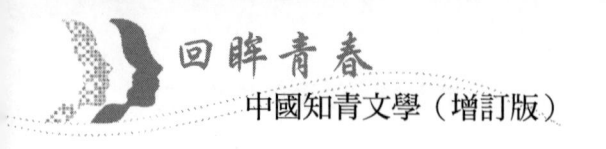

河池地區境內有壯族、漢族、瑤族、仫佬族、毛南族、苗族、侗族、水族等八個世居民族，龍江是當地的一條主要河流，民風淳樸、景色優美。知青生活在這種環境，或許所感受的會更多些遠離塵世的和平與寧靜。這首〈龍江大橋〉旋律輕快、語言素樸、情感率真，很有民歌風味，也很能體現年輕人的浪漫純真情懷。在那一個年代，這樣一種風格情調的知青歌曲並不多見。

　　總的來說，無論何種情調的愛情歌曲，愛情主題本身就很令當局反感，認為是腐蝕知青思想的靡靡之音，知青歌曲受到當局的查禁也與此有關。

三、思鄉主題

　　上世紀七十年代初以後，知青的情緒普遍低落消極，這不僅僅是由於理想信仰的失落，更直接體現為知青生存狀態的困境所致。在鄉村的現實生活中，知青們是「無根的」外來者，沒有農民那樣的穩定感、歸宿感和安全感。知青在少小年齡遠離親人遠離家鄉獨自在外，精神上情感上被損害被壓抑，這也正是知青思鄉情緒特別強烈也特別普遍的重要原因。

　　對家鄉的思念，往往結合著對前途的茫然與對命運的悲觀，渾然而成為知青歌曲中最為突出的主題，這在知青自己創作（填詞）的歌曲中表現得特別明顯，如〈昆明知青之歌〉、〈重慶知青之歌〉、〈我的故鄉在瀋陽〉、〈年輕的朋友你來自何方〉、〈告別南京〉、〈望斷蓉城〉、〈山西知青〉、〈告別廣州〉、〈邕江之歌〉、〈相逢在北京〉、〈松花江水〉、〈媽媽別流淚〉、〈望家鄉〉、〈人生旅途〉、〈火車慢些走〉、〈小小油

第五章　潛運的地火(二)

燈〉、〈在遙遠的地方〉、〈從地角到天邊〉、〈小路彎彎〉、〈傷感牛車〉、〈精神病患者〉、〈夢團圓〉、〈四季流浪〉、〈流浪之歌〉、〈流浪的人歸來〉、〈知青戀歌〉、〈囚歌〉、〈眼波流〉、〈菜花黃〉……這些知青自己創作的歌曲，基本上是知青思鄉心情的流露。因有切身體驗，往往特別能感染人。

比如有一首流行於雲南知青中的歌，歌名就叫〈望家鄉〉：

站在高黎貢山望家鄉，
滾滾的滇池水就流進我胸膛。
自從那天離開昆明，
我就告別了我的爹娘。

站在高黎貢山望家鄉，
可愛的春城喲在遙遠的地方。
來到這裡一年又一年，
不知家鄉可變了樣？

坐在盈江邊思故鄉，
美麗的姑娘喲不知在何方。
好久不曾收到家中來信，
我的媽媽身體怎麼樣。

這是一首雲南昆明知青創作的歌曲。高黎貢山位於怒江西岸，中緬邊界的雲南省騰衝、保山、瀘水三縣交界處。盈江發源於騰衝

141

縣東北部高黎貢山，流經盈江縣出緬甸。騰衝縣屬保山地區，盈江縣屬德宏州，均在雲南西部，離雲南中部的昆明有六百多公里。那一帶匯集了相當多的昆明知青。作者用插隊地方的高黎貢山與盈江，遙接代表家鄉的滇池、昆明（春城），思鄉之外亦增添懷人——尤其是父母與女友。畢竟，親人是家鄉最為核心的因素。

思鄉懷人——尤其是懷念父母與女友——似乎成了知青思鄉歌曲的一個模式，流行於廣西的〈邕江之歌〉便是如此。

〈邕江之歌〉相信是南寧知青原創的歌詞，曲譜套用了五十年代初根據新疆舞曲改編的〈送我一枝玫瑰花〉。雖然原歌譜的旋律是歡快愉悅的，但知青移唱時卻轉換為哀傷遲緩，從而配合了知青原創歌詞的情感抒發，也就能更深刻真實地反映了知青遠離家鄉思念親人的悲苦心境：

我站在邕江邊，
俯瞰著邕江水，
邕江的江水後浪推著前浪，
奔向那遠方。

忘不了那一天，
媽媽她安慰我：
不要想那家鄉，
不要想那爹娘，
不要想那心上的姑娘。

第五章　潛運的地火(二)

啊……我怎能不想我衰老的爹娘？

啊……我怎能不想我心上的姑娘？

滿臉的淚水，

滿腔的悲傷，

我離開家鄉。

這首歌的抒情方式頗具匠心：由邕江帶入。邕江是流經廣西首府南寧的主要河流（故南寧有「邕城」之稱），自然就引出了南寧知青的家鄉所在地——南寧市，由此便點出了思鄉主題。江水滔滔似思鄉之情延綿不盡，再以流向遠方的江水轉進對往事的回憶——下鄉當日與親人話別的場景。親人話別千言萬語，只凸顯媽媽不要想家鄉與親人的話，此乃以退為進、欲揚先抑之法，很自然就引發知青「怎能不想」的悲苦反問。最後以知青滿臉淚水滿腔悲傷離開家鄉的特寫鏡頭結束，由此亦交代並強化了思鄉情的緣由。

　　有的知青歌曲則從更廣泛或說是「全景式」的層面，反映知青在窮鄉僻壤思念家鄉思念親人的心情，如〈從北京到延安〉這首歌，就是這樣的表現。延安，是著名的「革命聖地」，當年不少知青就是沖著這個聖地的光環而爭取到延安的（習近平就從北京到那一帶插隊的），文革時官方的知青歌也頗為突顯延安的號召力，如〈延安窯洞住上了北京娃〉，就是當年紅極一時的官方知青歌曲，其風格當然是很主旋律式的，歌詞尤其如此，開始用傳統比興手法，頗有抒情意味：「山丹丹（那個）開花（喲那個）賽朝霞，延安（那個）窯洞住上了北京娃……」中間主體部

分，節奏加快了也加強了，突出了「革命」的主題：「毛主席身邊長成人，出發在天安門紅旗下。接過革命的接力棒，紅色土地上把根扎⋯⋯」

那麼，現實中同樣是從北京到延安的知青，他們自己創作的歌曲，是什麼樣的風格呢？且看：

從北京到延安，路途多遙遠。
離別了家鄉告別了父母，誰知我的今宵。
望山高入雲，望水向東流。
想叫河水捎封家信，苦難又來心頭。

度一日如同一年，望不盡的荒草山。
七十三條羊腸小道，挑挑兒都往上擔。
三更就起身，半夜不能眠。
沒糧沒菜沒油沒鹽，生活就更淒慘。

昨夜晚又夢見，媽媽坐在我身邊。
輕輕撫摸著孩兒的笑臉，淚水灑在胸前。
孩兒從前多茁壯，如今瘦得可憐。
睜開雙眼我仔細一看，原來是夢中相見。

中秋節月兒圓，我盼著把家還。
小妹妹你我遠隔千里，永遠也不能相見。
小妹妹你我都一樣，傷心地把活幹。

第五章　潛運的地火(二)

烏雲總有個散，苦難總有個完。

幸福之日在向我們招手，一定要實現。

幸福之日在向我們招手，一定要團圓。

據網路文章〈想起當年知青的歌〉介紹，這首歌的作者是一位女知青。這首歌當年在陝西、山西、河北、北京、東北三省的知青中廣為流傳，有不同的版本。1972年冬，黑龍江生產建設兵團司令部曾下令嚴查此歌，認為此歌「歌詞反動，公然抗拒知識青年上山下鄉運動」。作者後來就因此而被判處徒刑。[7]這首歌的旋律節奏近乎呆滯而遲緩，歌詞更是顯見消沉淒涼，其風格表現跟〈延安窯洞住上了北京娃〉的抒情、深情、激情大相徑庭。如果將〈延安窯洞住上了北京娃〉與〈從北京到延安〉進行比較，更好理解官方操作的主流意識（主旋律），確實是跟現實生活實情（社會主流）有相當大的落差。

四、地域性特點

所謂地域性特點，就是不同地方的知青創作的流行歌曲，基本上都能體現出那個地方的地域色彩，如前引〈邕江之歌〉就是體現了廣西知青的地域性特點。此外，上面所介紹的〈昆明知青之歌〉、〈重慶知青之歌〉、〈我的故鄉在瀋陽〉、〈告別南京〉、〈望斷蓉城〉、〈山西知青〉、〈告別廣州〉、〈相逢

---

[7]「王秋杭的博客」http://blog.voc.com.cn/blog_showone_type_blog_id_50970_p_2.html。

在北京〉、〈松花江水〉等,從題目就可以看出其地域性的特色。有的歌曲從內容、風格上顯示出地域特色,如〈在那遙遠的地方〉中,「刀耕火種」「西南邊疆」,就表明了地域性——雲南;〈一人走向內蒙古〉,不僅題目點明,其旋律還運用了民歌風格的曲調,凸顯了邊疆風情。有的歌曲則在地方語言運用,以及民間曲藝的影響上體現出其地域性特徵。在西北插隊的一些知青,受到信天遊、花兒、秦腔的影響,不僅喜歡唱這些民謠小調,還用這些民間曲藝的形式來套唱知青歌曲。兩廣粵語地區的知青,也有不少人喜歡唱粵曲,而哀怨婉約是粵曲的一個顯著特點,有的知青就用哀怨婉約的粵曲抒發自己的情懷,比如〈分飛燕〉就尤為知青所喜愛:「分飛萬里隔千山,離淚似珠強忍欲墜凝在眼,我欲訴別離情無限,匆匆怎訴情無限⋯⋯」這樣的歌詞配上如哭如泣的旋律,十分吻合知青離鄉背井流落異鄉僻壤的悲苦心境;有的知青還套用粵曲來填詞而成知青歌曲,在廣西粵語地區的知青中,就曾流行一首用粵語演唱的〈命運之歌〉,用的是廣東音樂「彩雲追月」的配曲:

含淚仰望上天,
天啊,我問你是否註定了
今生(我)該受此一災禍?
恨歲月無情,
恨青春虛度過,
恨蒼天擺布愚弄我!
對酒當歌,人生幾何?

第五章　潛運的地火(二)

前程難估量，豈能待？
天不會將福降落，
總係靠自己雙手創造
總之有日幸福屬於我。

愁見花常開，
使心空惆悵，不知佢去向，
天天等待令我失望。
那年花開時，
相約在今日，
可是卻不見你到來。
發、啦啦啦
多、唆唆唆
愁見花落花再開，
花叢中不見你所在，
仰望翠樓外，細心等待
等到幾時一（啊）樣空。

廣東音樂「彩雲追月」的曲調本是抒情、悠揚的，配上這些歌詞，卻凸顯為哀怨惆悵；第二段「那年花開時，相約在今日，可是卻不見你到來」幾句，反而是用國語唱的，不過轉換頗為自然，似乎也更受當地粵語不太靈光的知青歡迎。

這些地域性強的歌曲，基本上都只在某一區域流傳。不過例外的是，有一首〈南京知青之歌〉，是在全國範圍內廣為流傳

147

的,各地知青都唱,影響也就最大,作者因此還被逮捕判刑。在流行過程中,其歌詞屢被改寫甚至增添,以下兩段歌詞被認為是原作所有:

藍藍的天上,白雲在飛翔,

美麗的揚子江畔是可愛的南京古城,我的家鄉。

啊……啊……

彩虹般的大橋,

直上雲霄,橫斷了長江,

雄偉的鐘山腳下是我可愛的家鄉。

告別了媽媽,再見吧家鄉,

金色的學生時代已轉入了青春史冊,一去不復返。

啊……啊……

未來的道路,

多麼艱難,曲折又漫長,

生活的腳印深淺在偏僻的異鄉。

此歌原名〈我的家鄉〉,又有〈南京知青之歌〉、〈知青之歌〉或〈懷念故鄉〉等不同的歌名。知青自創的歌曲(歌詞)一般上是佚名的,但是這首〈南京知青之歌〉卻因為特殊的遭遇,使其作者得以青史留名。這首歌的作者任毅,男,生於1947年,南京市五中六六屆高中畢業生,1968年12月26日到江蘇省江浦縣插隊。1969年5月的一個晚上,任毅譜寫出〈我的

第五章　潛運的地火(二)

家鄉〉。此歌以驚人的速度在全國知青中流傳開來，並被命名為〈知青之歌〉。1969年8月，莫斯科廣播電臺以〈中國知青之歌〉為名播放了這首歌。過後不久，批判這首歌的文章就出籠了。1970年2月19日（陰曆正月十五夜），任毅在知青點被捕，罪名是「創作反動歌曲，破壞知識青年上山下鄉，干擾毛主席的無產階級革命路線和戰略部署」。同年8月13日作為「現行反革命犯」被判處十年有期徒刑，1979年獲平反出獄。

這首歌在知青中的影響也確實是相當大的。廣西知青老例1975年12月13日的日記便有記載：

在我自己的人生道路中，我已走過了三分之一的路程。這是歲月崢嶸的三分之一，又是碌碌無為的三分之一。想起來，卻有幾分淒慘！回想往昔——惆悵，瞻望未來——渺茫，這是我現在的心情……晚上，自己一個人在家，守著小油燈，不禁自唱起了〈懷念故鄉〉，好像這首歌是寫我的事。（第五段除外）

日記末尾說到的〈懷念故鄉〉，就是〈知青之歌〉。諷刺的是，在1974年9月29日的日記中，該知青還義正詞嚴地批判這首歌是「黃色歌曲」，一年後，這首〈知青之歌〉卻成為其表達心聲的歌曲了。[8]

北京知青林小仲在網路文章中記述：「那時知青中流傳著許

---

[8] 老例〈一則日記〉，「老例的博客」http://blog.sina.com.cn/s/blog_6560dfbf0100qv2y.html。

多知青歌曲，知名度最高、流傳最廣的是『南京知青之歌』，我還記得其中的歌詞……杜鵑每當唱起這首知青壓抑的思鄉歌曲，常常淚水像斷了線的珠子掛滿臉頰，身體緊緊地靠著我，雙手緊緊拉我，好像怕我跑了一樣。」[9]湖南知青羅嘯則回憶道：「流傳在南京知青中的一首創作歌曲，不脛而走，飛快地在我們當中流行起來。詞、曲都不錯，歌詠了故鄉、愛情、命運和理想，引起了我們強烈的共鳴。」[10]黑龍江生產建設兵團曾有人唱此歌，引起女生宿舍哭聲一片，事後被召開批判會進行批判鬥爭。[11]

這首歌在流傳過程中，也出現了不同的版本，往往是各地知青注進了自己的情感或當地的因素，如前引廣西知青老例日記所記「第五段除外」的字樣，便反映這首歌在廣西流傳的版本至少有五段（原作只有兩段）歌詞，其中第三段即是原作所沒有的歌詞：

山鄉的夜晚，多麼淒涼，

我坐在煤油燈旁，

思念我可愛的家鄉，我的爹娘。

呵……呵……

呵呵……

---

[9] 林小仲〈消失在白樺林中的愛情〉，「華夏知青網」http://www.hxzq.net/Essay/2315.xml?id=2315。

[10] 羅嘯〈田野裡的歌聲——知青流行歌曲漫憶〉，韓少功等編《我們一起走過——百名知青寫知青》，頁163。

[11] 見史衛民、何嵐《知青備忘錄——上山下鄉運動中的生產建設兵團》（北京：中國社會科學出版社，1996），頁299-300。

第五章　潛運的地火（二）

家鄉的娘盼兒，兒想娘，痛斷肝腸，
什麼時候才能回到我的家鄉？⑫

這段歌詞尤為能反映山區知青的生活環境與心境，更為強化思鄉懷親的情感抒發，副歌部分，通過「娘盼兒，兒想娘」，以雙向回環的抒情，突顯了上山下鄉運動人為造成知青家庭破碎，骨肉分離的悲劇惡果。

文革知青群體中所流傳的所謂知青歌，具有群眾性、自發性、通俗性的流行音樂（歌曲）的元素（特徵），深受知青群體的喜愛與歡迎，也反映了知青群體的生活與心聲。因此，跟文革中官方操作的「革命歌曲大家唱」之類相比較，這些知青歌更能在某個側面代表那個時代真實的流行音樂。換言之，在考察文革期間的流行音樂時，不應該忽視這些流行於民間的知青歌。更為重要的是，要考察文革期間的知青歷史與生活，更不能忽視這些流傳於知青群體之中的歌曲。

王國維在《宋元戲曲史・自序》中說過：「凡一代有一代之文學。」套用此語，則可稱「一代有一代之歌曲」。即某一個時期／某一種群體的流行歌曲，便反映那個時期／那個群體的生活、文化與心態。通過當年知青這些流行歌曲，確實可以用比較直接的方式，瞭解當年知青的生活狀況、文化形態與心理狀態，因而具有十分珍貴且無法替代的史料價值。總體上來說，知青歌

---

⑫ 老例〈一則日記〉，「老例的博客」（http://blog.sina.com.cn/s/blog_6560dfbf0100qv2y.html）。

曲（歌詞）雖然在語言藝術上還不甚成熟，但的確是體現了知青一代人的生活與感情，寄寓了知青一代人共同的歷史與記憶。

第二節　小說與散文創作

一、小說創作

　　與知青詩歌相比較，知青小說的創作較為遜色，但小說文類載體容量大、表達方式自由且豐富的優勢，卻使知青小說對知青生活與思想的反映，較之詩歌更為廣泛且貼近生活真實。跟知青詩歌承續了紅衛兵時代的詩歌創作一樣，知青小說也是承續了紅衛兵時代的小說創作發展而來。後者的代表作有中篇小說〈九級浪〉與長篇小說《瘡痍》。

　　大約在1968-1969年期間，北京老紅衛兵畢汝協（1951-）創作了十萬字的中篇小說〈九級浪〉。〈九級浪〉以第一人稱敘述了「我」與一個美麗、高貴而自負的女生司馬麗在文革中的感情糾纏故事。司馬麗為一個舊官僚的小妾所生，因而在文革中備受歧視和屈辱。在一個晚上，「我」與司馬麗學畫歸來同行，路遇流氓，「我」在刀子的威迫下倉惶逃走，司馬麗被辱。被下夜班工人解救後，司馬麗彷徨無助，在深夜投靠繪畫老師，接受了繪畫老師的玩弄。從此後，司馬麗自甘沉淪墮落，甘受許多男人的玩弄。最終「我」也參加了玩弄她的行列。小說結尾，「我」與司馬麗一同前往山西插隊落戶。小說的篇名顯然取自俄羅斯畫家艾伊瓦佐夫斯基（1817-1900）於1850年創作的油畫〈九級

第五章　潛運的地火（二）

浪〉——畫面表現一隻傾覆的帆船在大海狂濤駭浪中奮力掙扎。作者或許以此作為一代青年人心靈痛苦的象徵。

《瘡痍》的作者是陳自強[13]。文革前的1965年，陳自強於四川省成都市第七中學高中畢業，在家待業幾年後，於1970年到四川西昌鹽源縣插隊。四十萬字的長篇小說《瘡痍》是陳自強在下鄉前，即1968年創作。該小說敘述一對青年戀人在文革中所遭遇的悲劇命運。主人公邱小葉因為出身不好，高中畢業只能待業，而他的女友薛嵐是副省長女兒，故能進入省音樂學院聲樂系。文革開始後，薛嵐不顧男友的一再勸阻，積極投身運動，最終在一次武鬥中飲彈而亡。最後，主人公邱小葉在1968年憤而離開成都傷心地，下鄉插隊落戶。

兩部小說的結尾，主人公都下鄉了。這似乎也有某種意思暗示了紅衛兵時代的人物命運要延續到知青的世界中去。事實上，這兩部小說後來也確實在知青中廣泛流傳，知青小說創作中，也往往可以看到這些紅衛兵時代小說的人物思想基調的影響——對文革現實的懷疑。

知青小說的創作大約也是開始於六十年代末及七十年代初。1970年冬天，北京流傳一個手抄本小說〈逃亡〉，敘述幾個在東北插隊的知青扒運煤車返城。旅途中各自回憶自己辛酸而又令人留戀的往事。最終，卻是都被活活凍死在車廂裡。當人們發現他們時，這幾位知青緊緊抱在一起，臉上浮現著微笑。無獨有偶，鄭義在1970年代中期，創作了他的第一篇小說〈閃閃的紅星〉，

---

[13] 見前文「成都知青詩群」介紹。

寫的是一個軍墾兵團青年的悲慘故事：一對父母受政治迫害的姊妹流放式地被趕去東北，當她們得知父親已出獄的消息，連夜逃出農場，奔向北京。一路上她們盡歷艱險，在鐵路員警盤查下，慌不擇路地扒上一列貨車。春節前夕，貨車終於抵達北京。一根根大原木吊開了，呈現在人們面前的，是兩個美麗的如冰雕的姑娘的屍體，臉上仍然帶著微笑。小說在鄭義的青年朋友中秘密傳閱。文革後，經朋友們提醒，鄭義將〈閃閃的紅星〉修改後，發表於《花城》1979年創刊號，改名為〈凝結了的微笑〉。[14]這兩篇小說的構思與情節頗為相似，或許是在傳抄的過程中經過加工改編。無論如何，「扒車回家」的細節，在知青生活中確實是屢見不鮮的，而在扒車回家的過程中出意外也絕非少見[15]。因此，這兩篇作品若非同一底本，也應該是不同作者根據現實生活進行創作而「純屬巧合」的「雷同」之作。

　　北京赴內蒙知青王唯本於1973年初[16]創作了中篇小說〈一年〉。小說的引子是：同樣是從北京到內蒙古草原插隊的六六屆高三畢業的同學大關與普羅，跟六六屆初三畢業的小川與小明兄妹，為了參加高考從北京趕回內蒙古，邂逅於張家口汽車站。通過這幾位知青之間的深夜交談，展示當時普遍存在於知青間有關理想主義、功利主義等不同思想的矛盾衝突，為小說主要情節的

---

[14] 見梁麗芳《從紅衛兵到作家——覺醒一代的聲音》，頁402；鄭義〈第七封信·文學生涯〉，《歷史的一部分——永遠寄不出的十一封信》，頁253-254。
[15] 如有的知青為躲避查票，藏身火車輪子底下，被火車倒車碾死，有的躲進長途運貨車的油箱被活活悶死。參看曉月幽蘭〈扒車〉，「baohaiting的博客」（http://blog.sina.com.cn/baohaiting）。
[16] 本書初版根據其他論著，將王唯本〈一年〉的創作時間定為1972年。後筆者獲邢奇所饋王唯本〈一年〉的套色電子版稿，稿末署「1973·2·9初稿」。

第五章 潛運的地火(二)

展開,奠定了思想基調。小說進而以北京知青大關為描寫中心,聯繫著大關的女友小晉、妹妹小雁、同學大個等,以及他們與當地牧民柴古莫特一家及扎木蘇一家的友情,較為廣泛且深入反映了北京知青在內蒙古的插隊生活,以及他們對人生理想等不同觀念的思考與衝突。小說的結局為:才華橫溢的大關與普羅未能上大學,而小晉上了大學後,以「為人民,為偉大的事業獻出自己的一切」為由與大關分手,終而和同期畢業的同學結了婚。大關則因在一次火災中,為救一位瘋老太太與柴古莫特家的狗兒身負重傷,在自北京回返內蒙古整整一年後,逝世於老同學普羅面前。

該篇小說反映了知青在現實生活中的迷惘情緒與理性思索,在內蒙古阿巴嘎旗知青中得以廣泛流傳。

這時期,值得注意的知青地下小說是甘鐵生創作的中篇小說〈第四次慰問〉。

甘鐵生的祖籍是臺灣臺北,其父早年從臺灣到日本留學,畢業於早稻田大學,上世紀四十年代後期以父母病重回台探望,從此一去不返。1946年甘鐵生出生於北京,從母姓甘;1968年高中畢業於北京清華大學附中,1968年12月赴山西太谷縣,跟鄭義同在大坪村插隊,與鄭義交情甚深,一起扒車旅行,浪跡四方。

〈第四次慰問〉基本上是作者1972年在下放地山西太谷縣大坪村所創作的。當時村裡只剩了甘鐵生一個人留守——作為生產隊保管員,要等到近年關,得守候著分糧食和記帳,以及盤點倉庫諸事畢後方可回家。而其他同學,或獲推薦上學離開了農

村,或另尋門路轉到其他地方,所剩同組的鄭義及另一同學也回京了。甘鐵生獨自守著一群知青自己養的雞和兩隻小豬崽兒,以及一排孤零零的住房,開始晝夜不停、廢寢忘食地撰寫〈第四次慰問〉。寫累了,便獨自到知青住房下面的烏馬河畔漫步,沉思。待保管員的事務完畢,甘鐵生返回京城,在家中母親的縫紉機上最後完成了〈第四次慰問〉全稿。那時已經是1973年初了。完稿後,甘鐵生百感交集,畢竟那是他的第一部中篇小說,便特別給自己拍了張照片留念。

〈第四次慰問〉完稿後,在北京地下文化沙龍中傳閱,引起強烈的反響,並為此組織了三次沙龍朗讀會,由甘鐵生本人朗讀,有人感於其悲劇力量淚流滿面,也有人懼於其叛逆精神悄然退席。

〈第四次慰問〉以北京市革命委員會慰問團到訪知青下放地為重要脈絡,通過知青與慰問團的互動,展示了知青思想情緒的發展變化。第一次慰問團來訪,知青視為「娘家人」而赤誠接待,徹夜長談插隊感受,天真地以為慰問團是前來交心並為知青解決困難的。第二次慰問團前來,知青因反映農村的現實困苦,甚至口無遮攔抨擊「賦稅重而傷農」,因此與慰問團發生衝突。這時,作為響應號召上山下鄉積極分子的女主人公開始產生嚴重的疑慮,對當局的不信任感油然而生。第三次慰問團來訪時,面對知青質疑上山下鄉運動中諸多不可理解的現象,慰問團極為不滿,並向有關部門彙報,致使雙方發生較為嚴重的衝突;慰問團見勸解無效,開始威嚇知青,導致知青拒絕接受「慰問」。這一次的「慰問」,促使女主角逃離下放地並浪跡各地知青點,在這

第五章　潛運的地火(二)

過程中，女主人公經歷了撕心裂肺的愛情，也曾仗義助人擺脫農村進入大學成為「工農兵學員」，還曾為了幫助絕望的女知青轉變命運，冒名頂替出賣色相，使該女知青得以進入工廠⋯⋯此後，又輾轉返京，但因為太過活躍，被有關部門盯上，不得已再次逃離京城回到山西插隊的鄉村。時值冬季，恰逢第四次慰問團到來。而知青們已經徹底覺醒，當局也已視知青為「敵人」。第四次慰問，便成了「抓捕」性的慰問。於是，女主人公在眾知青的協助下，逃到荒蕪破敗的懸空寺躲藏起來，但最終還是被執法人員帶走。

懸空寺地處北嶽恆山腳下，創建於一千多年前的北魏後期，經歷過明清兩代修復，寺門朝南，寺內有樓閣殿宇四十間，南北各有一座三簷歇山頂，危樓聳起，對峙而立，從低向高，三層疊起，離地百餘尺，附於絕壁上，給人虛實相生，既奇又險的危機感。作者將懸空寺作為一種象徵，暗示文革及知青上山下鄉運動是空中樓閣似的烏托邦，遲早會被歷史所唾棄。

〈第四次慰問〉顯然是試圖以象徵性的手法，揭示出隨著歲月的綿延流逝，上山下鄉運動終於以廣大知青的覺醒而導致革命謊言的破產，上山下鄉的過程就是知青們覺醒和反抗的過程。[17]

〈第四次慰問〉創作的時期，正是知青經歷了林彪事件的衝擊，下鄉的狂熱也已開始退燒，加上對農村及上山下鄉運動已經

---

[17] 有關〈第四次慰問〉創作背景及小說情節介紹，主要參考甘鐵生跟筆者的通信內容。甘鐵生來函還透露，〈第四次慰問〉在北京二流社沙龍朗讀二次，在人民大學附中老紅衛兵徐浩淵為首的文藝沙龍朗讀一次。另外，回到山西大坪村，還專門單獨給鄭義朗讀了一遍。鄭義聽後則為小說的修改提出「賊棒的意見」。

有了切身的體驗,他們開始對現實產生了懷疑、對人生有了思考,但遠未能找到根源何在、出路何在。因此,整部小說籠罩著濃鬱的悲涼感傷情緒。

〈第四次慰問〉在文化沙龍朗誦過後,不少人提出借稿子去重讀,特別是老紅衛兵沙龍首腦人物徐浩淵還專門到作者家索稿。所幸作者為避免引火燒身,堅持小說稿不外傳,次日徐浩淵就被公安(警察)抄了家。然而,〈第四次慰問〉最終還是逃不掉「消失」的命運。關於這篇小說稿「消失」的經過,甘鐵生給筆者來函中的描述,甚是生動,原文引述如下:

似乎是1975年一天傍晚,已在《農民日報》任編輯多多,騎著輛破摩托車氣急敗壞地來到我家(他住西四,我住西單,很近)。他一來,就搜索我的稿件箱,說我肯定抄他的詩文或筆記了(那時我們經常交換詩文及讀書筆記),並告知中央文革要拿所謂「地下文學」開刀了,「哥們兒,告訴你,我要是被抓了,一拷問我可和盤托出,到時候你也沒好果子吃。」我們表面上嘻嘻哈哈、罵罵咧咧的,可心裡清楚:形勢相當嚴峻呀。你想,當年盛傳遇羅克和編唱知青歌曲的南京知青已被槍決……況且看他那風風火火的樣子,顯然他跑得已是四蹄生煙,連飯還沒吃呢:「你這裡有剩飯沒有?餓壞我了!」我趕忙去廚房將剛剛端出去的飯菜又端回來。他匆匆吃罷,站起來就走。我送他出了街門。結果他那車又打不著火了。使勁踩了半天(這真不是好兆頭)。終於打著了,這才絕塵而去。送他走後,我憂心愈重。當時我在北京商標印刷廠當工人。對殘酷的現實和多舛的命運相當敬畏的

第五章 潛運的地火(二)

我，在緊張的思想鬥爭了一番後，還是將那《慰問》付之一炬了。[18]

　　甘鐵生在來函中還表示，如果可能，也許會根據回憶，參考當時朋友的修改意見，尤其是鄭義所提「賊棒的意見」，再次將此小說寫出。不過筆法或表達也許會更文學一些，不要那麼多的情緒和赤裸裸的批判。

　　文革中最著名且流傳最為廣泛的地下手抄本，是長篇小說《第二次握手》（原名《歸來》），其作者張揚（1944-）是1965年就到湖南瀏陽縣插隊的老知青，為此小說被捕判刑，文革後方獲平反。但該小說是從知識分子的愛情糾纏，側面地反映中共黨內鬥爭，與知青生活毫無關係。該小說文革後很快就回歸主流，得以出版並拍攝成電影。

　　相反，有的地下文學的作者不是知青，卻寫出反映知青生活的作品。如前文介紹過，趙振開（北島）雖然沒下鄉，卻跟下鄉知青來往密切，其詩歌創作也跟知青的地下詩歌創作密切相關。其實，趙振開曾創作過以知青為主人公的中篇小說〈波動〉。據李陀為同名單行本小說所作序（載《天下》雜誌2012年第3期）介紹，該小說1974年10月前後動筆寫作，11月下旬完成初稿；經1976年與1979年兩次修改，終為定稿；最早發表於《長江》1981年第1期，八十年代後，由香港中文大學出版社多次發行單

---

[18] 宋海泉〈白洋淀瑣憶〉記述，1974年，根子（岳重）遇到一些麻煩，多多趕到宋家，要走並燒毀宋所保存的他的詩稿。見《詩探索》1994年第4期，頁138。這個事情，不知是否跟多多到甘家索稿有所關聯？

行本。

　　該小說描述了北京知青楊訊與蕭凌的愛情悲劇故事。蕭凌的父母是知識分子，在文革中受迫害死去。蕭凌下鄉插隊時，曾與幹部子弟謝黎明因同病相憐而懷孕產下一女孩。後來蕭凌被招工進了河北某小城，而謝黎明因父親官復原職，得以走後門上了大學，便將蕭凌拋棄了。蕭凌在小城與楊訊相識並進而相愛。然而，楊訊是一個高官的私生子，他的人生「每個路口都站著這樣或那樣的保護人」。於是，二人雖然深愛對方，但階級卻成為他們之間難以逾越的鴻溝。當蕭凌遭楊訊的生父查出有一個非婚生女兒晶晶，被指責為品德不良遣送回農村，楊訊卻通過生父的關係調回北京。同時，楊訊得知蕭凌有個私生女後，兩人的感情產生裂痕並提出分手。最後，當楊訊受到良心譴責返回農村尋找蕭凌時，蕭凌卻已訣別了這個讓她徹底失望的世界，「消失在金黃色的光流中⋯⋯」。

　　該小說創作於文革的後期，小說所描寫的知青跟現實的對立與抗爭更顯激烈。其中對知青絕望與希望兩種心態糾纏交雜狀況的描寫尤為成功。作者採用多視角且流暢的敘述方式，「意識流」的手法，活躍跳動的意象，撲朔迷離的理思，這些特點，倒跟其詩歌表現頗有異曲同工之妙。

二、散文創作

　　散文的體裁，廣義理解為用散體句式寫作的文類，包括雜文、遊記、隨筆、書信、日記等，議論、抒情、描景、記事、寫人，無所不可。由於其運用廣泛，亦較易掌握，散文創作歷來在

第五章　潛運的地火(二)

文壇是最為普遍的文體。文革時期,鋪天蓋地的大字報、傳單等,或許也可視為散文在特殊時期的特殊變體。而上山下鄉知識青年當中的散文創作,也同樣相當普遍,相當流行。換言之,知青們常常運用各種散文體裁形式,描寫、記述他們在鄉村日常生活的體驗與情感。如李三友(1947-2012)在〈烏蘭寶力格的春天〉中記錄了他在草原的放羊的一天的情景:

　　天已大亮,包裡蒸汽騰騰,一柱金光透過門窗,斜在我的枕旁。一看表,八點,就呼地一下起來,把正在喝茶的老頭嚇了一跳。「睡得好嗎?」他轉過頭對我笑著。我邊穿衣服邊應著,隔著白氣聽到淖爾金彷彿又在用勺不住地翻騰鍋裡的茶。這個動作真成了她的嗜好,彷彿會從攪出的白氣裡見到極樂世界似的。我順著光摸到門,淖爾金喊:「喝茶!喝茶!」我說了兩聲「知道」,「嘭」地關上門出去了。裡面根登很自信地對老婆說:「人家解手。」[19]

李大同(1952-)的〈雅幹錫力日記〉則記述了作者在草原馴馬的經歷:

　　這馬每年第一次騎總是有些可怕。嗯,轡鞍子還挺老實。我牽著她繞將起來,一般每年的第一次,緊好肚帶後繞兩圈,她就會撅起尾巴屙一泡屎。那時就只管放心上馬,保證不尥。今天可

---
[19] 引自楊健《中國知青文學史》,頁176。

真是鬧不機密了!青馬死活就是夾著尾巴不屙,更使人發顫的是耳朵也向後背著。幾位女生端著碗,靠著包,幸災樂禍地叫著:「哈哈,不屙!肯定尥!把你摔個半死,誰叫你昨晚不圈牛!」真的,昨晚只顧弄馬,牛忘了圈。我狠狠地看了她們一眼,在奚落聲中把青馬猛地揪了起來,「刷」地紉進左鐙,馬一聲怪叫,前腿直立起來。好騎術!我一定是以一個異常迅速的動作翻上去了,牠前腿還在騰空,我已經穩穩地坐在鞍子上了……[20]

這些描述很有知青的生活氣息,也有草原生活的獨特性。當時就在草原各旗的知青點流傳,同時流傳的知青散文還有〈小青馬〉、〈打狼〉等。不容否認,這些散文中所體現的情感、情調都是頗為正面樂觀的。相比之下,鄭義傾注著「關於生命、青春的思索與感覺」[21]的流浪箚記系列《三行》(〈興安行〉、〈阿榮行〉、〈海山行〉)等,便多了幾分冷峻與深沉:

我的雙足踏在阿榮緩坦起伏的無邊沃野上,一個一個的山崗被我拋在身後。我一步不歇地走著,雨後的泥濘,草甸的積水,使我感到分外費力,鞋上粘滿了稀泥,抬腿都費力,但是我仍然一步不歇地走著……在遼闊的思想疆域中我狂放不羈的靈魂在辛苦追尋。絕對,永恆,像海市蜃樓一樣在我眼前誘引著我飢渴的靈魂掙扎前行。每當我似乎可以伸手能摸到的時候,它就悄然幻

---

[20] 引自楊健《中國知青文學史》,頁175-176。
[21] 鄭義〈第六封信‧黑龍江、內蒙流浪〉,《歷史的一部分——永遠寄不出的十一封信》,頁238。

第五章　潛運的地火(二)

滅了。似是而非的感覺不斷在欺騙我，使我覺得我正在不斷接近它，追尋著它，摸索著它。它把我引入一片漫無人跡的荒漠。（〈海山行〉）[22]

鄭義原名鄭光召，重慶人，六六屆高中畢業生，參加了兩年文化大革命後，到山西太行山的一個僅九戶人家的小山村插隊。1970年末，因與友人通信討論中國人權狀況被當局發現，為逃避逮捕，逃亡到靠近西伯利亞的大興安嶺地區，在森林裡伐木、當流浪木匠，寫作流浪手記《三行》（〈阿榮行〉、〈興安行〉、〈海山行〉）。鄭義的摯友甘鐵生認為，這次遠行流浪，對鄭義來說意義巨大，他的視野豁然開朗了，對人生和社會以及「統治的鏈條」有了更加清晰的認知，當是他日後小說創作的一個前期鋪墊。[23]可以說，生活的磨難，現實的無情，使鄭義的散文增添了更多對生活的思考與對現實的質疑。鄭義的系列流浪散文曾在北京沙龍傳閱。多年之後，鄭義回憶道：

插隊之初，在給友人的信中妄論時政，被警察抄了個準兒，只好匆匆逃亡。再是鐵桶江山，也要在失去自由之前真正闖蕩一番！初至呼倫貝爾草原時，身份是「盲流」（盲目流竄）木匠。……拎起紅鉋子，卷起破狗皮，揣著本老費爾巴哈的哲學著

---

[22] 引自楊健《中國知青文學史》，頁196-197。
[23] 錄自甘鐵生給筆者的來函。甘鐵生的來函解釋，所謂「統治的鏈條」，指統治者都是靠意識形態控制國家的，而貫穿他們統治思想的各級執行者，便是形成統治階層的統治鏈條。這些意識形態的執行者，也是各級行政管理的執行者。

作選,從呼倫貝爾草原流浪到嫩江流浪到大興安嶺森林⋯⋯那一段生活,凝結成我最初的文學寫作——流浪手記《三行》(〈阿榮行〉、〈興安行〉、〈海山行〉)。回首往事,總有些浪漫色彩。在當下,還是有一些青春血淚的。[24]

可以相信,除了上述在較大範圍內得以流傳的散文,還有更多知青私底下寫下了不少散文作品,大部分至今仍湮沒無聞,只有極少部分借助網路文學興盛方得以重見天日,如知青網友老例的〈故鄉的火燒雲〉:

我極愛看夕陽下的火燒雲。趴在山坡,躺在草地,圓睜著(或半瞇著)眼,悠哉閒哉,滿天的火燒雲盡入眼簾。夕照下的雲霞,大半是紅色的:有胭紅、紫紅、橙紅、嫣紅、暗紅、鮮紅、淡紅⋯⋯似火燒一般,瑰麗極了,燦爛極了。火燒雲不僅美在姹紫嫣紅的色彩,更美在其姿態萬千、變幻莫測的奇觀:這一片似金龍行空,那一片似彩鳳逐日;定睛看像群鯉嬉遊,轉眼間又如百駿馳躍⋯⋯令人目不暇接,甚是美不勝收。此時心境,舒坦極了,愜意極了,得意之至,天地間似乎只剩下似幻似夢的火燒雲,和如癡如醉的一個我;一時間,也真有不知我是雲,抑或雲是我之感覺(大概已臻於最具原始意義的天人合一之境界)。火燒雲的映照下,那遠處的山巒近處的村莊,莫不塗抹上一層或濃或淡的光暈色澤;那悠遊的牧笛,那嫋嫋的炊煙,那隱約可聞

---

[24] 鄭義《紅鮑子》(http://www.64memo.com/b5/14599.htm)。

第五章　潛運的地火(二)

的雞鳴狗吠……渾然天成一幅野趣盎然的織錦。最終，夕暉盡斂。雲霞的色彩漸漸消退，沉沉暮靄亦漸漸聚攏。黃昏，實實在在地降臨了。暮色黃昏中，我不無茫然……㉕

據作者介紹，「這短文是『現場作文』——作於1975年下半年（夾在那時候的日記本裡），沒有題目，但內容顯然是寫那時當地鄉村的火燒雲景象」。與前引幾篇散文的敘述性不同，這是一篇寫景抒情性的散文，即在景物描寫中融匯著作者的情感抒發。作者老例是廣西知青，七十年代初下鄉插隊，文革後考進大學，後出國留學，目前在大學任教。作者在該文後記中回憶道：「那時候我應該是十分消沉的（同組的知青都離開了），而這短文卻很有點田園色彩甚或是牧歌情調。或許，我是苦中作樂；或許，我是借此自我陶醉（麻醉）？或許，文末『暮色黃昏中，我不無茫然』的描寫才是透露出我內心的真實感受？」㉖

在上世紀五六十年代，中共當局所樹立的英雄人物如解放軍士兵雷鋒、王傑，知青金訓華、張勇㉗等都寫過大量的「革命日

㉕「老例的博客」（http://blog.sina.com.cn/s/blog_6560dfbf0100hji9.html）。
㉖「老例的博客」（http://blog.sina.com.cn/s/blog_6560dfbf0100hji9.html）。
㉗雷鋒（1940-1962），瀋陽部隊某部運輸連班長，1962年8月15日，執行運輸任務時殉職。王傑（1942-1965），濟南軍區某部工兵一連五班班長，1965年7月14日，在一次軍事訓練事故中為掩護民兵而殉職。金訓華（1949-1969），1968年畢業於上海市吳淞第二中學，曾是上海市中學紅代會常委，1969年5月25日，到黑龍江省遜克縣遜河公社雙河大隊插隊落戶，同年8月15日，跳入洪水中搶救兩根電線杆遇難。張勇（1951-1970），女，原天津市四十二中學六八屆初中畢業生，1969年4月下鄉到呼倫貝爾盟新巴爾右旗額爾敦烏拉公社白音寶力格生產隊，1970年6月3日，在克魯倫河東岸西廟地區，為救護公社羊群遇難。

記」,這些日記都得到公開發表並進行大力宣傳,以配合長年累月的政治思想教育。於是,不少青少年也就形成了寫日記的「習慣」。也同樣是這麼個背景,知青中寫日記的風氣也十分興盛。知青寫日記的目的可能各有不同,有的或許就是模仿英雄人物寫的「革命日記」——記錄自己在接受思想改造再教育的過程;有的或許只是純粹私密的日記——記錄自己青春歷程的痕跡;有的卻或許還有意無意帶有練習寫作的目的,如王安憶就是將日記當作小說來寫的,寫得很認真很仔細。[28]舒婷插隊期間也堅持每天寫日記,雖然回城之前把三厚本的日記燒了,但僥倖留下來的幾張散頁,後來還是發表在《榕樹叢刊》散文第一輯上了。[29]可見舒婷的日記其實就是文學練筆之作。故此,在後兩類的知青日記中,有的記述確實可視為文學作品,換言之,考察文革時期的知青散文,不可忽視浩如煙海卻又大多秘不示人的知青日記。

木齋(王洪)在《恍若隔世——我的知青歲月》中,摘錄了1972年10月3日的日記:

今天下了一天雨,無事可做,幾個房間都是打牌下棋。對於這個迷人的歡樂之宮既要敢走進去,也要有毅力走出來。

今年的一年,是我們小組人的精神面貌發生巨大變化的一年,即由熱衷於政治抱負並刻苦實踐到頹廢、找朋友、打牌、算命。白國利消極得很,他的雍容雅度都用於戀愛,政治上也十分

---

[28] 祖丁遠〈王安憶的文學之路〉,《人民日報》海外版,2002年8月23日。
[29] 舒婷〈生活、書籍與詩——兼答讀者來信〉,《今天》(http://www.jintian.net/today/html/08/n-3108.html)。

第五章　潛運的地火(二)

不得意,和領導關係不好;楊可正在為失戀而苦惱;管雲在學校紅極一時的情況完全轉為了劣勢。我們經常地舉行著酒會。昨天打撲克打到了四點鐘。我自己當然也不例外。今年是我到農村以來最壞的一年,文藝創作完全丟棄了,沒有認真地學習一本書。愛情的蛆蟲也時常偷襲。

　　這些變化也說明了另外一個方面:我們已經從書本上轉到現實中考慮問題了。

　　我必須有能力在混亂中沿著既定目標前進![30]

有鄉村生活經歷的人都知道:下雨天即休息天。下雨休工,打牌下棋幾乎是天南地北所有知青都「享受」過的娛樂活動。作者由此引發出對知青群體(包括自己)消極頹廢現象的批判。在作者夾敘夾議的字裡行間,卻也點染出作者及其知青夥伴們各自不同的消極頹廢情狀。在日記中作者隱晦地稱「我們已經從書本上轉到現實中考慮問題了」,而事實上,這些現象正形象地反映了這些年輕人正是「由紅衛兵的狂熱,進入知青的苦悶」[31]。

在網路發達的今日,不少當年的知青借助網路(論壇或部落格)將自己當年的日記公諸於世,如從上海赴雲南西雙版納插隊的知青卞林富在1971年初的一則日記:

象腳鼓和鋩鑼對唱起來,鐘聲鼓聲闖入美夢,把我從故鄉上

---

[30] 木齋《恍若隔世——我的知青歲月》(北京:作家出版社,1998),頁145。
[31] 木齋《恍若隔世——我的知青歲月》,頁124。

海拉回來。啊，這「天天讀」開始了！「天天讀」是去年十月份開始的，斷斷續續也保存到今天，然而也不是什麼「雷打不動。」老傣是自覺的。正確一點說，貧下中農的積極性是高的，儘管他們聽不懂多少。趕快起來吧，再過三分鐘，隊長或會計就來叫門了。日復一日的「清晨聚首」進行了不過半小時左右，而其中大半時間還是隊長安排勞動，或是講些瑣事。

我履行了一日一次的「彈琴」任務，便回來洗臉、刷牙、吃早飯。很難說我知道我教給了他們什麼，然而他們似乎確實學到了一點。燒飯人已經把稀飯燒好。吃了飯，竹樓前的空地上人聲嘈雜起來，男女老少都來找工做。自從1970年1月15日我們佔據了曼窩的社房後，這社房前的空地便是他們唯一的集會地點了。我們——除了燒飯的以外——則蹲在樓梯口上察看動靜，不知今天有什麼「好差使」落到我們頭上。然而，輪到我們的無非是抬竹子、扛木料或者「湯生拉」（傣語：茶地除草）之類雜事。在這裡，我們是被當作勞動力使用的。我們並不白拿工分。如果是下雨——這在西雙版納的八月是毫不足奇的，則可以晚一些出工。但不管有沒有活，出工是必須出的，這似乎是傣族較比漢族所特有的勤勞。

然而農閒究竟不比農忙，出工時間拖遝，收工也早，往往象腳鼓還沒有響起來，人都已經回了家，或者在回家的路上了。在這以前，則是休息——等候時間的休息。過早回家是不行的，哪怕任務完成了也不行，因為「人家要鬧」。

吃了飯便是休息，或是看書，或是拉二胡——竺就拉他的小提琴，或是倒在床上睡覺。這時，樓上往往是靜靜的，偶爾「長

第五章　潛運的地火(二)

腳」的收音機來增添一點熱鬧。老傣呢？誰知道老傣是怎麼休息的。在白天，他們的手腳是不會停的。如果白天停了手腳休息，那一定是「海囊」（生病）了！

半天，就這樣過去了。

鼓聲又闖入午夢。又是經過一番清醒一番偵察，才背上雨帽跟上老鄉去出工。下午的時間真是長啊，要到五點半才收工。好在留了一人做飯，什麼也不用擔心。在休息的時候，也跟老鄉扯上幾句，大家使用對方能聽懂的漢話。當然，扯多了，難免要說到庸俗的無聊的事上去。然而，這對於一個受過11年教育的我來說，也已司空見慣了。我的性情變得暴躁，也喜歡罵人。

又是半天過去了。有時要出些汗，有時則不須付出這汗的代價。如果碰上滂沱大雨而又未帶雨具的話，就不得不洗個淋浴，直到衣服濕透，──這叫做「哇哇喳喳」。

吃了晚飯便等待天黑。黃昏這段時間，心情似乎開朗一些，大家走上竹樓陽臺眺望遠處──綠色的莊稼，青青的山，藍藍的天和變化莫測的雲，隨後就天南地北地吹起牛來。每個人都留戀著以往，憧憬著未來，關注著前途，憎恨著命運。啊，命運之船，且看你將我們載向何方？

青春在流逝！

光陰在流逝！

我們把一次又一次的希望寄託在明天。明天啊，該多麼令人神往！

169

然而，多少個希望的明天，變成了空虛失望的今天。㉜

這篇日記雖然敍述的重心基本上是知青本身，卻與傣寨鄉民的互動頗為密切。沒有高調的飾美，也沒有嚴苛的醜化，但在貌似平實敍述中，透現著黑色幽默的批判鋒芒。末尾的「多少個希望的明天，變成了空虛失望的今天」，將特指的某日，擴展為普泛的許許多多日子，其荒謬、悲劇的氣息更顯濃郁。

從廣西回原籍河南插隊的老知青錢文軍的日記，也同樣是以記述體的散文形式表現，只不過記述的事件與場景更為集中：

1976.7.13，天陰。

村裡找了一個唱書的人，也許是個乞丐來唱書。

這件事吸引了村裡每一個人。公社在開隊長會，有電影招待。除了幾個年輕人和孩子去看電影而外，其餘的人，天剛黑都聚在楊達家門口的空地上等候了。孫日新在煎餅、煮雞蛋，招待唱書的。隊裡拔火麻，留了三個作為酬勞。每個約五、六十斤。共值七、八元錢。

當家的副隊長老汪，在人群中吼了起來：「誰在這兒裝鬼！」幾個婦女說，你回家睡覺去不好了麼？！唱書是四舊，上邊知道了，要追查的，當然，只能問幹部們的事。老汪是黨員，出來吼吼，是讓人們看看的。事實上，他蹲在一角，聽到最後。

㉜ 見「老三屆‧難忘歲月」http://www.laosanjie.net/asp/club/disp.asp?owner=1&ID=2974&messg_id=10978。

第五章　潛運的地火(二)

另一個大隊幹部在家睡覺，佯作不知。

唱書的先扯扯嗓子，大唱了幾段批林批孔之類的話，爾後農民們表示要聽舊的。他全不理會。突然，他一頓：「大路上跑來幾匹馬！同志們，我現在唱的是什麼？唱的是大宋王朝的事，叫做『美貞進寶傳』！」

人群裡頓時鴉雀無聲，天上的星星，被雲漸漸遮住了。書唱到兩點多，大雨來才散。

第二天還要唱的。[33]

這則日記集中記述乞丐來村裡唱書的事情，作為記述者的知青完全不現身，從一個超然的位置，描敘各種人在這一事情中的表現：當家的副隊長老汪虛張聲勢，另一個在家睡覺大隊幹部則佯作不知，村裡人大部分則都急不可待要聽「舊的」。主角說書人的表現更富戲劇性：先是扯嗓子大唱了幾段批林批孔的話開頭，接著也全不理會村民說唱舊書的要求，後面卻突然來這麼一個很無厘頭的轉折：「大路上跑來幾匹馬！同志們，我現在唱的是什麼？唱的是大宋王朝的事，叫做『美貞進寶傳』！」日記末了還加上一句：「第二天還要唱的。」既應合了說書「欲知後事，且聽下文分解」套語，同時也表明現實中的說書將持續。記敘篇幅雖然短小，故事卻頗為完整。有始有終，還有轉折變化。人物刻畫雖然簡單，卻很傳神，寥寥幾筆，顯示出人物的性格特徵。如副隊長老汪的世故圓滑，唱書人的狡黠精明，甚至聽書農

---

[33] 錢文軍「博客專欄」（http://vip.bokee.com/20070624315419.html）。

婦的率真耿直。

這則日記無疑體現出跟上則日記一樣的黑色幽默的批判鋒芒。這一現象，表明在遠離政治中心的鄉村，政治控制力量事實上已日漸式微，難以左右人們（包括被記敘的村民與記敘者知青）內心的思想，甚至是公開的行為。

這兩則日記都還有一個共同點：在記敘人與事之餘，亦似乎有意無意點綴了簡略的景色描寫，而景色的描寫又似乎都與描寫重心密切相關。如前一則日記在記敘了空虛失望的一天經歷後，帶進人們遠眺「綠色的莊稼，青青的山，藍藍的天和變化莫測的雲」的景色，暗喻、影射著人們「留戀著以往，憧憬著未來，關注著前途，憎恨著命運」的複雜心境。後一則日記則在村民們「鴉雀無聲」進入聽舊書說唱情境時，作者信筆寫到「天上的星星，被雲漸漸遮住了」，一個短小的寫景句，似乎是映襯村民們沉浸於聽書的美妙境界，又似乎還蘊涵著某種微妙的政治隱喻意義。

文革中這類知青的散文創作，大多隨著年歲的流逝而湮沒無聞，偶有慶幸在日後獲出版／發表，可謂彌足珍貴，北京知青鍾阿城的散文集《遍地風流》（作家出版社，1999）便屬此類。

該書的散文是作者「在鄉下時無事所寫」（〈自序〉），其中「彼時正年輕」部分，所描寫的大多便是知青在接受再教育的日子裡被扭曲的生存狀態——有寫知青夜間無聊，輪流講各種奇怪的故事，卻意外誘發知青同伴的同性戀（〈兔子〉）；有寫自命不凡的知青高談闊論深澀的哲學，卻目睹了北大地球物理專業高才生「專業對口」被分配到山區挖煤（〈專業〉）；有寫女

第五章　潛運的地火(二)

知青小燕學房東嚼楊樹葉代替刷牙、聽「天罵」而接受人生啟蒙，從而嫁給村裡漢生子，默默等待自己的第一次天罵（〈天罵〉）。

也有的從農民角度寫知青給農民帶來的災難——如農民認為知青是來「奪口中糧……都不情願再教育一下這些腸胃正旺的知識青年」（〈專業〉）；善良的農家房東老夫婦感嘆：「城裡那麼多糧，怎就養不下個姑娘，來這搭受？」（〈天罵〉）；村裡老實巴交的復員軍人孫福因打賭掀起女知青的裙子而成了流氓，當作破壞知識青年上山下鄉壞分子槍斃，其弟借七角六分錢付子彈費，三年才還清債（〈打賭〉）；北京女知青宋彤與同伴吊打以每次兩分錢的價錢與丈夫合謀賣淫的女房東，到年底分紅時每個勞動力才分到六分錢，知青們才明白女房東及其丈夫合謀賣淫的真正原因，因此知青們永遠不能原諒自己，宋彤更是改名嫁到外村（〈秋天〉）。

作者在〈自序〉中說：「青春這件事，多的是惡。這種惡，來源於青春是盲目的。」從上面散文可見，作者在知青年代的創作，已是更多專注於對自己及知青同伴們的青春惡，進行了頗為深刻的揭露、批判與懺悔。《遍地風流》的語言簡潔內斂、從容散澹，往往在充滿睿智戲謔的陳述中，對社會與時代的荒謬進行入木三分的批判，體現出十分深厚的黑色幽默的反諷功力。聯繫前面知青日記的黑色幽默批判鋒芒看，黑色幽默確乎是畸型社會荒謬年代的必然產物。

第六章 傷痕與控訴
——新時期的知青文學(一)

　　1976年9月9日,毛澤東逝世。同年10月6日,江青、張春橋、王洪文、姚文元「四人幫」被逮捕。由此,中國大陸政治局勢發生了急劇變化,文革走到了窮途末路;上山下鄉運動也走到了窮途末路,但仍沿著舊軌道慣性滑行著,直至1978年底。

　　1978年12月,中共十一屆三中全會召開,對文革作出了否定性的決議;幾乎同一時間段,雲南軍墾農場知青的大罷工,標誌著知識青年上山下鄉運動的終結(見緒論第二節「退潮」部分)。

　　在1977-1978年期間,知青文學出現了頗為耐人尋味的新變化:一方面是文革中活躍的知青作家受到衝擊而陷入痛苦失語的狀態,如張抗抗說:「從一九七六年到一九七八年,差不多有三年的時間我不能寫。不過這三年的生活非常豐富,以前我只知道那麼多的教條,那麼多的個人崇拜,現在,突然這些都垮啦。只要真的思考,就覺得非常難受。所以我不願意寫作,我要好好的想想這些問題:到底人怎麼生活?過去我們社會的倫理道德、思

維方式對不對？」①另一方面，知青文學仍沿著原有軌道滑行，只不過知青成為跟四人幫/極左路線鬥爭的正面人物，如葉文玲（1942-）的〈丹梅〉（《人民文學》1977年第3期）、王蒙（1934-）的〈阿衣古麗會計〉（《新疆文藝》1978年第2期）。陸星兒（1949-2004）的〈北大荒人物速寫〉（《人民文學》1977年第11期）。前二者是以非知青的身分寫知青的事情，陸星兒是北大荒知青，以非正式的形式（人物速寫）來進行小說創作。總之，知青文學進入了一個相對沉靜的過渡階段。

但是，很快地知青文學復甦了，促使其如此快速復甦的卻是一個文革後才進行創作的知青——盧新華。知青文學也就由此開始了在新時期不同階段、不同類型的發展。早期盧新華的〈傷痕〉、竹林的《生活的路》、孔捷生的〈在小河那邊〉、葉辛的《蹉跎歲月》、甘鐵生的〈聚會〉以及陸天明的《桑那高地的太陽》等便是這類「訴說苦難」的反思之作；後期老鬼的《血色黃昏》、白描的《蒼涼青春》、王小波的《黃金時代》及芒克的《野事》等，以或激烈或平和或戲謔的筆觸，在揭露現實殘酷的社會悲劇之際，還無情剖析了個人荒謬的人生悲劇。而孔捷生的〈大林莽〉、王安憶的〈本次列車終點〉、張抗抗的〈白罌粟〉、陸星兒的〈流逝〉、鄧賢的《天堂之門》及林梓的〈水魘〉等，儘管創作年代不同、題材風格各異，但也不同程度地表現了作者對歷史的反省、對人生的思考，以及對傳統（革命）人

---

① 梁麗芳《從紅衛兵到作家——覺醒一代的聲音》（臺北：萬象圖書股份有限公司，1993），頁176。

第六章　傷痕與控訴（一）

生觀的質疑。當然，限於篇幅，本書只能對其中若干作家及作品進行重點分析。

　　七十年代末至八十年代初，不少出身知青的作家紛紛創作了帶有濃重「知青」色彩的傷痕小說。這些作品，反映了知青上山下鄉的生活，講述個人遭遇的苦難經歷，暴露下鄉生活的黑暗面，人物大多有鮮明的好壞對立，普遍帶有壓抑、淒涼、悲憤的味道。

　　盧新華（1954-），江蘇如皋人，1969年中學畢業後在原籍插隊務農，1972年應徵入伍，1976年從部隊退伍後分配到南通柴油機廠做油漆工，1977年恢復高考後考入上海復旦大學中文系。在復旦大學中文系一年級時因發表〈傷痕〉而一舉成名，「傷痕」一詞之後成為追溯文革記憶的文學思潮與小說類型的名稱。大學畢業後，盧新華做過四年《文匯報》文藝部記者，之後便「遠離」文壇，於1986年9月，到美國留學，辦公司、做金融、踏三輪車、曾在拉斯維加斯的賭場當發牌員。2004年，盧新華以長篇小說《紫禁女》（長江文藝出版社）重返大陸文壇；2010年，再推出揭露人類貪婪，分析財富本質的隨筆文集《財富如水》（作家出版社）。

　　1978年8月11日《文匯報》發表了盧新華的短篇小說〈傷痕〉，導致中國文壇在隨後的兩三年間出現了大量的「傷痕」之作。

　　至於小說〈傷痕〉的創作動機，盧新華在接受採訪時稱：「寫〈傷痕〉這篇作品的直接起因則是得之於一次作品分析課，

一位姓鄧的女老師講魯迅的〈祝福〉，提到許壽裳先生在評論〈祝福〉時曾說，『人世間的慘事不慘在狼吃阿毛，而慘在封建禮教吃祥林嫂。』這句話當時對我啟發很大。那時的報刊雜誌上總是宣傳說，由於『四人幫』的破壞，國民經濟已經到了崩潰的邊緣。我於是想，如果說破壞，更可怕的還是對人們的精神、心靈和思想的巨大摧殘。於是便湧起寫〈傷痕〉的強烈願望。」[2]

〈傷痕〉描寫知青王曉華和「叛徒媽媽」斷絕關係，下鄉插隊九年沒回家。為表示自己的決心，她拒絕看媽媽的來信，用滿腔熱情投入集體生活。王曉華和一同下鄉的男同學蘇小林產生了知青友情和朦朧愛意，為了不妨礙蘇小林的前途，她忍痛關閉了自己的愛情心扉。八年後，媽媽的冤案昭雪了，王曉華收到媽媽期盼她回家的一封家書。除夕前，王曉華坐上回家的火車，幻想著見到媽媽時的情景。當王曉華回到闊別九年的故土，患有嚴重心臟病與風濕性關節炎的媽媽卻已經不在人間。一直默默愛著她的男友蘇小林交給她媽媽臨終前留下的遺書：「……我還想努力再多撐幾天，一定等到孩子回來。」在小說的結尾，王曉華拉著男友的手，「朝著燈火通明的南京路大步走去……」

雖然小說結尾由編輯加上的「光明尾巴」，顯示傳統革命文學觀的慣性干擾，但〈傷痕〉對人性、人道主義的描寫，畢竟也極大地突破了大陸長期以來關於文學藝術的清規戒律；並以悲劇的藝術感染力，震動了文壇。作者在文匯報上談他寫這篇小說的

---

[2]〈專訪盧新華〉，「萬松浦書院網站」（http://wansongpu.com/bbs/dispbbs.asp?boardid=5&id=33843）。

第六章　傷痕與控訴(一)

體會時也說:「當我構思到曉華離家九年,而回家見到母親已離開人間的時候,淚水打濕了我的被頭,我被現實生活中這樣的悲劇感動了。」(《文匯報》1978年10月14日)

〈傷痕〉發表後,不僅被平面媒體廣為介紹、轉載,還被全國二十多家省、市廣播電臺先後播發,批評界、學術界也紛紛跟進批評、討論。尤其是對尚未完全擺脫文革噩夢折磨的社會大眾,不啻為石破天驚般的震撼。其影響之大,甚至引起海外的廣泛關注。「傷痕」,迅即成為人們審視、反思文革的第一個關鍵詞。〈傷痕〉雖非正面描寫知青生活,但小說的女主角是知青,因此在「知青小說」的發展史上亦占據著一個重要的地位。〈傷痕〉可以說是文革後——亦即所謂「新時期」的知青小說的開端,啟發並且帶動了其他有志從事寫作的知青書寫自己的知青經歷。

竹林(1949-),原名王祖鈴,女,上海人,1968年高中畢業後到安徽鳳陽插隊務農。曾任《安徽文藝》、上海少年兒童出版社、《上海文學》編輯。1972年開始發表作品。1979年其第一部長篇小說《生活的路》出版,1980年進入被譽為中國文壇「黃埔一期」的中國作協文學講習所學習。爾後二十餘年長期深入滬郊農村生活和寫作,陸續出版了《嗚咽的瀾滄江》、《女巫》、《摯愛在人間》、《脆弱的藍色》、《今日出門昨夜歸》、《靈魂有影子》等,中短篇小說集《蛇枕頭花》、《天堂裡再相會》、《心花》,散文集《藍色勿忘我》、《老水牛的眼鏡》等。1998年出版了《竹林文集》(五卷本)。現為中國作家

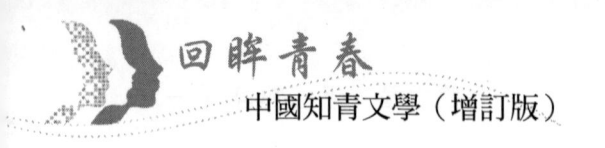

協會會員,上海作家協會專業作家,近年來,致力於青春文學、校園文學的探索。

竹林的文學創作多產而且多元,不僅有知青題材的長篇小說《生活的路》與《嗚咽的瀾滄江》,還有農村題材的文學作品《苦楝樹》、《女巫》等,此外還有兒童文學、青春文學、紀實文學等多方面的創作成就。竹林自己較為偏愛反映農村題材的作品,尤其是具有鮮明的尋根文學特質、將鄉村社會發展史融於風土民俗傳說的《女巫》。不過,竹林的成名之作還是《生活的路》。《生活的路》的創作始於1976年,完稿後卻多遭阻撓,經老作家茅盾與韋君宜相助方能得以出版。

《生活的路》(人民文學出版社,1979)是文革後第一部正面反映知青生活的長篇小說,從而開啟了知青文學的先河。作品描寫文革時期,上山下鄉知識青年在生活道路上的坎坷歷程;著重描寫女知青譚娟娟滿懷熱情和理想到農村插隊務農,卻屢遭當地農村惡勢力迫害,為了獲得招生登記表,被農村幹部強姦成孕,最後含冤投河自盡的悲慘經歷。雖然《生活的路》在藝術上仍顯粗糙,亦難免帶有文革的思維及「革命文學」的創作痕跡,但畢竟表現了對知青生存基本權利得不到保障、真誠信仰被愚弄的憤怒,以及回首往事的悔恨與悲哀。

《生活的路》出版以後,受到了廣大讀者和知青的歡迎。北京、上海數十家報紙、雜誌作了不少報導,竹林也收到了許多讀者的來信,當時暢銷超過一百萬冊,竹林因此被譽為「知青文學第一人」。

十年後,竹林又寫了一部反映兵團知青生活的長篇小說《嗚

第六章　傷痕與控訴(一)

咽的瀾滄江》。在這部作品裡，作者就不只是單純地記錄知青們真實的生活遭際與感受，而是開始尋覓和剖析知青當時的思想與矛盾，他們對自己人生意義和未來命運的思考與追求；與此同時，也試圖探索這場貽誤了整整一代人的青春、事業和理想的上山下鄉運動的源頭。令人扼腕的是，這本書稿完稿後八年多才得以出版，而之前的盜印書卻早已大行其市。

對於知青小說創作，竹林有如此認知：「這一段帶著一代青年人血淚斑斑的歷史，不應該讓時間將它銷蝕得了無痕跡，不要待後人研究它時再為重拾當年的真實而費力地去搜尋和淘洗；我們自己應該總結這場運動的經驗與教訓。」[3]

孔捷生，原籍廣東省南海縣，1952年生於廣州，1968年到廣東省高要縣農村插隊落戶，1970年轉至海南島長征農場當農工，在鴻蒙未開的五指山區深處砍伐森林，墾殖橡膠，1974年回到廣州，後來到廣州市展華鎖廠當工人。1978年以短篇小說〈姻緣〉初登文壇，又相繼發表了〈因為有了她〉、〈在小河那邊〉等短篇小說，其中，〈姻緣〉與〈因為有了她〉分別獲得1978年和1979年度全國優秀短篇小說獎。1980年孔捷生調到中國作家協會廣東分會從事專業創作，並到中國作協文學講習所進修，又相繼發表了〈南方的岸〉、〈普通女工〉、〈大林莽〉等中篇小說。孔捷生在大陸新時期文壇頗為活躍，曾任中國作家協會理事、廣東作協副主席；因參與1989年民運，「六四」後流亡

---

[3] 竹林〈我為什麼寫知青小說〉，《解放日報》2010年3月6日。

海外，現居美國。

2008年，由香港大風出版社出版孔捷生的小說集《龍舟與劍》。在作者為該書所撰〈跋〉中，特別提到：「當年上山下鄉當知青，我在西江水鄉一間老屋的閣樓上，在五指山中茅寮的油燈下，小說寫作是點燃生命的一根火柴。其後人生行旅山重水複，我卻再也沒有走出文學的原野。」[4]

孔捷生的〈在小河那邊〉、〈南方的岸〉、〈普通女工〉及〈大林莽〉等都是反映知青在文革中在農村、邊疆或回城後生活的優秀作品。他的這些小說以知識青年的生活為題材，或寫動亂年代知青們的虔誠、狂熱；或寫他們經過動亂歲月的不幸之後，重新認識自身的價值。筆調多凝重、深刻。這些作品引起社會廣泛的關注。其中描寫回城知青故事的〈普通女工〉獲第二屆（1981-1982年度）全國優秀中篇小說獎，而反映海南知青生活的小說〈在小河那邊〉1979年甫面世便轟動一時，是孔捷生的成名之作。

〈在小河那邊〉（《作品》1979年第3期）描寫一位男生谷嚴嚴，文革初期，父母因為政治原因而離婚，他跟隨父親，姐姐嵐嵐則跟隨母親。雙方從此也就失去聯繫了。後來嚴嚴到了海南生產建設兵團，「九一三」事件後，嚴嚴的父親因是「林彪死黨」而受到懲處，嚴嚴的命運也因此發生急速變化而受到無情迫害，為了逃避醜惡的現實，他自願到深山看守橡膠林苗圃，並改名換姓為嚴涼，取世態炎涼之意。文革結束後，大部分知青回城

---

[4] 以〈龍舟與劍〉為題，載於《蘋果日報》2008年7月7日。

第六章　傷痕與控訴(一)

了,嚴涼仍困守在深山苗圃。在漫無盡頭的苦悶日子中,嚴涼遇上一個鄰近農場的女知青穆蘭。同是天涯淪落人,相逢何必曾相識。最終兩人同病相憐而相愛了,在一個颱風肆虐之夜,兩位年輕人情不自禁發生了不該發生的事情。然而,就在二人談婚論嫁之際,赫然發現穆蘭是嚴涼失散多年改隨母姓的姐姐!最後,峰迴路轉——嚴涼從早已故去的母親遺書中得知姐姐是收養的。於是,有情人終成眷屬。

雖然小說穿插了一些似乎今天看來言不由衷的有關信仰、政局的高談闊論,但主要情節曲折感人,主人公的身世遭遇催人淚下,處處給人深刻印象。尤其值得指出的是,山中二人交往過程中,穆蘭先後唱的幾首歌,都是當年知青中流行的「地下歌曲」,因此為二人山中生活的描寫,增添了更為濃郁的生活氣息,令知青過來人難以忘懷。

該小說發表後,引起文壇與社會極大轟動。有人嚴厲指責孔捷生渲染悲苦、難堪的黑暗面,讓人們看不到光明,找不到出路,但更多讀者及評論家給予該小說極大支持與高度評價,認為在該小說在衝破文革禁區、砸碎精神枷鎖,以及批判文化專制、張揚人性解放等方面起到積極作用。刊載該小說的《作品》雜誌,因此銷路頓增十倍,達到六十萬份。

去國之後,孔捷生以「易大旗」的筆名寫了系列散文,其中〈深山老林的故事——文革瑣憶〉等回憶了作者文革期間在五指山中的知青生活。小說集《龍舟與劍》中的〈屋脊上的芒種〉與〈異鄉人傳奇〉二短篇,通過知青陳戈的眼去看珠江三角洲鄉村的人生與世道。這種寫作取向,當是契合了上世紀八十年代中的

尋根文學路數。該集子中另一創作於八十年代的短篇〈睡獅〉，則借海南農場知青與雷州半島外包工當代傳奇式（或曰政治寓言式）的遭遇，反映文革時期「主義相克，路線相左，卻相安無擾」的現實怪像與生活哲學。由此看，知青題材在作者後期的創作中其實已大為消隱。儘管如此，作者仍堅信〈在小河那邊〉等知青小說，「反映的是那個時代的認知和精神，留下這種記錄我覺得很真實，儘管〈在小河那邊〉還有點不得不添加的政治辭令」[5]。作者寫於2010年秋的格律體詩〈感懷——兼祭舊作《在小河那邊》、《南方的岸》、《大林莽》〉，更是再次牽引出昔日知青年代沉甸甸的情懷：「昨向小河傷劫波，玉京雲裂復兵戈。記曾蘇軾投荒老，知否田橫蹈海多。一卷莽林歸瘴癘，幾回幽夢隔煙蘿。南疆何岸可停棹，世局初殘訝爛柯。」[6]

葉辛，原名葉承熹，1949年生於上海；1968年到崇明島插隊，1969年，為了照顧妹妹，自願轉點與妹妹同赴貴州山寨插隊務農，1979年調入貴州作家協會從事專業創作，歷任《山花》雜誌主編，《上海文壇》雜誌主編，上海社會科學院文學研究所所長。1977年開始發表作品。著有長篇小說《我們這一代青年》、《蹉跎歲月》、《風凜冽》、《家教》、《恐怖的颶風》、《在醒來的土地上》、《三年五載》（三部曲）、《省城裡的風流韻事》、《孽債》、《客過亭》等，中篇小說集《葉辛中

---

[5] 引自孔捷生給筆者來函。
[6] 錄自孔捷生給筆者寄贈詩稿《題襟集》。

第六章　傷痕與控訴(一)

篇小說選》、《發生在霍家的事》、《閑靜河谷的桃色新聞》等，中短篇小說集《帶露的玫瑰》，電影文學劇本《火娃》、《收穫的季節》等。

葉辛在文革中就開始寫作小說，然而，能使他在文壇打出名堂的，是八十年代開始出版的一系列描寫知青的長篇小說，如《我們這一代青年》、《蹉跎歲月》、《風凜冽》等，這些作品在長篇小說領域為新時期知青文學打開了一個新的天地。1995年江蘇文藝出版社出版的長篇小說《孽債》，描寫上海知青遺棄在雲南的孩子的命運，再一次震撼了千千萬萬讀者的心靈。2011年作家出版社出版的《客過亭》則力圖通過一群老知青重返下放地的第二故鄉之旅，以沉靜平和的心態思索了整整一代人的信仰和愛，透過他們色彩斑斕的命運和各自背上的心靈重負，寫出了逝去年代的至誠至愚，至真至悲，也寫出了逝去年代裡生命軌跡中的尷尬和無奈，更寫出了這一代人的生活現狀及對人生、命運、愛情、歷史、社會的詰問。然而，其懷舊的敘述方式，也引發批評為「曖昧的傷痕」：「彷彿那個時代的荒誕與人性壓抑，都成為一種美好的象徵。」[7]

長篇小說《蹉跎歲月》（《收穫》1980年第5／6期）是葉辛知青小說的代表作。該小說描述在鄉村艱苦的生活中，高幹出身的女知青杜見春與出身黑五類的男知青柯碧舟相愛了。文革後，杜見春的父親冤案得以平反昭雪，卻反對自己的女兒與一個

---

[7] 張天潘〈曖昧的傷痕：知青敘事的內在悖論〉，《中國圖書商報》2011年4月26日。

「歷史反革命」的後代相愛。杜見春與柯碧舟結伴回上海探親。在家中，杜見春與母親、哥哥就是否應當嫁給一個「歷史反革命」的後代問題發生了激烈的爭辯。柯碧舟面對如此眾多的敵手，自覺好夢難成，數天後獨自一人踏上了返黔的列車。就在火車即將啟動的一瞬間，杜見春飛身衝入月臺，跳上火車，眼含熱淚深情地向柯碧舟宣佈：我們將永遠在一起。

《蹉跎歲月》是文革後較早明確批判血統論的文學作品。揭露了血統論對知青的精神、心靈的折磨與摧殘，反映受血統論迫害的知青在困境的苦難經歷，以及奮起抗爭的歷程。由於受血統論危害的知青遭遇尤為坎坷，所受的迫害尤為嚴重，滯留農村、邊疆的時間尤為長久，因此《蹉跎歲月》發表後，立即引起社會、尤其是知青廣泛而強烈的共鳴與反響。北京中央電視臺很快就將《蹉跎歲月》拍製成電視劇，於1982年初播出，影響更為轟動，之後又陸續重播四次。不少知青，尤其是新疆、雲南和貴州等邊疆地區的知青紛紛給作者來信表示感謝與支持，還有的數百名知青聯名來信，要求作者前往作報告。

甘鐵生（1946-），祖籍臺北，生於北京，高中畢業赴山西太谷縣插隊，返京後當工人。文革中曾參與北京地下文化沙龍「二流社」的活動，下鄉期間曾參與白洋淀知青的文學活動並開始進行文學創作，曾著中篇小說〈第四次慰問〉，在北京地下文化沙龍流傳（參看第五章第二節）。文革後以反映知青生活的短篇小說〈聚會〉登上文壇，之後相繼創作了長篇小說《都市的眼睛》、《1966前夜》、《脫胎人》、《變家》，長篇報告文

第六章　傷痕與控訴(一)

學《七天七夜》，中短篇小說集《秋天的愛》、《人不是含羞草》，散文集《高中》等。短篇小說〈荒湖〉獲《人民文學》編輯部、工人出版社小說徵文獎，電影文學劇本《中彩》獲國際大學生電影節奧斯卡獎。

〈聚會〉是甘鐵生以在山西插隊時的一次知青聚會為素材創作的短篇小說。下鄉幾年之後，一起下鄉的同學都先後離去，只剩下甘鐵生一人。逢年過節，甘鐵生無法排遣巨大的孤獨，便下山，找那些和他一樣處境的「同類」聚會一番。大鍋燉肉，大碗篩酒，胡亂講著齷齪的故事，是那樣的放鬆、那樣放蕩無羈……吃吃喝喝、打打鬧鬧地折騰夠了，又去打牌、算命，聊著耳聞目睹的男女之間的性事、談各自的性經歷……總之，想方設法地開心、高興，但事與願違，越是胡聊越是無聊，最後，以一場「滑稽的捉姦行動」而告終。[8]

多年之後，甘鐵生以這次生活感受編撰成短篇小說〈聚會〉，1979年在《今天》雜誌首次發表，次年發表在《北京文藝》1980年第2期。

〈聚會〉的故事發生的時間是1975年秋分過後，「我」的戀人丘霞作主把幾個散落各村的知青邀集到一起，讓大家「歡歡樂樂地聚會一場」。丘霞鼓動參加聚會的知青講述自己的幸福故事，想方設法使大家「忘記不愉快的一切」，立下規矩不許人們說「犯忌」的話，並特意囑咐她的戀人「我」別太親近以免刺激他人。儘管丘霞用心良苦，只能是借酒澆愁愁復愁，最終導致了

---

[8] 引自甘鐵生〈開心年月〉，《高中》（北京：華文出版社，2005），頁90。

一場夜闖墳場的惡作劇。聚會以知青們的失控悲痛哭泣而告終。小說結局是一年後，丘霞落水淹死，「我」採摘秋天野花，紮成一束放到她的墳前，遙望透露一抹生機的淡淡藍色的天際，說：「會過去的！那邊已經放晴了，這邊還會遠嗎？」

整部作品的情調是低沉的、壓抑的、灰暗的，表現了知青生活艱難與苦悶，著力暴露上山下鄉運動給一代知青造成的嚴重精神創傷。小說結尾那句「會過去的！那邊已經放晴了，這邊還會遠嗎」，當是模仿十九世紀初英國浪漫主義詩人雪萊（Percy Bysshe Shelley）〈西風頌〉的詩句「冬天來了春天還會遠嗎」。雪萊的詩句在文革時期是鼓舞與慰藉知青的「名句」，小說化用於此，既不經意地顯示知青對西方文學遺產的潛移默化吸收，亦顯然是為了給悲劇的故事增添一條光明的尾巴。儘管如此，該小說還是被批評為「作者對於生活的理解有點片面，對現實的概括還欠周到；也就是說，對於那陰雲隙縫裡的光明，對於那風雨之舟的前途，對於那些苦悶的心靈中的信念，開掘不夠，表現得不夠明快。」[9]文革遺風之根深蒂固，由此可見一斑。當年《人民文學》徵文獎評獎時，〈聚會〉得票甚高，遠超其他得獎作品，但因其首發於西單民主牆的《今天》雜誌而落選。

〈聚會〉與作者創作於文革期間的〈第四次慰問〉相比較，兩篇小說的共同點是知青的生存環境惡劣，政治氣氛沉鬱，然而知青到最後都表現出不同程度的覺醒。最近甘鐵生跟筆者通信時強調：「知青文學應該寫他們在實踐中覺醒的過程！對中國社會

---

[9] 孟偉哉〈我們期待著〉，《北京文藝》1980年第6期，頁78。

第六章 傷痕與控訴(一)

的認識因下到底層而深刻,而清醒,最終從洗腦中徹底掙脫出來。當然,隨著世事變遷,隨著文學手段的多樣化,特別是現代派和後現代文藝理論的發展與實踐,知青文學的表達和敘述,包括人物的塑造,都應該出現更高的審美價值。」這樣一種在文學創作中對「覺醒」有意識且持久的強調,或許跟作者文革期間就參與「二流社」活動,通過讀書、討論,較早對文革諸多問題進行獨立自覺的探討與反思有關。也正是基於對覺醒意識的反思,甘鐵生給筆者來函透露,目前正在撰寫、修改一篇關於文革的小說,主要就是表達「洗腦」的主題。甘鐵生認為:如果沒有1949年後對全民的洗腦,特別是在教育體制上對青年學生的洗腦,紅衛兵運動或文化大革命,就不可能首當其衝在教育界掀起。所謂覺醒,首先便是對洗腦的反制與清算。

陳村(1954-),上海人,回族,原名楊遺華。1971年赴安徽無為縣鄉村插隊務農,筆名「陳村」便得自插隊村莊附近的一座水庫——陳村水庫。1975年因病遷回上海後,1980年畢業於上海師範學院政教系。現為上海作家協會專業作家。在安徽無為農村插隊時期開始文學創作,1973年開始發表作品。1979年發表短篇小說〈兩代人〉,正式登上文壇。著有長篇小說《鮮花和》、《從前》,《陳村文集》(四卷),中短篇小說集《走通大渡河》、《藍旗》、《少男少女一共七個》、《屋頂上的腳步》、《美女島》、《起子和他的五個夢》、《THE ELEPHANT》等,散文集《孔子》、《小說老子》、《今夜的孤獨》、《百年留守》、《生活風景》等。《藍旗》獲全國第二屆少數民族文學

獎、上海首屆文學作品獎、《中國青年》五四青年文學獎,《地上地下》、《一天》、《死》則分別獲上海第一、二、三屆文學獎。1999年開始兼職「榕樹下」網站,任藝術總監,2002年辭職。2004年兼職「99網上書城」,任藝術總監、論壇總版主暨「小眾菜園」版主。

陳村從小喜歡寫詩,小學三四年級時就因寫長詩諷刺同學而受到老師斥責。插隊期間,亦曾寫詩,有現代詩也有舊體詩,前者如1973年寫的〈無題〉:「母雞司晨,真理／周末的喧嘩／秋天的樹,五彩斑斕／日清／夜寧／馬不停蹄／金風裡感冒流行／憶春／青春／春前尚見雪景／口罩裡一笑／自己知道……」後者如1974年寫的〈二十贈己〉:「浪裡逍遙慕海鷗,人生二十不自由。寧拋熱血肥新草,安忍偷生覓封侯。抬眼但覺幻影滅,低眉猶記心痕留。我曰朋輩應奔放,山雨欲來風滿樓。」二詩的字裡行間,都能看出時代在陳村心靈上留下的創痕。儘管如此,陳村始終未能在詩歌創作方面發展。因病回滬後,陳村轉向練習小說寫作。1979年,其小說處女作〈兩代人〉發表在《上海文學》,陳村從此登上文壇。

陳村的中篇小說〈藍旗〉發表在1982年的《中國青年》雜誌上。這篇小說的主線是一對上海知青戀人「我」與小恢,從下鄉經過八年後回返上海的記憶經歷;副線是下放地七房的農村青年在喜與他要好的女同學無疾而終的感情。此外,還有在喜的父親後朝、姊姊在花、未婚妻小姑娘子,還有村民四八子等。所有的人——包括知青,在古老的鄉俗傳統抑制下,扭曲地活著,沒有人能幸福,也沒有人能給他人幸福。唯一能按照自己意願過活

第六章　傷痕與控訴(一)

的，就是那條貫穿小說的花狗子嘎利（小說原名就叫〈花狗子嘎利〉）。但這最具自由象徵的花狗子嘎利，卻在知青返城前夕死於非命。作者運用簡練、平淡、近乎黑色幽默的語言進行敘述，卻讓人很是壓抑、傷感，憂鬱漫延全篇，看似淡淡敘述中，凝聚著濃濃的悲劇感。然而，小說的末尾寫道：「我走了，我的七房。我沒想到，當我能抬起頭來看你時，這塊曾經被我千百次詛咒的土地，竟是這樣美麗。」似是增添了幾許亮色，卻也不其然地跟張承志的〈黑駿馬〉、張蔓菱的〈有一個美麗的地方〉、史鐵生的〈我的遙遠的清平灣〉（俱見後）起了呼應。這一安排，似乎昭示著這篇小說是穿越傷痕領域而跨進了尋根領域。

　　除了〈藍旗〉之外，陳村的不少作品也是描寫其親身經歷的知青生活，並且從中表達對農村和農民的種種複雜情感。如短篇小說〈我曾經在這裡生活〉（《上海文學》1980年第3期）和〈給兒子〉（《收穫》1985年第4期）都是以插隊生活為題材，前者悲涼，後者溫馨，由此可見陳村人生體驗的豐富和他善於多角度觀察人生、思考人生的不凡功力。從整體上看，陳村小說的風格往往在平淡之下透見深沉，調侃之中凸顯荒誕，但也總能令人掩卷之餘悟出對人生的切身體驗和深刻理解。

　　這類「傷痕及控訴」的知青文學作品，被呈供在「傷痕／批判」的祭壇上，用悲劇手法傾訴哀傷與悲情；力圖在作品中展現「苦難青春」、「蹉跎歲月」的主題；但它畢竟觸及了一些尖銳的問題，揭露了文革非人的一面，有較為強烈的人道主義色彩，呼喚人性，肯定人的價值，維護人的尊嚴，包括尊重個體的生存

權利與人格尊嚴。其文學意義在於：打破文革的謊言文學，恢復悲劇在文學中的地位，更重要的是肯定人的價值。

　　傷痕文學崛起於新時期的初期，儘管作為一種文學類型的潮流，它很快就讓位於其他類型（如反思、尋根文學等），但其對文革的批判精神被沒有因此而消歇匿跡，而是以各種形式融入其他文學類型之中。即使作為傷痕文學主題類型的作品，也依然持續出現在後來的文壇上，如上世紀九十年代中期的王小波與嚴歌苓，乃至本世紀初林梓的創作便是如此。

第七章 彷徨與反思
——新時期的知青文學(二)

　　對苦難的傾訴固然能讓人內心鬱結得以洗滌，人性光輝得以閃耀，個體尊嚴得以突顯，精神靈魂得以淨化。然而，這畢竟只是更多囿於感性宣泄層面，因此，知青作家們很自然就在傾訴苦難之際，自覺且積極向文學創作的理性思考層面掘進。這就是八十年代以降，知青文學的創作出現的新的主題觀照：對理想主義彷徨與抉擇，以及對知青歷史與使命的反思。這類作品的代表作家有陸天明、張抗抗、梁曉聲、王安憶、孔捷生、鄧賢等。

　　陸天明（1944-），祖籍江蘇南通。生於昆明，長在上海。大躍進時期的1958年，陸天明便響應號召，自動退學到安徽省徽縣插隊落戶，參加農業合作社運動；大饑荒期間，因病退回上海養病，1964年，再次響應號召，放棄留城機會，志願到新疆，並作為積極分子動員其他人去。陸天明在新疆生產建設兵團整十二個年頭，並在新疆成家。諷刺的是，陸天明最終是通過創作了鼓

吹歌頌上山下鄉運動的話劇《揚帆萬里》[1]，於1975年全家大小四口一起調進了北京，現供職於中央電視臺中國電視劇製作中心。主要作品有大型話劇《揚帆萬里》、《樟樹泉》、《第十七棵黑楊》，中篇小說集《啊，野麻花》，長篇小說《桑那高地的太陽》、《泥日》、《木凸》、《蒼天在上》、《大雪無痕》、《省委書記》、《高緯度戰慄》、《黑雀群》、《命運》等。

在當今大陸文壇，陸天明是以《蒼天在上》、《大雪無痕》、《省委書記》、《高緯度戰慄》等「反腐敗小說」著稱的，然而，其成名之作卻是反映早期知青生活的長篇小說《桑那高地的太陽》。陸天明自己也認為，《桑那高地的太陽》具有很強的文學性和藝術性，絕不亞於《大雪無痕》和《省委書記》等反腐敗小說。

《桑那高地的太陽》(《當代》1986年第4期)描述一個朝氣蓬勃的熱血青年謝平，來到艱苦的西北邊疆，對那片土地竭盡所能奉獻赤誠，卻一次又一次地被他所信賴所熱愛的人們打倒在地，踩進泥濘中。他崇高的精神信仰漸漸地幻化成荊棘編成的桂冠，刺穿了他的頭顱。這個激昂的領袖人物站起來，摔倒；再站起來，再摔倒。一次比一次摔得更慘。後來他甚至被遣送到一個最遠最窮的分場——駱駝圈子；那裡只容許無須思考的苦力——不思想不反抗，如牛馬一樣只知勞作的人。主人公在既被人折磨的同時也在折磨別人，扭曲自己的同時也在扭曲別人。平庸卻複

---

[1] 該劇創作於1973年，首先在西安上演，1974至1975年在全國上演，恰逢文革知青運動第二次高潮時期，對年輕人上山下鄉起到較大的鼓動與促進作用。

第七章　彷徨與反思(二)

雜的人際關係戰勝了個人的理想主義，最後逼迫主人公拋棄自我而與環境同化。通過主人公的遭遇，反映知青一代人為了信仰付出青春甚至生命的代價，卻仍被社會所拋棄的悲劇性命運。

　　《桑那高地的太陽》無疑是一部令人震撼的時代悲劇。跟其他知青小說相比，《桑那高地的太陽》所反映的是五十年代末至六十年代初理想主義更濃烈的時期。小說在理想與現實、人性與獸性之間的衝突張力中，展現了嚴酷的人文及自然環境對「人」的重新塑造，著意刻畫城市與鄉村兩種文化心態的交鋒；在封閉落後的環境中，最後是以知青為代表的城市文化被落後的鄉村文化所淹沒、扭曲並且同化／異化。該小說不僅深受讀者歡迎，還得到評論界的高度肯定，被譽為是知青文學中里程碑式的作品。

　　張抗抗，女，原名張抗美，祖籍廣東新會，1950年生於杭州，1969年中學畢業後赴浙江農村的插隊落戶，那裡是她外婆家鄉，頗為富裕；後為了到艱苦的地方磨練自己改變自己，轉為奔赴北大荒，在黑龍江省鶴立河農場勞動八年，當過農工、磚廠工人、通訊員、報導員、創作員等。1977年考進黑龍江省藝術學校編劇班學習，1979年調到黑龍江作協從事專業創作。1972年10月22日，在《解放日報》發表了第一篇短篇小說〈燈〉，1973年又在《文匯報》上發表了散文〈大森林的主人〉和短篇小說〈小鹿〉等。 這些作品都是根據她在農場勞動的生活體驗所創作。1975年，更出版了反映黑龍江農場知識青年的生活長篇小說《分界線》（上海人民出版社）。文革後，相繼發表短篇小說〈愛的權利〉、〈夏〉、〈白罌粟〉等；中篇小說〈淡淡的晨霧〉、

〈北極光〉等；長篇小說《隱形伴侶》、《赤彤丹朱》、《情愛畫廊》、《作女》等；以及中短篇小說集《請帶我走》、《張抗抗知青作品集》等。其眾多的作品中，〈夏〉獲1980年全國優秀短篇小說獎，〈淡淡的晨霧〉獲第一屆全國優秀中篇小說獎。所獲其他的獎項還有「全國首屆女性文學創作獎」、「莊重文文學獎」、「德藝雙馨獎」等。

張抗抗是少數在文革中發表、出版過有關知青題材作品的知青作家。上世紀九十年代初，張抗抗在接受採訪時曾說過：「上山下鄉這塊材料是我一直沒有動的，我也不想急急忙忙地去動它。」[2]但事實上知青題材卻在其文革後的小說創作中也一直占據著重要地位，如2000年北京西苑出版社出版的《張抗抗知青作品集》與2003年北京華藝出版社出版的《請帶我走》，便是匯集了張抗抗在文革後新時期關涉知青題材的作品。這些作品反映出張抗抗積極主動反思知青的歷史與使命，以及嚴厲的自我批判與自我省思。收錄在《張抗抗知青作品集》中的〈白罌粟〉可稱是體現她這些思想的典範之作。

〈白罌粟〉原刊載於《上海文學》1980年第9期。張抗抗的知青小說，常常並不直接寫知青，而是將知青作為陪襯、反襯的人物來寫。〈白罌粟〉的主人公就是一個已經刑滿就業的老右派司徒恭，看到知青「我」急著要借錢，主動相助。「我」雖接受卻基於階級立場而忐忑不安，過後不僅無能力及時還錢，還一再將老右派託寄給插隊兒子的錢私吞了，還把他兒子的來信撕毀。

---

[2] 梁麗芳《從紅衛兵到作家——覺醒一代的聲音》，頁180。

第七章 彷徨與反思(二)

最後「我」良心發現賣掉手錶將私吞的錢補寄給老右派的兒子，並讓另一知青「獅子頭」作見證人將首次借的二十元錢還給了老右派。沒想到反而引起「獅子頭」心生歹念，謀財害命將老右派殺了。作品結尾寫道：「……那是我第一次見到潔白的罌粟花，白得叫人心碎。我久久望著它們，默默無言，心裡好似一點什麼漸漸甦醒起來。」

那「一點什麼」，其實就是「人性」、是「良知」、是作品中提到的「人道主義」。也就是說，作者是通過知青「我」與「獅子頭」的人性、良知的泯滅，反襯老右派司徒恭的人性光輝；並進而反思文革與上山下鄉運動扭曲、泯滅、扼殺人性的本質；反思、懺悔作為犧牲品的知青自己對他人所造成的過失甚至罪孽。

張抗抗在九十年代後期談到〈白罌粟〉這類作品的創作時說：「在我所有的這一題材的作品中，知青都是永遠不能原諒自己的。知青的歷史，實際上是時代的悲哀。知青不僅只有值得炫耀的經歷，更多的是惡，是黑暗。所以，我的知青作品不是時代的一個簡單詮釋，不是簡單述說知青的苦難，也無意探討知青運動的得失，而只是籍此揭示更深的人性。」[3]這也就是在作者九十年代初接受訪談時便已強調過的，她這些作品重點不是寫知青，而是寫人性，這個價值取向是超越了知青題材之上的。[4]

2010年張抗抗接受採訪時，對於記者提出有關知青文學一

---
[3] 引自木齋〈觸摸往事，把種種的人生經歷變成財富──追蹤98知青文學熱〉，《恍若隔世──我的知青歲月》（北京：作家出版社，1998），頁295。
[4] 梁麗芳《從紅衛兵到作家──覺醒一代的聲音》，頁178。

方面是傾訴苦難，另一方面是沉浸於青春激情，很少反思知青自身的弱點和過錯的問題，張抗抗強調青春無悔的口號有其虛偽性，是不負責任的。聲稱1980年發表的〈白罌粟〉是她的第一篇知青小說，便已有意識地揭露文革中知青唯階級論、不惜殘害他人生命的暴力傾向；80年代的短篇〈牡丹園〉、〈火的精靈〉，也都曾表現過知青對自己在文革表現的某種懊喪悔恨的心情；1986年出版的長篇小說《隱形伴侶》，作為進行反思知青歷史的嘗試，借助知青生活對人的潛意識進行了探討，其中隱含的對自己的批評檢審；90年代的中篇小說〈沙暴〉及〈殘忍〉，進入到知青曾經以革命的名義對生命尊嚴的無情踐踏、對自然環境造成的破壞的種種敘述語境。2003年發表的中篇小說〈請帶我走〉，更鮮明而自覺地表現了那一代知青懺悔意識的甦醒。[5]

梁曉聲，原名梁紹生，原籍山東榮城縣，1949年出生於哈爾濱一個建築工人家庭，1966年初中畢業於哈爾濱市二十九中。1968年赴黑龍江生產建設兵團一師一團，先後當過農工、小學教師、報導員。1974年獲推薦到復旦大學中文系讀書。1977年畢業分配到北京電影製片廠任編輯，1988年調至中國兒童電影製片廠工作，2002年調入北京語言大學人文學院為教授。1979年開始發表小說，著有短篇小說集《天若有情》、《白樺樹皮燈罩》、《死神》，中篇小說集《人間煙火》，長篇小說《一個紅衛兵的自白》、《從復旦到北影》、《雪城》、《年輪》、《浮

---

[5] 張抗抗〈在魯迅的注視下開始寫作〉，《北京晚報》2010年11月9日。

第七章　彷徨與反思(二)

城》、《知青》等。〈為了收穫〉、〈學者之死〉、〈一隻風箏的一生〉、〈雙琴記〉等都先後獲得《小說月報》百花獎。短篇小說〈這是一片神奇的土地〉、〈父親〉和中篇小說〈今夜有暴風雪〉分別獲全國優秀小說獎。

梁曉聲小說創作的題材，大多與知青有關，有反映知青們在北大荒戰天鬥地年代的事蹟，亦有敘述回城後迷茫彷徨乃至重新奮鬥的歷程。無論如何，英雄主義、理想主義總是其小說創作的主旋律。〈這是一片神奇的土地〉與〈今夜有暴風雪〉則是其表現知青英雄主義與理想主義的代表作。

〈這是一片神奇的土地〉（《北方文學》1982年第8期）是作者的成名作，描寫知青組成的墾荒先遣小隊滿懷英雄氣概與浪漫豪情，深入恐怖的「鬼沼」，企圖征服神秘的「滿蓋荒原」，最終以三位知青的年輕生命為代價換取征服「鬼沼」與「滿蓋荒原」——這一片神奇土地——的勝利。

〈今夜有暴風雪〉（《青春》1983年第1期）更進一步奠定了作者作為知青文學領軍人物的地位。該小說描敘1979年初春的一個夜晚，肆虐的暴風雪襲擊著北大荒。生產建設兵團三團團長馬崇漢，扣發兵團總部關於三天內辦理完知青返城的急件，被激怒的知青們，手擎火把，乘著拖拉機、馬車、木扒犁，從四面八方向團部湧來。圍繞大返城，展開了一場不可避免的衝突鬥爭。小說以這場鬥爭為基點，將筆端伸向知青們整整十年的生活領域，利用多視角的表現手法，在粗獷、濃烈、嚴峻的氣氛裡，通過對知青生活、命運、成長、鬥爭的具體描繪，刻畫了曹鐵強、劉邁克、裴曉芸等令人肅然起敬的知青形象，熱情謳歌了他

們墾荒戍邊、建設邊疆的生活戰鬥風貌以及崇高的獻身精神。作品的結局是曹鐵強等三十九名知青志願留在北大荒,完成知青們未竟的事業,由此將英雄主義理想主義推到了一個高峰。這部作品作者以其飽含激情的筆調,描述這個特殊時代的特殊的群體,整個作品氣勢雄渾、沉鬱悲壯,英雄主義和理想主義的氣息十分濃鬱;對歷史進入深刻的反省的同時,也對個體自我進行了嚴酷的靈魂拷問。

然而,梁曉聲對英雄主義和理想主義的推崇,卻也受到其他知青作家如孔捷生、王安憶、陳村以及不少知青的非議。孔捷生就指責梁曉聲:「完全是抽象地把這種行為來歌頌,是忘記了那個時代的背景,越是這樣越是加深了時代的錯誤。……上山下鄉從一開始就是一個錯誤的政策,無論你怎樣描寫它,它也是一個悲劇。」[6]因此,孔捷生的〈大林莽〉(《十月》1984年第6期),就是針對梁曉聲的〈這一片神奇的土地〉而作,通過五名知青為勘探開發橡膠園進入海南島原始森林而迷失道路,除了女副指導員外,其他四個男知青毫無意義地喪生於森林中。作者的意圖很明顯,就是為了表達上山下鄉不是由簡單的英雄主義理想主義可以改變的,歸根結底,它依然是一個民族與個人的悲劇。

當然,梁曉聲對此並非無覺察,他的長篇小說《雪城》(《十月》1986年第2-4期,1988年第1-3期),上半部仍存留著理想主義與英雄主義,到了下半部,面對知青回城後的種種困

---

[6] 梁麗芳《從紅衛兵到作家——覺醒一代的聲音》(臺北:萬象圖書股份有限公司,1993),頁52。

第七章　彷徨與反思(二)

境,作者終於不得不告別了理想主義與英雄主義。[7]

2012年,梁曉聲再次推出描寫知青的長篇小說《知青》(青島出版社出版)。小說著力描繪了那一代青年人對理想的追求,對命運的反抗,以及在苦難面前頑強不屈的奮鬥精神,以史詩般的宏大敘述和細膩的情節描寫展現了知青一代的熱血青春。與此同時,梁曉聲編劇的同名連續劇也高調上映。小說與連續劇《知青》引起讀者與觀眾的極大反響,相比較而言,知青群體的反映更多為負面的,甚至是否定,認為《知青》企圖「全景式」反映知青,實際上卻是以偏概全,將上山下鄉運動及知青歷史與生活理想化、牧歌化、虛美化了。由此看來,梁曉聲仍然執著於理想主義的堅持。

王安憶,女,祖籍福建同安,1954年生於南京,次年隨家遷至上海讀小學,1969年初中畢業,這時她姐姐王安諾已去了安徽插隊,按當時的規定,王安憶本可以不下鄉的,但她覺得待在家裡寂寞沒意思,也由於來自青春期的叛逆情緒,一年以後的1970年王安憶也赴安徽淮北農村插隊。王安憶下鄉的時間並不長,兩年後,即1972年以彈鋼琴的專長考入徐州地區文工團工作而離開了農村。王安憶的父親是劇作家王嘯平(1919-2003),母親則是著名小說家茹志鵑(1925-1998),或許就是耳濡目染的影響,王安憶從小就喜歡寫作,下鄉後,也常常將日記與書信當作

---

[7] 梁麗芳《從紅衛兵到作家——覺醒一代的聲音》,頁338。原文是梁曉聲自稱跟理想主義「徹底告別」,其實並非如此。

小說寫，平時在日記裡寫自己，在給母親的信裡除了寫自己的思想、勞動外，還著重寫在農村的所見所聞，描寫所在的村莊，周圍的農民和男男女女的生活，寫得很認真，很細緻。其母親多年後回憶讀了王安憶寄自農村的信的感覺：「在我眼前便看到了一幅剪影，荒涼的土崗上，一部獨輪車，一個推，一個繃直了繩子拉。既有快活的戲謔，歌聲；也有蒼漠，黃土，汗水。此情此景，隨你怎麼理解都可以。有人有物有景有形象。」[8]這些書信（及日記）顯示王安憶在農村已經開始了她創作前的練筆階段。離開農村後，王安憶更積極投身於文學創作，1976年在《江蘇文藝》上發表散文處女作〈向前進〉，1978年調到上海《兒童時代》雜誌社任小說編輯，同年發表短篇小說處女作〈平原上〉，1980年參加中國作家協會第五期文學講習所學習，1984年與母親一起參加美國愛荷華大學「國際寫作計畫」，1987年進上海作家協會，進行專業創作至今。現任中國作家協會副主席、復旦大學中文系教授。

王安憶的主要著作有《雨，沙沙沙》、《黑黑白白》、《流逝》、《尾聲》、《王安憶中短篇小說集》、《小鮑莊》、《烏托邦詩篇》、《荒山之戀》、《傷心太平洋》、《海上繁華夢》、《叔叔的故事》、《人世的沉浮》、《隱居的時代》、《憂傷的年代》、《化妝間》、《兒女英雄傳》、《剃度》、《現代生活》、《文工團》、《月色撩人》、《眾聲喧嘩》等中短篇小說集，以及《69屆初中生》、《紀實與虛構》、《黃

---

[8] 參見祖丁遠〈王安憶的文學之路〉，《人民日報》海外版，2002年8月23日。

第七章　彷徨與反思(二)

河故道人》、《流水三十章》、《米妮》、《父系和母系的神話》、《叔叔的故事》、《我愛比爾》、《長恨歌》、《富萍》、《上種紅菱下種藕》、《桃之夭夭》、《遍地梟雄》、《啟蒙時代》、《天香》等長篇小說。其中〈本次列車終點〉獲1981年全國優秀短篇小說獎；〈流逝〉與〈小鮑莊〉分獲1981-1982年、1985-1986年全國優秀中篇小說獎；2000年，《長恨歌》獲第五屆茅盾文學獎並被搬上了銀幕；2004年，〈髮廊情話〉獲第三屆魯迅文學優秀短篇小說獎；2008年，《啟蒙時代》分別獲華語文學傳媒大獎年度小說家獎及第二屆紅樓夢獎評審團獎；2012年，《天香》獲第四屆世界華文長篇小說獎「紅樓夢獎」首獎。由於在文學創作上的巨大成就，王安憶於1998年獲授首屆當代中國女性創作獎，被稱為張愛玲之後的又一海派文學傳人。

　　當今批評界及學術界頗為注意王安憶創作的兩個特點：女性書寫與城市書寫。然而，我們還需注意到王安憶小說創作的一個現象：知青生活及其相關的鄉村描寫，如〈在廣闊天地的一角〉、〈69屆初中生〉、〈本次列車終點〉、〈崗上的世紀〉、〈小鮑莊〉、〈青年突擊隊〉、〈姊妹們〉、〈隱居的時代〉、《米妮》等。

　　王安憶的〈本次列車終點〉(《上海文學》1981年第10期)，曾獲1982年全國優秀短篇小說獎。該小說描寫上海知青陳信，下鄉後曾獲推薦讀了師範學校分配在地方中學任教，為了回到上海，不惜重新恢復知青身分，終於在十年之後頂替媽媽退休的缺返回了上海。面對嚮往已久的城市家園，陳信卻倍感失落與

203

壓抑，因房子與兄嫂產生矛盾，更令陳信沮喪萬分。對過去的否定、對現存的懷疑以及對自身與未來的不可知，使陳信陷入莫名的空虛與孤獨情緒之中：「他卻沒有找到歸宿的安定感，他似乎覺得目的地還沒到達，沒有到達。冥冥之中，他還在盼望著什麼，等待著什麼。……上海，是回來了，然而失去的，卻仍是失去了。」陳信雖然懷念偏遠地方小城鎮生活的純樸美好，但那裡畢竟不是他的歸宿，經過思索，陳信終於決心要努力適應城市的生活，以求找到真正的歸宿。

王安憶在談到〈本次列車終點〉創作初衷時說：「寫這個短篇時，有一個很傷感的初衷，我們有一種錯覺，以為回到上海，就可以找回離開時失去的東西，其實生命在流逝，失去的就永遠失去了，回到上海同樣無法追回。」[9]可見所謂「本次列車終點」不是回歸的終點而是一個新的起點——知青回城後的新生活的起點，意味著人生道路又一個新的選擇開始。該小說中的主人公陳信對鄉村懷念，卻終究沒有回歸，只不過是表現出對現實的彷徨，在彷徨中力求逐漸適應新生活，走進新生活。

王安憶的〈本次列車終點〉，是知青文學中較早關注回城知青的命運以及相應的社會問題的小說。在《上海文學》「文學經典回顧」系列中，王安憶回憶該小說原名為〈歸來〉，後改名為〈本次列車終點〉，其用意為：「這句話是來來往往的旅途中最期望的一句話，等廣播中報到『本次列車終點』，人們便興奮不

---

[9] 王雪瑛，王安憶〈農村：影響了我的審美方式——王安憶談知青文學〉，《十五篇農村精選論文合集》（http://www.docin.com/p-545165769.html），頁3。

第七章 彷徨與反思(二)

安地騷動起來,要下車了。」[10]確實如此,「本次列車終點」,是鐵道列車運行中廣播的常用語,當年知青回城探親,乃至最終大返城時,想必對此用語甚為熟悉、印象深刻。小說以此開篇,不僅帶進了主人公回返上海的故事,也挑起了當時讀者(尤其是知青讀者)並不很遙遠的歷史記憶。於是,「本次列車終點」作為標題就被賦予更多的隱喻及象徵意義。首先,昭示了一個老故事的結束,卻也意味著一個新故事的開始;其次,表明了主人公(及作者)的情感依歸——上海;再次,彰顯了知青人生(旅程)的最後歸宿(終點)只能是城市。由此看來,王安憶小說創作的城市書寫當是以知青書寫的終結為其邏輯前提的。

孔捷生〈南方的岸〉(《十月》1982年第2期)中的主人公易傑也有相類似的心路歷程:返城後無所適從,在珠江長堤邊與朋友合資開了一個「老知青粥粉舖」,儘管顧客絡繹不絕,生意興隆,但內心淡淡的憂傷和迷惘,猶如晨曦中籠罩在江面上的薄霧;主人公意緒茫然,情繫南方,遙遠的海南島,成片的橡膠林⋯⋯以至最後重返海南島。小說分成兩部分,前部分寫海南島知青時期的生活,後部分寫回城後的生活。通過時空交錯的手法以及大段心理感受的描寫,表現知青回城後雖然生活得到改善但卻因理想失落而產生了精神危機,進而產生了對往日知青生涯的回味與追憶。以至最終以重返海南島的舉動,表現出對「知青」身分的重新認同,也由此顯示了小說主人公(及作者)對上山下

---

[10] 見《上海文學》2001年第1期,頁2。

鄉生活——其精神原鄉——的懷戀。

〈南方的岸〉所反映的無疑是知青對回城後生活不滿失望心情的折射。事實上，易傑的舉動並非是實質意義上的回歸，只不過是精神的依戀、情緒的依托。作者在《十月》1982年第5期發表的文章〈舊夢與新岸〉中，曾這樣談到：「〈南方的岸〉發表後，我向不少老知青瞭解過。他們經歷不盡相同，但對小說總體的看法還比較接近。然而，最大的分歧來自小說結尾。『脫離現實！』不少農友尖銳地指出。較溫和的也說：『結尾太浪漫、太理想化，破壞了小說的完整。』」可見，〈南方的岸〉是企圖以理想主義取代知青面對新生活所遭受的挫折感。

孔捷生另一篇中篇小說〈普通女工〉（《小說界》1982年第3期），也是描寫回城知青如何不怨天尤人自強自立的故事。八十年代初，這樣一種表現似乎在文學（及影藝）界頗為風行，1980年上海電影製片廠攝製的《大橋下面》（編劇白沉、淩奇偉等，導演白沉）也是描寫兩位回城知青如何相互扶持，由彷徨到堅韌地面對現實，重新建立生活信念，走進新的生活。有意思的是，主演該電影的張鐵林與龔雪都是知青出身[⑪]，因此能相當準確生動地演繹出人物的內心世界及性格特徵。飾演女主角秦楠的龔雪還因此在1984年獲得第四屆中國電影金雞獎最佳女主角獎與第七屆電影百花獎最佳女演員獎。

[⑪] 張鐵林（1957-），籍貫河北，幼年隨父母到西安，1973年高中畢業後到臨潼農村插隊，1976年返城當搬運工，1978年考入北京電影學院表演系。龔雪（1953-），上海市人。1970年初中畢業後去江西農村插隊，1974年加入中國人民解放軍總政治部話劇團任演員，1979年起任上海電影製片廠演員。

第七章　彷徨與反思(二)

鄧賢，原籍武漢，1953出生於成都一曾經顯赫卻早已沒落的家族，文革中成了「狗崽子」；1971至1978年，在雲南省國營隴川農場（即雲南生產建設兵團三師十團三營五連）插隊；1974年，鄧賢成為雲南省「先進知青」，並在大會上做了「扎根」宣誓，但鄧賢卻是對上山下鄉心懷不滿的。1978年初，鄧賢考入雲南大學中文系就讀，大學畢業後；先後在雲南大學中文系及四川省教育學院中文系任教。著有《大國之魂》、《中國知青夢》、《日落東方》、《落日》、《流浪金三角》、《中國知青終結》、《黃河殤》、《大轉折——決定中國命運的700天》、《帝國震撼》、《父親的一九四二》等長篇紀實文學，以及長篇小說《天堂之門》。

鄧賢擅長於長篇歷史紀實文學創作，其關涉知青的紀實長篇文學如《中國知青夢》、《流浪金三角》、《中國知青終結》，亦是反映在不同時空中所呈現的知青歷史；而其長篇小說創作《天堂之門》則是反映回城知青在當今社會中的命運。這些作品屢屢獲獎：《中國知青夢》獲1993-1994年度全國報告文學「505杯」獎、1994年人民文學出版社第二屆「炎黃杯人民文學特別獎」、1998年「首屆中華文學選刊」獎，《天堂之門》則獲四川省巴金文學院第三屆「王森杯」優秀長篇小說獎。

《天堂之門》（中國文史出版社，1998）描寫回城知青邱建國、萬向東、蘭婷、許大毛、胡司令、馬立新等人知青情結未解，理想主義未滅，於是以紅衛兵公墓、知青回顧展為契機，廣泛聯絡各路回城知青，成立了「知青天堂樂園公司」。但在經商中屢受挫折和打擊，以至最終不得不宣佈破產。邱建國也因債務

纏身東躲西藏，並頹喪沉淪而染上性病，以至落得妻離子散，耳朵被割，雙目失明的悲劇下場；萬向東則重返邊疆勐崗，並當上了縣委書記，為突出政績，將六百萬扶貧款貸給邱建國，卻不料虧空殆盡，最後只能開槍自殺。「知青天堂樂園公司」最終也只能落到拍賣給外資企業的下場。

小說深刻地反思了：如果一味沉溺於過去歲月的信念與理想，無疑要在時代的錯位中發生人生的裂變。知青們要立足現實、面向未來的新生，就必須絕然「告別過去」，而「告別過去」，卻必須要付出慘痛的人生代價。《天堂之門》扉頁引錄了書中主人公萬向東的一句話：「這是我們一代人的迷宮，我們註定走不出這片歸宿之地。」似乎道出了回城知青群體難以擺脫的當代性陣痛與悲哀、困惑與無奈。由此可見，作者似乎力圖對知青這一特定歷史產物進行更為深刻的剖析、認識、反省及批判。

這類「彷徨與反思」的知青文學作品，將上山下鄉的知青命運綁縛在「理想／英雄」的戰車上，用悲壯的美學情調升華及聖化苦難的歷程，表現一代知識青年在那場荒謬的歷史運動中所顯示出的理想追求和人格精神，熱情謳歌了在動亂年代和艱苦環境中的英雄主義精神，企圖在作品中透現「歷史反思」、「神聖使命」的主題；或將回城知青群體擲入物欲橫流的當代社會中，展示他們在陌生而殘酷的現實中如何掙扎求存，或性格裂變而沉淪，或鳳凰盤涅而重生，以此彰顯「告別過去」、「走向未來」的願景。

第八章 懷鄉與尋根
——新時期的知青文學(三)

　　韓少功於1985年發表〈文學的根〉(《作家》1985年第4期)提出「尋根」的口號。強調文學要有「根」,這個「根」應該是深植於民族文化的土壤中的,根不深則葉難茂。此後,鄭萬隆〈我的根〉(《上海文學》1985年第5期)、李杭育〈理一理我們的「根」〉(《作家》1985年第6期)、阿城〈文化制約著人類〉(《文藝報》1985年7月6日)、鄭義〈跨越文化斷裂帶〉(《文藝報》1985年7月13日)與〈對當前文學中尋根傾向的理解〉(《黃河》1986年第1期)、韓少功〈文學的根和葉──兼論湖南青年作家〉(《文學月報》1986年第3期)與〈尋找東方文化的思維和審美優勢〉(《文學月報》1986年第6期)等相繼發表,形成一股尋根理論探討的風潮,並在文壇掀起了尋根文學創作的風氣。

　　後來文學界就以「尋根」為標誌,界定了一批、或者說一種類型的小說:對民族文化或傳統文化與地方文化進行反思、審視與批判,其目的主要在於發掘民族文化傳統的活用資源,重鑄民族靈魂或民族精神。所謂尋根,就是尋求民族文化之根。其特點

是：超越政治視野,追尋民族傳統之根,走向文化場域。

如果說傷痕、反思文學是在文革之後「撥亂反正」[①]的政治主流意識形態下的產物,那麼,尋根文學則是在某種意義上顯示出對主流意識的疏離姿態。換言之,尋根文學是企圖以傳統文化的話語系統來取代主導當時文壇的政治意識形態。

提出「尋根」口號的韓少功是知青,而所謂新時期的尋根文學代表人物也大都是知青作家,如張承志、張曼菱、史鐵生、鍾阿城、韓少功、鄭義、王安憶、李銳、朱曉平、李杭育等。他們的小說創作,重心從知青轉移到鄉村與農民身上,轉移到對風土民俗乃至更深邃的民族文化之中。

雖然尋根的口號是在1985年提出,但知青的尋根文學卻早在七十年代末就開始出現了,其代表人物當推張承志。

張承志(1948-),北京人,祖籍山東。文革初期,張承志與駱小海、卜大華、宮小吉、陶正等清華大學附中同學共同組建了名為「紅衛兵」的造反組織,是文革紅衛兵的主要創始人。在文革後出版的長篇小說《金牧場》(北京作家出版社,1987年)及《紅衛兵時代》(岩波書店,1992年)中,張承志都依然頗為正面堅守紅衛兵的立場。文革期間,張承志於清華附中畢業後,瞞著家人,寫血書積極要求下鄉,1968年-1972年間,到內蒙古烏珠穆沁插隊當了四年牧民。1972年以工農兵學員身分進入北

[①] 指消除混亂局面,恢復正常秩序。是在文化大革命之後,大陸當局為糾正文革錯誤,改變當時的混亂局面,使局勢趨於穩定而提出的口號及政治改革措施。

第八章　懷鄉與尋根(三)

京大學歷史系學習，1975年畢業後分配到中國歷史博物館任考古工作。1978年考入中國社會科學院研究生院民族歷史語言系，1981年畢業並獲得碩士學位。曾供職於中國歷史博物館、中國社會科學院民族研究所、海軍創作室、日本愛知大學等處，後成為自由職業作家。張承志早年被稱作一個理想主義的精神漫遊者，其早期創作以知青時代的草原生活為題材，從大地、民間汲取精神養料；上世紀九十年代後的創作，則逐漸把個人理想與宗教信仰結合在一起，開始了對回民生存和真主信仰的探索。

1978年，張承志發表了第一篇小說〈騎手為什麼歌唱母親〉（《人民文學》1978年第10期），獲得了第一屆全國優秀短篇小說獎和全國少數民族文學創作榮譽獎，從此走上了文學道路。其後所創作的〈黑駿馬〉獲1981-1982年全國優秀中篇小說獎，〈春天〉獲1983年北京文學獎，〈北方的河〉獲1983-1984年全國優秀中篇小說獎。1987年又出版了長篇小說《金牧場》。其中〈黑駿馬〉、〈北方的河〉與《金牧場》等小說，成為新時期文學的標誌性作品，也是知青尋根文學的代表作。張承志這些作品都體現出強烈的理想主義色彩。

八十年代中期以後，張承志轉向對回民生存狀態和伊斯蘭教信仰的探索。1991年出版了極具宗教色彩的長篇歷史小說《心靈史》（花城出版社），在文壇引起了極大的震動。或許張承志是冀望用宗教寫作為現代社會的精神沉淪拓展出一條拯救之路，然而，其作品中越來越濃厚的宗教傾向卻也引起了文壇、學界乃至社會的廣泛注意與極大爭議。

張承志的寫作，始於他對內蒙古插隊生活體驗的激動，他曾

自述:「我越來越發現,當年被動地被生活和命運拋到內蒙古大草原,沒有想到會獲取一種全新的、新鮮的體驗,它的價值是永遠不死的,永遠能夠在不同的時期不斷地給我有營養的參照系。」[2]與七十年代末至八十年代中以控訴、批判為主要傾向的知青文學不同,張承志的小說除了具有強烈的理想主義色彩,還明顯表現出描寫重心偏離知青而傾向於草原與牧民。如〈騎手為什麼歌唱母親〉與〈北方的河〉儘管還是以知青為敘述者,但其主人公顯然已是蒙古族的額吉(蒙語:母親或祖母),其視野關注的亦是廣袤寬闊的草原。

〈黑駿馬〉(《十月》1983年第6期)的敘述者,則更是沒有知青身分的當地蒙古族人白音寶力格。白音寶力格幼年喪母,八歲時由父親託付給草原母親——額吉奶奶。從此,他在草原的懷抱裡長大成熟。在額吉奶奶及其孫女索米婭的關愛下,白音寶力格走進男子漢的人生;身上固有的文明與理性,卻使他錯過了額吉奶奶為他和索米婭安排的夜晚。在白音寶力格到牧業技術訓練班學習了半年多回來後,索米婭卻遭人姦污成孕,白音寶力格憤而離去了。九年後,他騎著黑駿馬,找到索米婭。然而,額吉奶奶早已去世,索米婭亦已遠嫁異鄉,白音寶力格和這片青青草原之間維繫的血脈斷了。最後白音寶力格只能黯然告別了索米婭一家,騎上黑駿馬離開掩埋著他童年幸福和青春歡樂,也掩埋著他和索米婭美好愛情的草原。至此,小說描寫道:「我滾鞍下馬,猛地把身體撲進青青的茂密草叢之中。我悄悄地親吻著這苦

---

[2] 宋莊〈張承志:總是在路上〉,《人民日報》海外版,2009年4月17日。

第八章　懷鄉與尋根(三)

澀的草地,親吻著這片留下了我和索米婭的斑斑足跡和熾熱愛情,這出現過我永誌不忘的美麗紅霞和伸展著我的親人們生路的大草原。」

〈黑駿馬〉的主人公白音寶力格雖然不是知青,但白音寶力格在額吉的庇護下成長的過程似乎就隱喻了知青(作者)在草原成長的心路歷程,彰顯了蒙古族人民無私的愛在知青成長過程所起到的重大作用。〈黑駿馬〉是較早出現的原始文化尋根小說,其深層結構的文化含義是:既歌頌了草原文化意義上的母性之愛,亦反映了現代文明與草原生活的距離、矛盾、衝突與交融。前者固然是張承志理想主義精神的折射,後者則似乎是作者對現實妥協的產物。[3]

歌頌農民母親也似乎是八十年代初的知青詩歌的一個明顯的主題。曾插隊延安的四川知青**葉延濱**(1948-)在1980年北京召開的首屆「青春詩會」(當時稱「青年詩作者創作學習會」)上,發表了其成名詩作〈乾媽〉(後刊載於《詩刊》1980年第10期「首屆青春詩會專號」):

她沒有自己的名字

---

[3] 張承志在接受採訪時承認:「在內蒙第二三年的時候,就想到出路問題。人往高處走,水往低處流,大家都盼著回來,沒有一個人堅決要待在農村,這樣的人很少。有走後門的,走親戚的。這時,招工農兵學員,機會就來了。」(梁麗芳《從紅衛兵到作家——覺醒一代的聲音》,臺北:萬象圖書股份有限公司,1993,頁197)事實上,張承志便是下鄉四年後,於1972年通過推薦,作為工農兵學員進入北京大學考古系讀書而離開了草原。梁麗芳將張承志獲推薦上北京大學的時間記錄為1974年,似有誤。

回眸青春
中國知青文學（增訂版）

> 她沒有死——
> 她就站在我的身後，
> 笑著，張開豁了牙的嘴巴。
> 我不敢轉過臉去，
> 那只是冰冷的牆上的一張照片——
> 她會合上乾癟的嘴，
> 我會流下苦澀的淚。
> 十年前，我衝著這豁牙的嘴，
> 喊過：乾媽……

該詩描繪了詩人插隊延安時的房東「王樹清的婆姨」，語言素樸、情感真摯，深深感動了讀者，震動了詩壇，獲首屆中國作家協會的詩歌大獎「全國優秀中青年詩歌獎」。就在發表這首詩的首屆「青春詩會」上，葉延濱發言中有這麼一段話：「在我們今天的時代和社會中找到自己的坐標點，在紛繁複雜的感情世界裡找到與人民的相通點，在源遠流長的藝術長河中找到自己的探索點。三點決定一個平面，我的詩就放在這個平面上。」[4]由此可窺見詩人創作此詩時的心態。

無獨有偶，曾參與首屆「青春詩會」，也曾插隊延安的北京知青女詩人**梅紹靜**（1948-），同樣以歌頌母親為主題創作了詩

---

[4] 肖驚鴻〈與改革開放同行的詩人葉延濱〉，《人民日報》海外版，2008年11月28日。

第八章　懷鄉與尋根(三)

歌〈她就是那個梅〉[5]：

　　……

　　什麼時候起，外鄉人問我是誰，
　　你就在那人面前說：「她是我的梅！」

　　什麼時候起，你在草窠裡尋著幾顆鴿子蛋，
　　在窪窪上擼著一把杜梨兒。

　　也這麼叫著我：「來！我的梅！」
　　我想不起來了呵，喚梅的母親！

　　我總看見一個學生女子走在那溝溝底，
　　她就是那個你懷裡哭過的梅呵，母親！

插隊在陝北高原的詩人，深愛當地民歌「信天遊」[6]，也深受「信天遊」的影響，曾自稱「我像千萬個陝北女子，走進信天遊悠長的曲調」[7]。這首〈她就是那個梅〉便是了採取陝北民歌「信天遊」的結構方式，用自然質樸的語言，表述了與農民母親的深厚

---

[5] 收錄於北京作家出版社1986年出版的同名詩集；1988年，該詩集獲頒全國第三屆（1985-86）優秀新詩集獎。
[6] 流傳在大陸西北地方的一種民歌形式，又稱「順天遊」、「小曲子」，類似山西的「山曲」，內蒙古的「爬山調」。無論是陝北的信天遊，山西的山曲，還是內蒙古的爬山調，其歌詞多數是以七字格二二三式為基本句格式；表現則以比興手法見長，在兩句為一段的體式中，往往上句起興作比，下句點題。節奏大都十分自由，曲調悠揚高亢，粗獷奔放。
[7] 梅紹靜〈信天遊〉，《詩刊》1984年第2期，頁34。

感情。

在梅紹靜的意識裡,所謂「鄉土」、「尋根」,是跟「母親」密切相關的。上世紀八十年代初,她的詩作就將黃土高原比喻為母親[8];母親長長的歎息藉慰女知青心靈的,佑護她走向成熟[9];新世紀初,當梅紹靜撰文推崇「鄉土詩」時,仍執著認為:「鄉土,這兩個字,本身就帶著那麼多的依戀,對根的依戀,對母親的依戀……我舉的例子都與母土、母親有關,是否鄉土詩就都是從人性的本初開始,我不敢斷定,但這應是切入點之一。」[10]

由此也進一步證實了,在這類知青文學作品(小說及詩歌)中,雖然作者是從個人的生活經歷與體驗出發進行創作,但其關注點顯然是投射在農村及農民上;而且,知青與農村鄉親父老的情感關係,超逾了對鄉土民俗的沉緬與追念,進入與人(農民)情感生命結緣的更深層次。

張曼菱(1948-),女,雲南昆明人,1969年赴雲南德宏傣家邊寨插隊務農,1978年考入北京大學中文系。後歷任天津作家協會理事,海南作家協會理事,海南曼菱藝術發展有限公司獨立製片人和導演,職業作家。1982年開始發表作品中篇小說〈有一個美麗的地方〉。1985年加入中國作家協會。著有長篇

---

[8] 梅紹靜〈收留我吧,高原〉,《人民文學》1981年第2期,頁90-92。
[9] 參看高紅十〈高原女子的心韻——梅紹靜和她的詩〉,《詩刊》1986年第5期,頁54。
[10] 梅紹靜〈鄉音,母語;鄉土,母土〉,《綠風》2002年第6期,頁121-122。

第八章　懷鄉與尋根(三)

小說《濤聲入夢》、《瞬息風華》，小說集《有一個美麗的地方》，散文集《曼菱閒話》，中篇小說〈雲〉、〈星〉、〈北國之春〉，散文〈得天獨厚的放逐〉，電視劇劇本《知青行——重歸德宏州》等。〈有一個美麗的地方〉獲1983年《當代》文學獎，長篇小說《天涯麗人》獲1991年海南省文體廳開拓獎，中篇小說〈唱著來唱著去〉獲1984年《當代》文學獎。

作為一位女性作家，張曼菱筆下所關注的自然是女性，但對女知青的集中描寫，卻只是出現在她的成名作〈有一個美麗的地方〉。

〈有一個美麗的地方〉（《當代》1982年第1期）描述插隊知識青年「我」初到傣寨，對周圍的一切都感到陌生、新奇。「我」不會幹傣家活，那身「軍裝綠」也與打扮得美麗妖嬈、快樂的傣家姑娘格格不入，寨子裡美麗又傲慢的傣族姑娘依波為此經常嘲弄「我」。漸漸地，依波的筒裙，姑娘小夥的對歌，傣家生活的每一部分都強烈地撞擊著「我」的心靈，深深地打動「我」，吸引「我」。「我」開始發現美，關注美，開始學著像傣家人一樣地生活。「我」用色彩豔麗的床單裁成筒裙，戴上漂亮的耳環，頓時變成了一個美麗的傣家姑娘。當「我」穿著筒裙，扭動腰枝上井臺打水時，傣家姑娘們對「我」發出一片讚美之聲。鄉親們也都把「我」當成自己的親人。幾年後，「我」發覺房東大哥在深深地愛著自己，而「我」畢竟不是真正的傣家人，不可能接受大哥的愛。最後，「我」只得離開這些忠厚善良的傣族鄉親，到一個山區小學去當教師。又過了些年，「我」要回城上大學了。「我」告別傣鄉，告別傣家親人，也告別了自己

的青春歲月。但是,「我」永遠也不會忘記那片美麗的土地。

1985年,〈有一個美麗的地方〉拍攝成電影,被導演張暖忻(1940-1995)更名為《青春祭》。為此,張曼菱還與導演鬧過不愉快。張暖忻更名的意圖顯然是依循著當時知青文學批判文革的主流觀念,而張曼菱之所以堅持用〈有一個美麗的地方〉命名,正是與當時批判思潮不同的思考,表現出超前的尋根意識──即對鄉土民俗文化的嚮往與追求。

〈有一個美麗的地方〉的主人公雖然還是知青,但作者描寫的重點卻是通過知青的眼展現雲南邊疆傣族地區的風土民情。事實上,這篇小說的題目顯然是受到上世紀五十年代同名的著名歌曲影響與啟發。1954年,詞曲作家楊非(1927-2007)從江西來到雲南德宏傣族景頗族自治州體驗生活,創作了歌曲〈有一個美麗的地方〉。這首歌後來成為1960拍攝的電影《勐壟沙》的插曲,從此傳唱全國。〈有一個美麗的地方〉曲調優美,充分展現了傣族柔情似水的民族特性。使傣族風情廣為人知:「有一個美麗的地方哎羅,傣族人民在這裡生長哎羅,密密的寨子緊緊相連,那彎彎的江水呀碧波蕩漾⋯⋯」

這首歌與長篇小說《邊疆曉歌》一樣,起到了吸引廣大青少年奔赴邊疆的作用。雲南知青孫偉即陳述:「在知青大規模下鄉的六十年代末,〈有一個美麗的地方〉曾在那些插隊、支邊德宏的少男少女們心中激發起多少幻想。」[11]這首歌雖然也有歌頌共

---

[11] 孫偉〈一個至真至誠的人,一首至純至美的歌──悼念楊非老前輩〉,「聽他吹吹的BLOG」(http://blog.sina.com.cn/u/1227632585)。

第八章　懷鄉與尋根(三)

產黨之類的政治色彩,但對邊疆風情的重筆渲染顯然更受到人們的矚目與喜愛。這也跟知青對邊疆的感情不謀而合,因此,這首歌至今仍為當年的知青感念不已。2007年楊非病重住院期間,「一位當年在瑞麗市插隊的北京知青專程趕到昆明,來到楊非病床前,唱起了〈有一個美麗的地方〉,一曲唱罷已是淚流滿面。」[12]

由此可見,這些知青已經將自己的命運與他們上山下鄉所在地在某種程度上結合起來了,這也正是知青尋根文學產生的內在原因。張曼菱在詮釋〈有一個美麗的地方〉題名的含義時便說:「我想要向人們訴說的,就是『有一個美麗的地方』。在當年的傣鄉,第一:自然;第二:人民善良;第三:政治空氣極其稀薄。比起全中國的其他知青來,我們的生活人性得多。我的人生價值觀和做事的觀點也是知青時代奠定的。在青年時代的幻滅中,有一塊淨土沒有幻滅。」[13]這樣一個表述,或許也可適用於詮釋與探析其他知情尋根文學的創作動機。

史鐵生(1951-2010),北京人,1967年畢業於清華附中初中部,爾後,以「三分的虔誠,七分的好奇」的心態,追隨上山下鄉的潮流,於1969年1月16日到陝西延川縣關莊公社關家莊大隊插隊;一次在山裡放牛,遇上暴風雨夾著冰雹襲擊,由是高燒

---

[12] 譚雅竹〈楊非:彩雲之南的傑出歌者〉,《民族音樂》2008年第1期,頁27-28。

[13] 張曼菱〈被刪節的真情〉,《北大才女:張曼菱人生隨筆集》(西安:陝西師範大學出版社,2006),頁193-194。

數日不退，之後雙腿逐漸癱瘓；1972年轉回到北京，在北新橋街道工廠工作，後因病情加重回家療養。史鐵生1979年開始發表作品。〈我的遙遠的清平灣〉獲1983年全國優秀短篇小說獎，〈奶奶的星星〉獲1984年全國優秀短篇小說獎，《老屋小記》獲首屆魯迅文學獎（短篇小說獎），《病隙碎筆——史鐵生人生筆記》獲第三屆魯迅文學獎散文作品獎，《我的丁一之旅》摘得首屆蕭紅文學獎的長篇小說獎。另著有長篇小說《務虛筆記》，中篇小說〈插隊的故事〉、短篇小說〈命若琴弦〉、〈午餐半小時〉、〈我們的角落〉、〈在一個冬天的晚上〉、〈山頂上的傳說〉以及散文〈我與地壇〉、隨筆集《畫信基督夜信佛》等。

史鐵生的散文隨筆不少涉及知青題材，如〈我二十一歲那年〉、〈相逢何必曾相識〉、〈黃土情歌〉、《病隙碎筆——史鐵生人生筆記》等，小說則有〈我的遙遠的清平灣〉、〈插隊的故事〉及〈黑黑〉等體現了其插隊鄉村的經歷。

史鐵生的〈我的遙遠的清平灣〉（《青年文學》1983年第2期）一反當時知青小說揭露黑暗的主調，表現為作者本人詩意的回顧，用淳樸抒情的筆調表達對知青生活的緬懷，對知青歲月的精神回歸；陝北農村生活在他的筆下顯得富有人情味，農民「破老漢」及其牛群成為小說的焦點。該小說運用散文的筆法，以「破老漢」為中心，將各種山村野趣、古樸民風的描繪串聯起來。作者還以詩的筆觸描繪了黃土高原上的四季景色與農事、風物、民俗。作者還描寫了「破老漢」的小孫女留小兒，村裡的婆姨、娃娃等各具個性的人物，作者從那些平凡的農民身上看到了美好、純樸的情感，看到了他們從苦難中自尋其樂的精神寄託，

第八章 懷鄉與尋根(三)

看到了堅韌不拔的毅力和頑強的生命力。作者用一種平淡清新的筆法,將清平灣描繪得遙遠而親切,美麗而貧困,給那個特殊年代賦予了一種詩性氛圍,讓人們忘記了塵世的紛爭,感受到知青的樸實農民之間和諧美好的詩韻。試圖在真摯的鄉情中表現對人類歷史的沉思。在小說的末尾,作者情不自禁地感歎道:「哦,我的白老漢,我的牛群,我的遙遠的清平灣……」由此可見,〈我的遙遠的清平灣〉是一篇小說,也是一首詩,一首帶著哀愁、慨歎、懷念摯愛的綿綿深情的詩;更是一幅畫,一幅陝北高原的風俗圖。

〈我的遙遠的清平灣〉出現於1983年,正是新時期文壇上傷痕知青文學趨於沉寂的時候。它對鄉野山村、風俗人情的描繪,對民間原生態生活方式以及價值觀念的理解與同情所形成的「另類」敍事,既使得八十年代初政治語境中的知青文學,進一步擺脫了新時期「文革題材」文本,以反思「極左」政治為己任的歷史局限;也使得知青文本,走出了主流知青文學中那種偏於自傷自憐的敍述氣氛和情緒流瀉,走向了更為廣闊的鄉土農村乃至悠遠的民族文化場域。史鐵生在〈禮拜日・代後記〉中闡述:「『尋根意識』也至少有兩種。一種是眼下活得卑微,便去找以往的驕傲。一種是看出了生活的荒誕,去為精神找一個可靠的根據,為地球上最燦爛的花朵找一片可以盛開的土地。」[14]史鐵生所秉持的就是後一種尋根意識。

---

[14] 史鐵生《史鐵生作品集》第2卷(北京:中國社會科學出版社,1995),頁431。

作家蔣子丹曾以「寧靜」來品評史鐵生:「他會長久地懷想下放地穿著開花棉襖吹嗩吶的窮吹手,也會在夢裡一次次夢見被他使喚過的老黑牛與紅犍牛……我們從史鐵生的文字裡看得到一個人內心無一日止息的起伏,同時也在這個人內心的起伏中解讀了寧靜。」[15]從史鐵生的尋根小說中,我們便讀到了這樣的寧靜。這寧靜,不僅是作品的藝術氛圍,更是作家的生命底蘊。

鍾阿城(1949-),北京人,筆名阿城,1968年高中一年級時,去山西、內蒙古插隊,後轉到雲南建設兵團農場落戶。1979年回北京,曾在《世界圖書》編輯部工作。1984年發表處女作〈棋王〉,震驚文壇,此後又有作品接連問世,其「三王」(〈棋王〉、〈孩子王〉、〈樹王〉)更被視為尋根文學的代表之作。出版過《威尼斯日記》、《遍地風流》、《棋王》(包括〈孩子王〉和〈樹王〉等)以及《閒話閑說》等作品集。〈棋王〉先後獲1984年福建《中短篇小說選刊》評選優秀作品獎和第三屆全國秀中篇小說獎,短篇小說〈會餐〉獲首屆《作家》小說獎,1995年《威尼斯日記》獲臺灣「最佳圖書獎」。

阿城深受其父親鍾惦棐(1919-1987)耳濡目染影響,從少年時代起就博覽群書,十二三歲時就已遍覽曹雪芹、羅貫中、施耐庵、托爾斯、巴爾札克、陀斯妥耶夫斯基、雨果等中外文學名著。成年後,其涉獵面更是從馬克思的《資本論》、黑格爾《美學》到中國的《易經》、儒學、道家、禪宗,為其此後創作風格

---

[15] 蔣子丹〈寧靜的史鐵生〉,《南方週末》2000年11月25日。

第八章　懷鄉與尋根(三)

的形成進一步奠定基礎。

阿城下鄉前後十一年,但說起知青歲月竟是「心存甜蜜」回憶;同時阿城也承認,當年的知青是生態破壞者。[16]或許是出於這樣的心態與認知,阿城在其反映知青生活的作品中,所刻劃的人物儘管在物質極度貧乏的環境之下,仍以平常心處之泰然,為生命找到存在的意義與價值(如〈棋王〉),或對由於有關政策與決策失誤引致的環境破壞,進行深刻的揭露與反省(如〈樹王〉)。

阿城〈棋王〉(《上海文學》1984年第7期)描述知青王一生家境貧寒,但精於棋道。學棋生涯中,結識民間奇人異士,接受了傳統文化的薰陶。文革期間下放至西南方邊陲的農場,在開赴邊疆的火車上就纏著人下棋,到了農場也四處串點找人下棋。偶然跟高手「腳卵」下棋,二人因而成為好友。不久,當地開運動會,王一生因在外以棋會友沒趕上報名,遂決定與此次棋藝比賽冠亞軍下盲棋,消息轟動全鎮。最終,是王一生同時跟八位對手在棋場下棋,另有象棋世家冠軍老者在家跟王一生對陣,一場車輪大戰下來,場內八名棋手相繼服輸,只有冠軍老者乞和。此時,王一生的形象是:「雙手支在膝上,鐵鑄一個細樹樁,似無所見,似無所聞。高高的一盞電燈,暗暗地照在他臉上,眼睛深陷進去,黑黑的似俯視大千世界,茫茫宇宙。」冠軍老者對王一生棋藝的評價則是:「匯道禪於一爐,神機妙算,先聲有勢,後發制人,遣龍治水,氣貫陰陽,古今儒將,不過如此。」

---

[16] 譚飛〈再見「孩子王」鍾阿城〉,《成都商報》1999年11月9日。

阿城〈棋王〉的背景雖然是知青上山下鄉,但卻通過王一生的「棋癡」形象及其命運,將主旨抽離知青運動的主流而遁入(或說遠溯)悠遠深厚的歷史文化之中。對莊禪文化的精髓尤為推崇,深刻顯示了莊禪人生哲學的文化內涵。阿城對中國古典哲學、尤其是對道禪精神的領悟,潛移默化地滲透於對王一生形象的刻畫之中。[17]對「氣」與「勢」的領悟,使王一生棋藝日精,最後力克群雄、穩操勝券。王一生對棋的癡迷,亦顯示出深邃的文化內涵:首先,以沉迷棋的世界以疏離、對抗文革亂世。如小說一再強調:「何以解憂,唯有下棋」,「虛無恬淡,乃合天德」;其次,棋藝中深含道禪精神,如小說中的撿垃圾老頭指出棋道中「柔不是弱,是容,是收,是含」;小說末尾,王一生同意與冠軍老者握手言和,也體現了一種平和寬容的文化精神,以及無為的老莊哲學精神。此外,〈棋王〉不僅說棋,也說吃(餓)。將知青在極端貧困生活狀態下的吃文化,從形而下到形而上,刻畫得入木三分、淋漓盡致,出神入化。〈棋王〉還兼帶說窮,如對王一生家境的貧窮狀況的敘述,舉重若輕,淡淡說來,直令人潸然淚下(如牙刷把磨成的無字棋子細節)。

韓少功(1953-),筆名少功、艄公等。湖南長沙人。1968年初中畢業時僅十五歲,就作為上山下鄉知識青年赴湖南省汨羅縣汨羅江邊的天井鄉插隊務農。在農村,勞動之餘編寫對口詞、

---

[17] 著名導演滕文驥曾問阿城寫〈棋王〉時追求的最高境界是什麼,阿城說「參禪」。參看司馬曉雯〈叩問一個時代的饑餓感──讀阿城的《棋王》〉,《名作欣賞》2010年第27期,頁13。

第八章　懷鄉與尋根(三)

小演唱、小戲曲，1974年秋調到縣文化館任創作輔導員，1977年正式開始文學創作，1978年考入湖南師範學院中文系。1979年在《人民文學》發表短篇小說〈月蘭〉，從而在文壇嶄露頭角。〈西望茅草地〉和〈飛過藍天〉分別獲1980、1981年全國優秀短篇小說獎。1982年畢業後在湖南省總工會的雜誌《主人翁》任編輯。1984年調作協湖南分會從事專業創作。1988年到海南後開始主編《海南紀實》雜誌。1996年與同仁策劃文人雜誌《天涯》，任雜誌社社長。出版中短篇小說集《月蘭》、《飛過藍天》、《誘惑》等，長篇小說《馬橋詞典》、《暗示》、《山南水北》等，以及文藝理論集《面對神秘空闊的世界》。

韓少功於《作家》1985年第4期發表評論文章〈文學的根〉，從其下鄉的經歷說起，思考古代文化的承傳問題，進而提出「尋根」的口號。強調文學要有「根」，這個「根」應該是深植於民族文化的土壤中的，根不深則葉難茂。建議作家更多注意那些鮮見於經典、不入正宗的俚語，野史，傳說，笑料，民歌，神怪故事，習慣風俗，性愛方式等，但也頗為清醒地認識到，所謂尋根「不是出於一種廉價的戀舊情緒和地方觀念，不是對方言歇後語之類淺薄地愛好；而是一種對民族的重新認識、一種審美意識中潛在歷史因素的甦醒，一種追求和把握人世無限感和永恆感的對象化表現」。要求做到「凝集歷史和現實」、「擴展文化縱深感」，以致達到「陰陽相生，得失相成，新舊相因」。韓少功的「尋根」說，在文藝界及學術界引起了廣泛的討論。

韓少功的「尋根」小說代表作有〈爸爸爸〉、〈女女女〉、《馬橋詞典》等，表現了向民族歷史文化深層汲取力量的趨向，

飽含深邃的哲學意蘊，具有強烈的批判意識和憂患意識，在文壇產生很大影響。

韓少功的〈爸爸爸〉（《人民文學》1985年第6期）是緊隨著〈文學的根〉之後發表的一部中篇小說，顯示了作者對尋根理論的實踐。該作品描寫一個原始部落雞頭寨的歷史變遷，展示了一種封閉、凝滯、愚昧落後的民族文化形態。作品主人公白癡丙崽的身上，集中表現出傳統文化的某種畸形病態。丙崽是一個弱智、呆傻的侏儒，外形奇怪猥瑣，只會反覆說兩個詞：「爸爸爸」和「X媽媽」，卻被視為陰陽二卦，因此受到了雞頭寨全體村民的頂禮膜拜，尊為「丙相公」、「丙大爺」、「丙仙」。在雞頭寨與雞尾寨發生「打冤」爭戰之後，大多數男人都死了，而丙崽歷經劫難卻一再大難不死，頑固地活了下來。整個作品籠罩著原始野蠻愚昧荒誕，卻也有幾分悲壯慘烈的氣氛。

〈爸爸爸〉的創作特點是對魔幻現實主義的技法進行移植，借鑒了拉美文學的魔幻、誇張、荒誕等手法，大量且細膩地描寫民風野事古俗，小說語言帶有濃鬱的鄉土色彩和地域特點。敘述視角獨特，時空交錯詭譎。大量採用象徵與暗示手法。表達了作家對傳統文化的深刻反思與批判，企圖從中發掘出人性中的惰性和冥頑不化的國民劣根性。

發表於《上海文學》1985年第6期的短篇小說〈歸去來〉也是韓少功尋根文學的代表作之一。小說主人公「我」（黃治先）莫名其妙走進一個陌生的山寨，卻赫然發現是來到一個處處似曾相識的地方。村民們也都一致將「我」視為曾在此地插過隊的知青「馬眼鏡」，熱情地接待、聊天、關愛、探詢。而「我」也漸

第八章　懷鄉與尋根(三)

漸被山村鄉野淳樸良善的民風習俗所感染,被鄉民與知青之間真摯深厚的交情所感動,不由自主進入了知青「馬眼鏡」的角色,以致將自己原本的身分也遺忘了。如果說〈爸爸爸〉主要是揭示、批判民族文化長期因襲的一種麻木迷信劣根,那麼〈歸去來〉則是要追求一種對民族傳統文化的重新認識,一種審美意識中潛在歷史因素的甦醒。小說的主人公「我」便在這種冥冥之中,接受了山村鄉民們所代表的一種頗具神秘色彩的文化傳統的召喚與吸引。

鄭義,原名鄭光召,原籍四川雙流,1947年生於重慶,幼年在北京上學。1966年高中畢業,時值文革,曾參加紅衛兵運動和大串連,1968年赴山西太谷縣插隊,1970年末因與友人通信討論時政被當局發現,為逃避逮捕,逃亡到靠近西伯利亞的大興安嶺地區,在森林裡伐木、當流浪木匠;寫作流浪手記《三行》(〈阿榮行〉、〈興安行〉、〈海山行〉);1974年到呂梁山煤礦當木工,1977年考入晉中師專中文系;1979年2月21日在《文匯報》發表以紅衛兵運動中武鬥為背景寫出處女作〈楓〉,揭示了一代人的痛苦和掙扎;1981年畢業分配到晉中地區文聯,1984年,到山西省省會太原市作協任專業作家,創辦大型文學季刊《黃河》,並任副主編,1989年評為一級作家。著有〈冰河〉、〈迷霧〉、〈秋雨漫漫〉、〈遠村〉和〈老井〉等。〈遠村〉獲全國第三屆中篇小說獎。

1983年末至1984年春,為抵制當局在全國推行的「反對資產階級自由化」運動,鄭義隻身一人,騎自行車沿中國文明發源

地黃河進行文化旅行,途經沿黃河的二十餘縣,行程五千多公里,親歷考察了黃河流域山區農民的生存狀態。在這一次黃河流域的考察過程中,鄭義思考到:「在這片堯、舜、禹的故鄉瘠土之上,我覺得我似乎找到了中華民族的精魂。在農村和煤礦的十年生活,使我意識到我的寫作對象主要是農村……黃河之行,不僅堅定了上述信念,而且進一步認識到:那塑造了中國農民靈魂的,正是這塊黃河流經的黃色高原。」[18]可見,這些考察,不僅強化了其尋根文學創作的生活基礎,也強化了其尋根文學創作的理論基礎。

1989年,鄭義因積極參與民主運動受到當局通緝,在「六四」後將近三年的時間裡,逃亡半個中國。初期化妝為鄉村流浪木匠,做工隱蔽;後期在友人掩護下秘密寫作了《歷史的一部分──永遠寄不出的十一封信》(臺北:萬象圖書股份有限公司,1993)與《紅色紀念碑》(臺北:華視文化公司,1993)。1992年春逃出大陸,現旅居美國,為自由寫作人。

1996年9月,鄭義的長篇小說《神樹》由臺灣三民書局出版。小說圍繞著一個山村和一棵巨樹,展現了中國鄉村半個多世紀以來史詩般的雄奇畫卷,人與基本生存環境的主題都得到強烈的表現。諾貝爾獎得主日本作家大江健三郎在閱讀了日文版後,致信鄭義:「我敬佩您在流亡異國的困難之中,完整地捕捉到祖國的富於時代感的迫切的主題群,創造出這樣一部豐富而遼闊的

---

[18] 鄭義〈第七封信・文學生涯〉,《歷史的一部分──永遠寄不出的十一封信》,頁266-267。

第八章　懷鄉與尋根(三)

巨著。」[19]

　　鄭義的小說具有濃厚的人文關懷與人道主義精神，同時也充滿了憂患意識以及理想主義色彩。這種特質在〈楓〉、〈冰河〉、〈秋雨漫漫〉等作品中就有較為明顯的體現，在中篇小說〈遠村〉和〈老井〉中，更與鄉村苦難的書寫、文化尋根的發掘結合而體現出更為深邃且寬廣的思想意涵。

　　鄭義的〈老井〉(《當代》1985年第2期) 產生於其黃河流域萬里行的體驗與感受，是尋根文學的代表作之一。該中篇小說描寫返鄉知識青年孫旺泉，為了實現祖輩的意願，立誓用自己所學的知識挖出井水來。為了挖井，他不僅放棄了離開窮山溝到外地發展的機會，還割捨了情人巧英對他刻骨銘心的愛，違心地做了年輕寡婦喜鳳的倒插門女婿。全村人為了打井籌集資金，老人家把自己的棺木給捐出來了，巧英把自己的嫁妝也全數捐出。為了打井，大家都貢獻出了自己的力量。最後打井終於成功出水來了，祖祖輩輩打井的願望終於實現了。

　　在這個打井過程中，展開了黃土地上的生存畫卷，自然與生存抗爭交融，體現出深刻曲隱的象徵色彩。淳樸百姓的可愛，古老民族的精神，鄉土故里的凝聚力展露無遺。然而，小說末尾巧英離鄉出走，喻示著尋求新生活的開始。雖然該小說並不涉及城鎮下鄉知青，其背景亦延續至八十年代初，但其中所表現的鄉土情懷、人文關注乃至文明與傳統的交織與衝突，莫不得益於作者當年插隊生活的閱歷與積累。鄭義在談到他第一部尋根小說〈遠

---

[19] 以上參考鄭義跟筆者通信所附簡歷。

229

村〉的創作動機時說:「數年相濡以沫的插隊經歷,他們的生活成了我的生活之一部分。當我獲得寫作的權利後,不可能對他們受騙的苦難保持沉默。這便是我寫〈遠村〉的初衷。」[20]這也正是他包括〈老井〉在內的尋根小說創作的內在動因。

鄭義曾積極參與尋根文學的理論探討,發表過〈跨越文化斷裂帶〉(《文藝報》1985年7月13日)、〈對當前文學中尋根傾向的理解〉(《黃河》1986年第1期)等文章,但其尋根文學創作的成就更為顯著、影響更大。以〈老井〉為代表的小說創作顯示了,作為知青出身的作家,鄭義已超越自己,從描寫知青同代人的命運,轉向更為博大深廣的鄉村世界;描繪了中國農民在漫長的歷史和凝滯的現實交匯中的苦難生涯,表現了中國農民堅韌而麻木的心態流程,呈現了中國農民頑強而深沉的生命力。由此可見,鄭義對中國農村與農民具有清醒且透徹的認知,真摯且濃厚的情感。[21]鄭義在提及插隊山西大坪村的經歷對他人生的影響時,曾如此動情敘說:「我就是大坪肥沃而貧困的土地,大坪的風,大坪的水,大坪那坍塌的土窯洞,我就是隨汗水與鮮血遺留在大坪的我的青春,我就是可愛的永生難忘的大坪!」[22]鄭義與

---

[20] 鄭義〈第七封信‧文學生涯〉,《歷史的一部分——永遠寄不出的十一封信》,頁261-262。
[21] 除了文革期間創作的〈凝結的微笑〉,鄭義未曾再有以知青為題材的小說。對此現象,鄭義在給筆者的信函中坦言:「知青自然是苦難,但與農民比,份量畢竟太輕,我不願反復咀嚼。」
[22] 鄭義〈第五封信‧山西插隊生活〉,《歷史的一部分——永遠寄不出的十一封信》,頁189。事實上,鄭義對農民與鄉村的感情至今仍十分深厚,從友人通信得知大坪村老農困境,他會「心酸不已」、「痛哭一場」,要求友人寄去所拍大坪村照片。一再慨歎:「人生苦短。真正寄情的土地,不會有幾塊。」「共同的土地、勞作和回憶,總會化為珍貴,尤其是在一去不復返的青春時

第八章　懷鄉與尋根(三)

大坪（鄉村／農民）儼然已成不可分割的生命共同體。

1987年，由鄭義改編的同名電影《老井》（導演吳天明），獲第二屆東京國際電影節大獎、國際電影批評家聯盟特別獎、東京都知事獎，男主角張藝謀獲最佳男演員獎；同年還獲美國第七屆夏威夷國際電影節評審團特別獎；義大利第11屆沙爾索國際電影節一等獎；並獲中國「金雞獎」（1988年）、「百花獎」（1988年）、文化部優秀影片獎（1987年）等獎項。

李銳，祖籍四川自貢，1950年生於北京，1966年畢業於北京楊閘中學，1969年赴山西呂梁山區底家河村插隊落戶，1975年分配到臨汾鋼鐵公司做工人，1977年調入《汾水》編輯部。1974年開始發表小說。出版有中短篇小說集《丟失的長命鎖》、《紅房子》、《傳說之死》；系列小說集《厚土》；長篇小說《舊址》、《無風之樹》、《萬里無雲》、《太平風物》、《銀城故事》、《張馬丁的第八天》；散文隨筆集《拒絕合唱》、《不是因為自信》等。其作品獲得多種獎項，被翻譯成多種文字出版。李銳一再強調，作為創作者，最重要、也最值得保留的是精神與人格的獨立和自由。2003年10月辭去山西作協副主席職務，同時退出中國作家協會，放棄中國作協會員資格。2004年3月，李銳獲得法國政府頒發的藝術與文學騎士勳章。

《厚土》是一組關於「呂梁山印象」的系列小說，包括〈鋤禾〉、〈古老峪〉（《人民文學》1986年第11期），〈選賊〉、

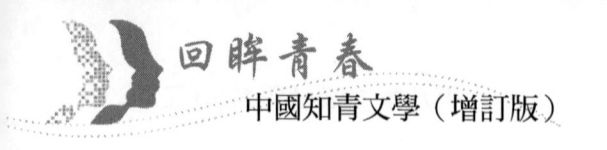

〈眼石〉、〈看山〉(《山西文學》1986年第11期),〈合墳〉、〈假婚〉(《上海文學》1986年第11期),〈馱炭〉、〈「喝水——!」〉(《青年文學》1987年第12期)等。《厚土》系列每篇之間完全獨立,並無情節或人物上的聯繫,但分別從不同的角度和層面,共同反映呂梁山黃土高原的自然生態環境,展示和剖析了世代生息繁衍在這厚土之上的農民那種幾近凝滯不變的生存方式。

其中,獲「1985-1986年度全國優秀短篇小說獎」的〈合墳〉是較具代表性的一篇作品。〈合墳〉是一個「配幹喪」(即「配陰親」)的故事。老支書和村民們給十四年前死去的女知青在陰間「捏合了一個家」。婚喪習俗包含著豐厚的民族文化積澱。〈合墳〉擷取這樣一個陰陽交錯、「婚」「喪」並舉的生活情節,揭示了故事本身深刻的社會、歷史、文化、心理內容。故事處處顯示著現實與歷史交織,神聖與荒謬並存——故事發生在八十年代中期,但一開始,就通過一雙蒼老的手將淺黃色的麻一縷一縷地加進一隻被磨細了的旋轉中的棗木紡錘,同時把絲絲縷縷的歲月也擰在一起,纏繞在那只棗紅色的紡錘上……這麼一段出神入化的描寫,八十年代的現實就自然跟十四年前的歷史聯繫起來了。女知青玉香(玉殞香消?)當年搶救大寨田被山洪吞沒,被樹為「知青楷模,呂梁英烈」。這無疑是一個很神聖的英雄傳說,但瞭解大寨田內情、又目睹玉香在洪水中被黑蛇纏繞的鄉民們,便認定玉香之死「聚集了些說不清道不白的哀愁」。鄉民為玉香合墳,固然出於對命喪異鄉女知青的「憐惜」「心疼」,然而,「正村口留一個孤鬼,怕村裡要不乾淨呢」,似

第八章　懷鄉與尋根(三)

乎更能說明合墳的真正動機。在合墳過程中發掘出來的「這營生」——《毛主席語錄》,「書爛了,皮皮還是好好的」。其隱喻的張力,確實令讀者深切感受到「往日的歲月被活生生地挖出來的時候竟叫人這樣毛骨悚然」。於是,通過這麼一個生活片斷的描繪,不僅莊嚴的革命被顛覆了,連純樸的民風也被消解了,甚至村民為女知青合墳的良善動機也被解構了。

　　李銳曾給跟他一樣描繪「黃土高原的眾生相」的朋友新著作序,認為朋友「筆下那些生不如死但還是生生不息的人們,卻讓人感到難以緩解的窒息……你不禁會問,蒼天無情何以至此?你不禁會痛徹地感到自己那一份悲憫之心竟然是如此的蒼白和無用」,並引用汪曾祺的感慨:「這是非常真實的生活。這種生活是荒謬的,但又是真實的。……我相信。荒謬得可信。」[23]其實,李銳與汪曾祺的評價與感慨,完全可以用於李銳自己的《厚土》系列創作。

　　除了上述幾位代表作家,八十年代以降,不少知青作家的描寫重心都不同程度地轉向了農村與農民。如王安憶的〈小鮑莊〉、朱曉平的〈桑樹坪紀事〉、鐵凝的〈村路帶我回家〉及李杭育的「葛川江系列」等。這些作品都將寫作的焦點推向農村與農民,知青不再是中心,農村生活與農民命運變成中心,探索更深刻的國民性是其旨趣。可以說八十年代中崛起的尋根文學便是從這一層面的知青文學上發展起來的。相較於一般的知青文本將

---

[23] 李銳〈塞北高原的「原生態」〉,《全國新書目》2007年第16期,頁12。

鄉土最多只作為一個敘事背景,知青尋根文學卻站在鄉土立場上,感喟貧瘠荒涼而又寧靜詩性的鄉村、落後蒙昧而又善良聰誌的農民;悠遠的緬懷取代了血淚的控訴,雖寫了知青的苦難,但更聚焦於農民的苦難;通過芸芸眾生的個體生命,探討與表現民族歷史深厚邈遠的文化積澱。

對於這種尋根文學／文化,除了前文介紹韓少功等人的闡述外,其他知青作家還有不同的理解與詮釋,如李杭育認為:「我很想從中國文化當中吸取一些精華來充實自己,滋養自己,但中國目前的東西很糟糕。……對中國文化,我很看重非規範化的一面,我不從規範化的東西中找活力,我從民間找,從民歌、民間的生產方式中去找。」[24]因此李杭育創作了葛川江系列小說,描寫鄉村的風土民俗,藉以批判自己亦批判中國的國民性,成為尋根小說的開創者之一。張抗抗則認為:「之所以有這種情緒,是因為知青在農村生活很久,一下子回城,跟城市有隔離感,而且自己又缺乏技能、教育和『關係』。所有這些,都使他們無可奈何,格格不入,於是,懷舊情緒油然而生。……他們一旦在城市扎根下來,逐漸與它同步,滲透進去,懷舊情緒就慢慢消退了。」[25]按照張抗抗的理解,尋根小說中懷舊情緒的渲染只不過是權宜之計,並不會有長久的生命力。王安憶的理解卻很不一樣:「我寫農村,並不是出於懷舊,也不是為祭奠插隊的日子,而是因為,農村生活的方式,在我眼裡日漸呈現出審美的性質,

---

[24] 梁麗芳《從紅衛兵到作家——覺醒一代的聲音》,頁166。
[25] 梁麗芳《從紅衛兵到作家——覺醒一代的聲音》,頁181-182。

第八章　懷鄉與尋根(三)

上升為形式。這取決於它是一種緩慢的，曲折的，委婉的生活，邊緣比較模糊，伸著一些觸角，有著漫流的自由的形態。」[28]因此，我們從王安憶著眼於生活常態、生活瑣事、生活方式的鄉村書寫（甚至是城市書寫）中，會感覺到一種內在的舒緩和從容。

可以說，八十年代中期之後，知青小說的主題已經沒有那麼集中。由單純的知青生活知青命運的描寫轉向廣闊的人生，由知青自我到轉向寫現實社會乃至遠古歷史。作者在敘述中會帶有知青生活影響的痕跡（心理特質、敘述方式、思維模式），甚至在描寫上不一定是純然的知青時代的生活描寫，但對於社會的影響和衝擊力比純知青生活題材的作品更強有力。這是知青文學的一種發展演變，「知青」的身分僅僅是一種媒介和載體，但卻使知青文學作品有了極大的改觀，而更具有人生的深度乃至哲學的高度。

知青尋根文學對當時乃至於今天的文壇的影響都十分大。近年，韓少功與李銳還分別寫出備受文壇推重的《山南水北》（作家出版社，2006）及《太平風物》（三聯書店，2006）。八十年代中後期紅極一時爾後很快又消歇的先鋒派，其實就是在尋根文學中蛻變而崛起，其領軍人物如劉索拉（1955-）、莫言（1956-）、徐星（1956-）、馬原（1953-）等的作品往往就是在「先鋒」中兼帶著「尋根」的痕跡，如知青出身的馬原所作〈岡底斯的誘惑〉（1985）可稱先鋒派扛鼎之作，固然是以話語的叛逆性與形式的前衛性為標誌，但所傳達的畢竟還是尋根派的

---

[28] 王安憶「生活的形式〉，《當代作家評論》2005年第1期，頁50。

內涵——西藏神話世界和藏民原始生存狀態,對現代文明的「誘惑」和這種誘惑的內在含義。

這種影響還波及到其他文藝領域——包括影視、美術乃至流行歌曲,如八十年代後期的〈黃土高坡〉與新世紀初的〈青藏高原〉,就是流行歌曲尋根風(亦稱西北風)的經典之作。從〈黃土高坡〉的歌詞就可以看出濃濃的尋根風、鄉土味:

> 我家住在黃土高坡/大風從坡上刮過/不管是西北風還是東南風/都是我的歌我的歌//我家住在黃土高坡/日頭從坡上走過/照著我的窰洞/曬著我的胳膊/還有我的牛跟著我//不管過去了多少歲月/祖祖輩輩留下我/留下我一往無際唱著歌/還有身邊這條黃河/哦哦哦哦哦//我家住在黃土高坡/四季風從坡上刮過/不管是八百年還是一萬年/都是我的歌我的歌……

事實上,這首歌的產生就跟知青文化有關。據歌詞作者、知青的同時代人陳哲(1954-)說,當時他應邀參與拍攝關於當年插隊知青的一個紀錄片,去了山西陝西交界的黃土高原。看到黃禿禿的一片,沒有草,大地像皺紋一樣裂開。這樣的土地上竟然孕育出如此深厚的文化,讓陳哲感受到有一個巨大的張力場,當時他感受到很強烈的衝擊,但是寫不出任何東西。過了一段時間才寫出了〈黃土高坡〉。[27]

---

[27] 參看盛雪梅、夏羽〈他的歌你聽過一萬遍——本報專訪《同一首歌》詞作者陳哲〉,《雲南廣播電視報》2005年11月22日。

第八章　懷鄉與尋根(三)

〈青藏高原〉對廣袤粗獷青藏高原的描寫，也使曾有進藏生活體驗的先鋒派作家馬原讚歎不已。其實〈青藏高原〉並沒有細緻的景物描寫，充其量就是山川的大寫意，濃彩重筆渲染的是對天地自然的膜拜，對遠古歷史的呼喚，對民族文化的沉緬。

西北風歌曲那種對民族文化的尋根精神、鄉土風味，以及粗獷、荒莽、遼遠、高曠的氛圍與境界，顯然與尋根文學一脈相承。

當然，農村、農民本身是一個矛盾的組合體，朱曉平曾如此評述：「中國以農業立國，到今天，仍是如此，因此，我們的一切弊病和優點，都可以從農村找到根子，我寫農村，就是挖它的根子。……（農民）有些優點同時也是缺點。例如忍耐，中國人可以在非常原始的條件下活下來，你說是什麼？這既是優點——一種頑強的生命力，又是弱點——你為什麼要在這種條件下活？」[28]

或許正因如此，知青尋根文學所表現的矛盾乃至缺陷也是顯而易見的：他們緬懷寧靜詩性的鄉村之時，確實難免有詩化其貧瘠荒涼之嫌；他們謳歌善良聰詰的農民之際，則又難免有美化其落後蒙昧之嫌。他們企圖挖掘、探索民族文化之根，但一旦碰觸到民族文化的醜陋面時，他們的批判鋒芒往往就顯得猶豫而軟弱；若或是相反，痛斥直陳、指點江山，難免又透現出居高臨下的優越感乃至悲天憫人的救世主心態。

歷史的背景、現實的時空、文化的差異，在在給知青與農

---

[28] 梁麗芳《從紅衛兵到作家——覺醒一代的聲音》，頁148-149。

民／鄉村之間設下重重無形的阻礙，無論知青作家的主觀願望與創作意圖如何，他們的尋根之旅、鄉村之戀，更多的可能性，或許就只是達至一個異地渺遠的懷想，一個情感回歸的故鄉，一個理思寄寓的幻境。

儘管如此，我們不應質疑這些知青作家誠摯的情感、善良的願望、純然的動機與勤勉的努力。

儘管如此，在文學的花地，畢竟綻放了簇簇野趣盎然的山丹丹[29]……

---

[29] 山丹丹：即山丹，別名紅百合、山百合、連珠，百合科，多年生草本。性喜溫暖亦能耐嚴寒，生長於山坡、丘陵草地或灌木叢中，南北各地均有分佈，更是西北黃土高原常見的野花，西北人稱之為山丹丹。

第九章　人性與原欲
——新時期的知青文學(四)

　　上世紀八十年代中期到九十年代中，乃至本世紀初，知青文學創作出現一股以不同的筆觸，刻畫知青年代中關涉人性乃至人的原始欲望的潮流。有代表性的作品是王安憶《崗上的世紀》、鐵凝〈麥秸垛〉、老鬼《血色黃昏》、王小波〈黃金時代〉、嚴歌苓《天欲》、更的的《魚掛到臭，貓叫到瘦》以及林梓〈水魘〉等。如果說前述張抗抗的〈白罌粟〉是從對作為配角人物的知青進行批判，體現對人性的反思，那麼，這裡所論述的王安憶等人的作品則是將知青作為主角人物，對知青生活進行「原生態」的摹寫，以此正面反映知青被扭曲的人性張揚與原欲釋放。

　　王安憶於上世紀中後期，相繼寫出了表達對女性生存關懷卻引發極大爭議的「三戀」（〈小城之戀〉、〈荒山之戀〉、〈錦繡谷之戀〉），其中篇小說〈崗上的世紀〉（《鐘山》1989年第1期）更是以新視角切入知青題材。該小說描寫在大楊莊插隊的女知青李小琴為了回城，主動色誘生產隊長楊緒國。後來，通過與楊的身體接觸所激發的強烈原始欲望，使李小琴逐漸忘記了楊

緒國的腐臭與醜陋，也使楊緒國對李小琴產生了強烈的佔有欲而不放李小琴回城。他們沉浸在一次次性愛交合的狂歡中。在楊緒國拒絕李小琴招工回城的請求後，被李小琴憤而告發，因此楊緒國被冠上「強姦女知青」的罪名入獄。但是李小琴卻也放棄了回城而自我放逐到最遠最窮的小崗，待楊緒國獲釋後「捨生忘死」尋上門，兩人又在情欲的召喚下走到了一起。在原欲面前，小說的主人公由被動／消極轉向主動／積極，並從對原欲「如歌般」的沉溺中走向對人性的追求與救贖。

面對人性／原欲，王安憶筆下的李小琴一反雯雯們[1]的纖柔內斂，以一種野性狂放的姿態主動出擊。如果說王安憶在「三戀」中是以性來寫愛情的話[2]，那麼，在〈崗上的世紀〉中，不僅「愛情」甚至連「人性」也被「原欲」所裹纏、所遮蔽，赤裸裸的原欲成為小說審美的自足體。這在王安憶的創作世界中，不啻是驚世駭俗的一大突破，因此〈崗上的世紀〉被視為是王安憶最具女性意識的作品。在小說〈崗上的世紀〉中，盡管李小琴處處是以主導者甚至操縱者的身分出現，然而，〈崗上的世紀〉的故事，最終卻依然是以男權的恢復（從生理機能到社會秩序）作結束，知青李小琴仍未能達到回城的目的，充其量只不過是在性愛上成就了生產隊長楊緒國的「再生」。亦因如此，該小說所要張揚的女性意識，似乎也給讀者留下了更多思考的空間。

---

[1] 雯雯是王安憶早期作品〈雨，沙沙沙〉、〈廣闊天地的一角〉、〈幻影〉、〈69屆初中生〉等小說的女主角。

[2] 王安憶在受訪時稱，她在「三戀」中寫性，「就是通過寫性來寫愛情，我認為性是人性的重要部分，文學應該描寫它」。參見梁麗芳《從紅衛兵到作家——覺醒一代的聲音》（臺北：萬象圖書股份有限公司，1993），頁68。

第九章　人性與原欲(四)

　　有意思的是,在對2003年度的諾貝爾文學獎,南非作家約翰‧庫切（John Coetzee）的《等待野蠻人》討論時,王安憶不惜與眾多學者唱對臺戲,嚴厲抨擊庫切《等待野蠻人》所有的故事,所有的情節,所有政治和社會的意義,最終都歸結於性,認為庫切以及參與討論的學者把性「非性化」了,誇張了性描寫的作用。[3]且不論王安憶與學者的論爭孰對孰錯,從王安憶的觀點可見,她堅持性描寫應該服從於人物塑造與故事情節。據此,或可從某個側面揣度王安憶〈崗上的世紀〉的創作動機及原則。

　　鐵凝,女,原姓屈,祖籍河北趙縣,1957年9月生於北京,1975年於保定高中畢業後到河北博野農村插隊,1979年調回保定地區文聯《花山》編輯部任小說編輯。自1975年開始發表作品,1982年發表的短篇小說〈哦,香雪〉獲當年全國優秀短篇小說獎;同年,中篇小說〈沒有鈕釦的紅襯衫〉獲全國優秀中篇小說獎;〈六月的話題〉獲1984年全國優秀短篇小說獎;〈麥秸垛〉獲1986-1987年《中篇小說選刊》優秀作品獎;中篇小說〈對面〉獲1993年度中國作家協會頒發的莊重文文學獎;2001年,中篇小說〈永遠有多遠〉獲第二屆魯迅文學獎,此篇同時亦獲首屆老舍文學獎、《十月》文學獎、《小說選刊》年度獎、《小說月報》百花獎、北京市文學創作獎等。出版過長篇小說《玫瑰門》、《無雨之城》、《大浴女》、《笨花》等,以及多種小說和散文集。1996年出版五卷本《鐵凝文集》。1984年轉任

---

[3] 術術〈王安憶：庫切令我再次懷疑諾貝爾獎〉,《西安晚報》2004年4月29日。

專業作家,現為全國作家協會主席。

鐵凝1975年高中畢業,同年其作文〈會飛的鐮刀〉被收入北京出版社出版的兒童文學集,這對本來就酷愛文學的鐵凝起到很大的激勵作用,竟然因此放棄留城、參軍的機會,自願赴河北博野縣農村插隊,以此為「體驗生活」,為日後的文學創作作準備。1975年至1978年在農村插隊務農期間,寫出〈夜路〉、〈喪事〉、〈蕊子的隊伍〉等短篇小說,發表於《上海文藝》及《河北文藝》等文學期刊。

鐵凝早期的作品如短篇小說〈哦,香雪〉與中篇小說〈沒有鈕釦的紅襯衫〉,長於描寫青春少女在日常生活中的細膩內心活動,從中反映她們的理想與追求,矛盾與痛苦,語言柔婉清新。八十年代中期,尋根文學興盛之際,鐵凝發表了反省古老歷史文化、關注女性生存的中篇小說〈麥秸垛〉,藝術風格走向渾厚、沉靜與冷峻,標誌著她的創作進入一個新的發展階段。

〈麥秸垛〉(《收穫》1986年第5期)是一篇取材於知青生活的中篇小說,作者以沉靜、冷峻的筆觸,展示了陸野明、楊青、沈小鳳等幾位知青在端村這片土地上悲劇性的愛恨情仇。男知青陸野明同時獲得女知青楊青與沈小鳳的愛慕,楊青穩重含蓄,與陸野明保持著若即若離的關係,不動聲色挑起陸野明的愛火卻又有分寸地加以節制;相比之下,沈小鳳卻是敢愛敢恨,主動向陸野明示愛,以女性的魅力吸引、誘惑陸野明,毫不掩飾自己的愛欲渴求,以致發生了二人野合於麥秸垛的事件。事發後,楊青佯裝糊塗出賣了沈小鳳,同時也寬容大度地接納了陸野明的懺悔。最終,是楊青完全贏得了陸野明,而沈小鳳只能夠永遠從

第九章　人性與原欲(四)

端村消失。端村農婦大芝娘是小說一個十分重要的人物，她的丈夫是軍隊軍官，以「包辦婚姻，沒有感情」為由要求離婚，大芝娘委屈答應，但卻自願為前夫「傳宗接代」生了女兒大芝。在苦難時期，又把前夫全家接到端村細心照應。在婚姻外生育這點上，大芝娘似乎是沈小鳳的「榜樣」，但作者顯然要賦予大芝娘的更是寬宏大度、忍辱負重、以德報怨的傳統美德。這方面，似乎又成了楊青的傚效的楷模。事實上，大芝娘是一個多元複雜的角色，是農村現實（卻又有淵遠歷史）的合理存在。在這一角色的介入及映襯之下，麥秸垛事件中的幾位知青的角色扮演及其意義，便從現實的知青生活承續進鄉村悠遠的歷史文化之中了。

該小說的特點是在對知青之間的愛恨情仇描寫中，人性與原欲糾纏交雜，難分是非對錯；知青所代表的城市文化觀念與大芝娘等所代表的農村文化觀念碰撞交衝，事實上，小說是將前者的展現置於後者的大背景之下。或許正因如此，作者鐵凝認為這篇小說不屬於知青文學範疇，「原因是知青生活在中華民族的長河裡只是一瞬間……知青的命運和這土地有著更深遠的聯繫，絕不只是那幾年。我希望在小說裡能看到中國的以前，民族的以前和中國的以後，而不侷限於在那三個知青的命運上。」[④]從這方面看，該小說的創作顯然已受到尋根文學的影響。

老鬼（1947-），本名馬波，原籍河北省深澤縣。母親是著名作家、長篇小說《青春之歌》的作者楊沫。出生後在故鄉由祖

[④] 梁麗芳《從紅衛兵到作家——覺醒一代的聲音》，頁463。

父、祖母撫養，1951年四歲時來到北京父母身邊。1954年入華北小學，後轉入育才小學。1960年考入北京師範大學一附中初中，1963年考入北京四十七中，1966年高中畢業。文革期間，老鬼成為狂熱的紅衛兵，曾帶同學抄自己的家，刷打倒自己母親的標語；1968年冬，跟同學一起步行千里到內蒙古草原，寫血書表決心，得以加入生產建設兵團西烏旗成為軍墾戰士。在兵團雖然表現依舊狂熱，還積極參與了抄老牧主家的行動，但卻因反抗領導而受迫害，1970年被打成「現行反革命」，派遣到荒山野嶺中接受勞動改造，受盡折磨。1975年在周恩來過問下才得以平反。平反後到山西大同礦山機械廠當工人。1977年考入北京大學新聞系，1981年畢業，到文化藝術出版社工作。1985年到中國法制報社當記者，兼任《法制文學》編輯部編輯。1989年去美國布朗大學作訪問學者；1995年底回國；目前為自由寫作者。相繼創作出版了反映其自身成長經歷，尤其是內蒙古生產建設兵團中知青生活的長篇紀實小說《血色黃昏》、《血與鐵》與《烈火中的青春》等。

繼《血色黃昏》、《血與鐵》之後，在上山下鄉運動四十周年之際，老鬼推出一部反映內蒙古生產建設兵團知青歷史的著作《烈火中的青春》（中國社會科學出版社，2009）。跟前二部著作是敘說自己親身經歷不同，後者所反映的是當年內蒙草原上的一場大悲劇──1972年5月5日，內蒙古錫林格勒草原上的一場大火奪去了69位兵團戰士的生命。當年就在火場附近採石場的知青老鬼，親眼目睹慘烈場景，內心的悲愴和震動使他暗下決心，將來一定要為他們寫本書，將他們載入史冊。三十多年之後，老鬼

第九章　人性與原欲(四)

克服重重困難,逐一尋訪了69位死難者家屬中的66位,蒐集了他們的照片、書信、簡歷等資料,終於寫出這部極具衝擊力和感染力的著作。在書中,作者不遺餘力地歌頌烈士們一往無前,赴湯蹈火的獻身精神,同時,也對69位花樣年華的知青,為何如此葬身於草原大火進行了必要的反省;狂熱的時代、顢頇的體制、盲目的英雄主義、荒謬的意識形態,也都在作者的筆下受到揭露與批判。

縱觀老鬼的創作歷程,著力最深,成就最顯,影響最廣的,莫過《血色黃昏》(工人出版社,1987)。《血色黃昏》從1975年就開始動筆,到1978年寫出初稿,直至以後定稿出版,歷時十二年。《血色黃昏》以近乎赤裸裸的寫實主義,描繪了作者在草原上八年曲折、離奇、殘酷到令人難以置信的經歷。《血色黃昏》令人怵目驚心的內容題材,直擊人性靈魂深處的批判筆鋒,使其創作的過程充滿磨難。老鬼就讀大學時期,一位同學的妹妹曾為其抄寫《血色黃昏》的文稿,因文稿的內容「太髒」而無法抄下去;而文稿也因此先後遭受十四家出版社退稿後,方得以出版。

老鬼的《血色黃昏》描寫主人公林鵠和他的同伴一起步行去內蒙古,自願扎根邊疆。卻因給指導員提意見而開始挨整,最後被打成現行反革命,度過了八年最底層的生活。在自尊淪喪、人格扭曲的日子裡,主人公林鵠孤獨、迷惘地在痛苦中掙扎;主人公遭受親朋好友的出賣,看盡人性醜陋,備受世態炎涼,在眾叛親離的處境中,仍注入全部生命進行柏拉圖式的單戀並萌發赤裸裸的野獸般的原始性欲。沒有純情,只有性苦悶;沒有英雄,只

有苟活者。主人公能忍受肉體上近乎自虐的錘煉,但制服不了自己人性／性的躁動;持續不斷的政治思想的批判教育,反而磨礪、豐富了他的人性——抱打不平、真誠、渴望正義、嫉惡如仇等,最終「淪為」革命的敵人、時代的叛逆者。全書語言剛勁粗礪,風格沉雄悍野,內容蘊涵豐富,感情真摯動人。

作者用大膽潑辣的筆觸,塑造了半是天使、半是魔鬼的主人公林鵠的形象;並且以主人公的經歷為主線,展現了當年內蒙古兵團知青的生活和心理狀態;可悲的是:成千上萬知青用青春、汗水、熱血乃至生命換來的卻是富饒的草原變成沙化的荒漠。知青的赤誠,猶如血色的黃昏,輝煌過後迅即墜入冷寂的黑夜。這就是該小說以「血色黃昏」為書名的蘊意。老鬼在接受鳳凰衛視「冷暖人生」節目採訪時曾作如此陳述:「我一看那個太陽,我就感覺到,我們有很多知識青年就是一顆紅心啊,就是特別赤誠,想把自己的血,把自己的熱獻給這個社會,獻給這個國家,把自己青春的熱血獻出去。雖然一點沒用,雖然天空那麼冷,你再多的血一下子也都消失得乾乾淨淨。我當時就湧現出,我就覺得落日,血紅的太陽就像一個年輕人的心一樣。」[5]

王小波(1952-1997),北京人,1968年赴雲南生產建設兵團,並開始嘗試寫作。這段經歷成為〈黃金時代〉的寫作背景,也是其處女作〈地久天長〉的靈感來源。1971年,轉赴母親老家

---

[5] 〈往事回眸:楊沫之子作家老鬼的「知青歲月」〉,「中國新聞網」2007年12月24日(http://www.chinanews.com.cn/cul/news/2007/12-24/1113225.shtml)。

第九章 人性與原欲(四)

山東省牟平縣青虎山插隊,後任民辦教師。王小波一些早期作品如〈戰福〉等就是以這段生活經歷為背景寫作的。1972-1978年,先後在北京牛街教學儀器廠與西城區半導體廠當工人。工人生活是其〈革命時期的愛情〉等小說的寫作背景。1978年考入中國人民大學學習商業管理。1980年在《醜小鴨》雜誌發表處女作〈地久天長〉。1984年至1988年在美國匹茲堡大學學習,獲碩士學位後回國,曾任教於北京大學和中國人民大學,後辭職專事寫作。1997年4月11日病逝於北京。王小波無論為人為文都頗有特立獨行的意味,其寫作別具一格,深具批判精神。

王小波在不少雜文如〈一隻特立獨行的豬〉、〈我看老三屆〉、〈我為什麼要寫作〉、〈體驗生活〉等談論過知青,但集中寫知青的小說只有〈黃金時代〉。王小波自己倒是十分喜歡〈黃金時代〉的,在小說獲第十三屆《聯合報》文學獎中篇小說大獎的得獎感言〈工作‧使命‧信心〉中,王小波將〈黃金時代〉稱為自己的「寵兒」。對於知青上山下鄉運動,王小波卻是立場鮮明地表示反對,在報刊撰文中直截了當地說:「上山下鄉是件大壞事,對我們全體老三屆來說,它還是一場飛來的橫禍。」[6]

王小波的〈黃金時代〉獲第13屆《聯合報》文學獎中篇小說大獎(1991年),小說在《聯合報》副刊連載,1992年由臺灣聯經出版事業公司出版,是其「時代三部曲」(〈黃金時代〉、〈白銀時代〉和〈青銅時代〉)之一。作品主人公王二是到雲南

---

[6] 王小波〈我看老三屆〉,《聯合報》1991年9月16日。

插隊的北京知青，二十出頭，充滿了好多奢望和青春的強烈躁動，由此展開了跟女醫生陳清揚的荒誕卻不乏真摯的性愛經歷。這就不可避免地與以當地隊長、農場軍代表為首的正統社會體制發生激烈衝突。王二選擇了跑為上策，逃往深山老林。王二和陳青揚在原山林裡的生存方式和生命狀態是一個神奇的夢，他們遠離人類、遠離文明，過著自耕自食的生活，他們活得狂放恣肆、自由自在、隨心所欲，精神自由和生命激情得到了最大程度的釋放和敞開。下山後，他們受到正統勢力的圍剿：收審、寫交代材料、巡遊批鬥。但王二和陳清揚以精神上、性愛上的放浪不羈與輕鬆遊戲，消解了正統主流社會的神聖、虛偽與莊嚴。

　　王小波崇尚自由，崇尚真實，對虛偽、尤其是打著莊嚴崇高的幌子的虛偽深惡痛絕：「人有權拒絕一種虛偽的崇高……在七十年代，人們說，大公無私就是崇高之所在。為公前進一步死，強過了為私後退半步生。這是不講道理的：我們都死了，誰來幹活呢？在煽情的倫理流行之時，人所共知的虛偽無所不在；因為照那些高調去生活，不是累死就是餓死——高調加虛偽才能構成一種可行的生活方式。」[7]在〈黃金時代〉中，人的原欲儼然已成為作者批判文革虛偽且荒謬現實的武器；同時還是挑戰專制體制以革命名義標榜高尚目的的主流話語霸權，張揚人性與個體的自由生命意識，以及追求個體生命意義與價值的重要手段。

　　嚴歌苓（1957-），女，上海人，1971年應徵入伍，歷任成

---

[7] 王小波〈關於崇高〉，《中國青年研究》1996年第4期，頁17。

第九章　人性與原欲(四)

都軍區宣傳隊舞蹈演員，成都軍區後勤部政治部創作組創作員，鐵道兵政治部創作組創作員，鐵道工程指揮部創作組專業作家。1986年加入中國作家協會，1990年入美國芝加哥哥倫比亞藝術學院，攻讀寫作碩士學位。1986年，在《收穫》上發表了第一部長篇小說〈七個戰士和一個零〉。長篇小說《綠血》、《一個女兵的悄悄話》分別獲十年優秀軍事長篇小說獎、解放軍報最佳軍版圖書獎等。上世紀九十年代後曾以《天浴》、《少女小漁》、《女房東》、《人寰》等小說獲一系列臺灣文學大獎。另著有《雌性的草地》、《學校中的故事》、《海那邊》、《第九個寡婦》、《一個女人的史詩》等。其中由《天浴》與《少女小漁》改編之同名電影均榮獲數項海內外電影大獎。現為旅美作家。

女性與苦難，是嚴歌苓小說創作最引人注目主題組合。這樣一個主題組合在《天浴》得到最為集中而令人震撼的體現。

嚴歌苓的小說《天浴》於1995年在臺灣獲得全國學生文學獎第十三屆大專小說組第一名。該小說描述十年文革時期，成都少女文秀與全國成千上萬青年一樣，離開親人下放農村。文秀被派往荒涼的西藏高原，寄居到藏族人老金的破舊帳篷內。文秀無法忍受貧苦生活，在杳無人煙的高原上，唯有將自己最寶貴的貞潔，一而再再而三獻給各級幹部甚至小兵，目的是換取一張回城的批文。然而，回城的夢幻最終破滅，文秀惟有以死亡的方式對汙濁黑暗的世界作最後的抗爭。作品的寓意，在以宗教般的「天浴」滌淨人性惡的污穢，在揭示特定歷史背景下人性惡氾濫的同時，也冀望自我心靈純淨的堅守與追求。

嚴歌苓是知青的同齡人，雖然沒有下過鄉，卻寫出了描寫知

青生活的作品,由此也可見知青題材本身的魅力。嚴歌苓在訪談中,指出文革期間所聽到人們受到傷害的傳聞,促成日後其文革題材的小說創作:「當時我能感受到的是那種男性社會對女性的恐怖和莫測,圍攏來,在你最無助的時候。因為很敏感,所以才把這種經驗永遠永遠融合在我的作品裡,變成一種創傷性的記憶。」[8]《天浴》顯然就是這樣一個「創傷性的記憶」的範本。《天浴》固然是以冷峻無情的筆觸,將知青的悲慘命運與人性的醜惡揭露得入木三分,但也基本上是沿襲／暗合了王安憶與王小波的創作途徑與方式,而對小說人物行為依據的把握及其悲劇內在原因的揭示,似乎不如具有深刻知青生活切身體驗的王安憶與王小波。

更的的,一位從未露面的網路作家,只能大概推測是老三屆知青,曾經歷文革,在蘇南地區插隊多年。曾在網上發表《文革ABC》、《上山下鄉ABC》等長篇史料性評論文章。其反映文革武鬥的《穿過十八歲的子彈》與反映知青題材的《魚掛到臭,貓叫到瘦》,原本都曾是網路連載的長篇小說。前者由美國明鏡出版社2010年出版,極受海外學人及作家好評[9]。《穿過十八歲的子彈》的責任編輯金虹撰文介紹作者更的的,文、意俱佳,極為傳神,特轉如下:

---

[8] 嚴歌苓〈小說源於我創傷性的記憶〉,《新京報》2006年4月28日。
[9] 如李劼(美國)、許剛(美國)、石貝(加拿大)、寒山碧(香港)、舒心(香港)等,皆撰文給予好評。

第九章　人性與原欲(四)

　　夫更的的者,不知其誰也。其著作駁雜,文字飛揚跳脫,書事或亦真亦假,言情或如歌如訴,摹人或不即不離,論世或若隱若喻。由字裏行間窺之,似江浙、滬地世家子,從容淡定,耿介中正;又或者乘桴浮於海,故西方民風景象,似亦甚熟稔。每每電郵詢之,則慨然曰:以文章示天下,豈敢以身世惑人乎?再詢之,則錄賀鑄〈薄倖〉詞為覆,遽杳然。(香江金虹記,2009年11月18日)[10]

　　《魚掛到臭,貓叫到瘦》完稿後,作者曾和滬上某文學雜誌聯繫,一位編輯也很客氣讚譽了一番「回歸日常生活極好,有意思,語言太好了」,時隔半年卻忽然沒了下文;還有一位安徽的出版社編輯也來電郵要了稿子去看,稱之為「一口氣讀完的從未讀到過的好稿」,爾後也無下文。[11]經香港作家金虹與法國學者潘鳴嘯極力推薦,終於相繼由香港知青出版社(2011年)與北京中國大百科全書出版社(2012年)出版,並於2012年8月18日在北京召開出版研討會,與會者有張抗抗、白嘩、劉小萌、孟繁華等著名作家與學者,新華社、光明日報、中國青年報等媒體出席了研討會並進行了廣泛報導,海內外眾多專家學者積極給予推薦與評價。

　　《魚掛到臭,貓叫到瘦》以細膩的筆觸進行描述,竹窩里的掛屌漢(單身漢)喜歡和有夫之婦偷情來聊解無米之炊,這種兩

---

[10] 見《穿過十八歲的子彈》作者介紹欄。賀鑄〈薄倖〉詞開篇即曰:「豔真多態,更的的頻回眄睞⋯⋯」

[11] 錄自作者給筆者來函。

情相悅的行徑就叫做「摸親家母」。腎上腺荷爾蒙的作祟,使知青對性／愛產生了難以抑制的嚮往與追求,鄉村生機勃躍的原生態性文化,進一步強化了性／愛的誘惑;然而,知青阿毛等人所面臨的現實——革命道德觀制約與生存／出路焦慮——卻往往使他們在嚮往、追求與誘惑面前苦苦掙扎。革命道德觀制約使他們屢屢錯失性／愛的機會,生存／出路焦慮則令他們在性／愛面前卻步。下鄉多年的阿毛及其夥伴更多是處於後一種處境。最終,在目睹和經歷了男女同學的生離死別以後,阿毛義無反顧地加入了掛屌漢的行列,酣暢淋漓地開始了摸親家母的情愛生涯。

作者似乎不急於說故事,而是叨叨絮絮說生活——鄉村的生活、知青的生活、農民的生活。不疾不徐、不緊不慢、自自然然、輕輕鬆鬆、瑣瑣碎碎,細細膩膩。作者認為,「這些雞零狗碎才是生活的真實」。「為了記錄殘酷的真實,寧可放棄一些小說作法是必須的,譬如生產隊的經濟賬就是重回公社整理出來的……一年四季的耕作也是認真考證的,包括那兩年的農曆節氣等等細節」。因此,作者著意採取《紅樓夢》全景全息式的敘事方式,來記錄當時鄉村(及知青)生存狀態的全景全息畫卷。「詳盡地回憶、記錄和張揚那個時代的那一批人……和強權的鬥爭就是記憶與遺忘的鬥爭」——作者如是說。[12]

該書作者的語言駕馭能力十分高超。嫻熟自然的表達,各式詞彙的運用,嫻熟自如,不露痕跡、自然天成、出神入化、爐火純青。土話、俚語、俗語的運用,顯示出生動的地方色彩以及多

---

[12] 綜合自作者更的的跟筆者及金虹的通信。

第九章　人性與原欲(四)

姿多彩的風土民俗。古典詩詞的穿插化用,反映出知青有一定修養／知識的身分特徵。尤其將革命用語、文革慣用語,以及毛澤東詩詞／語錄,化用到情欲描寫的場面:「剛才經過小美頭一番折騰,阿毛覺得情慾高漲,一想到女人,身體立即擎起農奴戟、高懸霸主鞭」,「一副刺破青天鍔未殘的模樣」,「山下旌旗在望,山頭鼓角相聞,阿毛企圖脫開身體,小美頭就是不肯放手」,「想到香豔合歡時,金猴奮起千鈞棒,一山飛峙大江邊」……於是,不僅解構了原文的政治正確性,也解構了毛的思想,毛的革命,以及在毛指引下的上山下鄉運動,乃至解構了在這運動大潮中載浮載沉的知青阿毛。

《魚掛到臭,貓叫到瘦》的情欲描寫甚為突出,也極具特色。作者給筆者來函解說道:「人類的生活本質、本能就是活著、繁衍,這在任何時代都是一樣的,就像花花草草一樣。而一般的自然的繁衍當然就要有性,性應該是愉悅健康甚至無法抵抗的。兩性的歡樂是造物設計的恩賜,道德則是人類後來自己莫名其妙加上去的。」

張抗抗一方面確認其情欲描寫的現實可信性:「那一帶民風開化,鄉間的男歡女愛,確有摸『親家母』(即情人)之風。我的醫生外公曾是頗受小鎮女性喜愛的『親家公』。或可證實更的的此說並非杜撰,經得起讀者檢驗。」一方面又強調其情欲描寫的政治意涵:「『空耗』的不全是青春期蓬勃的情欲,而是人的生命能量、是一個國家一個民族的身體與精神資源,在庸常乏淡昏黑饑餓的等待中,白白損耗、消磨、直至萎頓潰滅。那是何等

『反人性』的曾經。」[13]

　　文學批評家孟繁華則評述：「它著意書寫的是知青時代在竹窩里的日常生活、飲食男女和極富浪漫色彩的風俗風情。在更的的講述的故事裡，我們看到的是曹雪芹、沈從文、汪曾祺、王小波文學傳統的承繼和延續，他為知青小說的講述方法提供了嶄新的經驗，它是一部具有標誌性意義的知青小說……為知青題材小說創作提供了新的路徑和靈感。」[14]

　　法國漢學家、知青問題研究專家潘鳴嘯（Michel Bonnin）教授在為該小說點評時，給予作者更的的極高評價：「這個不平凡的作家，會把他不平凡的名字刻在知青文學這塊碑上，而且是很高的位置。」[15]

　　上述幾位作家對知青中人性與原欲的反應，都基本上是以嚴酷、冷峻甚至粗礪、審醜的筆觸進行刻劃的；而近年來才從文壇嶄露頭角的老知青作家林梓，卻用柔和唯美的筆調，描寫知青——尤其是女知青在張揚人性與原欲上所遭遇的命運。

　　林梓（1954-），本名王力平，曾用筆名林礫子，女，廣西博白人，文革期間，小學畢業後因出身不好而失去升學機會，1969年十五歲即到山區插隊，1975年回城，被安排在服務業工

---

[13] 張抗抗〈不追求新奇的新知青敘事〉，《新京報》2012年8月18日。
[14] 孟繁華〈知青文學有了新的講述方式〉，《北京青年報》2012年8月24日。
[15] 〈《魚掛到臭，貓叫到瘦》點評〉，「中國作家網」（http://www.chinawriter.com.cn），2012年7月13日。

第九章　人性與原欲(四)

作；1978年考入廣州暨南大學歷史系，畢業後分配在高校任教至今。2002年起，陸續發表了散文〈那一個年代的漂亮女人〉、短篇小說〈水魔〉，以及中篇小說〈孤島〉、〈蛇魘〉、〈夏天的倒立〉、〈鎖住的笛聲〉、〈亂紅〉、〈燕州美人〉等。除了〈蛇魘〉，這些作品中的主人公都有知青的經歷背景，而〈那一個年代的漂亮女人〉與〈水魘〉更是正面反映知青生活的作品。

林梓用林礫子筆名發表在美國文學雜誌《今天》（北島主編）2002年秋季號的敘述性散文〈那一個年代的漂亮女人〉，描寫了市民出身的女知青「新」，書香門第出身的女知青「枚」與「楊」，高幹出身的女知青「芬」。這些漂亮也喜歡美，而又不乏革命理想的女知青，都不同程度渴望人性，甚至不惜張揚原欲，然而卻被當時的社會環境所禁錮、毒化乃至異化，最終成為那個時代人性冷漠殘酷的犧牲品。

發表在《人民文學》2003年第七期的短篇小說〈水魘〉，則用撲朔迷離的柔美文字，通過曾為知青的女學者的回憶，描寫文革時期一位女知青遠離家鄉，生活在一群「毛毛躁躁，還不解風情，也不懂溫柔」的人群中，當她結識了一個有「溫潤柔軟」嗓音，「懂好多東西」的已婚男人，便燈蛾撲火般的沉溺進愛的原欲中了。面對「捉姦」的人們，女知青「高高地站在大床上面，雙手別著最後一隻衣釦，動作緩慢，優美。目光，也緩慢，優美，從高處自然灑落下來，落在那一張張她非常熟悉的臉孔上……她下意識地微笑了，像她在任何地方見到熟悉的人一樣。」然而在那個禁欲的、無視人性的時代，其結局註定是悲劇。這個故事裡並沒有壞人，而是普通的人不幸地生活在一個人

性被扭曲的夢魘時代。

或許是其歷史專業的緣故,林梓的作品,往往在柔和唯美的筆觸下透現著凝重深沉的歷史感,這樣一種歷史感除了體現在〈那一個年代的漂亮女人〉與〈水魘〉,也在〈鎖住的笛聲〉(《鐘山》2005年第三期)、〈夏天的倒立〉(《人民文學》2005年第四期)、〈亂紅〉(《鐘山》2006年第三期)、〈燕州美人〉(《江南》2007年第三期)等其他反映文革中女性命運的中篇小說中得以顯著呈現。而這些小說的主人公,在經歷了文革「文攻武衛」的紅色風暴之後,最終皆步上了上山下鄉的道路。這一歷程模式,又似乎隱喻了知青與紅衛兵／造反派有這麼一段「前世今生」一脈相承的命運。這就為讀者／研究者提供了一個審視、考察知青歷史的角度或範例。

「人性與原欲」是人類普遍的行為動機,青春期的人性與原欲的體現,更具典型意義,或許可以從弗洛伊德的原欲理論進行探討。然而,本章所介紹的這類表現「人性與原欲」主題的知青文學作品,其主角雖然也正是處於青春期的少男少女,但文化大革命的特殊時代、上山下鄉運動的特殊背景、鄉村邊疆的特殊場域,決定了這類作品的獨具超越性——必須超越一般意義上的心理／生理學而在更為廣泛的文化範疇進行探討。

就知青文學創作領域而言,這類小說也似乎比其他知青小說更富有個性——更執著於作家的個體性,也更執著於小說人物的個體性。在對藝術技法的追求更為精深的同時,對悲劇因素的挖掘與思辨也日益深入,如老鬼對知青靈魂的拷問懺悔,王小波對

第九章　人性與原欲(四)

專制政治的嘲諷與無情解剖，嚴歌苓對人性醜惡淋漓盡致的鞭撻，更的的對上山下鄉運動「再教育」的解構，林梓對人性被扭曲的哀輓與憑弔，在在把知青文學創作持續性地推向一個不斷發展的進程。

第十章 解構與顛覆
——新時期的知青文學(五)

本章所要討論的是「後／擬知青文學」的創作。所謂「後／擬」並非是時間（後期）、手法（模擬）的概念，而是基於精神實質與風格形態考量所下的定義。也就是說，「後／擬知青文學」涵括了兩種類型的文學：一是由知青作家所創作，但其主旨與風格都極具顛覆性的「後知青文學」；一是由非知青作家所創作，其主旨與風格也都極具顛覆性的「擬知青文學」。二者雖然在「顛覆性」上有所同，但實質上仍有相異之處。

前者的代表作家有池莉、林白；後者則有韓東、劉醒龍、畢飛宇、李洱。

池莉（1957-），女，湖北人，1974年高中畢業後，作為知青下鄉插隊，並在農村當過小學教師；1976年就讀於冶金醫學院，1979年畢業，任職於武漢鋼鐵公司衛生處流行病醫生。自小熱愛文學的池莉終究抵擋不住文學的誘惑，決定棄醫從文，1983年通過成人高考，進入武漢大學中文系成人班漢語言文學專業，1987年畢業，任武漢市文聯《芳草》編輯部文學編輯。2000年，

任武漢市文聯主席,2007年當選為湖北省文聯副主席,2012年當選為湖北省作協副主席。為武漢市文聯專業作家。1978年起就開始創作詩歌、散文。1981年起開始發表小說。主要作品有中篇小說〈煩惱人生〉、〈不談愛情〉、〈太陽出世〉、〈你是一條河〉等,已出版小說集《煩惱人生》。其中篇小說〈煩惱人生〉獲全國優秀中篇小說獎和《小說月報》第三屆百花獎。中篇小說〈太陽出世〉獲《小說月報》第四屆百花獎。中篇小說〈你是一條河〉與短篇小說〈冷也好,熱也好,活著就好〉均獲《小說月報》第五屆百花獎,〈你以為你是誰〉獲《小說月報》第七屆百花獎。另出版有《池莉文集》(六卷),長篇小說《來來往往》、《小姐,你早》、《所以》以及散文隨筆集多部。池莉的小說語言善於吸收武漢地域的方言俚語,或幽默俏皮,或質樸凝重,具有獨特的風格。

　　池莉對文學的熱愛是十分誠摯的,在1972年,知識青年上山下鄉運動正如火如荼之際,便寫下:「我的生命,我的青春,我的微笑,我的夢囈,只為你燃燒,文學!」[①]下鄉後,池莉十分注意觀察生活,並堅持寫詳細的日記,為日後寫小說作準備。登上文壇後,池莉創作過中篇小說〈有土地就會有足跡〉,以平實的筆調描寫了知青生活中的愛情、友誼、理想與憂傷。但池莉並不以此為滿足,她還在期待、醞釀反映知青生活的突破性作品。終於,在2000年11月的某一天,池莉「突然中了魔,看見豆豆這個充滿反抗精神和反叛心理的女高中生頑皮地打斷了我長篇的寫

[①] 張燕君〈池莉:一條寧靜的河〉,《今日文摘》2004年第5期。

第十章 解構與顛覆(五)

作,活潑地從1974年的秋天向我走來。」[2]於是,便創作了中篇小說〈懷念聲名狼藉的日子〉。

〈懷念聲名狼藉的日子〉(《收穫》2001年第1期)講述了往昔插隊歲月中的少男少女們奇異、浪漫的經歷:「豆芽菜」是一個自以為狡黠、叛逆和「墮落」的少女,高中畢業後興沖沖地報名下鄉當知青,在鄉下和老知青一起偷瓜摸棗,無票乘車,談情說愛,很快就弄得聲名狼藉,卻活得有滋有味。她探索自由和愛情的興趣,天然而生且永無止境。當她炫耀自己的叛逆和墮落時,暴露出來的卻是幼稚無知,不諳世事,根本沒有什麼識別人事、自我保護的能力。她投入關山的懷抱,卻發現自己真正喜歡的是小瓦。血性方剛俠肝義膽的小瓦充當她的保護神,使她擺脫了尷尬和厄運。最終結果是關山和小瓦各自回到上海與北京讀大學,豆芽菜成了一個「聲名狼藉」的女孩。

〈懷念聲名狼藉的日子〉跟以往的知青小說確實很不一樣。這樣一種差異,池莉自己就十分自覺,她認為,以前寫知青的小說,要麼寫英雄,要麼寫譴責,要麼寫一種空虛蒼白的懷念,多少都顯得受制於狹隘的意識形態和狹隘的文學觀念。她不寫英雄,不寫譴責,也不寫空虛的懷念,更不寫什麼好孩子或者壞孩子,只想寫一個年輕的個體生命在那個時代環境裡的真實狀況和成熟過程,想寫出特殊的時代環境下的個體經驗。[3]

---

[2] 〈池莉:小説不是我的自傳〉,《解放日報》2001年3月23日。
[3] 程永新,池莉〈池莉:我是一個模範知青〉,「人民網」(http://www.people.com.cn),2001年4月3日。

回眸青春
中國知青文學（增訂版）

　　林白（1958-），本名林白薇，原籍廣西博白，生於廣西北流，1975至1977年下鄉插隊，此期間當過民辦教師，1982年畢業於武漢大學圖書館學系。現為武漢市專業作家，居北京和武漢兩地。十九歲開始寫詩，後以小說創作為主。1994年發表長篇小說《一個人的戰爭》，在文學界和讀書界引起了極大反響。此後被認為是「個人化寫作」和「女性寫作」的代表性人物之一。1997年出版《林白文集》四卷。1998年獲得首屆中國女性文學創作獎，長篇小說《萬物花開》被列入2003年中國小說排行榜（中國小說學會），入圍第二屆華語文學傳媒大獎年度小說家獎。《婦女閒聊錄》獲得第三屆華語文學傳媒大獎2004年年度小說家獎。

　　《致一九七五》（江蘇文藝出版社，2007）是林白醞釀時間最長、寫得最累最久的一部作品，歷時十年，其間數易其稿。1998年林白回到家鄉廣西，觸動了少年時代的許多記憶。回到北京後便著手寫作《致一九七五》，寫了十多萬字後擱筆。2005年9月她在武漢重新開始寫作該書，2007年在北京完稿。該長篇小說是林白最具有後知青色彩的長篇小說。

　　《致一九七五》不是標誌性年份的政治寓言，而是文革時代的個人書寫。它疏離政治，專注於日常生活，以個體私人的體驗來感悟「1975」，敍述發生在那個年代的個人性生活及情感。全書結構頗為特別，分為上部〈時光〉和下部〈在六感那邊〉兩大部分，上部通過主人公李飄揚對往昔三十年的追憶與重構，是人和事漂浮在「時光」中的身影，以一種飽滿真摯的情感回憶故鄉南方邊陲小鎮上的少年生活。下部以作者下放地六感為背景，展

第十章　解構與顛覆(五)

開對知青生活的個人化敘述。個人內心的狂想與日常生活互相滲透，懵懂、天真、荒唐，有一種年少無知卻又生機勃勃的力量，表現了對愛情和未來的內心狂想。主要描寫那個時代裡特立獨行的女知青安鳳美放蕩不羈，不要當先進知青，也不要受招工，只求隨心所欲地生活。她濫交男友，放縱性欲，並向其知青同伴宣揚、灌輸這種觀念，認為這才是真正的生活。

《致一九七五》採用了散文化筆法，敘述行文主要靠情緒和細節貫穿起來，即在行文中穿插了許多細膩的個人感覺、斷片式的情緒流動、觸動人心的細節描寫，出場人物繁多而不零亂。該書最引人矚目的就是結構分上下部，林白原本是將上部當作前言寫的，但一口氣寫了十七萬字（全書約三十萬字），實在太長了，才改為上部，原來的正文便當作下部。上部是情感式回憶錄，裡面的人物都飄浮在時空中，下部的基調是狂想式、超現實的東西。[④]在語言風格上，上下部迥然不同，正好形成對比和呼應；上部和下部的人物眾多且錯綜關聯，亦形成一種奇特的文本互滲效應。

林白跟池莉一樣都是文革後期下鄉的女知青，《致一九七五》所表現的人物、內容與風格跟〈懷念聲名狼藉的日子〉頗為相似。林白對其知青歲月的認知也跟池莉有不謀而合之處，她在接受《南方都市報》採訪時認為，在她下鄉的時代已是文革後期，作為知青她已經沒有什麼革命激情了，也沒有那麼多苦難，於是就滋生了一種狂想。她幸虧自己以前沒寫知青小說。如果七

[④] 石劍峰〈女作家林白談新作《致一九七五》〉，《東方早報》2007年12月11日。

回眸青春
中國知青文學（增訂版）

十年代寫就成了傷痕文學，八十年代寫就成了尋根文學，九十年代寫就成了新寫實文學。而到寫《致一九七五》時候（2007年），就跟別人不一樣了，更接近狂想式的寫法。[5]

有人評價池、林二人的後知青小說表現的是革命年代的自我消解，也有人認為她們這些作品其實就是青春成長小說的另類表現。

上個世紀九十年代末起，一些沒有直接的知青生活經歷的中青年作家們也開始涉足知青文學領域。有代表性的作家與作品就是韓東的《扎根》、劉醒龍的〈大樹還小〉、畢飛宇的《平原》、李洱的〈鬼子進村〉。

韓東，1961年5月生於南京。八歲隨父母下放蘇北農村，1982年畢業於山東大學哲學系。曾先後任西安陝西財經學院教師、南京審計學院教師，1992年辭職成為自由寫作者，後轉為職業作家。1980年開始發表文學作品，1985年組織「他們文學社」，曾主編《他們》1-5期，形成了對第三代詩群產生重要影響的「他們詩群」。後由寫詩歌轉向小說創作，有小說集《西天上》、《我的柏拉圖》、《我們的身體》，長篇小說《扎根》、《我和你》、《小城好漢之英特邁往》、《知青變形記》，詩集《吉祥的老虎》、《爸爸在天上看我》，詩文集《交叉跑動》、

---

[5] 林白，田志凌〈肯定有很多人認為我不會寫小說〉，《南方都市報》2007年10月21日。

第十章　解構與顛覆(五)

散文集《愛情力學》等。其作品被譯成多種文字。《扎根》獲第二屆華語文學傳媒大獎小說家獎（2004），《扎根》英文版（夏威夷大學出版社，2009）入圍曼氏亞洲文學獎（2008年）；《小城好漢之英特邁往》獲第七屆金陵文學獎長篇小說大獎（2010年）。

《扎根》、《小城好漢之英特邁往》、《知青變形記》都是涉及知青生活的長篇小說，其中出版最早影響也最大的便是《扎根》。

韓東的長篇小說《扎根》（人民文學出版社，2003）全景式地還原了一段獨特歷史時期的獨特人生經驗。小說講述作家老陶帶著全家從大城市到蘇北農村扎根的故事，抒寫了特殊時期的傳奇故事，作品內容涉及當年下放大軍中的各色人等的生活、命運和生死，小說將下放幹部、知識青年、下放戶、被押送回鄉的逃亡富農等群集一處，筆下著色，各呈獨特。一個昔日的兒童少年回憶他的一段人生體驗：扎根、下放、三結合、五一六、富農、知青、學習班、赤腳醫生、可以教育好的子女……這些陌生的詞，韓東用乾淨、節制、純粹的語言，不動聲色的冷峻的敘述，將這些詞和它背後的歷史發掘出來。那近於荒誕的情節場景，使人欲哭無淚，欲笑無從，讀者由這淡然的憶舊中，感受到歷史文化的沉重。

韓東不算是正式的知青，卻也可以視為是「準知青」（隨父下放）。《扎根》所反映的內容不少就跟知青有關。事實上，韓東對知青並不陌生，文革時期隨父母下放，就跟當地插隊知青有交往。他對知青文學也有獨到見解：「他們把知青生活作為一種

籠統的事件,追求外觀的宏大,或者作為反常現象來控訴,都寫得太外在了。他們距離事情太近,把事情看得過於認真,審視事物比較具有情感色彩,想說明什麼,讚揚什麼都太明確,憑了一己好惡,而不能站得遠一點,心平氣和地看待他們,這就把這一代人共同的感受強調過分,缺少特別的、個性化的東西,有損形象的深度。」⑥《扎根》中確實可見出作者「站得遠一點,心平氣和地看待他們」的意圖,也正因此在較大程度上體現出「特別的、個性化的東西」。儘管如此,《扎根》從內容到形式,還是顯示出與韓少功創作於1996年的《馬橋詞典》頗為相似。不同的是,韓少功所反映的是自己作為知青的經驗;而韓東從八歲到十七歲,隨父下放,是帶著好奇進入陌生的蘇北農村生活,他將當時以孩子的眼光看到一切的記憶,創作了這部小說。這部小說在保留韓東一貫的智性寫作風格的基礎上,所傳達出的,或許正是其精神成長陷於歷史虛無困境中的「六十年代」人,尋求把經驗與真實視為自我拯救的一種現實人生態度。

當然,韓東自己並沒有將《扎根》等小說畫地自限為知青文學,而是認為他的小說只是將主要場景放在1960、1970年代的鄉村和小城鎮,只承認是在重複自己少年時代的個人經驗,跟知青文學彷彿沒有什麼關係。韓東還進而批評知青文學「作為一個文學現象,是比較簡單的,比較極端的」,「將具有無限可能的題材、素材或者材料給浪費掉了,沒有寫出像樣的真正有品質的

---

⑥ 張頤雯整理〈尋找命運的契合點——後來者談知青一代〉,《北京文學》1998年第6期,頁36。

第十章 解構與顛覆(五)

東西」,甚至表示自己沒有心目中的「知青文學」,否認自己是知青代言人,「沒有所謂的歷史責任感」。[7]平心而論,韓東對知青文學的批評以及對自己創作的認定都不無道理。

《扎根》獲得2003年度第二屆「華語文學傳媒大獎」小說家獎,授獎詞中對該小說的評價為:「在這部綿密而沉靜的作品中,歷史和記憶,現實和虛構,小事和大時代,輕與重,經由韓東不動聲色的敘述,呈現出了另一種異端的面貌,細心的讀者自能從中讀出一種內在的震撼,但沒有足夠耐心的人卻未必能真正理解。韓東的不同凡響之處也許正在於此:於細微處見真情,於輕鬆中見沉實,於冷靜中盡顯溫暖和堅韌。」[8]

劉醒龍(1956-),湖北黃岡人,高中畢業後當過水利施工人員、車工。1984年開始發表作品,是新現實主義、新鄉土小說的代表性作家。著有小說集《鳳凰琴》等五種。出版有長篇小說《威風凜凜》、《至愛無情》、《生命是勞動和仁慈》、《彌天》、《聖天門口》、《天行者》等。曾獲第八屆莊重文文學獎,首屆魯迅文學獎中篇小說獎、百花獎中篇小說獎、首屆世界華文長篇小說紅樓夢獎決審團獎等。有些小說被改編成電影和電視劇,部分作品被翻譯成外文介紹到國外。

劉醒龍的中篇小說〈大樹還小〉(《上海文學》1998年1月號)可謂擬知青文學的代表作之一。該中篇小說從農民的角度去看待知青與知青運動,敘述了以「白狗子」為首的一群老知青,

---

[7] 徐紹娜〈作家韓東:我不是知青代言人〉,《新快報》2010年6月10日。
[8] 「新浪讀書」(http://book.sina.com.cn),2007年3月18日。

為了編寫紀念知青上山下鄉三十周年晚會節目,重回下鄉地「感受一下,尋找一些靈感」,因而重新挑起了與當地農民秦四爹及小樹一家糾纏不清的恩怨情仇。該小說有兩個「亮點」:一是對知青的全盤否定,二是凸顯放大知青與農民之間的矛盾對立及不平等。作者借秦四爹的口罵知青:「那些傢伙不是傢伙!」借農家小孩大樹之口評價知青:「我很小的時候,總聽垸裡的人在說知青沒有一個好東西,好吃懶做,偷盜扒拿不說,還將垸裡的年青人帶壞。」「自從來了知青後,這兒的流氓就大膽多了,像是有人撐腰似的。」總之,〈大樹還小〉表現出與新時期以來的主流知青敘事截然相反的「反知青敘事」。

為了證明知青的「壞」,〈大樹還小〉的作者刻意凸現知青與農民之間的矛盾對立與不平等現象。小說的主線就是農民秦四爹與知青(以白狗子為首)的矛盾衝突:在白狗子等知青的「陷害」下,秦四爹被以「破壞知識青年上山下鄉罪」(強姦女知青)判處坐牢三年,由是毀了一生。在作者的理念中,白狗子等知青們之所以要「陷害」秦四爹,是不能容忍他跟女知青文蘭相好,是一種城裡人瞧不起鄉下人的優越感作祟。說到底,這些矛盾衝突與對立都是源於知青與農民之間的不平等關係。小說通過大樹的口抱怨:「為甚麼要喜歡知青?」「你們知青可從來沒有喜歡過農村。」「老師在課堂上提過知青,說他們老寫文章說自己下鄉吃了多少苦,是受到迫害,好像土生土長的當地人吃苦是應該的,他們就不應該這樣。」

這種「反知青敘事」其實是劉醒龍的自覺所為,他在〈浪漫是希望的一種──答丁帆〉中就坦然宣稱「放棄所謂知識分子的

第十章　解構與顛覆(五)

立場,而站在普通人甚至農民本位的立場發出一種讓人刺耳的聲音」,這種聲音便包括了對「知青情結」的批判:

> 現今的文學中有一股太重太濃的「知青情結」,近期的「知識分子情結」實際上是「知青情結」的一次翻新。我不喜歡「知青情結」,甚至還有些反感。最近我看了一場知青晚會,整個的是一種知青下鄉是受罪,鄉下人祖祖輩輩受罪則是活該地鼓噪。在「知青情結」中,他們總是在審視那祖居在知青點周圍的粗俗怪人,總在尋找著批判的靶子,而在潛意識中湧動著的是尋找將他們撐到鄉下去的社會與歷史的根源。我這麼說不少人會不高興,但他們可以努力地將自己的舊作新作翻看一遍,看是否可以找到對昔日鄉鄰與土地的深情融合。⑨

劉醒龍的中篇小說〈大樹還小〉,或許就是基於上述判斷的先驗性創作。事實上,劉醒龍自己並不諱言這一點。批評家俞汝捷指出劉醒龍該小說的創作動機:「在你的印象中造就對『知青』另有一種評價,你渴望將它形象地表達出來,於是虛構了這樣一個故事。」對此,劉醒龍坦言回答:「我對現實的關注,確實有很大的主觀性,這一點是有自己的心靈決定的。」⑩這種表述,當與「先入為主」、「為文造情」有異曲同工之妙。

然而,實在難以想像哪一場知青晚會會對劉醒龍有如此大的

---

⑨ 劉醒龍〈浪漫是希望的一種——答丁帆〉,《小說評論》1997年第3期,頁19。
⑩ 俞汝捷、劉醒龍〈由《大樹還小》引發的對話〉,《江漢論壇》1998年第12期,頁64-65。

刺激,也難以想像在當時現實中會有那麼一場「整個的是一種知青下鄉是受罪,鄉下人祖祖輩輩受罪則是活該地鼓噪」的晚會⑪。至於將「審視那祖居在知青點周圍的粗俗怪人」,「尋找著批判的靶子」與「尋找將他們攆到鄉下去的社會與歷史的根源」聯繫起來,也是很有些令人摸不著頭腦的。那些「粗俗怪人」不至於是「批判的靶子」吧?更不至於是「將他們攆下鄉去的社會與歷史的根源」吧?劉醒龍的思路及表述方式也委實是詭譎了些。前述張承志的〈黑駿馬〉、史鐵生的〈我的遙遠的清平灣〉以及張曼菱的〈有一個美麗的地方〉等知青小說,正是由於「對昔日鄉鄰與土地的深情融合」的出色描寫而得到文壇乃至整個社會的公認。與劉醒龍頗為相知的批評家丁帆即指出:「就我的體驗,在那漫長的插隊歲月中,雖然整天沉浸在悲觀主義的情緒中,但在勞動中與農民結成的那種難以狀訴的友誼卻是終生難忘的,所以在讀〈那遙遠的清平灣〉時的和諧使我感到親近。」⑫作為知青同時代人,而且是專業一級作家的劉醒龍對此漠然不知,是很令人納悶的。

畢飛宇,1964年生於江蘇興化,1987年畢業於揚州師範學院中文系,從教五年。著有中短篇小說近百篇。主要著作有小說集《慌亂的指頭》、《祖宗》等。現供職於《南京日報》。獲得

---

⑪ 恰恰就在劉醒龍所說的「知青晚會」那個年份,其所在城市隆重推出一場知青演出的大型歌舞晚會《我們曾經年輕》,該晚會節目獲中國第十四屆全國電視文藝《星光獎》綜合節目二等獎。

⑫ 丁帆〈知青小說新走向〉,《小說評論》1998年第3期,頁13。

第十章　解構與顛覆(五)

首屆魯迅文學獎短篇小說獎（〈哺乳期的女人〉）；馮牧文學獎（獎勵作家）；三屆《小說月報》獎（〈哺乳期的女人〉、〈青衣〉、《玉米》）；兩屆《小說選刊》獎（〈青衣〉、《玉米》）；《玉米》還獲第三屆魯迅文學獎及第四屆英仕曼亞洲文學獎；長篇小說《推拿》獲第八屆茅盾文學獎；《平原》獲2005年中華讀書報年度圖書之十佳，以及中國小說學會2005年度中國小說排行榜入圍長篇小說前五名。

　　畢飛宇的長篇小說《平原》（《收穫》2005年第4、5期）被視為畢的轉型之作。《平原》故事的場景是農村，但作者認為這不是一篇「農村題材」的作品，而是「內心題材」的小說。該小說摹寫了形形色色人物的性格和命運，他們充滿夢想與幻滅、掙扎與奮鬥的獨特心路歷程，充分展現了這片蒙昧與淳樸共生的古老土地上的愛情和人性。作者把《平原》的時代背景放在文革後期，描寫了以端方、三丫為代表的鄉村青年，以吳蔓玲、混世魔王為代表的插隊知青，他們充滿夢想與幻滅、掙扎與奮鬥的獨特心路歷程。主人公王端方高中畢業回到王家莊。在收穫的季節，端方找到了他的愛情——地主的女兒三丫成了他生命中的第一個女人。但三丫的出身註定他們之間的悲劇。二人之間的愛情之火很快被形形色色的閒言碎語澆滅了。三丫媽迫不得已將女兒嫁給一個四十多歲禿頭、瘸腿、離婚的鐵匠。三丫企圖以詐死逃避，卻被赤腳醫生誤將蘇打水當鹽水注入她的體內導致真的死亡。被愛情拋棄的端方變成了一頭真正意義上的獨狼。知青出身的大隊黨支部書記吳蔓玲在人前似乎沒有任何性別意識，長期的自我性壓抑，使她與狗產生了性曖昧；最終被端方身上獨特的男

人氣息激發起了她內心蟄伏已久的女性情愫,她不可抑制地愛上了端方。但此時的端方已對愛情心如死灰,他只想利用吳蔓玲的權力達到參軍從而離開王家莊的目的。

畢飛宇擬知青小說創作的動機,或許可以從這段訪談窺見:

傷痕文學出現後,我們看到了知青的血與淚,知青文學呈現的是在農民與知青之間的較量,知青永遠是農民的受害者。知青有發言權,而農民沒有。我要為農民說句話,因此小說中混世魔王(知青)把端方(農民)唯一的生路給掐死了。我絲毫沒有跟知青和知青文學過不去的念頭,我只是在情感上更傾向於農民。[13]

儘管如此,畢飛宇的擬知青小說依然是在渲染「農民與知青之間的較量」,而且這種較量更顯污濁醜惡。除了《平原》,這個現象在畢飛宇其他擬知青小說中同樣存在,如長篇小說《那個夏季,那個秋天》(作家出版社,2005)主人公的父親是蘇北裡下河耿家圩子的屠夫後裔,極為成功地和一位漂亮的女知青結了婚,因此毫不費勁就使城鄉差別縮短到「只剩下一根雞巴那麼長」。短篇小說〈蛐蛐蛐蛐〉(《作家》2000年第2期)中生產隊長「九次」的外號就因為是一晚連續九次強姦女知青以致女知青口吐白沫而身亡。這樣描寫,無疑使人性的醜陋、壓抑、扭曲都得到了極為充分的展示,但顯然無助於達到「為農民說句

---

[13] 陳佳〈畢飛宇接受早報專訪談新作《平原》〉,《東方早報》2005年9月30日。

第十章 解構與顛覆(五)

話」的目的,也似乎很難讓人感覺出作者「在情感上更傾向於農民」。

李洱,1966年生於河南濟源,1987年畢業於華東師範大學。在高校任教多年,現為河南省文學院專業作家。二十世紀八十年代末開始文學創作,著有《饒舌的啞巴》、《遺忘》、《花腔》,《石榴樹上結櫻桃》等長篇小說,以及〈朋友之妻〉、〈導師之死〉、〈午後的詩學〉、〈國道〉等中篇小說。以長篇小說《花腔》獲首屆21世紀鼎鈞雙年文學獎;並獲第三、第四屆大家文學獎(榮譽獎)。

李洱發表於《山花》1997年第7期的〈鬼子進村〉從農民的角度看待上山下鄉運動,將知青視為不受歡迎的外來人與鄉村的入侵者,是造成混亂的根源。上山下鄉運動的最終受害者不是知青而是農民。在作者看來,知青是被當作「沒調教好的驢」來接受貧下中農再調教的。知青就好像是長著小鬍子的「鬼子」,「什麼都不會幹」、「打架鬧事的好手」、「偷雞摸狗」、「剪豬尾巴」、「敢在路上摟著親嘴」、「睡了人家的閨女,拍拍屁股走了」,就像一批土匪和妖精。小說中的知青在農村的主要工作似乎只是為修築一條百無一用、而且還導致知青丁奎喪生的橋。村支書帶領村民將「反對知識青年下鄉就是反對文化大革命」的口號,分成三段喊成:「反對知識青年下鄉!」「就是!」「反對文化大革命!」這神來一筆,顛覆、解構了知青運動、文革以及知青與農民的關係。而小說通過那個叫做「李洱」的鄉村少年成年儀式的記憶,將知青上山下鄉解讀為一場虛無的

鬧劇。與此同時，不僅知青就連農民也同樣在少年李洱與作者李洱的記憶敘事張力中，受到了淋漓盡致的反諷與消解。

當然，我們或許也應該承認，李洱是試圖在小說的鬧劇中營構一種正劇的精神，在荒唐嬉皮的敘事過程中沉澱著為民請命的誠意。然而，讀罷〈鬼子進村〉，卻似乎依稀令人感覺到，作者是「處於玩世不恭和憂世傷生、虛無和理想主義的矛盾糾葛之中」[14]。

顯然，「後知青文學」與「擬知青文學」都是對知青文學主流創作進行反叛、顛覆的另類敘述。只不過「後知青文學」是以其另類敘述對知青文學中的「青春無悔」、「理想主義」乃至「英雄主義」進行了全面解構與顛覆，企圖以「小我」的破碎生存境遇和低俗欲望觀念，去消解以「大我」為號召及標誌的共名集體經驗，顯示出人本主義精神的異度張揚。從這點來看，跟王安憶、王小波及老鬼等人對「人性與原欲」的描寫是一脈相承的，只不過跟王安憶等人小說所反映的苦難滄桑相比，「後知青文學」表現出更多青春成長的叛逆性及玩世不恭的世俗性。這樣一種以「叛逆性」與「世俗性」為特徵的精神實質，雖然仍產生於知青（內部）文化的土壤，但跟其他知青文學有較大的疏離與隔膜。同時也跟「擬知青文學」（外部）的敵對立場迥然有異。

「擬知青文學」則無疑是提供了另一種歷史文本書寫，作為

---

[14] 魏天真〈「傾聽到世界的心跳」——李洱訪談錄〉，《小說評論》2006年第4期，頁31。

第十章　解構與顛覆(五)

「個人寫作」的另一種聲音，與知青集體話語和主流意識形態構成制衡。這類「擬知青文學」跟趙振開、王蒙等非知青作家的知青小說不同，趙振開等人所秉持的價值觀與知青無異，這類「擬知青文學」則是顛覆知青文學的主流價值觀。固然，「擬知青文學」的創作似乎是「為農民爭取話語權」的先驗觀念／預設立場的產物。作品中，也提出了農民話語權的問題，提出農民不受重視，強調知青與農民的互動關係，這些亦都不失為有建設性的見識。但「擬知青文學」卻是採取了一種敵對的立場，以知青與農民之間的不平等為突破口，對知青及上山下鄉運動進行全面的批判與否定。

採用農民視角（立場）為敘事策略，顛覆、解構知青話語霸權——這是人們對擬知青文學的褒揚讚許之詞。暫且不提咄咄逼人的「知青話語霸權」（詳見第十三章第三節），這裡可以提出疑問的是：寫農民就等於採用農民視角（立場）？這樣一種視角（立場）在前述尋根文學中少見嗎？還有一個關鍵的質疑就是——採用農民視角（立場）就非得與知青對立嗎？

誠然，知青與農民之間確實存在著不平等，知青與農民之間的矛盾也是普遍的，甚至是常態的。在現實生活中，農民將知青看成是使自己生存受到威脅的一個障礙，知青自己的生存也就相應地更受威脅，二者之間的矛盾摩擦就確實難以避免。但因此高姿態地以某種道德正當性、甚至是道德優越感來譴責知青，斷言知青與農民之間的關係是絕然對立的、是欺負與被欺負的關係，未免過於武斷與輕率。其實，知青與農民都是上山下鄉運動的受害者，雖然知青跟農民之間也曾發生過不愉快的事情，但無疑也

因此有機會對農村與農民有較切身的瞭解,並與農民與農村結下了頗為和諧且深摯的關係,前面介紹的知青尋根文學以及下章將介紹的回憶錄以及網路文學中,此類表現並不少見。既沒有知青經歷也沒有農民經歷的「擬知青文學」作者,是很難有此體會的。

　　據此可說,批判,無可厚非;但全面且絕對的否定,則無疑失之偏頗。

第十一章 紀實與網路
——新時期的知青文學(六)

　　上世紀九十年代，隨著「知青熱」的興起，紀實性的知青文學成為中國文壇一道耀眼的風景線。例如1998年吉林人民出版社為知青上山下鄉運動三十週年紀念推出的《老三屆著名作家回憶錄》叢書，包括知青作家高洪波的《也是一段歌》、趙麗宏的《在歲月的荒灘上》、陸星兒的《生是真實的》、葉辛的《往日的情書》、張抗抗的《大荒冰河》、王小鷹的《可憐無數山》、范小青的《走不遠的昨天》、葉廣芩的《沒有日記的羅敷河》等十多部；此外，知青作家的紀實性著作還有鄧賢的《中國知青夢》、蕭復興的《黑白記憶——我的青春回憶錄》、郭小東的《中國知青部落》、費邊的《熱血冷淚——世紀回顧中的中國知青運動》等。

　　《老三屆著名作家回憶錄》叢書所收錄的大多是當時文壇上的明星知青作家，編輯者的主導思想顯然是精英文化策略。該叢書總序便稱，這些知青名作家代表了整個知青世代，堪稱評判上山下鄉運動的權威代言人；在該叢書的後記中，更對「老三屆」（其實是「老三屆」中的「精英人士」）極盡讚頌溢美之辭：

回眸青春
中國知青文學（增訂版）

「作為一代人而言，他們是不可逾越的，無論從政、治學、經商、務農、做工、弄文，還是個體民營，他們在各條戰線上都充當著中堅力量，都為共和國的振興而不懈地努力奮鬥著。歷經磨難而無怨無悔是一種人生境界；失之東隅而樂天奮進更是一種時代精神。反思歷史砥礪修身而不再做傻事則是一種桑榆智慧。這就是他們的智慧所在。」

鄧賢無疑是知青紀實文學作家的代表人物。「知青」是鄧賢最為關注的創作題材，因此一而再地撰寫有關知青的作品，如《中國知青夢》、《流浪金三角》、《中國知青終結》、《天堂之門》；磅礴的大氣、恢宏的格局、深沉的歷史感、神聖的使命感、執著的理想主義以及尖銳的批判精神，都可說是鄧賢的作品尤其是長篇紀實文學的特質。這些特質在《中國知青夢》中得到頗為充分地展現。

鄧賢的長篇紀實文學《中國知青夢》，首發於《當代》1992年10月號，次年由北京人民文學出版社出版單行本。該書以當年雲南生產建設兵團（後改為國營農場）的知青，在文革結束後的1978年11月所掀起的「大返城」狂潮為切入點，披露了中國一千萬上山下鄉知識青年「大返城」的內幕和全部過程。該書作者以文學的筆觸和呈現手法，結合了豐富的歷史資料，以及色彩鮮明的人物形象，描繪了整個「知青大返城」的歷史真相，包括廣大知青如何在雲南發動罷工、遊行、絕食宣誓，發起從邊疆鄉村退回城市的運動。在文革時也曾是雲南生產建設兵團知青的該書作者，在《中國知青夢》中，不僅展現了當年知青在「大返城」運動中可歌可泣的歷史檔案，以及知青作為「末路英雄」的無

第十一章　紀實與網路(六)

奈,也以史實記錄體現了中國文化大革命時期知青上山下鄉運動的殘酷。因而,有助於讀者瞭解當年這些知識青年有異尋常的經歷,以及他們的性格、思路和精神。在那個特殊的年代裡,千千萬萬知青中斷了學業、犧牲了青春、葬送了前途,尤其是女知青們,她們在整個運動中所受到的摧殘和折磨更是殘酷,正如作者在該書引子所說:「對任何個人來說,這都是一段相當漫長曲折並佈滿荊棘和煉獄之火的人生道路。」由於作者以文學的手法鋪展情節和內容,書中所描寫的許多場面和情節讀來很吸引人,也教人非常感動。對於本書的評價,作家王蒙的說法是:「這裡有殘酷的真實,青春的魅力和危險,理想的美麗與歧途。」[1]在書中,作者鄧賢也曾毫無掩飾地表達了對知青理想主義的緬懷與讚頌:「不管怎麼說,這些拓荒者的生命沒有白白燃燒,她們畢竟化作膠林,化作照亮邊疆夜空的星群,化作妝點山川大地的一片新綠。不論她們是否創造過偉業,作為整整一代人曾經前仆後繼為之獻身的拓荒大業的永恆坐標,她們的殉難本身不就是一種燦爛,一種理想主義和人類精神的生動化身麼?」[2]但當面對著知青當年種植的橡膠樹百分之九十以上死亡,有的農場死亡率達百分之百,知青的汗水與心血幾乎化為烏有的嚴酷現實時,作者也不無深刻地意識到,知青們是「轟轟烈烈進行了一場違反社會和自然規律的空想烏托邦運動」[3]。

　　與精英文化策略及理想主義精神迥異,岳建一主編的「中國

---
[1] 鄧賢《中國知青夢》(北京:人民文學出版社,1993),封底。
[2] 鄧賢《中國知青夢》,頁363。
[3] 鄧賢《中國知青夢》,頁364。

知青民間備忘文本」叢書④，則力圖「努力薈萃散失的在民間的富有個人特質、生命血脈、精神容量和歷史價值的尤其是忠於原生狀態、袒呈個人與集體靈魂世界的文本，將歷史的本真過程及其隱秘角落還給歷史」⑤。這套叢書的作者基本上都是文壇上的「無名之輩」，然而，他們的作品對知青上山下鄉的生活與歷史進行了最具本質探索，又最具批判力度的刻畫：

從開幕時的轟轟烈烈，到落幕時的淒淒慘慘；從狂妄時的橫掃一切，到落魄時的迷惘幻惑甚至精神崩潰——太多堪稱史詩般的盲從、瘋狂、浮躁、僵化、奴性、愚忠、墮落；太多史詩般的求索、純真、奉獻、執著、堅韌、忘我以及實屬無知、淺薄、非理性卻又是驚天動地的極端異化的英雄主義——全都屬於歷史卻又真實得太不像歷史。其中的靈肉相離，恨愛錯亂，焦慮，孤獨，憔悴，絕望，萬象盡有。⑥

此外，還有大批知青業餘作家寫的紀實文學作品集，如《知青檔案》、《北大荒啟示錄》、《草原啟示錄》、《我們一起走過——百名知青寫知青》、《老插話當年》、《曾經滄海》、《颶

---

④ 均由中國工人出版社出版，包括野蓮《落荒》（2001）、楊志軍《無人部落》（2001）、吳傳之《泣紅傳》（2001）、逍遙《羊油燈》（2001）、劉漢太《狼性高原》（2001）、成堅《審問靈魂》（2001）、曾焰《闖蕩金三角》（2002）、王澤恂《逃亡》（2002）、楊志軍《大祈禱》（2002）、楊健《中國知青文學史》（2002）、王子冀／龐沄《守望記憶》（2002）。

⑤ 岳建一〈編者的話：希望在於民間〉，楊健《中國知青文學史》（北京：中國工人出版社，2002），頁50。

⑥ 楊健《中國知青文學史》，頁51。

第十一章　紀實與網路(六)

風刮過亞熱帶雨林》、《無華歲月——我們的1966-1976》、《無聲的群落——(1964-1965)大巴山老知青回憶錄》、《在湖洋公社的日子裡》、《飛鴻踏雪：知青博客「七連人」文選》、《知青記憶》等等。這些作品集的作者都是當年知青上山下鄉歷史的親歷者；不僅對知青生活有深摯的緬懷與回味，還有頗為深刻的人生領悟與思考，乃至不無尖銳的揭露與反省。這些知青業餘作家所創作的紀實文學/回憶錄，各具風采。以《草原啟示錄》(工人出版社，1991)為例，該書收錄了當年從各地到內蒙古插隊的知青所寫一百六十餘篇回憶錄、五十封書信及六十幅照片。該書的一個特別之處是在正文之前的一系列題詞——

扉頁題詞：謹以此書獻給內蒙古人民。

內蒙古自治區主席布赫題詞：草原上的人們永遠記著這一代青年。

而來自全國各地的知青題詞則是：

南京——我們是從內蒙古走向人生的；

上海——縱然是高樓林立，眼前總浮現那片淨土；

天津——我對孩子說：年輕時，我在內蒙古；

山東——一日叫娘，終生是母；

河北——蒙古高原、華北平原，唇齒相依、山水相連；

浙江——雖是風和日麗，常憶雪暴沙狂；

遼寧——馬背上，我們悟出人生的真諦；

吉林——莽原上射出的箭不改變方向；

> 黑龍江——如同黑水流過草原，我們早已水乳交融；
> 北京——總也抹不去心中那片綠色；
> 內蒙古——金杯銀盃斟滿酒，雙手舉過頭。

上述題詞，素樸無華，卻真情流露，頗為充分地體現了知青與內蒙古人民的密切情誼，這一點頗見出承續知青尋根文學／文化的意涵。然而，事實上，《草原啟示錄》（以及其他同類型的回憶錄）的文章所反映的內容是紛紜雜陳的，固然有「尋根」之作，亦有訴苦、批判、反思、緬懷等風格各異的作品。

知青個人文集及自傳體長篇小說，則有木齋（王洪）的《恍若隔世——我的知青歲月》、紅河谷（王世新）的《追隨紅太陽》、邢奇的《老知青聊齋》、子蘊（劉湘）的《跨越文革的人生歲月》、王雅萍的《遙遠的白樺林》、冷明的《為了你走遍草原》、黃健民的《剝奪》、王曦的《紅飛蛾——中國知青的異國叢林戰爭生涯》、劉海的《青春無主》等。這些非專業作家的作品，具有相當深厚的生活歷練，精湛的文學功底，嫻熟的表現手法，顯見知青民間敘述不可忽視的創作實力。

如在內蒙古東烏旗滿都寶力格牧場插隊九年的北京知青邢奇的個人紀實文集《老知青聊齋》，收紀實性散文百餘篇，分為「昔時人物」、「牛羊犬馬」、「草原雜記」三輯。作者以半文半白的文體進行創作，紀事翔實且生動，風格平實而詼諧，且看其〈某女〉篇的表述：

> 草原組建生產兵團後，郵政混亂，信常被拆。蓋地僻無聊，

第十一章　紀實與網路(六)

尋求刺激也。一日，師部某君偷拆信件時，發現信中無有一字，皆是數碼。時邊境緊張，意必特務密信無疑，遽舉報。經破譯，方知此數碼乃四角號碼，係由字典中一一查出，亦頗費辛苦。寄者乃一女打字員，收者乃一男性現役參謀。此女原係女兵排長，做事勤敏，屢受褒獎，草原失火時，打火英勇，面受微傷。提拔至師部後，與此參謀同一系統，關係過密，漸入非非。參謀已有家室，行動不可公開。此次女方回鄉探家，寫信於男。因懼拆信敗露，乃事先約用此技，豈意弄巧成拙，動靜反而更大，男遂解甲歸田，女亦貶至我連削職為兵。我連兵團戰士皆要名聲，男怕涉嫌，女懼合流，如避瘟疫。惟領導不忘責任，仍接茬找談，令其再作深刻交待，而所謂深刻者，無非深到細節也。時此女已有身孕，一朝，嬰兒終於出世。諸人益鄙之。產後母即無乳，嬰啼，母亦啼。諸人不愧受過教育，立場毫不動搖。母終無奈，產後第二日，裹嚴頭巾，步行十餘里，去供銷社買奶粉。時值十一月初，剛剛下過一場薄雪，雪上，一行孤印，去而復回。[7]

通過一個救火女英雄墮入情網而淪為「賤民」的過程，將其周圍的各種人（多為知青）的醜陋虛偽面目刻畫得入木三分。從中顯見作者的自我省思、自我批判，以及對那個扼殺人性扭曲人性的時代的譴責與抨擊。

這些由業餘作家所創作的紀實性文學，基本上都是從個人角度記述知青上山下鄉的生活經歷，由此折射出知青世代（及運

---

[7]《老知青聊齋》（北京：中國工人出版社，1994），頁47-48。

動）在中國當代歷史長河中的命運及意義。這一現象，無疑突破了知青專業作家唱「獨角戲」的困境，在一定程度上表達了「沉默的大多數」的聲音，形成知青文學話語民間化的可喜局面。

　　知青話語民間化更令人矚目的表現是知青網路文學的悄然興起。知青網路，指管理者以及參與者皆以當年知青為主體，而其內容也與知青話題有關的網站與部落格[8]。知青網路大約形成於上世紀九十年代中後期，就知青網站而言，目前可統計的便約有一百多個，其中較活躍的知青網站有「華夏知青網」、「老三屆」、「老知青之家」、「承德知青網」、「老知青網」、「知青網」、「兵團戰友」、「知青緣」、「北大荒」、「中華知青網」、「西部知青網站」、「知青村網站」、「湖南知青網」、「西烏旗老知青」、「黑土地老知青網」、「天津草原情」、「春華秋實」、「歲月如歌」、「康巴情濃」、「泡菜壇子」以及「美國南加州中國知青協會」等。

　　所謂知青網路文學，即指當年的知青（及其有關者如其後代與親朋戚友等）在知青網站、部落格以及其他綜合網站上發表的原創作品（網路上習慣稱為「帖子」）。從內容上來說，知青網路文學涉及的面較為廣泛，既有回憶當年知青在農村、農（林、牧）場、生產建設兵團的往事，也有表現他們返城以後乃至目前的生活，以及對各種社會現狀及問題的反映及感受。知青網路的

---

[8] 部落格（Blog，大陸稱「博客」）近年在大陸發展很快，不少老知青建立了自己的個人部落格，並在上面發表了不少文章（大陸稱「博文」）——網路文學的新類型。然而，一方面由於這些部落格數量驚人，一方面卻難以把握其代表性及涵蓋面，因此，本章探討知青網路文學，所擷取的文章，基本不涉及個人部落格。

第十一章　紀實與網路(六)

網友固然有作家、學者，但更多是來自社會上各行各業（包括退休及下崗）人士，他們的帖子，較大程度反映了知青中的「大多數」的歷史、現實與心聲。⑨

如蟲二的〈留在湖區的女知青〉敘述了「用自己終生不渝的行為，證實了自己當年對組織發出的誓言」的M，「超越巨大的身分、經歷的鴻溝」與農民結合的坎坷一生。

呼倫河的〈離別三十年，今日回內蒙〉訴說重返插隊舊地的感受：「在那已經遙遠了的整整五、六年的時間裡，我們與這裡互相屬於，互相見證，生命留在了這裡（不管它是苦是甜），感情自然也就留在了這裡。這樣說，絕不是矯情和故做姿態。……人活著，誰也不願意去追求苦難，但是沒有經過磨難的生命，肯定是輕飄飄的。」

老城的〈我的同學小周〉則描寫了九十年代初才從陝北回到北京而又很快就下崗的老知青小周，「樂觀豁達，淡泊名利，坦然處世，直面人生；對於現實生活，他從不迴避，從不攀比，從不抱怨，從不仇視」，儘管家境困難，仍然熱情招待知青朋友到家裡聚會，「他好客的婆姨為我們包餃子，做陝北菜，大家吃、喝、玩得十分盡興。像當年一樣，小周微笑地看著我們折騰，臉上帶著令人心悅的熱情、坦誠和滿足。」作者由衷感嘆道：「一個普普通通的下崗工人，哪裡來的這份磊落的襟懷和博大的氣

---

⑨ 以下所引網路文章，基本上來自「華夏知青」（www.hxzq.net/）、「老三屆」（http://www.laosanjie.net/）、「老知青之家」（http://www.lzqzj.com/main.asp）、「承德知青網」（http://www.cdzhiqing.com/）、「兵團戰友」（http://btzy.vip.sina.com/）、「知青網論壇」（http://bbs4.xilu.com/），以及「歲月如歌」（http://bj3.netsh.com/）。

285

度?小周是小人物,但他是中國知青的脊樑!」

身為教師的林子在〈曾為知青〉的帖子中寫道:「忽忽到了一日,與學生在中學實習,無意中翻到一個班的學生履歷表,赫然發現,父母職業欄中,頻頻出現著同一個詞:下崗,下崗,雙雙下崗。心中一下子惶惶亂亂,急急又翻回頭,尋找著他們的年齡欄……沒錯!就是這個年齡!就是曾為知青的年齡!就是我的同一代人!!即刻悲從中來,淚流滿面……從此,便只有沉重,只有分分秒秒的追趕,怕的是自己還來不及將這一代人的歷史,更詳盡更真實地告訴女兒和學生,即便那一開口一下筆,句句蘸淚,字字泣血,就像在將生命一點一點地耗在裡面。我不後悔,我的活著,不再屬於我自己。因為,我曾為知青。」

知青後代「我是誰?xju3387」於「老三屆論壇」發表的帖子〈我的爸爸媽媽〉,描寫了其「都是六七屆畢業下放的」老知青父母的愛情故事,「曾經苦難的共同經歷成為了他們相識相愛的見證,也順帶著成了家裡教育孩子最好的教材」,至今依然「留在了江西這片紅土地」的父母,「還經常在回憶那段艱難困苦的被他們那代人稱之為『蹉跎歲月』往事,和想念那些至今仍住在鄉下,因長期從事農業生產而過早白了雙鬢的戰友們」。

知青與農民都是知青上山下鄉運動的受害者,雖然知青當年下鄉大都出於被迫、無奈,而知青也因此遭受了難以言喻的苦難,他們跟農民之間也曾發生過不愉快的事情,但無疑也因此有機會對農村與農民有較切身的瞭解,並與農民與農村結下了頗為和諧且深摯的關係,相互之間關心幫助的實例不勝枚舉。知青文學中此類表現並不少見,如前面說過的張承志、史鐵生與鐵凝等

第十一章　紀實與網路(六)

的小說中，便有頗為充分的反映。

倘若以知青網路文學來說，麻卓民、老例、叢玉文、柏萬青、西北狼1號、南國嘉木、春雷、王勤、老城、號子等人的帖子，都反映了他們跟農民、鄉村之間儘管有城鄉文化差別，但仍然融洽無間、感情真摯的關係。如麻卓民對放牛娃板弓的牽掛（〈放牛娃——「板弓」〉）、老例對房東七哥佬一家的懷念（〈我的房東七哥佬〉）、叢玉文追憶跟山區少女生死不渝的師生情誼（〈大山的渴望〉）、柏萬青忘不了江西老表濃濃的鄉情（〈我欠老表一餐飯〉）、西北狼1號與老農張大伯的「忘年之交」（〈我和張大伯最好〉）、南國嘉木與村姑華姐的「姐妹情深」（〈山民篇之一：村姑華姐〉）、承德知青春雷對「故鄉」（下鄉地）「養育之恩」深切感戴（〈回家鄉〉）、兵團戰士王勤對草原「精神家園」夢縈魂牽（〈草原箚記〉），等等。

老城的〈回延安〉，記述與分別了三十多年的農民老房東重逢，房東大嫂「從衣櫃裡捧出一個衣衫襤褸、胳膊用鐵絲拴著，鞋只剩一隻，臉髒兮兮的塑膠娃娃」——那是作者三十多年前送給房東女兒的禮物。作者為之深深感動：「將一個被沒有玩具的孩子時刻惦記著的娃娃保存到現在，那是要怎樣的上心啊！」

號子的自述或許更有代表性：「我下鄉的時候從不敢穿亮色的衣服，那套褪色的學生裝穿了洗，洗了穿，可和農民比起來還是天遠地隔。……我們飽嘗了最底層的生活，更懂得平凡人們中的苦酸。」（〈我們走過平凡〉）

在這些平實無華的敘事中，確實體現了知青與農民在文化上的不平等差距，但彼此間的相互瞭解和交情是不容否認的。

在知青網站中，還出現了農家後人的回憶文章。農家後代在這些文章中陳述了他們對知青的印象。

如程美信在〈我記憶中的知青〉一文裡，既寫了知青在農村打架鬧事，也寫了鄉親對知青的體諒關照，同時更著意描寫了知青衛平與村民的親密交往及深厚感情：「他對我那家鄉的感情非同一般，那片土地裡埋有他的青春年華……」

石城大俠在〈山花祭〉中，記述其妻子（黃山茶林場「土生土長」的姑娘）：「少年時嚮往外面的世界，對那些比她年長的大哥、大姐們的好感是不言而喻的。也許正是受了他們的影響，她才能從這片深山老林中振翅飛出吧。」

小芳的女兒在尋找小南阿姨的信中說：「當年你和子魯阿姨下鄉住在我姥姥家。我媽媽對我說過好多你們的事：你們擠在我姥姥家的小破屋，你們穿我媽媽過年都穿不上的新衣服，給我媽講她從未去過的北京，說我出生後您給我寄兩身小衣服，說那時候日子太難過了，說從未給過你們什麼──現在農村的日子好過了，媽媽常常念叨起您們，尤其是幾次來北京的時候，她就更會想起您們，說：多希望能找到你們就好了。小南和子魯阿姨，真盼望您們能看到這封信，並和我聯繫，三十多年了，媽媽真希望您們能重回白洋淀看看。」

中國國際航空公司的飛行員Peter在致「華夏知青網」管理員的信中表示：「我理解並瞭解你們那段生活，我的童年是與知青生活在一起的，在東北的興凱湖農場十五連，不管人們怎樣的評價那段歷史，我始終對知青的貢獻是肯定的。我的小學、初中老師都是知青，是他（她）們給了我知識。這麼多年過去了，我忘

第十一章　紀實與網路(六)

不了那時的生活⋯⋯」Peter的回憶表明不少知青在鄉村擔任中小學老師傳授文化知識，這確實使鄉村農民後代得到最為直接的受益。後來農民後代亦對此最為感念，如朔星、花瑤花、黃豆等農家後人都曾在刊物以〈知青老師〉為題著文與詩懷念當年教育過他們的知青教師。[⑩]

由此可見，知青雖然在某些方面也會給當地農民以不良印象（見上章），但從上述知青與農民（及其後代）的互動關係看，雙方彼此所留下的正面印象還是更為主要的。這一點，也應該是知青尋根文學得以產生並興盛的一個主要原因。

然而，凡事都不可能僅以一個面相顯示。知青網友老城在「華夏知青論壇」所撰寫的文章〈由老例文章想到的〉，恰好陳述了兩個絕然相反的例子：作者的兩個朋友，同樣是四十多歲，同樣出身自農村，同樣在童年時代接觸過下鄉知青並深受影響，但影響的結果卻迥然不同。一個有意無意地效仿知青的言行，如學普通話、講衛生，並作為知青的（小學）學生接受知青的教育，「他發誓要做他們那樣的人，從此發奮讀書，一路考下來，最後到了北京，成為一名醫學博士⋯⋯他非常感謝那些知青，沒有他們，或許沒有他的今天」。另一個卻「從小就恨他們（指知青）。他們穿得比我們好，吃得比我們好，連村裡那些丫頭對他們也比對我們好，明明比我們兜裡有錢，還口口聲聲說受苦遭罪

[⑩] 見《北大荒文學》2007年第6期、《新青年（朋友）》2006年第5期、《北方音樂》1995年第6期。李學友在《金融博覽》2007第6期發表的〈與知青在一起的日子〉，也是滿懷感激之情回憶童年時代所認識的包括他老師在內的下鄉知青。

的,那我們祖祖輩輩生活在農村、世世代代受苦受窮就該著?後來我就想,說什麼也得當城裡人」,後來他終於進了城,「從北京站下火車的那一瞬間,他就發誓,將來一定要留在北京,還要在這裡娶妻生子」。這個朋友還借著酒勁對作者說:「我最恨的就是你們知青,是你們第一次讓我知道了什麼是不公平,讓我知道了世界上還有貧富貴賤的區別。」兩個農民後代都因受到知青的影響改變了命運,對知青卻是絕然相反的兩種印象。個中緣由,顯然已超逾文學以及歷史的範疇而有待社會學家與心理學家來探討分析了。

事實上,面對自己走過的歷史,老知青們的網路文學作品大多能抱著平和冷靜的態度,力圖不帶掩飾地將過去的歷史如實寫出,如董宏猷在〈茅棚詩篇〉中說:「我的責任,是把它(指其『幼稚的詩』)原封不動地披露出來,作為真實的歷史,供讀者及研究者評說。對於我自己,我是非常珍惜自己在逆境中高揚理想主義的旗幟度過難忘的青春歲月的……這就是我當時的真實風貌。」當然,其間亦不乏深刻的批判、自省與反思,如董宏猷在同文中就指責當年招工中的走後門風氣,「使『扎根』迅速成為荒誕」。

劉曉航在〈愛情的放逐與懺悔——讀《中國知青情戀報告》〉中,則指出在當年知青們的愛情路上,「更多的是情感的畸形,渾濁,錯亂與苦澀,在這裡愛情世界遍佈孤獨、失落、迷茫、焦慮、恐懼、無奈、慘烈和悲涼。」

第十一章　紀實與網路(六)

　　胡發雲在他參與編輯的武漢知青網路文集《我們曾經年輕》[⑪]的「代序」〈難忘知青歲月〉中坦陳，神聖理想與汙濁政治的糾纏與反差，往往使他們「認真莊嚴地幹過許多神聖而荒唐的事」，亦更「從紅色烏托邦的雲端被狠狠摔到冰涼堅硬的現實中」；知青生活中，固然有「相互間溫暖的關照、豪爽的招待、油燈下的苦讀、田塍上的放歌、收穫的歡樂」，也還更有「勞累、困倦、饑餓，包括窮鄉僻壤也不可逃避的政治鬥爭與傾軋，以及為生存而生出的算計、齟齬與紛爭……」。

　　上引諸多網路文學的作品基本上出自知青業餘作家之手，顯示出鮮明的民間敘事特色。雖然其中也有專業作家如董宏猷和胡發雲，但他們的這些文章，卻顯然是以民間敘事的立場來進行寫作的。胡發雲的表現最具典型性。

　　胡發雲（1949- ），武漢人，1968年高中畢業後赴湖北天門縣鄉村插隊務農。1970年招工返城，任電鋅工及企業幹部。1987年畢業於武漢大學中文系。六十年代就開始發表文學作品與音樂作品，現為武漢市文聯文學院專業作家。2006年退出國家、湖北省、武漢市三級作家協會，並「奉還」多年來從未履職的武漢市作協副主席及湖北省作協理事等職務。著有小說集《暈血》，散文集《冬天的禮品》，詩集《心靈的風》，紀實文學集《輪空，或再一次選擇》、《第四代女性》，中篇小說集《死於合唱》、長篇小說《如焉》、《迷冬》，以及《中國作家經典文

[⑪] 此文集原為1996年由武漢出版社正式出版，其後上網為網路文集，上網後補足了出版時因種種原因刪節的部分，包括出版文集序言〈泥濘及隨想〉所沒有的下文所引語句。

庫・胡發雲卷》等。另著有大量隨筆，評論和詩論文字。其長篇小說《如焉》發表在《江南》2006年第1期，轟動文壇；當年10月由中國國際廣播出版社出版單行本，2007年1月被當局宣佈為八本禁書[12]之一，同年3月由香港文藝出版社出版，當年被評為《亞洲週刊》十大中文小說之一。著名作家章詒和（1942-）為之序曰：「兩晉無文，唯陶淵明〈歸去來辭〉而已；當代無文，唯胡發雲《如焉》而已。」

作為出身知青的專業作家，胡發雲正式發表或出版有關正面描寫知青題材的作品不多，在網路中卻有不少文章回憶其知青生活。後者顯然是基於民間敘事立場的產物。有意思的是，胡發雲的《如焉》首先也是以網文形式《如焉@sars.come》在網路發表、流行，直到被人「盜版」刊印出售於北京街頭。網路流行→盜印出售→正式出版→當局查禁，這樣一個軌跡，正充分顯示《如焉@sars.come》就是胡發雲堅持民間敘事立場而特立獨行的創作。

相對於書籍刊物等官方掌控的主流媒介而言，網路的表達自由度其實是最大的；因此，網路中的民間敘事，或許不如主流敘事那麼擁有「權威」及「市場」，卻能更自如地從個人主體性出發進行體悟、審視、省思、抒寫自己的人生價值與生命意義。「由此，他們開始走向民間，走向現實，走向自己真實的內心世

---

[12] 八本禁書為：章詒和的《伶人往事》、胡發雲的《如焉》、曉劍的《滄桑》、朱凌的《我反對：一個人大代表的參政傳奇》、國亞的《一個普通中國人的家族史》、袁鷹的《風雲側記——我在人民日報副刊的歲月》、曠晨的《年代懷舊叢書》、朱華祥的《新聞界》。

第十一章　紀實與網路(六)

界。」[13]

　　知青網路文學是知青文學發展史上，迄今為止最具開放性與自由度的話語空間，也是最具現實意義的民間文本，或說是最具民間立場的知青敘事[14]。然而，由於經濟上（電腦及上網費用）與技術上（電腦網路技術）的原因，文化水平低、經濟收入低的「沉默的大多數」依然無法大量登錄上網，知青網路文學的發展也因此頗受限制。而且，「非專業性」的局限，以及「市場號召力」的尷尬（缺乏），致使知青網路文學創作者的話語權行使，往往是處於被動且非活躍的狀態。

　　盡管如此，基於民間敘事立場的知青回憶錄及知青網路文學的出現與存在，對於知青文學發展仍然是起到不可忽視的積極作用。這種知青民間敘事話語，與其說是對知青專業作家話語（尤其是所謂名人回憶錄）的反動，不如說是從「私人敘述」角度對知青歷史「宏大敘述」進行了不無裨益的「補白」，與知青專業作家的話語（回憶錄）相輔相成，使知青文學的紀實性話語體系得到較為完整的建構。知青文學創作的世代「話語失衡」，也從而得到一定程度的消解。

---

[13] 據胡發雲給筆者的信函透露，這段話原本見於胡為《我們曾經年輕》所作的序〈泥濘及隨想〉，然該文集正式出版時，卻被刪掉了。這段話顯然更適用於指涉尤具民間敘事特色的網路文學創作。以民間敘述的立場達到歷史真實的呈現，是胡發雲努力追求與實踐的方向，其最新發表的反映文革的長篇小說《迷冬》（《江南·長篇小說月報》2012年第5期），便是這樣一部「民間的真實，也是更為可信的真實」，「不僅僅是故事的真實，還希望做到心靈的真實，精神的真實」的著作。參看劉雯〈它是一種另類的青春小說〉，載《長江商報》2013年1月11日。

[14] 關於民間敘事立場，陳思和有十分精辟的論述，參看陳思和《中國當代文學史教程》（上海：復旦大學出版社，1999），頁363-368。

但是也不得不指出，不管承認與否，作為專業作家，知青作家名人畢竟掌控著最具效率、最具影響的話語權，而自覺或不自覺地、自願或不自願地充當了知青「代言人」的角色，正所謂「歷史往往由強者書寫」[15]。因此，知青話語權的天平仍然是傾向於他們，知青世代內部文學話語失衡的困窘局面，仍然沒有得到徹底解決。

---

[15] 徐友漁〈知青經歷和下鄉運動——個體經驗與集體意識的對話〉，《北京文學》1998年第6期，頁28。

第十二章　移民成長記憶
——知青文學的特殊屬性

　　論及知青文學的屬性，一般都會注意到政治、歷史、社會、文化、經濟、地域、美學等諸多方面，卻鮮少有人會關注其三個特殊、重要而且頗具個性化的屬性：移民、成長、記憶。這三個屬性合成「移民成長記憶」的短句，亦恰好能表明知青文學事實上就是「一批特殊移民成長過程的集體記憶」。確切地說，知青是一種特殊的移民，他們的青春成長時期即在鄉村與邊疆渡過，而反映他們這一段生活歷程的文學作品即是知青集體記憶的體現。

第一節　「移民」屬性

　　知青上山下鄉事實上就是成千上萬擁有城鎮戶籍[①]的青少

[①] 參看第一章第二節的介紹。戶籍制度的確立，形成城鄉分治格局。文革上山下鄉運動所標榜的口號「消滅三大差別（指工農差別、城鄉差別和腦力勞動與體力勞動的差別）」，在某種意義上便是試圖以政治運動的方式，打破這種既成的格局。效果卻適得其反，詳參第十四章。

年,離開原居地與親人,遷徙到異土他鄉的農村、邊疆,落籍(戶籍)為當地的「新居民」。由此可說,在城鄉分治的歷史背景下,知青上山下鄉就是一種特殊的移民現象;而反映知青生活經歷的知青文學事實上也就是一種別具移民屬性的文學。

一般移民文學的特徵如生活環境改變、身分轉換、文化認同,以及文化的衝突、人生的何去何從等,在知青文學中的表現十分明顯。

在知青文學作品中,我們更可輕而易舉地發現鄉村物質生活、文化環境乃至心理境況的極大落差變異,給知青們造成的影響痕跡。知青文學的創作中,新的人文思考與書寫往往糾纏徘徊在原鄉與異鄉的文化畛域之間,以及身分認同、群體認同乃至語言認同之間。而在經歷過異域(鄉村與邊疆)文化衝擊/洗禮之後,知青文學的作者們似乎試圖通過將自身個體/群體特質,融合進鄉村的文化屬性和文化身分的努力,尋求/實現一種超越地域身分的精神歸屬。因此,在知青文學的內部視域(醞釀與創作)中,往往體現出基於異域(鄉村與邊疆)文化生存體驗與經驗的文化吸收、交融、同化、異化;而在知青文學的外部視域(閱讀與評論)中,則體現出基於異域(鄉村與邊疆)文化生存體驗與經驗的文化審視、觀察、比較、省思。

移民研究學者指出,整個移民遷徙(包括回歸)通常經歷六個階段:一,啟程上路;二,抵達目的地,受到陌生環境衝擊;三,接觸當地文化,逐漸由觀察者轉為參與者;四,參與的深入與逐漸適應;五,深度適應;六,回歸原居地,必須重新適

第十二章　移民成長記憶

應。②

　　每一個知青的經歷，幾乎都與上述六階段完全吻合。而這六個階段在知青文學中也都得到頗為充分的體現。如賀敬之的〈西去列車的窗口〉：「你可曾看見：那些年輕人閃亮的眼睛，／在遙望六盤山高聳的峰頭？／你可曾想見：那些年青人火熱的胸口，／在渴念人生路上第一個戰鬥？……」與郭路生的〈四點零八分的北京〉：「我雙眼吃驚地望著窗外，／不知發生了什麼事情。／我的心驟然一陣疼痛，一定是／媽媽綴釦子的針線穿透了心胸。／這時，我的心變成了一隻風箏，／風箏的線繩就在媽媽手中……」二詩的價值觀念完全不同，卻都很能體現不同時期不同情境下的「啟程上路」。

　　田太慧〈十七歲的夢〉：「一上去，一陣黴臭和農藥味撲鼻而來。房梁上，蜘蛛結了無數的網；樓板上，堆著老鄉還未搬完的糧食等雜物。我完全呆住了，不相信地問自己：這就是我將要開始的兵團的生活麼？」③陳村〈藍旗〉：「喧鬧過去了，草屋格外寧靜。泥地在吸吮著潑去的冷茶。村子裡狗吠聲。油燈的光，將我的腦袋放大，投在坎坷的潮濕的土牆上，看起來像個多瘤的怪物。有點想家。」④二文所抒發的情感狀態很不一樣，但都傳神地反映出知青初到下放地所受到的心理衝擊。

---

② 參看Tom J. Lewis, Robert E. Jungman, *On Being Foreign: Culture Shock in Short Stories* (Yarmouth, Maine: Intercultural PInc., 1986), pp.xx-xxv. 譯文參見梁麗芳〈私人經歷與集體記憶：知青一代人的文化震撼和歷史反諷〉，《海南師範學院學報》2006年第4期，頁23。
③ 載《紅土熱血》（成都：四川人民出版社，1991），頁18。
④ 陳村《藍旗》（台北：遠景出版事業公司，1989），頁259。

張曼菱〈有一個美麗的地方〉中的女知青,也是從不會幹傣家活,一身「軍裝綠」,漸漸通過「依波的筒裙,姑娘小夥的對歌」,接觸當地文化,開始學著像傣家人一樣地生活,用色彩豔麗的床單裁成筒裙,戴上漂亮的耳環,頓時變成了一個美麗的傣家姑娘——由觀察者轉為參與者,最終受到傣族鄉民的接受。從史鐵生、張承志等眾多知青專業作家的小說與更多知青業餘作家的回憶錄／網路文章中,可以頗為全面地了解知青是如何深入參與當地文化,並逐漸適應乃至深度適應的過程。而王安憶的〈本次列車終點〉、梁曉聲的《雪城》、鄧賢的《天堂之門》等小說,則從不同層次與階段反映知青回歸原居地後如何艱難地重新適應。

「移民」的屬性,普遍存在於各種類型的知青文學創作之中,但在尋根文學、後／擬知青文學、紀實／網路文學中的表現更為鮮明。如張承志、張曼菱、史鐵生、鍾阿城、韓少功與鄭義等人的尋根小說對鄉村文化的嚮往、懷戀或省思、批判,池莉、林白、韓東、劉醒龍、畢飛宇與李洱等人的後／擬知青小說對城鄉文化對立衝突的揭示與渲染,同樣扣人心弦、動人心魄;眾多知青專業作家及業餘作者在回憶錄及網路文章對下鄉經歷的回顧中,異域(鄉村與邊疆)文化的衝擊與洗禮仍歷歷在目亦令人百感交集。在這些知青文學的創作實踐中,固然有人能較好把握雙重身分的跨域寫作所呈現的文化特徵與文化優勢,為知青上山下鄉所帶來的城鄉文化交匯歷史留下一份具有實證意義的見證。亦無可諱言,有人在偏執的文化身分左右下對城／鄉文化扭曲、醜化,或虛飾、美化,以求迎合讀者的偷窺心理和獵奇心態,或滿

第十二章 移民成長記憶

足一己某種高姿態的意識形態主題操作，這不僅會誤導讀者，也無益於化解城鄉文化的衝突及差別。

一般移民文學中所突出表現的「生存焦慮」與「文化焦慮」[5]，在知青文學中不僅同樣顯著而且更有其特殊表現。所謂「生存焦慮」與「文化焦慮」，指移居他鄉的人由於物質與文化環境條件的改變，導致產生在生存適應與文化適應上困惑及困難的焦慮情狀與心態。在文革上山下鄉高潮如1968-1969年下鄉的知青，或許在革命激情澎湃時期尚不會普遍出現「生存焦慮」與「文化焦慮」的情狀，但一兩年後（尤其是林彪事件後），「生存焦慮」與「文化焦慮」便漫延、籠罩了知青群體。七十年代下鄉的知青，幾乎是從一開始，「生存焦慮」與「文化焦慮」就如影隨形，纏繞著知青的人生。

一般的移民文學、尤其是海外移民文學所反映的移民，其移民動機大都是為了尋找更好的生活環境與條件，因此，基本上是自動、自覺、樂意踏上移民之途的；到了陌生的他鄉異土，雖然免不了會有「生存焦慮」與「文化焦慮」的情狀，但也往往會有「希望／幸福在前」的心態。與之相反，知青下鄉大多是非自願自覺更非樂意的，知青的下放地，不僅陌生，生活環境與條件更遠不如原居地，因此反差對比的衝擊更大；而且，知青的前途茫茫，絕沒有一般移民「希望／幸福在前」的心態，由是，知青生

---

[5] 參看吳奕錡、陳涵平〈論「新移民文學」中的生存焦慮與文化焦慮〉，《暨南學報》2007年第1期，頁11-16。本文所採用的「生存焦慮」概念，雖然跟存在主義、（後）現代主義的「生存焦慮」（existential anxiety）有相通之處，但卻淡化該概念的形而上學與本質主義的思維邏輯而更落實於主體的現實生存境況反映。吳奕錡等討論「新移民文學」，對該概念的運用亦是作如此處理。

活中的「生存焦慮」與「文化焦慮」遠非上述移民可同日而語。這種「生存焦慮」與「文化焦慮」在知青文學中呈現的濃郁與強烈度也遠非一般移民文學可比擬。

　　文革時期產生的知青地下詩歌與流行歌曲,已是同步且頗為充分地體現出知青的「生存焦慮」與「文化焦慮」,文革後的知青文學中表現傷痕與控訴、人性與原欲的作品,以及眾多的回憶錄與網路文學,對「生存焦慮」與「文化焦慮」的反映亦甚為普遍。在這些作品中,知青的「生存焦慮」固然體現為物質環境與條件的貧困、惡劣,還體現為錯綜複雜甚至險惡的人際關係──包括知青與知青、知青與農民、知青與幹部、知青與家長等等。這樣的「生存焦慮」,在盧新華的〈傷痕〉、竹林的《生活的路》、孔捷生的〈在小河那邊〉、葉辛的《蹉跎歲月》、甘鐵生的〈聚會〉、陳村的〈藍旗〉、張抗抗的〈白罌粟〉、王安憶的〈崗上的世紀〉、鐵凝的〈麥秸垛〉、老鬼的《血色黃昏》、王小波的〈黃金時代〉、嚴歌苓的《天浴》、林梓的〈水魘〉等,莫不得到頗為細微、充分且深入的表現。而「文化焦慮」更多是緣自城鎮文化與鄉村文化的落差與衝突,以及知青文化身分的失落與異化。相比之下,「生存焦慮」或許還有可能會得到暫時沖釋、逃避(如回城探親、串點訪友),「文化焦慮」卻是無時無刻困擾著知青。上述作品中的知青,無不深受「文化焦慮」的困擾甚至吞噬。陸天明《桑那高地的太陽》中的知青積極分子謝平,最終不得不拋棄自己的文化身分而與邊疆極度落後惡劣的環境同化;更的的《魚掛到臭,貓叫到瘦》中的知青生產隊長阿毛,最終以外來掛屌漢的身分實踐摸親家母的情愛生涯,都是可

第十二章　移民成長記憶

稱是被「文化焦慮」所吞噬的典型例子。

在當年上山下鄉運動的政治宣傳中，一個重要的主張就是號召「有知識有文化」的知青將知識文化帶到鄉村、邊疆，以期消滅城鄉差別。然而，知青本身的底氣不足——知識文化有限、自覺性積極性缺乏，以及從學生（紅衛兵）時代帶來的劣根性未能得到改正，而鄉村傳統文化的強大與根深蒂固以及政治策略的矛盾與誤導（知青要接受農民「再教育」），知青並不能對鄉村文化的改進與發展起到多少積極作用，反而在某些方面受到後者的影響呈現出「退化」的現象，同時也給移居地造成各種破壞、衝突乃至禍害。有學者不無尖酸地指責道：「如果將『知青』作為一種移民，那可以說，他們對農村的價值觀念和生活方式的影響是幾乎談不上的。……不過，『知青』還是給農村帶來過一些東西，其中最值得一提的，便是農民的一項新的可能罪名：『破壞知識青年上山下鄉罪』。」[6]在這種情形之下，一般移民文學所彰顯的移民的成就及其對移居地的貢獻，在知青文學中甚為少見（不包括那些體現理想主義的虛妄「成就」）。

第二節　「成長」屬性

成長小說起源於十八世紀下半葉的德國，是西方近代文學中頗重要也常見的一種類型。從歌德的《少年維特之煩惱》到塞林

---

[6] 王彬彬〈［豈好辯哉］之五：一個鄉下人對「知青」的記憶〉，《書屋》1999年第5期，頁73。

格的《麥田的守望者》，便是西方成長小說的代表。在中國，有人認為曹雪芹的《紅樓夢》，乃至反映「革命青年成長歷程」的《青春之歌》（楊沫著，北京作家出版社，1958年初版）、《歐陽海之歌》（金敬邁著，解放軍文藝出版社，1965年初版）都屬於成長小說。不過，後三者的社會、文化、政治意涵，遠超逾成長小說的模型。故此，也有學者認為中國幾乎沒有真正意義的成長文學，但作為文學創作的主題、屬性或者元素，卻有長久存在的歷史。[7]在這個意義上可說，知青文學其實也就涵括著成長文學的元素，或者說，「成長」就是知青文學的一個特殊屬性[8]。

成長不僅是一個生理／心理狀態，更是一個時空狀態，它意味著人在一定的時空狀態中所呈現的生命過程。

上山下鄉的知識青年，尤其是文革期間的知青，下鄉時的年齡一般是十五歲左右到十八歲左右之間，到離開農村時，大多為二十到二十五六歲（最晚至三十歲以上）。這個年齡段，正是所謂青春成長期。也就是說，這些知青的成長，基本上是在農村、邊疆進行與完成的。人生最寶貴的青春成長期被如此無條件地納入上山下鄉的「宏大歷史」，這也或許是知青情結產生的緣由之一。亦因此，知青文學、尤其是上世紀九十年代大量產生於知青情結高度膨脹的回憶錄與網路文學，以「私人敘事」的立場，對

---

[7] 參看李學武《蝶與蛹——中國當代小說成長主題的文化考察》（北京：中國社會科學出版社，2003）。
[8] 樊國賓徑直將知青小說視為成長小說。見樊氏《主體的生成——50年成長小說研究》（北京：中國戲劇出版社，2003），頁137-153。筆者認為，知青文學只是具備成長要素而尚未足以成為獨立的文類。參見本章結語。

第十二章　移民成長記憶

知青歷史的陳述，對知青生活、命運的描寫，自然而然從不同角度不同側面反映出知青們的青春成長過程。

從知青文學作品的結構看，有反映知青下鄉的整個過程，亦即由此展現知青在移居地較為完整的成長過程，如張曼菱的〈有一個美麗的地方〉、陳村的〈藍旗〉與葉辛《蹉跎歲月》；也有通過一個完整的故事展現知青在移居地的某一段人生，如孔捷生的〈大林莽〉、梁曉聲的〈今夜有暴風雪〉與甘鐵生的〈聚會〉；還有以生活片斷連綴而成的上山下鄉歷程，如史鐵生的〈我的遙遠的清平灣〉、李銳的《厚土》系列與王小波的〈黃金時代〉。而張承志的〈黑駿馬〉則通過蒙古族少年白音寶力格在額吉的庇護下成長的過程，隱喻了知青（作者）在草原成長的心路歷程。無論哪一種結構的作品，皆有一個長短不一的過程，人物（知青）在這過程中成長；過程完成，成長也告一段落，或淪落，或升華，或失敗，或成功。亦有的時過境遷，卻一切努力歸零。

西方傳統成長小說描寫主人公成長的過程，基本上有三種模式：模式一，是主人公從純真稚氣走向成熟，認識社會、融入社會，成為對社會有益的人，完成了由自然人到社會人的過渡。模式二，是主人公步入社會，認識社會的邪惡，與之作抗爭，甚至同歸於盡。模式三，是主人公步入社會，認識社會的邪惡，與之同流合污，或者徹底幻滅。[9]

---

[9] 參看高毛華〈20世紀西方成長主題文學創作的精神追尋〉，《江南大學學報》第6卷第5期（2007年10月），頁77。

模式一基本上是一個「正劇」的語境或情境，而知青的成長過程，卻基本上是在一個荒謬時代，以荒謬的方式進行，並步向荒謬目的的過程。因此，在知青的歷史以及知青文學中，很難有如模式一那樣「善始善終」的例子。如畢飛宇《平原》中的知青先進人物吳蔓玲政治上有所建樹，卻致成性壓抑變態；梁曉聲〈今夜有暴風雪〉中的裴曉芸，經受了惡劣的政治與自然環境的考驗，卻為虛幻理想而殉難。雖然她們都經歷了「從純真稚氣走向成熟，認識社會、融入社會」，也努力「成為對社會有益的人」，但最終仍然逃不掉悲劇的結局。

　　更多例子或可歸入模式二與模式三，但作為一個特殊時代的特殊群體，知青文學中所反映的成長歷程仍然有其獨特之處，如王安憶〈崗上的世紀〉中女知青李小琴為了回城，「認識社會的邪惡，與之作抗爭」，但她抗爭的方式，卻是不擇手段色誘生產隊長，最後「同歸於盡」——似是模式二，卻沒有模式二那種正義性。鄧賢《天堂之門》中的老知青萬向東仕途暢達，為突出政績，將六百萬扶貧款貸給知青老友，卻不料虧空殆盡，最終只能吞槍自盡——似是模式三，但又帶有某些知青理想主義未泯情懷。這些故事或許可以歸結為「成長→失敗／毀滅」的模式，有的主人公是生命的結束，有的則是靈魂的毀滅，殊途同歸，都是為知青暗淡的青春成長故事畫上一個冷冰冰的休止符。

　　擬知青小說中倒是有一個頗為特殊的模式：通過小孩的成長經歷反映知青的成長，或者說是小孩成長與知青成長構成雙線複疊發展的模式。如韓東《扎根》以隨戶下放的小孩角度，「站得遠一點，心平氣和地看待」知青。劉醒龍的〈大樹還小〉與李洱

第十二章 移民成長記憶

的〈鬼子進村〉,皆以農家小孩的眼光觀察了知青在農村的「為非作歹」。在這些小孩的成年儀式的記憶中,知青的成長歷程不僅是暗淡無光的(如《扎根》)甚至是黑暗污濁的(如〈大樹還小〉與〈鬼子進村〉)。

在德國文學經典傳統中,所謂「成長小說」的德文Bildungsroman原意有「啟蒙」及「學習形成」之意[10],故這類小說常被稱為「啟蒙小說」或「成長教育小說」。但也有文學史家認為,「成長教育小說」實際上是「成長小說」(the novel of formation)和「教育小說」(the novel of education)兩種形式的合成。[11]無論如何,都顯見成長的過程就是一個受教育的過程。而知青上山下鄉的目的之一恰恰就是「接受貧下中農再教育」。相對於西方成長小說(啟蒙小說)多強調主人公在成長過程中對自我身分認同,趨向於成熟的智慧開悟(enlinghtenment)[12],知青文學中的主人公雖然也在成長過程中對自我身分認同,但卻往往未能達至「成熟智慧開悟」的境地,甚至亦未能經歷正常的開悟過程[13]。

儘管如此,知青在廣大農村／邊疆的生活過程,無論自願／自覺或非自願／自覺,都是一個經歷各種有形或無形的教育而成

---

[10] 張錯《西洋文學術語手冊:文學詮釋舉隅》(台北:書林出版有限公司,2005),頁35-37。
[11] 參看王炎〈成長教育小說的日常時間性〉,《外國文學評論》2005年第1期,頁74。
[12] 張錯《西洋文學術語手冊:文學詮釋舉隅》,頁36。
[13] 西方成長小說雖然大多也沒有達到開悟的境界,但卻有一個開悟的過程,而作者的描寫也重於這麼一個開悟的過程。參見張錯《西洋文學術語手冊:文學詮釋舉隅》,頁36。

長的過程。教育與成長兩個維度相互交錯，有正面的也有負面的。正面的教育固然可導致正面的成長，也可失誤致成負面的成長；相反，負面的教育固然可導致負面的成長，也可反過來促成正面的成長。在這個過程中，知青們的生理、心理、思想、情感、精神、智慧、性格、人格都得到不斷地發育、磨煉、挫折、成長，或變異、毀滅，或洗禮、成熟。

知青文學對知青這麼一個成長過程有頗為全面多樣的表現：有拒絕長大的顧城：「我是一個悲哀的孩子／始終沒有長大」（〈簡歷〉），「我是一個孩子／一個被幻想媽媽寵壞的孩子／我任性」（〈我是一個任性的孩子〉）；亦有早熟的郭路生：「我的一生是輾轉飄零的枯葉／我的未來是抽不出鋒芒的青稞」（〈命運〉），「我仍然固執地望著凝露的枯藤，／在淒涼的大地上寫下：相信未來！」（〈相信未來〉）。有經歷百般磨難之後仍堅守理想主義者，如梁曉聲〈今夜有暴風雪〉中的兵團戰士曹鐵強及其戰友；亦有從人性、良知泯滅的歧路幡然悔悟者，如張抗抗〈白罌粟〉中的知青「我」。有自我放逐、疏離亂世以求自在生存者，如鍾阿城〈棋王〉中的王一生；亦有由天真浪漫步向自我毀滅者，如嚴歌苓《天浴》中的少女文秀。

這一代知青的成長背景，是一個泛政治化、意識形態極為濃郁的時代。中共建政以來一系列的政治運動，如三反五反[14]、

---

[14] 1951年底到1952年10月，在中共黨政機關工作人員中開展的「反貪污、反浪費、反官僚主義」和在私營工商業者中開展的「反行賄、反偷稅漏稅、反盜騙國家財產、反偷工減料、反盜竊國家經濟情報」的鬥爭的統稱。

第十二章　移民成長記憶

肅反[15]、反右[16]、大躍進（及由此衍生的大災荒）、四清[17]、文革等，以及學英雄（雷鋒、王傑等）、讀毛選、中蘇論戰等，浸淫、籠罩在這樣一種時代氛圍，這一代人別無選擇地成為「喝狼奶長大的一代」。在接受了長期的英雄主義、理想主義以及社會主義歌功頌德教育之後，農村、邊疆普遍的貧窮、落後、愚昧的現象對知青們起到了極大的「反教育」作用。他們對社會真實現象的困惑、質疑、認識、感知、理解、思考，都很大程度體現為一種自我教育的形式。這樣一種具有正面意義的成長歷程，在知青回憶錄與網路文學中有頗為充分描述；而理想與幻相破滅後自甘沉淪或被迫沉淪的故事，則更多見諸小說的創作中。前者基本上是出自第一人稱的「真實追憶」，後者則多是有一定疏離狀態的多視角虛構。個中玄機，令人玩味。

　　舉凡處於青春成長期的青少年，由於腎上線分泌的性激素異常活動，必然會導致所謂青春期綜合症的表現：好奇求知、喜歡冒險、標新立異、叛逆固執、躁動偏激，等等。在正常的年代與環境中，由於父母、老師的引導幫助，青少年能較為平安順利度過這麼一個不無新奇卻也不無危險的人生階段。然而，作為一個特殊年代的特殊群體，知青的青春期綜合症必然有其獨特表現，因此在知青文學中的青春期綜合症，也必然表現出跟一般青春成

---

[15] 1955年到1956年在大陸開展的「肅清內部暗藏反革命分子」的運動。
[16] 大陸1957年開展的反對「資產階級右派」的政治運動。一大批民主黨派人士、知識分子及青年學生被劃為右派分子，強迫下放勞動改造，身心受到嚴重傷害。
[17] 「四清」：即1963年至1966年，中共中央在全國城鄉開展的「社會主義教育」運動。四清運動的內容，一開始在農村中是「清工分，清帳目，清倉庫和清財物」，後期在城鄉中表現為「清思想，清政治，清組織和清經濟」。

長文學不一樣的特徵。如性意識的萌生與騷動、對性／愛的激動與嚮往，是青春發育期最明顯的生理／心理表徵。這也是一般青春成長小說重點表現的題材。然而，在文革那種性／愛禁忌的年代，知青們青春期的發育徵狀固然會通過正常的途徑表達，亦有通過「非正常」的途徑宣洩。如知青的地下流行歌曲中，就普遍表現出對愛情的嚮往與頌揚，〈小小油燈〉、〈龍江大橋〉等更以男女對唱的方式，將少男少女對愛情熾烈而純真的心態袒露無疑。白洋淀知青詩群的女詩人趙哲的〈丁香〉與周陲的〈情思〉，自然而清純地抒發了少女知青在無愛年代對愛情的期盼。池莉〈懷念聲名狼藉的日子〉與林白《致一九七五》，從少女的角度，炫耀自己懵懂、天真、荒唐，年少無知卻又生機勃勃的青春生命，將青春成長的叛逆性融匯進玩世不恭的世俗性之中。而老鬼《血色黃昏》、王小波〈黃金時代〉與更的的《魚掛到臭，貓叫到瘦》，則從少男的角度，赤裸裸地展示在野蠻荒謬的環境中，對野獸般原始性欲的渴求與放縱。至於不少知青小說、以及回憶錄與網路文學中所記敘的打架、盜竊、酗酒、抽煙等累累劣跡，除了政治文化因素的影響，事實上也應該與知青青春期綜合症的非正常表現有關。

知青，成長於不正常的年代，他們的青春必然是另類的青春，反映他們成長的文學，也必然是另類的成長文學。[18]

---

[18] 胡發雲在談論其最新發表的反映文革的長篇小說，「青春的狂歡與煉獄」三部曲第一部《迷冬》（《江南・長篇小說月報》2012年第5期）時，便認為該小說反映的是「當年那些少不更事卻不得不捲入其中的青少年的成長史，在這個意義上，正如它的總題『青春的狂歡與煉獄』所寓意的那樣，它是一種另類的青春小說」。參看劉雯〈它是一種另類的青春小說〉，《長江商報》2013年1

第十二章　移民成長記憶

青春，一幅色彩瑰麗的長卷畫圖；成長，一段令人神往的陽光大道；知青的青春成長歲月，卻是在荒莽大漠中蜿蜒伸向迷茫遠方的一條小路。

第三節　「記憶」屬性

在對知青文學「記憶」屬性展開討論之前，我們必須要注意到，知青文學的「記憶」屬性是跟其「移民」與「成長」屬性密切相關的。記憶研究學者認為：「發生在十二歲到二十五歲之間的事件，乃是一個人一生中，最能記憶持久和最具有意義的。」[19]「青少年時期發生的重大事件，比發生在其他的年紀，最能夠影響他們日後的行為和觀點。」[20] 知青「十二歲到二十五歲之間」即他們青春成長的「青少年時期」所發生的重大事件，就是上山下鄉——移民鄉村邊疆。這在他們一生中，確實是最難以忘記的事情。換言之，知青的記憶→知青文學所反映的記憶，便是這一代知青的移民成長記憶。

月11日。

[19] James W. Pennebaker, Becky L. Bandsik, "On the Creation and Maintenance of Collective Memory: History as Social Psychology", in James W. Pennebaker, Dario Paez, Bernard Rime ed., *Collective Memory of Political Events* (Mahwah, New Jersey: Lawrence Erlbaum Associates, Publishers, 1997), p.14. 譯文參看梁麗芳〈私人經歷與集體記憶：知青一代人的文化震驚和歷史反諷〉，同註2，頁22-23。

[20] Roy F. Baumeister, Stephen Hastings, "Distortions of Collective Memory: How Groups Flatter and Deceive Themselves", in *Collective Memory of Political Events,* p. 279. 譯文參看梁麗芳〈私人經歷與集體記憶：知青一代人的文化震驚和歷史反諷〉，同註2，頁22。

本書緒論說過:「知青」不僅是個體的特質界定,亦是世代的特質界定。換言之,知青首先是一個「類」的概念,每一個知青都是這個「類」中某一個,他／她的命運是與其他無數「同類」相關聯的,是同屬一個命運共同體,一個共名[21]文化形態下的產物。

從現實生活狀態或心理狀態看,知青們少小離家,孤獨的恐懼感與無助感是可想而知的,因此很自然具有一種對群體的潛意識希求,群體的向心力與凝聚力較為強烈。而長久以來所受到的集體主義教育,則從正面強化了這麼一種群體意識,或者說是對群體的向心力與凝聚力。因此,知青們的記憶,很少、甚至說無法擺脫群體的制約,而往往是不同程度地在群體記憶的情境中展開。

就整體而言,知青文學就是集體記憶的產物。從具體的作品看,梁曉聲的〈今夜有暴風雪〉、《雪城》,鄧賢的《中國知青夢》、《天堂之門》等作品表現的是特具知青「共名」標誌的集體主義與英雄主義,或末路英雄的悲愴命運,顯然是凝聚著鮮明的知青集體記憶,儘管這些作品出自「某個」知青的個體創作。而王小波的〈黃金時代〉、林白的《致一九七五》等作品,乃至眾多知青的回憶錄及網路文章,雖然體現出鮮明的個人敘事特徵,但透過他們的私人性敘事,仍然折射出那個時代(文革)及

---

[21] 何其芳於1956年著文〈論阿Q〉,用「共名」的概念指代具有某種共通性的典型人物,如阿Q,見何氏《何其芳文集》(北京:人民文學出版社,1983),頁173;陳思和於1995年上海文藝出版社出版的《逼近世紀末小說選》序言中亦用「共名」的概念,指代某種文化形態或群體立場。本書所用的「共名」概念,來自後者。

第十二章　移民成長記憶

那個群體（知青）的共相。

上述現象表明：集體記憶來自個體記憶的匯合，而純粹的個體記憶卻又是根本不可能存在的，個體的記憶敘述受制約於集體記憶的諸多方面——思考方式、思維定勢、集體潛意識乃至敘述方式、概念／話語體系等。也就是說，只有作為群體成員中的個體，或者說根植於特定群體情境中的個體，才能利用這個情境的構成元素進行記憶或再現歷史。而最終也還是要把個體經驗的記憶融匯整合到集體記憶共同體中。

記憶的形成具有雙重性：一方面，它受到歷史、時代、社會、文化、政治等外在客觀因素影響所被動「催生」；另一方面，它又是記憶主體根據其生存經驗內在能動的有選擇性的主動「建構」。從後者看來，「記憶」本身就悖論式地意味著「遺忘」；而它所遺忘的就是前者中的某些客觀事物或現象。換言之，記憶其實只是有選擇性的記憶，其記憶或遺忘的選擇本身，便已經顯示了主體的情感取向與價值取向。

記憶的形成與記憶的呈現並不能等同視之。同樣的記憶可以用不同的方式與形式呈現出來。因此，一代知青的青春苦難，在梁曉聲〈這是一片神奇的土地〉與張承志《金牧場》中被理想主義所遮蔽，在張曼菱〈有一個美麗的地方〉與史鐵生〈我的遙遠的清平灣〉中被鄉土牧歌所消融，在老鬼《血色黃昏》與王小波〈黃金時代〉中被放縱不羈所化解，在陳村〈藍旗〉與鍾阿城〈棋王〉中被散淡機敏所稀釋，在池莉〈懷念聲名狼藉的日子〉與林白《致一九七五》中被浪漫狂想所解構。記憶主體的現實當下情懷關照與理性認知，引導、制約著歷史記憶的呈現。

知青文學作品中的記憶現象是頗為明顯且普遍的。首先就是與創作傾向以及題材選擇相聯繫，不同的作者在具體創作中對相關情境的不同選擇，從而展現了不同的知青生活風貌：艱苦、傷痛、悲壯、甜蜜、散淡⋯⋯，也因此形成知青文學創作風格各異的繁榮局面。然而，這只是文學風格學上所要關注的現象。作為記憶研究要關注的，應該是記憶主體所記憶的或遺忘的是什麼。

關於知青所記憶的，我們也很容易會察覺出來，那就是知青自身的有關經歷。通過這樣一種記憶，知青們得到作為知青身分的界定與認定。這麼一種對知青身分本身的記憶，當無可厚非。然而，在具體的作品中，我們似乎也很容易看出其間記憶的選擇性傾向。例如，在作為被害者的知青與加害者的知青、知青與紅衛兵、知青與農民等諸多對應關係中，無可諱言，知青文學作品中記憶的天平大多是傾斜於前者。對苦難青春的渲染、對理想主義的堅持、對歷史文化的尋根、對遠鄉異土緬懷，似乎可從不同層面與角度顯示出記憶主體自覺或不自覺的傾斜、躲避、置換、轉移等選擇性姿態。雖然作為「知青」特定情境的創作，「傾向於前者」的現象也無可厚非，但也畢竟從中可窺見知青對自身身分以及歷史的感知過於脆弱敏感，而且缺乏自審以至缺乏自信的心態。[22]

林梓反映文革中女性命運的系列中篇小說的主人公，大多在

---

[22] 由此可引申出「記憶與反省」的議題。對於「反省」（及懺悔），下章第二節將有論述，在此不贅言。對於知青「記憶與反省」關係的專題，王漢生等有專文討論，見王漢生、劉亞秋〈社會記憶及其建構：一項關於知青集體記憶的研究〉，《社會》2006年第3期，頁46-68。

第十二章　移民成長記憶

經歷了文革「文攻武衛」的紅色風暴之後，步上了上山下鄉的道路。這一歷程模式，似乎隱喻了知青與紅衛兵／造反派有這麼一段「前世今生」一脈相承的命運。然而，囿於小說結構及其故事關照的重心所在，其記憶敘事多聚焦於紅衛兵／造反派時期，知青時期的表現大抵落於虛寫狀態，以致未能充分剖析由紅衛兵／造反派向知青過渡的人生軌跡及其內在的生命蛻變意涵。劉醒龍、李洱等人的擬知青文學創作則似乎是以反制者的姿態出擊，但其「知青／加害者」與「農民／被害者」對立的模式，卻只是跳到另一極端，仍然顯示了有選擇性記憶／遺忘的不合理性，並沒有能夠真正解決問題。不僅知青就連農民也同樣在這種對立模式的記憶敘事張力中，受到了淋漓盡致的反諷與消解。

要進一步探討上述問題，就應該關注這麼一個現象：記憶本質的雙重性——現實與歷史。任何記憶，無論是個體記憶還是集體記憶（社會記憶）本質上都是立足於當下現實對過往歷史的重構，因此當下顯示的情境必然在不同程度會影響、制約乃至支配著記憶主體對過往歷史的認知與建構。當然，我們也必須要注意，過往歷史往往又以集體潛意識或文化心理沉澱的方式，影響著記憶主體對當下現實情境的體驗與感知。於是，作為（歷史與文學）記憶主體的知青，是當時歷史知青與當下現實記憶主體的複合體，即既有歷史的記憶與感性情懷也有現實的觀念與理性判析。而作為（歷史與文學）記憶客體的知青，既是歷史記憶的複現，亦是現實觀念的形塑，後者基於前者亦不拘囿於前者。

瞭解到記憶本質的雙重性，似乎可以幫助我們對記憶／遺忘的悖論式構成有所認識：當下現實情境對紅衛兵、對作為「加害

者」的知青毫無疑問是加以決絕的否定。在這麼一種當下現實情境的「陰影壓力」下，知青文學中的記憶主體，莫不有意無意採取了有選擇性的記憶／遺忘策略；而知青文學作品中的知青形象（記憶客體），也大多是這種「有選擇性的記憶／遺忘策略」的「合理性」產物。這麼一種姿態、做法與結果，無論是從道義上還是學術上，大可質疑甚至指責。如韋君宜便批評：「有些人把自己的苦寫成小說，如梁曉聲、阿城、張抗抗、史鐵生、葉辛……但是他們的小說裡，都寫了自己如何受苦，卻沒見一個老實寫出當年自己十六七歲時究竟是怎樣響應『文化大革命』的號召，自己的思想究竟是怎樣變成反對一切，仇恨文化，以打砸搶為光榮的？一代青年是怎樣自願變做無知的？」[23]問題在於，對紅衛兵、對作為「加害者」的知青決絕否定的當下現實情境，是否具有必然的合理性？若有，這個合理性從何而來？是通過對紅衛兵以及知青進行過全面深入而且「還原歷史」的辨析探討得出的合理性結論嗎？恐非。原因很簡單，無論是紅衛兵還是知青，其實都是文革這一龐大歷史怪胎的產物，在未曾對文革進行全面深入而且「還原歷史」的辨析探討，應是無法得出對紅衛兵與知青的合理性結論的。

或許，我們還可以從知青記憶的一個特殊現實情境進行考察：雖然文革結束不久，人們就通過小說形式書寫知青歷史記憶，然而，大規模的知青記憶卻是開展於上世紀九十年代的「知青文化熱」——數量眾多的知青回顧展、知青回憶錄以及網路文

---

[23] 韋君宜〈文化大革命拾零〉，《黃河》1998年第3期，頁158。

第十二章　移民成長記憶

學。請注意這個時間段：九十年代——正是大多數知青年屆四十左右到五十左右歲之間，也就是所謂「中年危機」的時期（包括更年期在內）。「中年危機」是中年人所共同擁有的現象，其症狀多為情緒消極且不穩定，最突出的表現就是沮喪與偏執，記憶力減退卻又常常回憶往事。中年危機這種情緒不穩定跟青春成長期頗為相似，可視為人生兩個成長階段的異質同構表現。只不過青春成長期的躁動偏激，透見積極；而中年危機的沮喪偏執，卻顯見消沉。或許正因如此，中年人所回憶的往事，往往指向其青春成長時期，而且還往往是有選擇性的偏執阻斷有關醜陋負面的記憶，強化凸顯美好正面的記憶，表現為一種對青春的眷戀與回眸。

　　所謂「有選擇性的偏執阻斷有關醜陋負面的記憶」，即如錢理群一再呼籲「拒絕遺忘」，卻把自己在反右時批鬥自己同學的兩次發言忘得一乾二淨，經人提醒後才想起來，以致痛悔萬分，對自己進行了十分無情深刻的批判。[24]至於「強化凸顯美好正面的記憶，表現為一種對青春的眷戀與回眸」，即如李安在接受雜誌採訪時曾坦言，《色‧戒》電影與他的中年危機有關。尤其是李安在影片中加進張愛玲小說所沒有的一場戲——女主角王佳芝為易先生唱《天涯歌女》。以此隱喻漢奸頭子易先生對美好青春的眷戀與回眸。事實上，李安也通過這場戲隱喻著他自己對青春的眷戀與回眸，以及對民族文化的追憶。[25]

---

[24] 錢理群〈我在批鬥會上的兩次發言〉，《作家文摘報》2012年5月25日。
[25] 李安〈色戒是一種人生〉，《看電影》2007年第18期，頁27-30。

九十年代知青文化熱的產生，也應與知青群體中年危機這麼一個生理／心理因素有關。當然，這個生理／心理因素也不可避免地裹纏著絲絲縷縷的政治因素。繼八十年代末政治氣氛的壓抑低沉之後，而在九十年代初崛起的思想界關於「人文精神失落」、「抵抗投降」等系列議題的爭論[26]，事實上也就為九十年代知青熱的理想主義張揚醞釀了一個有利而適時的氛圍。在這個氛圍之下，步入「中年危機」的知青在知青熱中「對青春的眷戀與回眸」，無論是基於群體宏大敘事還是個體私人敘事，也就大多是選擇性地注目於自身成長的合理性一面。由此造成的記憶偏頗與缺失，恰恰凸顯了知青記憶本質雙重性的不容忽視。

由此可說，知青文學研究仍任重道遠，知青記憶研究更方興未艾；知青文學／知青記憶的研究有賴於亦有助於文革研究乃至中國當代史研究。作為知青文學的特殊屬性，知青記憶的意義不僅是關涉往昔的歷史問題，也是一個極具現實性的問題。它不僅表明了知青對昔日歷史的看法與認知，也可從中透見出知青在現實當下的思維定勢、行為方式與處世態度。對知青文學中記憶現象的關注，不僅能給更為廣闊的記憶研究領域（如文革記憶研究乃至中國當代史記憶研究）提供切實可行的個案分析，對知青文學記憶現象本身的探討研究，也有可能為有關記憶的理論研究提

---

[26] 上世紀九十年代，在大陸思想界，自由主義、民族主義與「新左派」成為三大思想潮流。三者在文化和社會制度的重大理論上存在著尖銳的衝突。具體的主要論爭有1993年王朔與王蒙關於「躲避崇高」的爭論、1995年朱學勤等四位上海學者引發的「人文精神失落」問題爭論、1995年張承志與張煒關於「抵抗投降」的爭論，以及對文革結束以來新時期文學的總批評與總評估。其間所涉及的思想家、批評家與作家中，知青出身者包括朱學勤、陳曉明、丁帆、張承志、張抗抗、梁曉聲、姚新勇等。

第十二章　移民成長記憶

供某種新觀點或新論述,甚至有可能對現有的記憶理論範式提供方法論上的創新契機。

在知青文學中,移民、成長、記憶三種屬性互動交錯,但三者只是知青文學的屬性,而未足以成文類。無論是哪一種屬性,都未能在知青文學創作得到全面的體現與強化,而是三者相互依存,交錯指涉;此外,還與政治、文化等諸多屬性相互制約。相對而言,政治與文化的屬性在知青文學創作中所起的作用更見重要,前者主導了傷痕、反思文類的發展;後者則促進了尋根、鄉土文類的產生。儘管如此,移民、成長、記憶三種屬性在知青文學中的重要性也是不可忽視的。其重要性至少可以表現為如下兩個方面:首先,這三種屬性共存於一個文學種類,是其他文學種類所未有的現象。其次,這三種屬性事實上可視為知青文學的「全息身分認證」——即從主體特徵(移民)、時空特徵(成長)以及表達特徵(記憶)三個方面體現了知青文學的獨特性。然而,知青文學中這三種屬性長久未能得到人們(包括作家、讀者、批評家與研究者)的充分認識與重視[27],於是,給我們留下了缺憾、留下了懸想,也留下了努力探索的方向及有待開拓的空間。

---

[27] 或許跟知青文學自一登上文壇伊始,便被過於濃重的政治意識形態與歷史文化氛圍所制導有關。

第十三章 有關知青文學的質疑與爭議

　　知青文學的創作，一直伴隨著種種質疑與爭議。這些質疑與爭議固然來自知青文學創作，亦反過來引導、干擾、左右、影響知青文學創作。小如表現技巧、人物描寫，大至創作傾向、發展趨勢。且不論那些直接源自現實政治意識形態考量的質疑與爭議，如文革前的關於「寫中間人物」①及文革後的「歌德與缺德」②、「暴露陰暗面」③等無謂的攻擊與論爭，即使就影響到知青文學發展趨勢、乃至安身立命的根本性問題來說，便有「理想主義」、「懺悔意識」、「話語權」等。本章即針對這三個問題進行介紹與討論。

---

① 「寫中間人物」論：上世紀六十年代大陸文壇一度盛行這一主張，認為先進的、落後的群眾數量始終是少數，中間群眾占大多數。創作文藝作品時要更多地反映大多數中間人物。這主張不無道理，但卻被斷章取義地理解為以「中間人物」反對「英雄人物」，故遭到嚴厲的批判。
② 1979年6月號的《河北文藝》發表了李劍的評論文章〈「歌德」與「缺德」〉，對當時揭露文革黑暗的文學作品不滿，認為是「缺德」文學，要求文學應該歌頌「美好的社會主義」。從而引發全國性關於「歌德」與「缺德」的論爭。
③ 文革後，七十年代末至八十年代初，文壇一些揭露文革黑暗的傷痕文學作品，往往遭受攻擊。攻擊者認為（社會主義的）陰暗面是次要的，光明面是主要，文學應該更多反映光明，即使寫黑暗，也往往要加上「光明的」結局。

第一節　知青理想主義的質疑與爭議

「理想主義」，是知青研究——包括文學與歷史研究——所首當其衝要注意的問題。所謂「理想」，是對事物的合理想像或希望。是人們心中美好的願望，是力量的源泉，是前進的動力，是活著的希望。所謂「理想主義」，是基於信仰的一種追求，理想主義跟信仰緊密相連；脫離了精神層面的理想主義，人們也就失去了信仰，迷失了自己。可見，無論是「理想」還是「理想主義」，都應該是具有正面、積極內涵的概念，其前提應該是——這裡所說的「人」、「信仰」、「精神」，是有充分自由多元發展的主體性④意義。如果「理想」、「理想主義」只能服從於某一種意識形態而疏離了這種自由多元發展的主體性意義，其正面、積極的內涵便會受到質疑甚至扭曲。

那麼，知青文學中「理想主義」是什麼樣的一種狀態呢？

知青文學中的「理想主義」，事實上包括集體主義、英雄主義甚至浪漫主義在內。因為，這裡的「理想」不是僅指個人的理想，而更是植根於集體（國家、社會、民族）意識形態基礎之上，是與這些集體主義的概念密切相關的理想；並具有英雄主義的色彩——追求理想、為理想而奮鬥與獻身是英雄主義的行為；同時，革命（鬥爭、犧牲、獻身精神、艱苦奮鬥之類）又往往是激情浪漫的事情——所謂革命浪漫主義。因此，我們所討論的「理想主義」，實質上是基於集體主義而又涵括了英雄主義與浪漫主義。

---

④ 主體性：即人的自主、主動、能動、自由、有目的地活動的地位和特性。

第十三章　有關知青文學的質疑與爭議

　　換言之，在革命話語體系中，「理想」只能是一個共名[5]狀態——一切無名[6]理想皆服膺於革命共名理想之下。在這樣一個共名之下，必須放棄、犧牲任何個人的自由選擇。於是，以革命的名義[7]，理想高於人性，主義重於生命，「共名」之下無「無名」。亦於是，無論在現實生活中還是文學作品中，才會出現許許多多個體的人為了群體（革命）理想而獻身／犧牲——事實上也就是罔顧人性、蔑視生命——的事例。

　　自上世紀五十年代初起，因應中共建政的現實政治需要，這樣一種「以革命名義」的國家意識形態就主導與操控著大陸的主流文學；或者說，以國家意識形態為主導與操控的主流文學，就一直都處於革命「共名」的狀態之下。在這麼一種宏大歷史話語體系中，理想主義更以其理性與激情結合，立足於集體主義又統攝著英雄主義以及浪漫主義多重指涉的強勢，馳騁於大陸文壇。具體而言，文革前與文革中的知青文學就充斥著濃烈的「理想主義」（參看第二與第三章），文革後的知青文學創作依然如此，張承志、梁曉聲等人早期的作品表現尤為突出[8]，如張承志的

---

[5] 參看上章註21。
[6] 按照陳思和的說法，「無名」就是「價值多元、共生共存的狀態」。見陳思和〈共名和無名：百年中國文學發展管窺〉，《上海文學》1996年第10期，頁71。
[7] 前蘇聯一著名話劇，劇名就叫《以革命的名義》，沙特洛夫編劇，1960年由中國兒童藝術劇院聯合北京人民藝術劇院演出，敘說革命導師列寧和一群孩子的故事。劇中列寧對孩子們說：「以革命的名義，想想過去。」以此謳歌革命精神，告誡忘記革命的歷史，就意味著背叛。這幕話劇對當時的青少年事實上就是灌輸了革命利益高於一切的思想。
[8] 有的批評者所涵蓋的范圍更包括張曼菱、史鐵生、鐵凝等人懷戀鄉村與知青生活的作品。

〈黑駿馬〉、〈歌手為什麼歌頌母親〉、〈北方的河〉,梁曉聲的〈這是一片神奇的土地〉、〈今夜有暴風雪〉、《雪城》、《年輪》等,都是在知青世代共名大纛下,張揚著理想主義並交織著英雄主義與浪漫主義的作品。1998年,知識青年上山下鄉三十週年之際,梁曉聲滿懷激情地寫下一段獻辭:

如果我是雕塑家,我將為當年的我們——一代知青鍛鑄這樣一尊雕像——一條腿屹立在大地上,另一條腿長跪不起,一隻手托著改天換地的豪情高舉過頭頂,另一隻手攥著『脫胎換骨』的虔誠捫於胸前。⑨

雖然梁曉聲所形容的這尊雕像比例怪異(「一腿屹立」與「一腿長跪」的形狀不能同時並存於一人身上),卻頗能彰顯出其心目中充滿著理想主義光輝的知青英雄形象。

這些知青文學所體現的理想主義,一方面頗為自覺地立足於知青世代的共名立場,一方面卻也「責無旁貸」地肩負起「撥亂反正」、「繼往開來」等主流意識形態的重任。因此,對理想主義的堅持、維護,遠勝於質疑、批判。

雖然也有論者對這種理想主義給予肯定:「她們真誠過,她們付出了,她們對得起屬於自己的時代。無論後人如何評價她們,無論歷史對她們怎樣述說,她們是無悔的一代——青春無

---

⑨ 見《音樂天地》1998年第5期,頁5。

第十三章　有關知青文學的質疑與爭議

悔！」[10]但質疑與爭議的聲音顯然更引人注意。

　　知青作家群內部的反對聲音就一直不斷，如梁曉聲對英雄主義和理想主義的推崇，就受到孔捷生、王安憶、陳村的非議。孔捷生直言不諱地指責梁曉聲說：「完全是抽象地把這種行為來歌頌，是忘記了那個時代的背景，越是這樣越是加深了時代的錯誤。……上山下鄉從一開始就是一個錯誤的政策，無論你怎樣描寫它，它也是一個悲劇。」[11]王安憶則借用別人的話來批評梁曉聲「不應該以千萬人的犧牲，用個人的情調去緬懷這段生活」[12]。陳村更尖銳地指出：「上山下鄉注定是要失敗的。梁曉聲只用自己的感情主觀地來寫這個悲劇，沒有從更廣闊的歷史角度來寫，因此，儘管他的知青英雄勇敢地熱情地把精神與生命獻給北大荒，最後，他們只做了愚昧的犧牲。」[13]

　　張承志所推崇的理想主義亦受到批評家的嚴厲抨擊：「當一種為理想而獻身的行為被作為生命的最高意義而被提倡時，人、生命往往成為一種手段而存在。在這樣的一種追求理想的過程中，每個個體自身卻沒有價值和意義。」[14]「『虛構的集體』所構建的精神世界、價值指向，雖然常常以國家、民族、群體等名義出現，顯得很神聖，但卻與人的解放相去甚遠。……他對精神

---

[10] 蔣建強〈見證無悔的青春——梁曉聲筆下的女性形象掃描之一〉，《電影文學》2007年第18期，頁75。
[11] 梁麗芳《從紅衛兵到作家——覺醒一代的聲音》（台北：萬象圖書股份有限公司，1993），頁52。
[12] 梁麗芳《從紅衛兵到作家——覺醒一代的聲音》，頁61。
[13] 梁麗芳《從紅衛兵到作家——覺醒一代的聲音》，頁246。
[14] 陳華〈對張承志小說的社會歷史批評——以張承志小說中的理想主義為例〉，《文教資料》2007年第17期，頁75。

的追求是執著的,但他所執著地追求的精神卻是『虛構的集體』所構建的精神世界、價值指向。」[15]

毋庸置疑,張承志、梁曉聲等人的這些作品貫串、融注著知青濃濃的理想主義情意結,表達了知青中的一種縈繞於心揮之不去的情意結——對早已遠逝的理想主義的溫情緬懷與激情禮讚。雖然不管是處於「歷史在場」抑或「當下在場」的角度,都無法否認理想主義是知青一代歷史的真實面貌及真實情感——儘管這一切不免帶有幼稚、假象乃至虛偽的成分[16]。但問題在於,知青們不無純真的理想主義卻是產生、實踐於荒謬的年代,因此也就義不容辭(主動)/別無選擇(被動)服膺於革命共名理想之下。

梁曉聲曾頗為小心地申訴:「我寫〈這是一片神奇的土地〉、〈白樺林作證〉、〈今夜有暴風雪〉,正是為了歌頌一代知青。歌頌一場『荒謬的運動』中的一批值得讚頌和謳歌的知青。」[17]在此,梁曉聲顯然試圖將知青的理想主義與「荒謬運動」作切割。某些批評家也都表現出類似的心態,如張閎在回應報刊記者有關「大批『知青小說』,表現一代知識青年在那場荒

---

[15] 傅書華〈心靈的迷狂——張承志現象批判〉,《海南師範學院學報》2005年第4期,頁63。

[16] 根據梁曉聲知青小說所攝製的電影《這是一片神奇的土地》、《今夜有暴風雪》、《雪城》以及《年輪》受到層層阻撓,原因卻是:調子太低暗,未表現理想,咀嚼苦難,玩味失落的崇高。梁曉聲為此認為:「唯一自我安慰的,乃當時寫得真誠寫的激情。即使淺薄,即使幼稚,那一份兒創作的真誠和激情也是值得自己永遠保持的啊!」(梁曉聲〈我看知青〉,《北京文學》1998年第6期,頁20)

[17] 梁曉聲〈我加了一塊磚〉,《中篇小說選刊》1984年第2期,頁62。

第十三章　有關知青文學的質疑與爭議

謬的歷史運動中所顯示出的理想追求和人格精神」這個問題時，說：

> 新時期的社會理想雖然在理論上高唱的是「實現四化」，但公眾的日常生活卻越來越務實，越來越物質化。而對「紅衛兵」「知青」運動的否定，同時也包含著對一代人青春的否定。……所以才會有梁曉聲這樣的作家，他們試圖通過文學重新在「知青」生活中發掘激情和理想輝光。讓那些在新時代並沒有得到多少利益的普通人，在對昔日時光的回憶中重拾青春理想，以贏得自我肯定。這是一個善意的動機，是一個浪漫主義的舊夢，一個「一無所有者」的精神鴉片。[18]

張閎肯定了知青的理想主義而否定了哪一個時代背景，而且還進一步將知青小說之所以張揚理想主義的動因作了不無善意的解釋。由是，我們就有必要對這三者的關係進行作如下思考：

知青一代，在革命且「荒謬」的年代，滿懷理想奔赴農村廣闊天地。然而，貧困落後的農村，污濁黑暗的政治，使知青們的理想陷入了悖謬的現實窘境——他們遵循「接受再教育」的教導，但置身窮鄉僻壤落後貧困的現實，難免不質疑這種「再教育」是對文明進化的嘲弄；他們響應「扎根農村」的號召，但置身託關係走後門看出身的現實，難免不質疑這種「扎根」是對心靈真誠的扭曲；他們恪守「奉獻青春」的信條，但置身革命事業

---

[18] 張閎〈糞青的狂暴已經接近病態〉，《南都週刊》2007年7月23日。

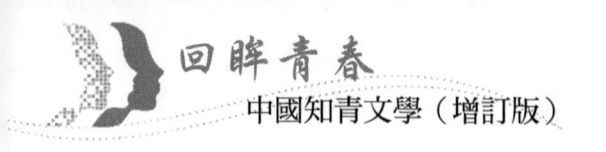

黨的利益淩駕一切的現實，難免不質疑這種「奉獻」是對人文關懷的蔑視。倘若說，上世紀九十年代是一個理想主義沉淪的年代，知青固有的使命感責任感促使他們自覺地重新高揚理想主義旗幟；而為了尊重歷史、還原歷史，知青作家更有理由緬懷、禮讚遠逝的理想；那麼，同樣是為了尊重歷史、還原歷史，是否也應該直面理想被扭曲的事實，還應該省思理想何以落空的緣故，而且，更應該揭露、譴責扼殺理想的劊子手？否則，該如何面對一代青春的無謂犧牲，一代人生的無奈延誤，一代生命的無言留白，還有那一代——整整一代知青的理想與真誠被無情褻瀆？

1986年，在紀念文革爆發二十周年之際，知青詩人高伐林（1950-）在《詩刊》8月號發表〈關於設立文化大革命國恥日的建議〉的詩作中慨然指斥：

億萬人渾圓的信念與激情怎麼裂了縫，
讓蒼蠅玩弄於毛茸茸的股掌？
……
不都是晶瑩清澈的一滴滴水嗎，
怎麼彙集起來成了狂瀾惡浪？

此番宏論今日聆聽依然發聾振聵，亦依然發人深省。人們無疑依然需要深刻地省思：晶瑩清澈的一滴滴水何以會彙集成狂瀾惡浪？信念與激情何以會被蒼蠅玩弄於股掌之中？

或許我們可以做如下較為審慎的理解：儘管知青的青春奉獻與理想追求曾經受到扭曲、利用、褻瀆乃至傷害，但對知青青春

第十三章　有關知青文學的質疑與爭議

奉獻與理想追求的真誠付出不宜決然否定,知青青春奉獻與理想追求的真實存在也不宜無端懷疑;而是需要將這一切歷史還原——包括真誠與激情,同時也進一步省思、探究真誠的青春奉獻與理想追求何以會受到扭曲、利用、褻瀆與傷害。問題在於,無論是在知青的歷史過程中,還是在知青文學的書寫文本中,青春的緬懷與理想的禮讚,往往會自覺或不自覺被令人扼腕長歎地規範到(新/舊時期)權力語境之中。因此,我們也更應該清醒地認識到,既然知青當年那些真誠的青春奉獻與理想追求之中,已經隱潛了其日後最終走向失敗的命運;而知青當下在文學創作中所彰顯的青春奉獻與理想追求,又何以能獨善其身?

另外,在緬懷、禮贊當年知青的青春奉獻與理想追求之際,是否要思考其歷史及現實的合理性?所謂理想,應該是不可排斥個人的主體性(追求者必須具有個人自由主體性),必須符合人性的需求,客觀的實際,與人類文明發展的方向。否則,越虔誠,越具悲劇性。一如鄧賢「轟轟烈烈進行了一場違反社會和自然規律的空想烏托邦運動」,與高伐林「晶瑩清澈的一滴滴水彙集成狂瀾惡浪」的譴責。

不能排除,即使在文革中,也應有具體個案的理想主義追求與實踐具有合理性——這些理想,當是符合人性發展、客觀實際、現實需求;然而,一旦理想攀附於「主義」「事業」(被「主義」「事業」所挾持),往往陷於虛妄而呈現出不合理性。比如梁曉聲〈今夜有暴風雪〉的結尾,曹鐵強及其夥伴志願留在北大荒,如果是為了穩定當時動盪的局面,穩定軍心(權宜之計,最後才返城),其行為不僅受到推崇,也應具有現實合理

性;如果說是為了「完成知青們未竟的事業(上山下鄉運動的偉大事業)」,雖然將英雄主義理想主義推到了一個高峰,但卻陷於虛妄而缺乏說服力。

值得注意的是,知青理想主義曾以另一個具有獨特魅力的面目——「青春無悔」——展現在新時期的知青文化以及知青文學之中。

「青春無悔」作為一個明確的概念,首先是出現在現實生活中:1990年,北京北大荒支邊知青在《魂繫黑土地——北大荒知青回顧展》和北大荒知青回憶錄《北大荒風雲錄》(中國青年出版社,1990)中,首次提出了「青春無悔」的口號。1991年,原雲南生產建設兵團部分四川知青在成都舉辦了《青春無悔——成都知青赴滇支邊廿周年回顧展》,引起轟動。「青春無悔」就是這次回顧展的主題。在這次展覽的「青春無悔」總標題下,還有一段注釋性的題記:「一位俄羅斯詩人說過,一切痛苦都將過去,而過去了的,就會變成美好的回憶。」隨後還出版了《青春無悔——雲南支邊生活紀實》(四川文藝出版社,1991)。

上述活動與出版物的意圖是很明顯的:荒謬的時代是要否定的,但知青青春理想的追求與實踐是無悔的、是有價值的。這樣一種思路,顯然貫徹在新時期的知青文學創作中,因此「青春無悔」的概念很快就被運用到對知青文學的討論之中,而且往往與知青的理想主義等同視之。如葉虎就將彰顯知青理想主義的作品歸類為「青春無悔」模式,認為這類小說的創作——

超越了單純的暴露批判和懷念追憶,轉向主體精神的歌頌,

第十三章　有關知青文學的質疑與爭議

即頌揚了知青一代建設荒原、獻身荒原的英雄主義的理想主義精神，充分肯定了他們的人生價值。但不可否認的是，這一模式的知青小說往往缺乏理性的追問，自我審視被擱置一邊，有把整個運動過程加以合理化的傾向。[19]

　　知青群體中對「青春無悔」這個口號的質疑聲音不斷，知青作家張抗抗的態度最為強烈：「我一次次地反問自己——一個人、一代人所犧牲和浪費的青春、時間和生命，真的是能用『青春無悔』這般空洞而虛假的豪言壯語，強顏歡笑地一筆抹去的麼？」[20]2010年張抗抗接受採訪時，對於記者提出為何她認為知青文學一方面是傾訴苦難，另一方面是沉浸於青春激情，很少反思知青自身的弱點和過錯的問題，張抗抗再次強調青春無悔的口號有其虛偽性，是不負責任的。聲稱她在1980年所發表的第一篇知青小說〈白罌粟〉，便已有意識地揭露文革中知青唯階級論、不惜殘害他人生命的暴力傾向；八十年代的短篇〈牡丹園〉、〈火的精靈〉，也都曾反映過知青對自己在文革表現的某種懊喪悔恨的心情；1986年出版的長篇小說《隱形伴侶》，作為進行反思知青歷史的嘗試，借助知青生活對人的潛意識進行了探討，其中隱含的對自己的批評檢審；九十年代的中篇小說〈沙暴〉及〈殘忍〉，進入到知青曾經以革命的名義對生命尊嚴的無情踐

---

[19] 〈新時期「知青小說」模式管窺〉，《池州師專學報》第14卷第1期（2000年），頁109。

[20] 張抗抗〈無法推諉的責任〉，《香港文學》第181期（2000年1月1日），頁34。

踏、對自然環境造成的破壞的種種敘述語境；2003年發表的中篇小說〈請帶我走〉，更鮮明而自覺地表現了那一代知青懺悔意識的甦醒。[21]

1998年，上海崇明島東平森林公園樹起了一座「青春無悔」的碑，以紀念1968年上海市二十二萬知青到崇明。此事引發廣大知青的極大反彈，老知青張愚若、張谷若為此作詩〈青春無悔——寫在知青碑前〉云：「……歲月將過去的一切／無情地抹去，／當年的火紅年華，／只化作這『青春無悔』？／……三十年呵，面對著石碑上／一排排姓名，／我們該大聲發問：／真個是青春無悔？歷史無悔？／……親愛的朋友，你回憶往事的時候，／也說問心無愧？／……呵，誰說青春無悔、歲月無悔、／人生無悔、歷史無悔？／碑上一個個姓名中／分明有血、有肉、有情、有淚！／對一個民族，這段空白怎麼能／熟視無睹，／對一段歷史，這段時代肯定是／停滯倒退！／……歷史當然有悔，／這是一個民族不應有的一頁，／歲月當然有悔，／因為長江不會倒流、／時光不會倒退！……」[22]

可以說，「青春無悔」這個口號雖然在上世紀九十年代一再被部分知青所堅持，然而，從根本上說，「青春無悔」其實是個假議題。有悔無悔首先得看是否自願。知青下鄉，基本上是無從選擇的，無論是否自願都得下鄉；其次，有悔無悔，也得看是否樂意。知青下鄉，基本上也不是樂意的（尤其是後期），是無奈

---

[21] 張抗抗〈在魯迅的注視下開始寫作〉，《北京晚報》2010年11月9日。
[22] 「上海知青」網站（http://www.shzq.net/qcwh.html）。

第十三章　有關知青文學的質疑與爭議

而為之。既不自願又不樂意,何以奢言有悔無悔?或許就是由於其語意的含混性與邏輯的脆弱性,無論在社會還是文壇都沒有得到知青世代大多數(包括知青作家)的認同,質疑聲音不斷卻未見有力的反擊,因此並沒有在理論上引發多大的爭議。反而是由「青春無悔」衍生的另一議題「懺悔意識」,卻掀起了不大不小且至今未能平息的波瀾。

第二節　知青懺悔意識的質疑與爭議

隨著對知青理想主義、尤其是對「青春無悔」的質疑與非議同時,批評者的矛頭很自然就進一步指向知青文學思想的更深層面——懺悔意識。海外知青文學研究專家梁麗芳便感慨:「知青文學大多寫個人苦難,太少反思自己、反思歷史和自己參與的那段歷史的角色。……寫知青經歷的多,寫紅衛兵經歷的少。這一代人可能不願面對自己以前做過的醜事,形成對歷史的割斷,把同樣的人分割開,變成兩種不同的人,造成一種空白……找不到從紅衛兵轉化到知青的過程,不想回憶,也許是不想寫紅衛兵的心理在作怪,影響到知青文學的深度。……我希望知青文學有自我懺悔,用歷史眼光來分析自己有甚麼責任,不只是把受苦受難的生活一寫再寫,更不要神聖化理想化。」[23]而知青作家張抗抗也不無沉痛地說道:「臨近二十世紀末,我們這一代人,是不

---

[23] 陳駿濤、梁麗芳〈世紀末中國文壇對話錄〉,《北京文學》1999年10月號,頁91-92。

是能夠低頭回首,審視我們的自身,也對我們自己說幾句真話呢?⋯⋯紅衛兵的法西斯罪行和血淋淋的犯罪事實,已是昨天的噩夢,但有多少人真誠地懺悔過,用心靈去追問我們當年為甚麼受騙上當,為甚麼如此愚昧無知?」[24]

這些批評很有力度也很有深度,但須注意這些批評有個特點:「反思」與「懺悔」兩個概念交混使用,焦點卻是在「懺悔」;而「反思」之意,也往往就是「懺悔」,即要求知青(作家)對自己以往的歷史進行「懺悔」。對此,似乎可以進行更為審慎的探討。

「懺悔」的漢語一詞,來自佛教梵語ksama,意謂發露以往之罪以求寬恕並戒惕將來。也就是說,對自己以往的罪行、錯誤「供認不諱」以求寬恕,是「懺悔」一語的狹義理解。

而在對知青、知青文學批評時所出現的「懺悔」一語,無論是批評者還是被批評者,恰恰都是從狹義上來理解與運用的,如前面批評者所強調的「自己以前做過的醜事」,「法西斯罪行和血淋淋的犯罪事實」;被批評者的抵觸情緒亦基於此,如梁曉聲就辯解道:

當年很兇惡的紅衛兵,只是極少數。大多數紅衛兵⋯⋯沒打過人,沒凌辱過人,沒抄過別人的家。⋯⋯我們可以毫不躲閃地、坦率地、心中無鬼地迎住他們的目光回答:「我們大多數的本性一點兒也不兇惡。我們的心腸和你們今天的心腸毫無二致。

---

[24] 張抗抗〈無法撫慰的歲月〉,《文匯報》1998年4月13日。

第十三章　有關知青文學的質疑與爭議

我們這一代無法抗拒當年每一個中國人都無法抗拒的事。我們也不可能代替全中國人懺悔。『上山下鄉』只不過是我們的命運，我們從未將此命運當成報應承受過！」[25]

那麼，要懺悔什麼？如何懺悔？著名老作家巴金（1904-2005）可稱是最清醒的一位先行者。巴金雖然在整個文革中都遭受迫害，未做過任何對不起人的事情，但他最為強烈地主張懺悔，因為他清醒地意識到，他在文革中為了自我保護而放棄鬥爭原則、自願作踐的行為，是「奴在心者」，是「死心塌地的精神奴隸」。他從歷史的根源上，從文革前的歷次政治運動中自己的怯懦表現，反思知識分子如何在權力的壓迫下一步步喪失了五四新文化的傳統精神，導致了人文精神的最後底線的大崩潰。[26]

巴金無疑是揭示了罪惡、災難產生的根源，指出了懺悔的根本原因與意義。但問題在於，巴金的懺悔有實質意義嗎？有任何實質性的影響嗎？很難說有。為什麼？就因為這種懺悔的前提首先就觸及到一個根本性的問題：對政治體制／制度——亦即巴金說的「權力」——的質疑與反思。即便是對「從文革前的歷次政治運動」到文革期間這個「權力」及其最高掌控者——毛澤東，至今仍為尊者諱地「不（敢）予置評」，還有什麼理由、有什麼說服力去要求大眾懺悔？一切罪惡、災難得以合邏輯以及合理化產生的總根源就是這個「權力」體制（及由此衍生的一切思

---

[25] 梁曉聲〈我看知青〉，《北京文學》1998年第6期，頁11, 14。
[26] 見陳思和〈巴金提出懺悔的理由〉，《當代作家評論》2004年第5期，頁153-154。

維、意識、觀念、準則）；換言之，懺悔的總根子就在這個「權力」，漫長艱辛的懺悔歷程要從對這個「權力」的質疑與反思開始。否則，大眾再如何誠心「懺悔」，也只能是「無的放矢」，對這個「權力」本身也不會有任何實質性的影響，「人文精神底線大崩潰」的歷史仍會不可避免地一再重演。

2010年張抗抗接受採訪時稱：「90年代前期發表的中篇小說〈永不懺悔〉，曾被一些粗心的批評家誤讀。那部作品試圖解答困擾知青已久的一個心結：即使我懺悔，但誰有資格做我的懺悔神父？即使我曾有錯，但神父才是真正有罪的（神父是真理的化身、是神的意志的代言者，更是教會權力的象徵）。所以我『不懺悔』只是出於對強權不滿和抗議。……2003年發表的中篇小說〈請帶我走〉，更鮮明更自覺地表現了那一代知青懺悔意識的甦醒。我為知青這一代人中那些真正應該懺悔而至今沒有勇氣付諸行動的人，『越俎代庖』做了這件事情。」[27]這表明，張抗抗雖然不反對知青要有懺悔意識，但也主張懺悔的總根子在「權力」（神父——教會權力的象徵）。

可見，對「懺悔意識」狹義的理解顯然是不甚合適的——尤其是在倡導「全民懺悔」時。對「全民」——包括罪魁禍首、作惡者、脅從者甚至受害者提出同樣的狹義「懺悔」訴求，顯然是難有說服力的。而且，在當下中國「為尊者諱」的政治語境之中，人們被要求「懺悔」——尤其是「全民懺悔」時，往往會產生一種遭受「不公平訴求」的感覺——當文革悲劇的真正原因、

---

[27] 張抗抗〈在魯迅的注視下開始寫作〉，《北京晚報》2010年11月9日。

第十三章　有關知青文學的質疑與爭議

製造文革悲劇的罪魁禍首至今仍然受庇護於「為尊者諱」的帷幕下，還有甚麼誠信與理由要求小民百姓懺悔呢？甚至可以說，在這麼種狹義的「懺悔」訴求中，其受益者只能是真正的罪犯乃至製造悲劇的罪魁禍首，文革的策劃者、執行者、害人者將在全民懺悔的「汪洋大海」中陰笑隱遁。

　　狹義的「懺悔」，還往往被心智異常者所利用，將懺悔的省思訴求，置換為行為學意義的指控，如有人即由於當年知青所謂的「種種惡行」，要求知青作《知青偷盜史》、《知青械鬥史》、《知青犯罪史》以表示「良心的懺悔」[28]，這種以偏概全的作派，在邏輯上也是荒謬的[29]。有人更信口責難：「曾在一夜之間將人類邪惡本能全部釋放出來的老三屆人，從法律的角度來追究，無疑很多人有著犯罪的經歷；可以拍著胸膛自詡清白的人，百分之百是因家庭成分或家長歷史的原因被取消了打、砸、搶的神聖權利。」[30]如此輕率地使用全稱判斷，令人嘆為觀止。

　　這種狹義的「懺悔」訴求，在中國知青世代中頗受抵觸，「我不懺悔」的聲音此起彼落[31]。當然，「懺悔」訴求之所以受抵觸，除了其過於狹仄的含義外，還或許跟中國傳統文化中人性本善的觀念有關。自古以來，中華民族就是一個崇尚善良與和平

---

[28] 見黎學文〈冷眼看知青〉，《書屋》2002年第2期，頁17。
[29] 照此邏輯，大可隨心所欲編造《農民（工人、軍人、幹部、學生……）偷盜史》、《農民（工人、軍人、幹部、學生……）械鬥史》、《農民（工人、軍人、幹部、學生……）犯罪史》。
[30] 彭中杰〈懺悔吧，老三屆！〉，《甘肅廣播電視報》1998年11月15日。
[31] 在知青文學、甚至是關涉文革的文學創作中，回避、抗拒懺悔的姿態甚為普遍。參看許子東《為了忘卻的集體記憶——解讀50篇文革小說》（北京：三聯書店，2000），頁159-166，206-223。

的民族,「人之初性本善」的教誨從小就深入人心,以善為美、向善斥惡的觀念根植社會。在這麼一種民族傳統、社會心理浸淫之下,似乎人人都(自以為)具備善良本性而甚少罪惡感,更無西方基督社會那種「原罪」感。因而人們探尋自己在歷史悲劇中的定位時,所注目的往往就是自身之「善」受欺的哀憫,而相對忽視了自身之「惡」作祟的戒惕;凸顯「善」的動機,而淡化「惡」的後果。於是,以「認罪」為(狹義)內涵的「懺悔」意識在這一片善良的大地似乎就失去了其存在的合理性與必然性。然而,我們這個崇尚善良和平的民族,實際上卻是長期浸泡於一個百毒俱生的大醬缸。在這麼個大醬缸打滾出來的我們,有誰敢於坦然宣稱自己「出於污泥而不染」呢?畢竟,「人非聖賢,孰能無過?」——老祖宗早就心有戚戚焉地給我們留下了這麼個古訓。

　　事實上,知青作家群體中最具自省意識的張抗抗,在是否需要全民懺悔的問題上,也是頗為踟躕的。上世紀九十年代初,張抗抗在接受採訪時,雖然也認為在文革中每個人都是有罪的,卻是反對「全民懺悔」,認為懺悔是沒有用的,只需要對所犯錯誤有所認識。[32]即使在九十年代後期高調主張懺悔(見前),仍然語帶保留地作此解說:「在這樣的文化背景下,硬說『懺悔』似乎有些虛情假意、強加於人。懺悔的前提是覺悟是自我認識;懺悔的作用是改錯是超越自我——如果『懺悔』真的不符合中國國情,那麼,就讓我們先來自我審視一番行不行呢?就讓我們對自

---

[32] 梁麗芳《從紅衛兵到作家——覺醒一代的聲音》,頁183。

第十三章 有關知青文學的質疑與爭議

己捫心自問、從頭梳理一遍行不行呢？」[33]事實上，諸多主張懺悔、甚至主張全民懺悔者，至今仍未能寫出可稱典範的懺悔文本。

因此，我們在使用「懺悔」一詞時，雖不必完全承襲其詞源「認罪」的狹義，但也須以道德自律、責己自審為出發點，同時也須更多加入「省思」——即反省歷史、反思自我、呼喚良知、承擔道德責任等更廣博而豐富的內涵。換言之，懺悔的焦點應超逾行為學意義的「認罪」轉向更具理性思辨意義的層面——自己在「文革」那場全民性悲劇中的歷史定位的自我審視、自我審判，以及道德責任的自我承擔。有人認為，「懺悔」的訴求是為了避免將個人的責任推給社會與歷史。此話固然有理，但倘若只著眼於個人責任而忽視社會、歷史、體制乃至文化的因素，也必然是失之偏頗的。（狹義的）懺悔固然需要勇氣，但省思顯然益見深刻；懺悔立足於個人，亦觀照於個人的具體言行；省思則將焦點從個人言行的懺悔引向深層因果的思考，以及對社會、歷史、體制乃至文化的反省。可見，懺悔當是省思的有機組成部分，懺悔是初步的表層性的，省思才是深刻的實質性的。省思者在省思中對自己在悲劇中的歷史定位進行自我審判並承擔道德責任（知其然），並以此為基礎，進一步省思其更為廣泛深刻的社會、歷史、體制及文化原因（知其所以然）。當然，省思的意識終究還是只產生、存在於省思者主體，省思的動機、行為及效果亦終究決定於省思者的自發、自動、自覺與自主。從個人的角度

---

[33] 張抗抗〈無法推諉的責任〉，《香港文學》第181期（2000年1月1日），頁35。

說,狹義的「懺悔」,只適用於以前做過壞事錯事者身上,而「省思」可適用於更大、以致「全民」——包括盲從、馴順、逍遙、隨大流、明哲保身者乃至受害者甚至是反抗者——的範圍。狹義的「懺悔」,須立足於否定,導向不無消極的自我救贖及獨善其身;「省思」雖然也立足於否定,卻是導向頗具積極意義的「揚棄」,在揚棄中獲得人性的淨化及人格的昇華。

　　作為知青作家(及非專業作家),其紅衛兵(及之前)的經歷,固然影響了其思想、性格、思維及行為方式的形成,而後者也固然影響、體現於知青文學創作之中,但是,如果因此就要求在知青文學中不僅要寫知青經歷還要寫紅衛兵經歷,那卻是大不適宜的。無論如何,畢竟還要考慮到「名」與「實」相符——「知青」文學無須總拖著一條「紅衛兵」的尾巴。由此可說,知青身分(經歷)與紅衛兵身分(經歷)是有必要區分的,是屬於雖有聯繫卻也有區別的兩個範疇與語境。同理,文革與知青運動、紅衛兵與非紅衛兵(如黑五類)、前紅衛兵與後紅衛兵(1969年後)、紅衛兵集體與個體、老三屆與紅衛兵、老三屆與知青等等,實際上也都是既有聯繫又有所區別的,在知青文學討論中、尤其是知青文學「懺悔」問題的討論中,不宜將這些概念隨意混淆,籠統一概而論。[34]

　　如果我們不拘泥於「懺悔」的狹義來理解,知青文學中其實

---

[34] 許子東主張反省、懺悔,亦將紅衛兵與知青合二為一(紅衛兵—知青),但卻認為在各種人中,「紅衛兵—知青的反省,才是真正想檢討自己的過失」。見《為了忘卻的集體記憶——解讀50篇文革小說》(北京:三聯書店,2000),頁161。

第十三章　有關知青文學的質疑與爭議

一直不乏對歷史及對自身的深刻省思。就從「訴說苦難」的作品來說，其實也正是體現了知青直面苦難重重的人生現實的深刻反思。或者說，這也就是知青省思中國現實歷史的起步——不少知青當年正是有了對中國底層農村（以及農、林、牧場和生產建設兵團）苦難的瞭解、體驗與認識，才從被長期扭曲的「革命人生觀」中醒悟過來，開始了邁出現實中反思的第一步。早期盧新華的〈傷痕〉、孔捷生的〈在小河那邊〉、甘鐵生的〈聚會〉、葉辛的《蹉跎歲月》及陸天明的《桑那高地的太陽》等便是這類「訴說苦難」的反思之作；後期老鬼的《血色黃昏》、白描的《蒼涼青春》、王小波的〈黃金時代〉及芒克的〈野事〉等，以或激烈或平和或戲謔的筆觸，在揭露現實殘酷的社會悲劇之際，還無情剖析了個人荒謬的人生悲劇。孔捷生的〈大林莽〉、王安憶的〈本次列車終點〉、張抗抗的〈隱性伴侶〉及陸星兒的〈流逝〉等，儘管題材風格各異，但也不同程度地表現了作者對歷史的反省、對人生的思考，以及對傳統（革命）人生觀的質疑。鄧賢的《中國知青夢》、郭小東的《中國知青部落》、費邊的《熱血冷淚》以及大批非知青作家撰寫的《知青檔案》、《北大荒啟示錄》、《草原啟示錄》等知青紀實文學作品「從整體上體現出了這樣的主題特徵：站在人類歷史的制高點上，重新反省、審視知青現象，以更加深邃、成熟、理性的現代目光，去反思以前走過的道路，從而折射出知青歲月在人生長河中的深刻影響」[35]。

---

[35] 王恒升〈論知青文學向後知青文學的主題演進〉，《濟寧師專學報》1998年2月號，頁74。

即使是知青專業作家的回憶錄,也大都能突破一己之體驗,具有更大的超越性、涵蓋面以及省思力,基本上能做到「沒有沉溺於三十年個人的得與失,而更多的是歷史的反思、人生的體味、對共和國苦難經歷之根源的揭櫫,對民族未來的關懷鑒照」[36]。上世紀八十年代中期,張承志在〈北方的河〉開篇便感慨道:

> 我相信,會有一個公正而深刻的認識來為我們總結的:那時,我們這一代獨有的奮鬥、思索、烙印和選擇才會顯露其意義。但那時我們也將會感慨自己曾有的幼稚、錯誤和侷限而後悔……[37]

當然,知青文學的省思仍須不斷的深化及拓展,尤其是在省思自己在知青歷史中的角色定位、作用及責任時,仍須更為積極坦率地面對、解剖及揭示。然而,也不應忽視知青文學以往在省思歷史省思自我上所作的努力與成績,更不應輕率地將之全盤否定。同時,在討論知青文學的思想表述問題時,不應陷於狹義的「懺悔」訴求,以致造成不必要的自虐、自傷,從而削弱我們所期望的更具深刻意義的省思力量。

---

[36] 包蘭英〈《老三屆著名作家回憶錄》編後記〉,載賈平凹《我是農民:在鄉下的五年記憶》(長春:吉林人民出版社,1998),頁180。

[37] 張承志《北方的河》(北京:北京十月文藝出版社,1987),頁1。

第十三章　有關知青文學的質疑與爭議

第三節　知青話語權的質疑與爭議

　　知青文學的創作，事實上就是在行使著詮釋知青歷史的權力——亦即人們常說的話語權。於是，知青文學的作家乃至整個知青世代便就無可避免地又都共同面臨著話語權合理性的質疑。

　　上世紀九十年代，人們對知青文學話語權的運作產生了興趣，並頗為尖銳地指出知青文學話語權被知青世代中的成功者所擁有，知青文學的話語言說其實只是成功者的聲音而並不能代表整個知青世代。這種意見在知青運動三十周年紀念活動蓬勃開展之際而愈見激烈，較有代表性的便是曾是老三屆知青的徐友漁（1947-）的指責：「一種部分人擁有的，有時甚至是虛構的集體意識代替了每個個體的親身經歷和獨特經驗。……成功者自覺不自覺地把自我經歷和自我意識投射放大，編造和社會主流意識形態相類似的神話。……他們並沒有撒謊，但僭取了『我們』這個名義。」[38]

　　因知青上山下鄉運動三十周年紀念而推出的大批知青名人回憶錄更進一步激發了這種指責，《中華讀書報》就連續刊發了有關文章批評：「老知青中一部分『成功人士』的回憶錄及雜感匯編，知青作家自選集等，範圍有限，不容易體現知青文學的全景與實績。」[39]「知青名人們在上山下鄉運動三十週年之際，紛紛以自傳性文體發言，不僅缺乏深刻思想內涵和歷史份量，連對歷

---

[38] 徐友漁〈知青經歷和下鄉運動——個體經驗與集體意識的對話〉，《北京文學》1998年第6期，頁29。
[39] 郜元寶〈不斷重寫的知青文學〉，《中華讀書報》，1998年7月15日。

史的再現也侷限在一己的經歷中。」⁴⁰「正由於這種人為造成的歷史失真,給下一代造成錯覺和迷茫,誤以為知青一代的成功與輝煌和苦難與汗水有著必然的相關關係,更誤以為當年的知青今日大部分都是『中流砥柱』。」⁴¹

的確,這些知青作家名人,畢竟只是知青世代中的一小部分,大部分的知青是「失語」的、「無語」的,而他們恰恰就是至今仍然在社會底層掙扎求存的沉默的大多數,他們對當年知青歷史的體驗與認識跟知青作家名人大約不會一樣的。因此,從整個知青世代來說,「話語權」倘若只是集中在知青作家名人手中,而他們的言說也都僅囿於「一己的經歷」,確實難免會令知青文學的發展陷於「話語失衡」的困窘之境。

據此,批評家們提出了話語權的問題,並且一針見血地指出,知青作家壟斷了話語權——亦即形成了知青話語霸權。如文學批評家王彬彬的指責:「從最初的『知青文學』到眼下五花八門的回憶文章,都出自當年的『知青』之手,都只能說是一種『知青話語』。當年的『知青』們,作為完成了『知青運動』的一半,壟斷著關於這場運動的全部話語權。」「在『知青話語』中,『知青』總是主體,而農村和農民則只能是客體,被置於受打量、受審視的境地。」⁴²「所謂『知青運動』,是城市青年與農民共同完成的。因此,當年的農民對『知青運動』和『知青生活』也有一份發言權。但迄今為止,並沒有農民的聲音。只聽見

---

⁴⁰ 翁昌壽〈知青圖書的誤區〉,《中華讀書報》1998年7月22日。
⁴¹ 張嚴正〈知青圖書開始走出誤區〉,《中華讀書報》1999年1月6日。
⁴² 王彬彬〈「知青」的話語霸權〉,《文藝報》1998年6月4日。

第十三章　有關知青文學的質疑與爭議

『知青』在單方面地說個不休,他們說著當年的自己,也說著當年的農村和農民。在某種意義上,可以說這表現了『知青』的話語霸權。」[43]

　　王彬彬對「話語失衡」的討論重點轉移到知青世代以外,提出農民不受重視,強調知青與農民的互動關係,這些都不失為有建設性的見識。然而,他將農民話語權的失落歸咎於知青,甚至由此推導出一個所謂「知青話語霸權」的結論,卻是體現了頗為偏執的情緒。平心而論,雖然不能否定知青與農民的互動關係,但知青無疑是上山下鄉運動的主體或主角,他們(無論是整體或個體,自願或不自願)是相對全程、全身心地投入參與這一運動的,而農民(尤其是個體)則多少有些游離狀態。因此,知青對這一運動的回顧、探討的關注與參與的熱誠態度,是不可能出現在農民身上的。此外,農民不擁有「話語權」,除了缺乏知青那種「主角意識」外,還確實有文化程度相對低下的原因,而相反,知青的文化程度普遍較高(跟農民比較),這也是他們能擁有「話語權」的一個外在因素。這裡並沒有(也沒必要有)歧視、埋怨農民的意思,只是表明一個客觀事實。而且知青在使用他們自己的「話語權」之際,並沒有(也根本不可能)將農民的話語權「壟斷」、「獨霸」,因此,確實不能無端冠一「霸」字而稱之為「知青話語霸權」。換個角度說,即使農民不行使其「話語權」,知青也不應該噤聲不語,以示「平等」。

---
[43] 王彬彬〈[豈好辯哉] 之五:一個鄉下人對「知青」的記憶〉,《書屋》1999年第5期,頁74-75。

王彬彬大約對此也有所認識，因而在抨擊「知青話語霸權」之餘卻又不無自相矛盾地承認：「『知青』當然並非蓄意要壟斷關於『知青』的話語權。農民本就沒有話語能力，陳述這一歷史事件的使命，也就只能由『知青』單方面承擔。這使我想到，有多少歷史事件和歷史人物，都只留下了一面之辭。」[44]農民在陳述知青歷史上的「話語失衡」確實是一大遺憾。為了彌補這一遺憾，或許可以發動當年的農民（及其後人），以文字或口頭（錄音）的形式，記錄下他們對知青、知青運動及知青歷史的看法與認識。也或許正是基於同樣的想法，王彬彬以「一個鄉下人」的名義，撰寫了針對性甚強的回憶錄〈豈好辯哉：一個鄉下人對「知青」的記憶〉。文中處處凸現知青與農民的緊張對立關係，刻意「揭露」知青戲弄、欺凌農民的情形，還不無揶揄地說，知青帶給農村「最值得一提」是「破壞知識青年上山下鄉罪」，以顯示知青下鄉意味著「把當地人置於被欺負的境地」[45]。王彬彬的回憶錄頗為充分地展示了其貫有的犀利酣暢的文風，然而，不免有以偏概全、攻其一點不及其餘之嫌。

　　在如何描寫知青的問題上，劉醒龍和王彬彬都有頗具「新意」的提法，劉醒龍指責：「以往的知青小說要麼寫知青自己，要麼寫知青眼裡的農民。」[46]王彬彬則說：「迄今為止的『知青』形象都是『知青』的自我塑造。『知青』或許並沒有資格獨

---

[44] 王彬彬〈「知青」的話語霸權〉，《文藝報》，1998年6月4日。
[45] 王彬彬〈[豈好辯哉]之五：一個鄉下人對「知青」的記憶〉，《書屋》1999年第5期，頁73。
[46] 見高曉暉〈熱心冷眼看知青——關於知青問題的對話〉，《今日名流》1998年第10期，頁7。

第十三章　有關知青文學的質疑與爭議

自承當對『知青』這一歷史形象的塑造。『知青』哪怕寫下了再多的文字，也只能完成自我形象的一半，而另一半，應由農民來完成。只有當各地的農民寫出了自己心目中的『知青』形象時，『知青』形象才能說是完整的和真實的。」[47]這種說法頗為令人困惑——知青小說寫知青眼裡的農民有甚麼不對？知青小說又如何能寫出「不是知青眼裡」的農民？知青作家如張承志、史鐵生、鐵凝等人的作品就有頗多筆墨落在農村與農民上；而朱曉平的《桑樹坪紀事》系列、韓少功的《回聲》、李銳的《厚土》等，描寫的主要對象更都是農民和農村。知青作家與作品描寫對象本身確實存在著不同程度的距離感，確實就是「知青眼中」的農民和農村，但並不妨礙表達他們對農民和農村的理解、認同以及熱愛與眷戀。至於說知青小說寫知青也成了問題，那就更令人搞不懂了。知青的自我形象，為何不能由自己塑造？何以說是「只能完成自我形象的一半」，非得「各地農民寫出自己心目中的『知青』形象時」，知青形象方可是「完整的和真實的」？依此類推，老師形象塑造的一半須由學生完成，幹部形象塑造的一半須由群眾完成，作家形象塑造的一半須由讀者完成，抗日英雄形象塑造的一半須由日本侵略者完成⋯⋯如此邏輯，委實近乎天方夜譚了。

　　我手寫我口，寫自己最熟悉的生活，這當是文學創作的常識，王安憶便說：「作品的思想內容很重要，不容忽視。但它也來源於生活，而不是憑空產生的。因此，我寫小說，不是首先去

---

[47] 王彬彬〈「知青」的話語霸權〉，《文藝報》1998年6月4日。

想小說的思想內容,而是只著眼於生活,琢磨著生活。」[48]梁曉聲也坦然承認:「我不熟悉當代農民,不熟悉當代工人,不熟悉當代知識分子,不熟悉當代一般市民,甚至也不熟悉當代20至25歲之間的青年,更不熟悉當代幹部階層的生活,我只熟悉和我有過共同經歷的當代『老青年』」[49],因此,「我的目標是追尋他們的足跡不斷寫下去」[50]。當然,其他人(如農民)也可以描寫他們眼中的知青形象,但這只是「他人眼中的知青形象」,而未足以取代知青文學所塑造的「自我形象」。

王彬彬的〈「知青」的話語霸權〉文章發表後,武漢一批知青出身的作家與學者在《今日名流》1988年第10期上,撰文進行批駁。批駁的觀點主要有兩個:一,所謂「話語霸權」,是以強制性手段剝奪對方的話語權力,而知青並沒有對農民這樣做。二,如果說對知青運動農民有一半話語權,那麼知青的老師、父母、親人、帶隊幹部、決策者等有關人士也都應有話語權;他們沒說話,並不意味知青壟斷了他們的話語權。王彬彬以美國轟炸中國駐南斯拉夫大使館為例來反駁第一個觀點,以知青要「相結合」的對象是農民為由反駁第二個觀點。[51]王彬彬的反駁委實無力:以美國轟炸中國駐南斯拉夫大使館為例,可謂風馬牛不相及,不值一提;知青與農民的關係固然是主要的,但不能忽視、

---

[48] 王安憶〈我愛生活〉,《人民文學》1983年第6期,頁110。
[49] 梁曉聲〈生活・知識・責任〉,《人民文學》1983年第12期,頁107。
[50] 叢麗杭〈北大荒的兒子——訪青年作家梁曉聲〉,《黑龍江日報》1985年2月24日。
[51] 王彬彬〈[豈好辯哉]之五:一個鄉下人對「知青」的記憶〉,《書屋》1999年第五期,頁75。

第十三章　有關知青文學的質疑與爭議

否定其他人與知青的關係。事實上，知識青年上山下鄉運動是一個龐大的系統工程，遠非「知青—農民」那麼單純的關係可以統括的。

儘管如此，無論在知青歷史或者知青文學上，提出農民話語權的問題也還是很有積極意義的，廣而論之，跟知青上山下鄉運動有關的各類人，比如運動的決策者、執行者、知青帶隊幹部、知青家人及同學好友等，也都應該行使其話語權，參與討論知青話題（詳參第十四章）。這應該是知青所樂觀其成的，但這樣的可能性有多大？誰也不敢說。不過倘若像王彬彬、劉醒龍們那樣偏執於情緒化，就只能使問題進一步惡化而難以得到妥善解決。其實，這些批評雖然不無道理，卻不甚合乎實際情況，甚至是言過其實的苛求。從根本上說，知青文學（及歷史）的話語權，始終還只能是掌握在知青手中，即塑造知青文學形象（及敘述知青歷史）的主要責任應該是責無旁貸地落在知青的肩上，農民及其他人的話語，是必要的，必須的，但都只能是輔助、補充的性質，而不可能喧賓奪主甚至反客為主。

中國的知青文學在風風雨雨中走過了半個多世紀，無論成功還是失誤、欣慰還是遺憾、共識還是分歧，畢竟記述了一代知青的歷史，體現了一代知青的省思，卻也不可避免地袒露了一代知青的侷限。有關知青文學的種種質疑、批評，應是對知青文學侷限的反撥，亦當有益於知青文學的發展。然而，倘若批評者採取責備求全、吹毛求疵的態度，及以偏概全、全盤否定的做法，便難使批評起到應有的作用。具體說來，知青文學理想主義的表現

固然有其合理性，但有必要認識、處理好知青理想主義與政治權力語境的關係。既要尊重歷史、還原歷史，也要直面理想被扭曲的事實，更要省思、揭示理想落空、乃至遭受扭曲與扼殺的根本緣由。有關知青文學「懺悔」意識的批評，也應秉持公正客觀的態度，而不宜肆意貶損、無端擴大打擊面。自戀、自憐固然不光彩，自虐、自傷也同樣不足取。知青文學的話語權，由於客觀現實的不可更易性，只能爭取運作更合理、更有效，而不可採取絕對平均主義，更不可因噎廢食、釜底抽薪。

　　文學原本就是極有靈性的話語，知青文學亦當作如是觀。尤其是在當今日益寬容開放的世界中，文學靈性更應得到極盡充分的發揮；而知青文學的話語權與省思意識，也應該得到更為開放、寬容的理解與認識。

第十四章 眾眼看知青
——上山下鄉運動的多向度觀照

毋庸置疑,知青是上山下鄉運動的主角,以致人們在談論、討論上山下鄉運動時,往往只是聚焦於知青,而有意無意忽略了上山下鄉運動中其他(主動或被動的)參與者與涉及者,如鄉村農民、基層幹部、帶隊幹部、知青家人等。

十多年前,老三屆知青,著名學者徐友漁已從歷史評價的角度提出嚴厲批評:「廣大農民明明也是上山下鄉運動波及到的一方,這場聲勢浩大的遷徙運動無疑也涉及到了他們的基本利益,但從來沒有文章從農民的角度作出評價和檢討。」[1]

文學批評家王彬彬更從歷史呈現的角度提出話語權的質疑:「所謂『知青運動』,是城市青年與農民共同完成的。因此,當年的農民對『知青運動』和『知青生活』也有一份發言權。但迄今為止,並沒有農民的聲音。只聽見『知青』在單方面地說個不休,他們說著當年的自己,也說著當年的農村和農民。在某種意

---

[1] 徐友漁〈知青經驗和下鄉運動——個體經驗與集體意識的對話〉,《北京文學》1998年第6期,頁32。

義上,可以說這表現了『知青』的話語霸權。」②

　　歷史評價須立足於歷史呈現,沒有歷史呈現,歷史評價只能是無的放矢。因此,王彬彬質疑的意義似乎比徐友漁更見其根本性與重要性。雖然王彬彬將農民話語權的失落歸咎於知青,甚至不無偏頗地推導出一個所謂「知青話語霸權」的結論③,但提出農民不受重視,強調知青與農民的互動關係,提倡農民的話語權,這些都不失為相當有建設性的見識。

　　廣而論之,知識青年上山下鄉運動可視為一項社會系統工程,知青固然是運動的主角,擁有毋庸置疑的話語權。然而,跟知青上山下鄉運動有關的各類人,如前所述的鄉村農民、基層幹部、帶隊幹部、知青家人等,也都應該行使其話語權,發表他們對知青及上山下鄉運動的看法,參與討論知青上山下鄉運動的話題。這些人雖然不是知青上山下鄉運動的主角,但是,他們的發言,顯然可以使對知青上山下鄉運動的考察與解讀,更為全面、完整,也因此可得到更接近客觀公允的認知與評價。

　　十多年過去了,雖然也有論者關注到知青上山下鄉運動與農民／農村的關係,如法國漢學家潘鳴嘯在其專著《失落的一代:中國的上山下鄉運動(1968-1980)》第九章「物質困難及精神

---

② 王彬彬〈豈好辯哉:一個鄉下人對「知青」的記憶〉,《書屋》1999年第5期,頁74-75。
③ 對此,筆者曾撰文進行討論。見王力堅〈有關知青文學話語質疑的思考——為知青文學一辯〉,《二十一世紀》網絡版總第5期(http://www.cuhk.edu.hk/ics/21c/supplem/essay/0206018.htm),2002年8月31日。老知青網友「更的的」也在其網路文章〈上山下鄉運動ABC〉中的「知青和農民、咱們是一家人」與「再說『知青和農民,咱們是一家人』」章節,駁斥了「知青話語霸權」的說法。見「更的的空間」(http://blog.boxun.com/hero/gengdede/)。

第十四章　眾眼看知青

困頓」中,也從「難以適應農村生活條件」、「難以融入農村社會」、「群組的社會身分及認同問題」等方面,剖析了知青與農村錯綜複雜的關係及其社會、歷史與文化背景;[4]老知青網友「更的的」在其網路長文〈上山下鄉運動ABC〉中也以「當時的農村經濟」、「為一個生產隊經濟算一筆賬」、「再說『知青和農民,咱們是一家人』」等章節,深入論述上山下鄉運動給農民／農村帶來的傷害以及知青與農民之間的矛盾複雜關係。[5]然而遺憾的是,當年曾親歷上山下鄉運動的「其他人的聲音」仍然十分微弱,對這些「其他人的聲音」進行學術探討的文章與論著更為少見。有鑑於此,本書特闢此章,以期做一些聊勝於無的「補白」工作。希望通過知青之外的「他人眼光」,回望當年上山下鄉的知青;通過知青之外的民間敘述,重構知青上山下鄉的歷史。要說明的是,兵團(包括農林場)知青與農村插隊知青的處境不太一樣,後者跟農民的關係更為密切,故本章所探討的焦點,主要為在農村插隊的知青及其相關的人員。

第一節　仰慕:城市文明的傳播者

就筆者所接觸到的各種有關上山下鄉運動的資料看來,尚未見有全面系統反映鄉村農民聲音的論著,所見者多為散見於各類

---

[4] 潘鳴嘯《失落的一代:中國的上山下鄉運動(1968-1980)》(北京:中國大百科全書出版社,2010),頁225-314。
[5] 更的的〈上山下鄉運動ABC〉,「更的的空間」(http://blog.boxun.com/hero/gengdede/)。

回眸青春
中國知青文學（增訂版）

報刊雜誌的記憶追述，而且明顯地突出了三個特點：其一，幾乎皆為第一人稱的自述；其二，作者基本上年齡小於知青，因此可稱為農家子女；其三，關乎知青的評價，褒多於貶。

這類記憶追述大多是著眼於知青們的正面表現，尤其是作為城市文明傳播者的表現，諸如：

你們這些城裡娃的到來讓我高興地不得了，我們一起演節目，一起說普通話，一起勞動，從此鄉間的文化生活不再單調……的確，幸福。對於那一段與知青一起走過的青蔥歲月，已然成了我們那一代人最深的記憶。⑥

上世紀70年代初，我還是個剛滿10歲的小學生……生產隊來了個外號叫「杜老五」的知青哥哥，他就是杜澤陵。因為他是個文化人，很快就當上生產隊的記分員。那時隊裡常常開會，這時就由他讀報紙和語錄，他還領著團員們辦壁報和專欄，進行文藝演出等，很快使小山村活躍起來。⑦

李洪芝和曾振森經常在這裡給黎胞們讀讀報紙，教導黎胞們讀書認字……經過一段日子的朝夕相處，知青和黎胞的關係親密起來了。從知青臉上，黎胞讀到了他們愉快的心情；在知青心

---

⑥ 陳愛美〈時代回眸，那一段我和知青一起走過的青蔥歲月〉，「陝西陳愛美的BLOG」（http://blog.sina.com.cn/chenaimei）。

⑦ 龐國翔〈永遠的知青哥哥〉，《新聞三昧》2003年第10期，頁48。

第十四章　眾眼看知青

裡，黎胞窺探到兩顆真誠的根正悄悄往這片土地扎下⋯⋯[8]

　　這些來自都市的學生們就給偏遠、落後、困境中的農村帶來了一股無處不在的新奇。他們的裝束，他們說話的聲音，甚至走路的姿勢，都使我們覺得奇特，別緻。在大田裡做活，在村街上走路，我們也總是能夠覺出他們的優秀來。自然而然地，我們將他們確定為自己的精神嚮導。⋯⋯在他們的身邊，在先進文化的引領下，我們漸漸長大了。[9]

　　這種城市文明的傳播與影響是多方面的，有的是刻意而為（包括輸出、教育與接受、模仿），有的則是潛移默化的。如張鳳起最喜歡跟知青趙紅軍待在一塊，用他的話說，是「和知青在一起沾沾文化氣兒」[10]；陳愛美回憶從知青那裡看到自己深愛的文藝雜誌，「我幾乎到了如癡的境界，捧著書如獲至寶愛不釋手」[11]；胡海棠模仿知青的生活方式，從學會刷牙開始，進而「拼命用功讀書」，最終「考上外面的學校」而離開鄉村[12]；有時候，農家青少年只是純粹非功利性地受到知青形貌氣質的感染：「男的軒昂，女的漂亮⋯⋯他們的美和率真深深地影響了我

---

[8] 黃宏能〈芝姨〉，《椰城》2008年第4期，頁5。
[9] 欒承舟〈與知青相處的年月〉，《作品》2008年第8期，頁15-16。
[10] 佚名〈我與知青的不解情緣〉，《聊城日報》2012年03月24日，星期六，第A2版。
[11] 陳愛美〈時代回眸，那一段我和知青一起走過的青蔥歲月〉，「陝西陳愛美的BLOG」（http://blog.sina.com.cn/chenaimei）。
[12] 胡海棠〈學會刷牙〉，《蘇州雜誌》2004年第2期，頁24。

們。」⑬「有一個白淨漂亮的女青年一手提箕,一手提耙,哼著小調,不時出現在鄉間小道和屋前屋後,這一幕,我至今都記得。我曾對女兒說起這件事,她說我盡說謊話。」⑭「(上海女知青)疑是下凡的七仙女,在月光下吹口琴或在倒映著彩虹的河畔洗頭髮,哦,真是人間罕見的無邊春色良辰美景。⋯⋯她們是寧願不吃也不願放棄飲食中的審美;比如,她們會用圩埂下的鳳仙花汁染指甲,用燃過的火柴枝子描眉毛,用火鉗子燙出頭髮上的波浪,用裝滿滾開水的鋁口杯燙平衣服上每一條皺褶。⋯⋯我們那時那麼小,完全不懂三圍之類的美女標準,只是本能地被一個個纖秀、優雅、聰慧、感性的優雅氣質所吸引⋯⋯」⑮

這些來自農家子女的追憶,印證了專家學者的論述:「大批風風火火的知青湧來,深入到窮鄉僻壤,給封閉落後的農村帶來了與祖祖輩輩陳陳相因的傳統生活方式迥然不同的思想文化,新鮮的氣息──從刷牙、洗澡、洗衣服到半導體、良種核桃──多多少少現代化的信息。宜川百姓流傳一種說法,幾十年來,兩起事件對宜川世風民心震動甚大且深,一是抗戰時期閻錫山一度將山西省政府遷至宜川縣,百姓由此得知世上的風風雨雨;另一個就是知識青年上山下鄉,給各村送來了『北京的學生娃』。」⑯

這些農家出身的作者,大多年齡小於知青,他們幾乎無一例外地在當年知青的感染下,得到了不同程度的啟蒙,開拓了視

---

⑬ 欒承舟〈與知青相處的年月〉,《作品》2008年第8期,頁15。
⑭ 李學友〈與知青在一起的日子〉,《金融博覽》2007年第6期,頁58。
⑮ 黑白〈上海美人〉,《散文百家》2003年第12期上半月,頁37。
⑯ 印紅標〈當今延安地區北京知青的處境〉,《中國青年研究》1990年第6期,頁23。

第十四章　眾眼看知青

野,激發了理想,提升了文化,增進了才學,最終改變了自己的命運。然而,年齡與文化的「劣勢」,也致使這些農家子女往往以一種仰慕的口吻與角度追述他們對知青的印象與感受(從今天看多少是有點理想化的想像),上引諸例的字裡行間便可見這種表現,有的還用更為直接且鮮明的方式表達:「當年,你們懷著理想,懷著夢,來到北大荒,為我們家鄉的發展建設做過多少貢獻,我們說不清,可是,你們卻像星星之火,用你們的理想、精神,也用你們的知識、熱情,點燃了我生命中的希望之火……你們培養、影響過的一代青年人正在為北大荒的發展貢獻著自己的力量……而我,終於實現了自己的夢,到外面的世界看了個遍,才知道外面的世界很精彩,也很無奈。」[17]

知青弟妹的回憶文章,也佐證了知青與農民之間既有矛盾衝突卻也不無良好互動的關係:「我哥和我熟知的人一起分散在各個生產隊的知青點,加入了並不真心歡迎的農村集體所有制按勞分配的大群體。自私的和狡滑的農民挑剔著城裡的青年,善良和同情也幫助了我哥這群知青,總之他們還是為枯燥的農村生活帶來了活力,他們組織的文體活動帶動了許多農村青年參與,並且將我家所有的連環畫和圖書帶入了農村,吸引了更多的農村小孩。」[18]

我們沒有理由懷疑這些追憶的真實性,我們沒有理由質疑這些農家子女確實受到知青正面形象的積極影響。但是我們也有理

---

[17] 趙秀蘭〈祝福大哥大姐〉,《北大荒文學》1994年第10期,頁54-55。
[18] 較勁的土老冒〈「成都」知青哥哥〉,「天涯社區」(http://bbs.city.tianya.cn/)。

由相信,還有不少受到知青(及上山下鄉運動)負面形象消極影響,甚至曾遭受知青有意無意不平等對待乃至欺凌的農家子女至今仍然沉默失語。

固然,農家子女的記憶追述文章也有對知青負面表現的反映,諸如:

知青們第一天下田幹活見著那滿地滿野的麥苗直發愣,有的還嚷,這農村怎麼的種那麼多的韭菜,一眼望不到邊。[19]

他們互相之間也有矛盾,也為一些雞毛蒜皮打打鬧鬧;有時也為了出工、戀愛、生活、回城等瑣事,不時鬧出一些花邊新聞,成為鄰里四村茶餘飯後的談資。……偶爾,他們也像村中青年一樣,會在某一個月黑風高之夜到村中或外村偷雞摸狗,然後,悄悄撬開伙房的門,將獵物洗剝乾淨煮上;然後,再悄悄敲開小賣部的門買幾瓶白酒,慷慨高歌、大快朵頤直至月上柳梢。[20]

城市鄉村的日子緊巴,精神生活悽惶。知青們苦中作樂,不時就會弄出一些事情來。一次,知青點廚房裡少了幾斤花生油,知青們互相猜疑,後來竟私自查起房來。還別說,油在一個知青的床下找到了。這個知青也是一個剛烈之人,一氣之下仰藥自

---

[19] 袁浩〈我記憶中的鄉村〉,《安徽文學》2009年第7期,頁96。
[20] 欒承舟〈與知青相處的年月〉,《作品》2008年第8期,頁16。

第十四章　眾眼看知青

盡，留下一個難解的謎團困惑著所有的人。[21]

但這類負面反映，基本上是出自善意，有時候還著意為知青們解套：「大家喜歡他們，也反感他們，不理解他們。他們離開自己的家，遠離父母，生活的寂寞，精神的空虛，對前途的絕望，構成這個群體獨特的心靈世界。他們的心，同整個村子的色調是一致的，灰暗而沉悶。」[22]知青口饞好吃，善找野食，是由於「在那個動盪、饑荒的年代，生存是主要的，何況他才從城頭來」[23]。

1993年，歌手李春波創作演唱了《村裡有個姑娘叫小芳》，紅極一時。該歌訴說知青與農村姑娘相戀而又不得不分手的傷感故事，感動了不少人，卻也受到不少網民的批評甚至是攻擊，認為是「始亂又終棄的故事」[24]，「（小芳）年輕單純不諳世事被人利用被人玩弄」[25]，「一個白眼狼和一個傻村姑的破事」[26]。然而，農家子女的記憶追述文章，不少涉及了類似的故事，卻有不一樣的敘述：

> 我們的校外輔導員是知青隊的小郭，她長得漂亮，身材也苗條，我的小叔說她的氣質和臉形很像「一不怕苦，二不怕死」的

---

[21] 欒承舟〈與知青相處的年月〉，《作品》2008年第8期，頁16。
[22] 欒承舟〈與知青相處的年月〉，《作品》2008年第8期，頁15-16。
[23] 宋明〈我記憶中的知青們〉，《草地》1999年第4期，頁9。
[24] 漸行漸遠〈聽歌一歎〉，「漸行漸遠漸無聲」（http://ldm7771319.bokerb.com）。
[25] 寒冬藍雪〈村裡有個姑娘叫小芳……〉，「西祠胡同」（http://www.xici.net/d93731453.htm）。
[26] 秋風落葉掃〈白眼狼唱給傻村姑的歌〉，「秋風落葉掃的博客」（http://lzyzqyc.blog.163.com/）。

357

劉胡蘭，要我傳個小紙條，被祖父喝住：「真是癩蛤蟆想吃天鵝肉！」[27]

他在回知青點的路上看見了我們村的葉子姑姑，剎那間不由呆了，一腔心思竟牢牢繫在了美麗的葉子姑姑身上。他尾隨著她進了村，吃過晚飯再次來到了我們村頭。還別說，他的笛聲真的捉住了葉子姑姑的心。但他們後來並沒有搞成對象，葉子姑姑的老爹死活不答應。說來他倒不是嫌知青的父母是什麼右派，只是覺得自己的女兒無論是身分、學識還是門庭都與眼前這個修長的小夥子差距太大，倆人絕對過不到頭。自己的女兒除了漂亮，還有什麼？而漂亮是多麼靠不住的東西啊，於是事情不了了之。[28]

裡面有一個人稱「秀才」的娃子，不僅人長得好，而且很守規矩。他白天幹活，晚上向農戶問長問短，用小本本記錄下來。他說話客氣，舉止文明，真像個秀才。社員們都很喜歡他。情竇初開的我，慢慢向他走近了。那時我剛從中學畢業回家務農，按當時的說法叫做回鄉知青。……我終於明白了，他愛的是那本書，那份送書的情，不是我這個人。[29]

當時村裡公認最漂亮的姑娘公社書記的女兒喜歡上了李紅

---

[27] 李學友〈與知青在一起的日子〉，《金融博覽》2007年第6期，頁58。
[28] 欒承舟〈與知青相處的年月〉，《作品》2008年第8期，頁15。
[29] 口述／阿芳，整理／柯雲〈我與知青〉，《文史月刊》2010年第9期，頁68-69。

第十四章　眾眼看知青

軍，而木訥的李紅軍卻渾然不覺，姑娘為此惹得茶飯不思，無心勞作，以致相思成疾。[30]

我的哥哥和來村下鄉的青年是一年高中畢業的，年齡相仿。他特能幹，畢業後就擔任了生產隊隊長。為此他和下鄉青年們「玩」得特別好，也正因為如此，我家成了下鄉青年的「點」……其中一位女青年，父親是國家一個部級幹部。在相處中，她看上了哥哥，以至於發展成戀愛關係。後來，哥哥被保送上了師範學院，很多費用都是她幫助的。但最後兩人沒走到一起，原因是女青年回城工作後，考慮到傳統觀念和戶口等問題，覺得人言可畏，還是忍痛分手了。[31]

這些故事的男女主角，或者是落花有意，流水無心；或者是發乎情，（主動或被動）止乎理。這種結局是頗為契合現實情形的。且不說文化差異、門第之見等傳統規範制約（所謂「止於理」），就從現實生存情境考量，知青也是儘量（有意或無意）避免與農家子女發生戀情，因為一旦發生此類戀情甚至結婚，必定極大影響其離開農村的機會。畢竟，絕大部分知青是不願意扎根農村一輩子的，於是理性抑制了感性（「止於理」的另一表現）。

那麼，有沒有「始亂終棄」的負面例子呢，肯定是有的，但

---

[30] 佚名〈我與知青的不解情緣〉，《聊城日報》2012年03月24日。
[31] 劉玉廣〈那段歷史，大家都忘不了〉，「上海知青」（http://shzq.net/zwzl/lswbl.html）。

筆者所看到的文章卻未見這樣的負面表現。或許這是文章作者有選擇性的記憶、撰寫策略所致。甚至有的本是很負面的事例，在作者筆下（或者說是當事人們寬宏大量的化解），卻也得到出人意外的「大團圓」結局：

> 一個在該村窯廠幹活的女知青，一個多麼漂亮的仙女啊，竟然鬼使神差地愛上了村中一個有婦之夫。開始，他見她纖弱，出於一種與生俱來的關懷，對她呵護有加。一來二去，竟擦出了火花。一次，兩人在大沽河畔的磚林裡休息，一時間情不自禁，年已不惑的他與二八年華的她完全沉浸在一種柔曼的繾綣之中，完全沒有注意近處有一雙盯了他們好久的眼睛。傍晚時分，公安局的警車嗚嗚叫著一路開進了村莊。她堅稱是自己主動，跟他沒有絲毫關係。但是，他仍以破壞知識青年上山下鄉的罪名被判刑六年。自那時起，滿懷歉疚的她便經常上門與他的妻子做伴，教他的兒子做作業，直到回城的那一天。兩個善良的女人，用一腔真情和寬容譜寫了一曲理解萬歲。㉜

這種有選擇性的記憶及撰寫策略，或許是基於文章作者（農家子女）跟知青之間相交相知相惜且悠久深厚的情誼：「我曾與當年的知青同用一個廚房共臥一條土炕。／我也曾與他們一起勞動一起開會一起演唱。／我知道他們勞動後的疲乏和酸苦，／一聲「真累呀」也能體現出他們軟弱中的堅強。／他們不孤高視我

㉜ 欒承舟〈與知青相處的年月〉，《作品》2008年第8期，頁16。

第十四章　眾眼看知青

如知心朋友，／她們很淳樸親切地呼喚叔伯嬸娘。／我常聞他們飯鍋裡散發的糊味，／我常笑他們有趣的方言異腔……／我和他們的故事很多很多，／都在我的記憶裡深藏……／我知道他們是一群可愛的青年，／他們雖然有時叫苦喊累有時偷雞摸狗有時鬥毆打仗。／但他們有激情有豪情有鬥志有理想，／即使離開了第二故鄉也不忘與我們的友情和交往……」[33]

出身於城鎮戶口家庭的王彬彬，曾以「一個鄉下人」的名義，對知青進行了頗為嚴厲而徹底的抨擊。[34]王彬彬之所以能如此高姿態的直言不諱，很大程度是沒有前述作者那種「跟知青之間相交相知相惜且悠久深厚」的歷史情感負擔[35]。無獨有偶，知青的同齡人，既沒當過知青，也沒當過農民的專業一級作家劉醒龍在其中篇小說〈大樹還小〉[36]中，也對知青進行頗為全面無情的批判[37]，其小說所突出渲染的中心情節就是女知青與農民的戀情悲劇；同樣是文學創作，六十年代出身的農民作家魏留勤，在其短篇小說〈我們隊裡的知青〉[38]中，雖然也以農家小孩的角

---

[33] 張永賢〈我與知青〉，摘自「博客中國‧張永賢的文章」（http://zyx758.blogchina.com/1265703.html）。
[34] 王彬彬〈豈好辯哉：一個鄉下人對「知青」的記憶〉，《書屋》1999年第5期，頁72-75。
[35] 當然，王彬彬對知青全面詆毀、以偏概全、攻其一點不及其餘的偏頗做法也是顯而易見的。見王力堅〈有關知青文學話語質疑的思考——為知青文學一辯〉，頁6，《二十一世紀》網絡版總第5期（http://www.cuhk.edu.hk/ics/21c/supplem/essay/0206018.htm），2002年8月31日。
[36] 載《上海文學》，1998年1月號，頁4-26。
[37] 見王力堅〈有關知青文學話語質疑的思考——為知青文學一辯〉，頁6-11，《二十一世紀》網絡版總第5期（http://www.cuhk.edu.hk/ics/21c/supplem/essay/0206018.htm），2002年8月31日。
[38] 載《當代小說》2010年第3期，頁63-68。

度,反映知青與農民的諸多矛盾,但也更反映知青對老農二爺由瞭解而尊敬,以及二爺等農民對知青的關心與愛護,農家子弟對離去知青的懷念之情。

由此看來,與知青的情感聯繫,似乎成了一個歷史負擔。無之,則可秉筆直書;有之,則會揚善隱惡。孰對孰錯,卻又難以一言斷之。其實,無論基於何種立場,絕然二元對立的認知固然失之輕率[39],一味揚善隱惡的舉措也不免失之偏頗。

第二節　感恩:知青老師的影響

知青在農村對城市文明、文化的傳播,在現實生活中最為具體的體現,便是作為鄉村教師教育農家子女。而多年之後,不時有受過知青老師教育的農家子女以學生身分發言感恩。前引的李學友〈與知青在一起的日子〉,便在文中陳述了對啟蒙老師知青

---

[39] 除了劉醒龍的〈大樹遺小〉外,賈平凹的《我是農民:在鄉下的五年記憶》(長春:吉林人民出版社,1998)和李洱的〈鬼子進村〉(《山花》1997年第7期,頁14-27)也都將知青與農民置於二元對立的關係。在評論界,亦有論者作如此認知:「『反知青文學』作家以一種旁觀者的立場來重新審視知青運動,表達了對知青及知青運動的種種不滿和諷刺,發出的是農民的聲音,以新的角度重寫了那段知識青年上山下鄉的歷史。」「『反知青文學』更多是把批判的視點和筆力轉向了知青,把同情和歌頌送給了農民。」徑直將不滿及諷刺知青與農民聲音劃等號,知青與農民被簡單處理為二元對立的關係。此種論斷,可謂失之輕率。參見潘豔花〈再觀「反知青文學」〉,《呂梁高等專科學校學報》第26卷第4期(2010年12月),頁15-17。有的論者雖持類似觀點的,但也提出矯枉過正的疑慮。如莊愛華,劉琳琳〈微弱的反抗──論二十世紀九十年代以來知青文學中農民話語的出現〉,《山東教育學院學報》2004年第5期,頁66-68;徐阿兵〈荒蕪的生長與無根的想像──論「後知青作家」的苦難意識及創作景觀〉,《鹽城師範學院學報》第31卷第3期(2011年6月),頁45-48。

第十四章　眾眼看知青

小郭的感激之情。專文表達懷念與感恩者亦不時可見，如孫秀明、黃豆、花瑤花、朔星都不約而同寫了相同題目的回憶文章〈知青老師〉[40]。另外還有龔德明的〈有歌聲與笛聲相伴〉[41]、王江的〈懷念有知青的日子〉[42]、許蒼竹的〈音樂課〉[43]、吳昕孺的〈師恩如海〉[44]、吉霞的〈照亮我心頭的第一縷陽光〉[45]、曹先強的〈邊寨知青女老師〉[46]等。這些文章的作者，都是當年作為鄉村老師的知青所教過的農家小孩。跟前文介紹的農家子女比較，「學生」的身分與視角，使這些作者與知青老師有更為密切的互動關係，觀察、體會也更為細膩，情感也更為複雜卻也深厚。

雖然說知識青年所擁有的「知識」並不算豐富，但跟農民比較，確實也可稱是「文化人」「知識人」了。而在農村，最能發揮知青的文化知識的工作，莫過於到鄉村學校教導農家子女讀書寫字。其實，對知青而言，跟到田地幹農活相比較，在學校教書委實是一樁難得的「美差」。花瑤花在〈知青老師〉中，頗有點「童言無忌」地道出此中實情：「他們雖然識文斷字，肚子裡灌滿墨水。卻搞不清稗和麥，分不清草和薺，不知道鴨晚間下蛋雞白天抱窩……最重的活兒隊長不忍心要他們做，最髒的活兒他們

---

[40] 分別載於《教育文匯》2009年第12期，頁53-54；《北方音樂》1995年第6期，頁31；《新青年》2006年第5期，頁38-39；《北大荒文學》2007年第6期，頁76。
[41] 載《江西教育》2007年7-8期，頁84-85。
[42] 載《中國綠色畫報》2007年第11期，頁26-29。
[43] 載《源流》2008年第3期，頁72。
[44] 載《教師博覽》2007年第2期，頁1。
[45] 載《中學生閱讀》2010年第3期，頁6-8。
[46] 載《邊疆文學》1996年第6期，頁33-44。

不能做,最麻煩的活兒他們又不會做。他們是一群農民伯伯們慣著的孩子。他們當中最優惠的待遇,便是放下鋤頭到學校做代課老師。」[47]因此,各地農村都有不少知青充當了當地鄉村學校的老師:「我出生長大在北大荒。從我上學的那時起,我的周圍就有很多很多的男女知青,尤其是在學校的課堂上,站在講臺上的基本是清一色的知青老師。」[48]「我念小學和初中的時候,教我的有很多是知青老師⋯⋯他們來自各地,有本縣城的,有銅陵的,有合肥的,更遠的來自上海。」[49]

鄉村學校教學環境差,條件簡陋,知青老師不得不一專多能,因地制宜。而知青老師的教學往往能不拘一格,甚至有意無意突破當時文化專制的清規戒律,將「封資修」的知識傳授給學生:

你手把手教我們「a、o、e」╱一加一還有音樂和圖畫╱我做對了你就打個小小的鈎╱錯了你就打個大大的叉╱你說地球是圓的美國在我們腳下╱我很想用鐵鍬挖一挖╱看看你說的是真是假⋯⋯╱哦,知青老師╱多年以後╱我數不清從你那學了多少文化╱但我知道╱我說的不是東北土語,是普通話⋯⋯[50]

徐老師帶大家到野地採集樹枝,選一拃長、兩頭帶小枝杈的

---

[47] 花瑤花〈知青老師〉,《新青年》2006年第5期,頁38。
[48] 王江〈懷念有知青的日子〉,《中國綠色畫報》2007年第11期,頁26。
[49] 孫秀明〈知青老師〉,《教育文匯》2009年第12期,頁53。
[50] 黃豆〈知青老師〉,《北方音樂》1995年第6期,頁31。

第十四章　眾眼看知青

留下,做成「琴板」,用紮頭髮的橡皮筋紮住兩端枝杈,權當「琴弦」,這樣一來,每個人都擁有一把簡易「琵琶」,徐老師課餘教我們基本功,什麼勾輪、滿輪、鳳點頭、搖指等等。每人拿根樹杈往大腿上一斜戳,二郎腿一蹺,活像真的。橡皮筋發出的聲音悶悶的,「邦邦邦」,像彈棉花,震得人虎口發癢。木棍琴好雖好,聲音不好聽。徐老師說,最好聽的聲音在心裡。[51]

徐老師會彈好多曲子,信手彈彈,都是好聽的。邊彈邊解釋:這曲叫《昭君出塞》,這曲叫《大浪淘沙》,這曲叫《春江花月夜》,順帶還把故事講給我們聽。又聽音樂,又聽故事,真是世界上最美的事。我們還被要求閉上眼睛聽,再回答聽到什麼。有一次徐老師在琴弦上亂撥一氣,又輪指彈了個調調,一個女同學回答說,我看到眼前有點點星星,又有好多大大小小的珠子落下來,撒了一地。徐老師聽了很高興,連聲說「來事來事」。[52]

我們曾圍坐在一位知青老師的周圍,聽他講過「一條項鍊的故事」,還有「幾個矮人和一位美麗公主的故事」。後來過了多少年以後,我才知道那是莫泊桑小說〈項鍊〉和安徒生童話《白雪公主》的主要故事情節。[53]

---

[51] 花瑤花〈知青老師〉,《新青年》2006年第5期,頁38。
[52] 花瑤花〈知青老師〉,《新青年》2006年第5期,頁38。
[53] 王江〈懷念有知青的日子〉,《中國綠色畫報》2007年第11期,頁29。

這些知青老師在科學文化知識的教育方面,確實使在鄉村學校就學的農家子女很有收穫,為他們日後的發展奠定了較好的基礎,尤其是那些後來通過升學途徑離開農村到城市發展的農家子女,對此深有感觸,亦心存感激:

歲月流逝,沖刷掉了無數記憶,但卻沖不走這些知青老師留在我心裡的印痕。我感激他們,感激他們帶給我們知識,給予我們關愛,帶領我們走出貧窮的山村。[54]

哦,知青老師／你是否記得／拖鼻涕的我和那些頑皮的娃娃／我們卻永遠忘不了你淺淺的酒窩小小的虎牙。[55]

怎麼能忘記,就是在那間低矮的教室裡,在那張裂著寬縫的黑板面前,在那個特殊的年代裡,知青老師讓我們早就知道了外面的世界更精彩。知青老師們用不很多的知識,就澆灌和滋潤了我們荒蕪乾涸的心田,讓我們一顆顆愚頑蒙昧的心頭,從此燃起了嚮往和追求文明的火苗,揚起了夢想和渴望能夠飛翔的翅膀。……我總想告訴你們,有一個北大荒已經不是孩子的第二代北大荒人,懷念著知青,懷念著知青在北大荒的那段日子。[56]

然而,知青老師對農家子女影響最深的,當是他們作為城裡

---

[54] 孫秀明〈知青老師〉,《教育文匯》2009年第12期,頁54。
[55] 黃豆〈知青老師〉,《北方音樂》1995年第6期,頁31。
[56] 王江〈懷念有知青的日子〉,《中國綠色畫報》2007年第11期,頁29。

第十四章　眾眼看知青

人所體現的城市文明的方方面面。上述文章的作者，都對知青老師的言行舉止樣貌風度，以及日常教學與生活中的細節印象深刻：

　　知青給農村注入了新的血液，也帶來了生機。他們穿著乾淨，談吐文雅，性格開朗，又識文斷字。他們穿皮鞋戴手錶，早上用牙膏刷牙，晚上還得溫水漱口。男生用皮帶繫褲，女士用黑綢子紮頭髮。[57]

　　那些平時難得聽到的歌曲，從年輕漂亮的女知青口中唱出來，真是太動聽了！我學得特別認真，唱得格外賣勁。[58]

　　教我們舞蹈的是一位身材苗條、文靜清秀的女知青，據說她是北京舞蹈學院附中的學生。記得有一次，她把我們招呼到女知青宿舍裡排練，在房間裡我嗅到一種我從沒聞過但特別好聞的氣味。多少年過去了，這味道一直縈繞在我的記憶裡，後來，我知道那是一種香皂味和雪花膏味混合在一起的馨香。[59]

　　徐老師是個二十來歲的小夥子，身材很高大，皮膚白皙，胸膛飽滿，目光清澈。眼睛有些凹陷，鼻子自然挺出來，頭髮帶點兒自來捲兒，頗有些歐化。徐老師穿件白襯衫，綠軍褲，襯衣襯褲

---

[57] 花瑤花〈知青老師〉，《新青年》2006年第5期，頁38。
[58] 龔德明〈有歌聲與笛聲相伴〉，《江西教育》2007年7-8期，頁84。
[59] 王江〈懷念有知青的日子〉，《中國綠色畫報》2007年第11期，頁28。

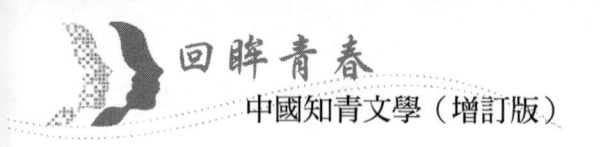

縫整理得一絲不苟。用現在時髦兒的話說,就是酷。[60]

尤老師不溫不火,總是笑瞇瞇的。課間,有社員來討教識字的,有姑娘和小媳婦來問毛衣花樣編織方法的,她都一一解答。村裡人都喜歡她。[61]

李老師圓圓臉,一對酒窩深陷,兩根長辮子,拖到屁股梢兒,髮梢兒用黑綢子繫成蝴蝶結。最好聽的是她的聲音,蹦而脆,似一折就斷。李老師愛唱歌,是知青小百靈。[62]

知青老師／你們是走入荒野的女神／那軟軟的上海話／那朗朗的北京話／那乾淨那漂亮／叫荒野一下子沸騰起來。[63]

上述知青老師的行為與形象,很是「小資」情趣,在文革時代絕對歸於被批判範疇[64],但卻受到農家子女的如此認同、欣賞與推崇。這可說是城市文明潤物細無聲的征服,無關政治也無關風月,無須宣揚更無須強制,卻在農家子女幼小的心靈烙下了深刻的印記,也掀起了躁動的波瀾:

---

[60] 花瑤花〈知青老師〉,《新青年》2006年第5期,頁38。
[61] 孫秀明〈知青老師〉,《教育文匯》2009年第12期,頁54。
[62] 花瑤花〈知青老師〉,《新青年》2006年第5期,頁38。
[63] 朔星〈知青老師〉,《北大荒文學》2007年第6期,頁76。
[64] 這種體現城市文明的「小資情調」往往受到訓誡、批評。參看金一虹〈在兩種文明間震盪──文革中上山下鄉女知青問題初探〉,《婦女研究論叢》1993年第2期,頁35。

第十四章　眾眼看知青

她的綠軍褲顯然改過，褲腿沒那麼肥，褲腰也沒那麼皺。把臀包得圓圓的，大腿部分筆直，小腿肚頂出來，形成一個弧線，上身灰色毛衣胸部還嵌著波浪線。脖子上對襟繫著花手帕，若隱若顯。瞧著特不一樣。我們不知道這就是美，只是心裡處處想學她，學她說話，學她走路，學她抿嘴笑，甚至學她咳嗽。[65]

聽你讀小說童心安然入夢／跟你畫線描荒野花開醉人／你把最好的營養／給了發育不良的我們／每天清晨你領著我們跑步／我們學著你的樣子／見老人稱呼「您」／擦噴香的「牡丹」保護乾裂的皮膚……[66]

這是生活的教育，文明的薰陶，美的啟蒙，愛的感化。知青老師自己未必清醒地意識到這一點[67]，但農家子女所得到的潛移默化感染，卻是受益終身的。可見，知青老師對於農家子女來說，不僅是傳播文化知識，還在文明及生活方式方面深深影響了後者，這也是當地老師所未能起到的作用。這些農家子女對知青老師的感念，應是融注著對知青老師這種生活方式及品性氣質的認同。

在筆者看到的有關文章中，農家子女的筆下絕無僅有出現了

---
[65] 花瑤花〈知青老師〉，《新青年》2006年第5期，頁38-39。
[66] 朔星〈知青老師〉，《北大荒文學》2007年第6期，頁76。
[67] 知青老師自己所寫的回憶文章以及記者的有關報導，都幾乎沒有這方面的記述。例如林相貴〈「知青」老師〉，《吉林人大工作》2005年第1期（總170期），頁54；李紅雲〈好教師李愛萍〉，《山西教育》2006年第8期，頁11-14。

一位「反面人物」的知青老師，那是一位靠出賣同伴而取得代課老師資格的女知青。這位女知青固然受到作者的貶斥，但卻無損知青老師整體形象在作者心目中的良好印象。因為，該女知青的出賣行為，不僅讓學生們受到善惡是非的教育，還致使學生們更加推崇及愛戴被出賣的知青老師：「我們越發想念徐老師了。徐老師犯了這樣大的『事情』，被退回到生產隊挑大糞。放學大家就去找徐老師，幫他撿麥穗，割蒿草。徐老師用他那雙頎長的，覆蓋著半透明指蓋的手幹最髒最累的農活兒，嘴裡還能哼出調調來，他真是心裡有音樂。」[68]

當然，文化思想背景與生活習慣的差異[69]，也使農家子女與知青老師之間產生情感的隔閡，隨著時間的推移，雖然文化思想與生活習慣的差異未必能消除，但情感的隔閡還是得以較大程度的化解。有的農家子女就著文記述，當年他們對知青老師如何從不喜歡、作弄、頂撞，逐漸轉化為理解、接受、喜歡，乃至推崇，在文中表達了他們的愧疚與感恩之情，並表示「永遠珍藏學生對老師的那份深深感激濃濃想念」。[70]

---

[68] 花瑤花〈知青老師〉，《新青年》2006年第5期，頁39。
[69] 這種隔閡是雙向的，應是雙方文化思想觀念差異所造成，一位後來任陝西某縣黨校校長的北京老知青坦承，知青和農民的思想文化差距很大，在文化素養、生活習慣、思想觀念等諸方面真正能與農民認同的極少。見印紅標〈當今延安地區北京知青的處境〉，《中國青年研究》1990年第6期，頁22。南洋富商黃鴻年在回憶下鄉生涯時也感慨：「北京學生和山西農民，背景的差異讓彼此一直都不能完全互相接受。」（佚名《黃鴻年傳》，「和訊新聞網」http://news.hexun.com/2008/hhn/）
[70] 吉霞〈照亮我心頭的第一縷陽光〉，《中學生閱讀》2010年第3期，頁6-8；曹先強〈邊寨知青女老師〉，《邊疆文學》1996年第6期，頁33-44。

第十四章　眾眼看知青

第三節　糾結：家人與幹部的關注

　　1968年12月22日，《人民日報》在一篇報導的編者按語中傳達了毛澤東指示：「知識青年到農村去接受貧下中農的再教育，很有必要。要說服城裡幹部和其他人，把自己初中、高中、大學畢業的子女，送到鄉下去，來一個動員。各地農村的同志應當歡迎他們去。」這個「最高指示」，歷來都是得到正面理解與闡釋的，在文革時期，更是被視為偉大領袖給全國知識青年上山下鄉運動發出的進軍號令。然而，正是在這個「最高指示」中，卻顯示毛澤東的一個清醒認識：知青家長與農村幹群是有抵觸情緒的。

　　「要說服城裡幹部和其他人，把自己初中、高中、大學畢業的子女，送到鄉下去，來一個動員」——這番話正顯見知青家長對於送子女下鄉是不情願的，需要「說服」。所謂「動員」，既是動員知青，也是動員家長。文革期間的報刊雜誌，連篇累牘刊登了知青家長的文章，講述自己如何主動積極動員、鼓勵、支持子女上山下鄉，儘管也有的家長有思想抵觸，但總是通過學習轉變思想，然後又如何支持子女上山下鄉。[71]這些文章雖然出自知青家長之手，不可否認有真心實意者，但也不能排除有基於各種原因的「口是心非」者[72]。

---

[71] 參看陳文〈知青家長視角下的知識青年上山下鄉運動〉，《佳木斯教育學院學報》2012年第2期，頁351-352。
[72] 是否支持子女上山下鄉，常常被上綱上線解讀為：「是支持子女下鄉，走與工農相結合的道路，還是扯後腿，養兒防老，不讓兒女離開自己身旁，是一場『公』和『私』的大搏鬥，也是自己是否忠於毛主席無產階級革命路線的一個嚴峻考驗。」（見1968年12月25日《人民日報》）地方政府採用各種方法給家

然而,時至今日,當往日的知青紛紛撰文訴說當年之際,知青家長們卻沉默了。知青家長們在上山下鄉運動中的真實想法是什麼?我們只能從其他管道進行瞭解。

有論者從文革史料中整理出知青家長的抵觸情緒有三:第一,擔心子女年齡小,自理能力差,不能適應農村的艱苦環境;第二,擔心今後家庭生產生活出現困難;第三,擔心子女今後的前途和發展受影響。並通過文革報刊雜誌的文章轉述了這些家長的憂慮。在文章中,這些家長都在經過「學習提高」後,拋去憂慮轉而積極支持子女上山下鄉。[73]這些現象在當時是有代表性的,所轉述的家長憂慮也是有真實性的,但其「轉變」的姿態顯然是迎合當時官方主流意識主導下的輿論氛圍。脫離這個輿論氛圍會有怎樣的表現?由於缺乏家長自述(自撰)資料,惟能通過旁人的轉述:

我們寄住在部隊家屬院裡,當院就有一家的男孩被送下鄉了。這家姓唐,父親已經病逝,老大正趕上下鄉。那時我們跟他妹妹翠玲玩的挺好,知道他哥哥下鄉的事情。家裡沉悶了好多天,部隊的幹事來了好多次,大概是來做思想工作,一個寡母,帶著幾個未成年的孩子,生活已是十分拮据,我記得我們出去玩叫翠玲時,她總拿一個花繃子在繡花,這是鄰居幫她家找的加工

長施加壓力,迫使家長同意子女上山下鄉。參看黃金平〈「文革」期間我國知識青年上山下鄉運動評述〉,《當代青年研究》1991年第4期,頁5-6。

[73] 參看陳文〈知青家長視角下的知識青年上山下鄉運動〉,《佳木斯教育學院學報》2012年第2期,頁351-352。

第十四章　眾眼看知青

活，繡的是一朵牽牛花，她一天只能繡一朵，合格交活後一朵一角錢。她告訴我，之所以讓哥哥下鄉，是家裡考慮她馬上初中要畢業了，想把女孩子留在城裡，她做點零活還能幫家裡。她說：哥哥下鄉，媽媽哭了好幾次，部隊領導來做工作，也是考慮誰不下對家裡有利。那一天，大家一起送她哥哥出門，說了很多祝福的話。她哥哥胸前戴著一朵大紅花，表情很沉重，她媽媽哭了，沒出門，大家心裡都沉甸甸的。[74]

由上所述可知，不僅下鄉青年需要動員，家長也是需要動員的。下鄉，是無可奈何且別無選擇的去向。這種情形下的氣氛與情緒是壓抑的，消沉的，苦悶的，全然沒有當時報刊雜誌報導那種歡欣鼓舞熱烈響應的場面。

一位老記者在回憶1969年秋，在瀋陽隨車送知青下鄉途中，與隨行家長的對談，透露了當時知青家長的種種憂慮：

火車開動以後，車站上雖然是一片鑼鼓聲歡送聲，可是車廂裡卻響起一陣此起彼伏的啜泣聲。看到這種情景，我忍不住向坐在對面的一位家長說：「這些學生畢竟年齡還小啊，沒出過遠門。」這位家長也歎口氣說：「是啊，誰的孩子，誰不牽掛啊！」過了一會兒，這位像幹部模樣的人忽然問我：「這年頭，你們當記者的還能不能說點真話？」我說：「當然要說真話，寫

---

[74] 張迎潮〈難忘的知青經歷2——別無選擇〉，「張迎潮的個人空間」（http://smbk.hebnews.cn/blog-914-181510.html）。

真實報導，反映真實情況，這是我們新聞記者的職責嘛！」沉默了一會兒，這位家長用不大的聲音對我說：「像今天這樣的活動，你們回去一定會在報紙上用大字標題宣傳什麼一個班的中學畢業生為了到農村扎根幹革命，堅決自願要求去南大荒什麼的……」我說：「是呀，我們當然要這樣報導了！」他說：「可是事實是怎麼樣的呢？難道這些還未成年的孩子真是發自內心願去南大荒嗎？」他指了指坐在身邊的十六七歲、長得又瘦又小的姑娘說：「這是我的二女兒。說實話，她所以申請和班裡的同學一道集體去盤錦，是因為我的大女兒去年到鐵嶺分散插隊受到迫害！」說到這裡，這位年近50的漢子，竟眼圈發紅了。他極力控制自己的難過和激動，略停了停，又告訴我：「她到生產隊的那天晚上，生產隊長將她的行李搬到自己家，竟安排同他的20多歲的啞巴兒子睡在一個炕上。我女兒沒辦法，把行李硬是搬出來。可是當時找誰誰都不管，後來竟躲在牛圈裡坐到天亮！」這位家長忍不住熱淚盈眶……⑮

在這一段回憶文字中，揭露了上山下鄉運動中的黑暗面，反映了文革中知青家長在文化專制高壓下所抑制不住的真實心情，印證了前面所述知青家長的擔憂。這裡還凸顯了女知青尤為令家長放不下心，老知青在討論文革中知青家長的態度時也指出：「作為知青家長，全部是跟著形勢走。家裡男孩子插隊還好些，十六七

---

⑮ 閻樹海〈沉重的實話實說——六十年代一次難忘的採訪〉，《記者搖籃》1999年第12期，頁11。

第十四章　眾眼看知青

歲的女孩子插隊走了,家長很擔心。」[76]

至今為止,筆者尚未見到知青家長對知青上山下鄉運動的回憶文章,只能是從知青弟妹的回憶文章,側面瞭解到知青家長的態度與表現。

知青弟妹對兄姐下鄉的反映,多為情感上的不捨:「我六歲時,哥哥要下鄉,我一直不高興,一直在哭」[●];「哥哥下鄉前一天晚上,我捨不得哥哥,自己偷偷躲在房間哭了很久」[78];「在姐姐走後,媽媽表現得很堅強;倒是我自己,夜裡睡覺時,想姐姐偷偷哭過幾回……我和哥哥的朋友送他們(引者按:指作者的兩位哥哥)到車站。這次,我再也裝不出沒事人的樣子,哭了,哭得很慘」[79]。

知青家長的反應除了情感的不捨,還更著重於現實物質方面的憂慮:「哥哥剛下鄉那陣,母親很惦記他,一次,母親托人給哥哥捎去9塊錢,當時正是買秋菜季節,哥哥知道家裡條件也不是很好,父母上有老下有小的,他捨不得花這個錢,硬是讓那人把錢給母親帶了回來。一次,哥哥到外地開會,把得到的補助費6塊錢托人給家裡捎了回來,母親為這事難過了好幾天。」[80]倘若

---

[76] 行雲騎士〈知青、知青家長對待知青上山下鄉的態度如何呢?〉,「閒庭信步的博客」(http://blog.sina.com.cn/s/blog_5d78494e0100b3x7.html)。

[●] 北斗星〈哥哥下鄉〉,「北斗星」(http://blog.sina.com.cn/s/blog_6537194c0100hx9k.html)。

[78] 欣文〈我的哥哥〉,「渭清的個人空間」(http://blog.cnr.cn/307287/viewspace-29122.html)。

[79] 史迷〈上山下鄉熱浪中的哥哥姐姐〉,「紅癡史迷」(http://blog.wenxuecity.com/myindex/2802/)。

[80] 欣文〈我的哥哥〉,「渭清的個人空間」(http://blog.cnr.cn/307287/viewspace-29122.html)。

家裡有多位小孩要下鄉，家長的內心糾結就更為激烈：「我們姐弟3人還要必須下鄉2個，當時我的身體很不好，根本不可能承受北方農村的生活，怎麼辦呢？媽媽愁得一夜真的白了頭！」[81]

　　文革期間，知青家長寫給知青子女的信函，或許也表現了在那個特殊年代知青家長對上山下鄉運動的思想與認識。這些思想與認識，一方面帶有濃重的文革時代色彩，一方面卻也借助革命話語透顯出對子女的本能關愛。從北京到北大荒生產建設兵團的知青邊曉春，保留了下鄉期間跟父母通信往來的幾乎所有信函。邊曉春父母給兒子的信函，似有一個模式：前半段皆為當時見諸報刊雜誌的革命話語，後半段則是對兒子的關愛；而這些關愛之情，卻也很自覺或不自覺用相當革命的話語表述出來。如邊母1971年2月23日的信，集中跟兒子談論「關於『關係』問題」（即青年男女戀愛問題）。男大當婚女大當嫁，本是常態社會的常態現象。但在文革期間的知青群體中，卻成為一個受到多重扭曲的非常態問題：革命的純潔性要求青年人保持非愛非性狀態，談戀愛被視為非革命的思想行為；而當局要求知青扎根鄉村／邊疆一輩子，「扎根」的具體表現之一卻又是經過戀愛的結婚；為了逃避扎根的命運，知青們便往往陷於對青春期誘惑與抗拒的苦惱[82]，家長們更是旗幟鮮明的反對子女在鄉下發生男女婚戀之事。邊母在信中，首先引用毛「青年應該把堅定正確的政治方向放在第一位」的話，要求兒子「時刻想到的是解放全人類的革命

---

[81] 心悅〈家族傳奇之25：上山下鄉〉，「騰訊新聞」（http://news.qq.com/）。
[82] 參看本書第九章對更的的《魚掛到臭，貓叫到瘦》部分的介紹。

第十四章 眾眼看知青

事業」，不要「考慮個人的什麼戀愛、婚姻之類的私事」；跟女知青的交往，要「按照革命同志應有的嚴肅態度互相嚴格要求，至於生活上可有可無的接觸，倒是可以盡可能減少一些」。邊曉春當時得到的啟發固然是「青年人應當把堅定正確的政治方向放在第一位」，「抵制資產階級思想侵蝕」；時至今日，卻也理解為：「父母都不希望我在北大荒過早談戀愛。這是人之常情。畢竟希望孩子儘快回到北京，不願意孩子在遙遠的邊疆安家。即使不能回京，也要認真學習，不能過早地因談戀愛分心。心裡這麼想，落到筆頭的，還只能是革命道理。」[⑧]

在一個知青網站，筆者還看到一個同樣很能體現「時代精神」的個案：一位知青的父親在1969年寫給兒子的家書以及在1979年寫給上級組織申請兒子回城的報告（均有原信函掃描影印件）。在1969年的家書中，這位知青家長試圖用升高中繼續學業來改變兒子赴海南島插隊的想法，還不惜借用「政治正確」的說辭告誡兒子：「……我這個心放不下來。孩子，社會上的階級鬥爭很複雜啊！要牢記毛主席的教導：『千萬不要忘記（階級）鬥爭』，『千萬不要忘記無產階級專政』。所以我們時時刻刻都要提高警惕。你呢，我看還沒有想到這一點。好吧，沒問題，過去沒想到，現在應該想到。你是一個共產黨員、一個工人的子弟，是用毛澤東思想哺育起來的青年，我相信你會想到的。講了這麼多了，還是一句話，好好考慮這次你對待升學和去海南

[⑧] 引自邊曉春寄贈筆者的「北京下鄉知青邊曉春個人資料彙編」（http://blog.sina.com/15tuan），第一冊，頁191-194。

島的問題。」[84]這封家書的語言政治色彩濃烈,與其說這是那個時代的習慣用語和表述方式,不如說是這位家長刻意採用的「政治保護色」。褪去這層「政治保護色」,不難看出這位知青家長擔憂兒子,竭力保護兒子的良苦用心。這位家長的憂慮並非庸人自擾、杞人憂天,他的兒子下鄉長達十年之久而上調無門,直到1979年,這位家長不得不上書要求「調回我二個在鄉的兒子,使我家的實際困難得以解決」[85]。

　　文革時期最具權威性,也最能直接且真實反映知青家長心聲的文字記錄,就是眾所周知的李慶霖1972年12月20日寫給毛澤東的信[86]。儘管這封信及其作者後來被政治操弄,但確實頗為真實地反映了知青在農村的種種困難:「孩子終年參加農業勞動,不但口糧不夠吃,而且從未不見分紅,沒有一分錢的勞動收入。下飯的菜吃光了,沒有錢去再買;衣褲在勞動中磨破了,也沒有錢去添製新的。病倒了,連個錢請醫生看病都沒有。其它如日常生活需用的開銷,更是沒錢支付。」[87]以及上山下鄉運動的種種弊端:「一部分人並不好好勞動,並不認真磨練自己,並不虛心接受貧下中農的再教育,卻倚仗他們的親友在社會上的政治勢力;拉關係,走後門,都先後優先被招工、招生、招幹去了,完成了貨真價實的下鄉鍍金的歷史過程。」[88]尤其是反映出身為無

---

[84]「粵海農墾(兵團)知青網站」(http://www.yhnkzq.com/NewsShow.jsp?ms)。知青家長在兩則毛語錄下面,加上圈圈以示強調。
[85]「粵海農墾(兵團)知青網站」(http://www.yhnkzq.com/NewsShow.jsp?ms)。
[86] 劉小萌等《中國知青事典》(成都:四川人民出版社,1995),頁795-797。
[87] 劉小萌等《中國知青事典》,頁796。
[88] 劉小萌等《中國知青事典》,頁796-797。

第十四章　眾眼看知青

權無勢的家長對子女處境及前景的憂慮，完全可跟前面提及的知青家長的諸般憂慮心境互為發明。值得一提的是，毛澤東1973年4月25日給李慶霖覆信中所說的「全國此類事甚多，容當統籌解決」[89]，當可呼應前述「最高指示」對知青家長及農村幹群抵觸情緒的判斷，顯見毛澤東對上山下鄉運動的發展及其形勢估計並非那麼樂觀。[90]由此，還或許可進一步推斷毛澤東發動上山下鄉運動的原初動機是政治性的宏大戰略，抑或經濟性的權宜之計。

前引毛澤東「最高指示」中的「各地農村的同志應當歡迎他們去」一語，透露了「各地農村的同志不歡迎他們去」的實情。不歡迎的理由，早在各種相關文章多有闡述。如有論者認為，知青下鄉，形成與農民爭土地、爭工分、爭口糧的狀況，把城市的困難轉嫁給農村，損害了農民的利益，引起農民不滿。[91]美國學者在1974年發表的文章便已指出：「老農們，特別是那些以農為主地區的農民不歡迎這些來瓜分本已不多的土地、來分享他們的收穫。多幾張嘴意味他們要少吃些，多幾個新家庭意味他們孩子希望的減小。」[92]法國學者出版的新著也認為：「農民們並不自

---

[89] 劉小萌等《中國知青事典》，頁797。
[90] 1976年2月，毛澤東在一封反映知青問題的信上批示：「知識青年問題，似值專題研究，先作準備，然後開一次會，給以解決。」同樣表現出非樂觀的語氣。事實上，這樣一個會議也遲遲無法召開，直到毛去世後兩年的1978年10月31日才得以召開，並作出知青上山下鄉人數將減少，以致將來不再搞知青上山下鄉的決議。隨後不久，便爆發了知青回城風潮。見王一晶〈知識青年上山下鄉和勞動就業〉，《青年研究》1991年第11期，頁39-40。
[91] 見黃金平〈「文革」期間我國知識青年上山下鄉運動評述〉，《當代青年研究》1991年第4期，頁6。
[92] 米里亞姆・倫敦、伊凡・倫敦著，徐有威譯〈中國垮掉的一代：1968年以來紅衛兵的命運〉，《當代青年研究》1989年第3期，頁54。原文發表於〔美〕《星期六評論世界》1974年11月30日。

覺自願接待知青，首先是因為不需要他們。在知青下放的大多數村子裏，人口已經過剩了。……在這種情形下，再來一群毫無經驗的城市青年，那對農民來說就是沉重的負擔。」[93]知青自己更是很清楚：「這裡農民並不願意我們來。我們下來糧食沒多收，搶了人家的工分口糧，還給人家添了很多麻煩。」[94]「農村為知青提供了口糧，但是農村完全不需要這些僅是多餘勞動力的知青！知青只是在生產隊的碗裏增添了一雙筷子。……當時的農村已經只能勉強養活農民，這個不僅僅是深入農村的行政權力對於農業生產的粗暴干預，而是土地的產出有限，當時的生產力只能如此。」[95]

至於「農村的同志」，當可包括在農村基層工作的幹部及一般農民，如網名為「網中人」的老知青在1969年5月15日的下鄉日記中，記錄了生產隊隊長與農民不滿知青出勤率差[96]；而筆者的回憶文章也提到生產隊隊長與農民在分口糧的問題上與知青鬧矛盾[97]。然而，在話語權的掌握與運用上，能夠這方面發聲並留下文字記錄的基本上只是幹部了。

這些幹部大體上為兩類。一類是大隊與公社幹部，他們既是

---

[93] 潘鳴嘯《失落的一代：中國的上山下鄉運動（1968-1980）》，頁259。
[94] 引自印紅標〈當今延安地區北京知青的處境〉，《中國青年研究》1990年第6期，頁23。
[95] 更的的〈上山下鄉運動ABC〉，「更的的空間」（http://blog.boxun.com/hero/gengdede/）。
[96] 網中人〈1969日記選（29）〉，「網中人的不老閣」（http://wangzongren1952.blog.163.com/）。
[97] 見王力堅〈村裡人速寫〉，《天地間的影子──記憶與省思》（臺北：Airiti Press，2008），頁112-115。

第十四章　眾眼看知青

當地鄉村具體事務的實際管理者，又在不同層次上兼顧負責安排照料知青的工作與生活。

一位當年的公社書記撰文記述，由於農村工副業生產門路很窄，只能在有限的土地上土裡刨食，因此僧多粥少。於是一位大隊黨支記以人多地少勞動力有富餘為由，要求把一部分知青轉到其他大隊。而這位公社書記則以「安置知青是縣知青辦直接分配任務，公社無權更動」搪塞過去。[98]這個事例說明，僧多粥少是農村的真實困難，而公社幹部儘管瞭解這個事實，職責在身，只能以國家政策，政治任務來搪塞。

上述「網中人」1969年5月15日的下鄉日記還記錄了，當天上午，幫下鄉所在地的雲莊大隊幹部謄寫一呈給縣軍管小組有關上海知識青年在再教育中所產生問題的調查報告，報告中羅列了下鄉知青的十個問題：一，毆打貧下中農；二，攔截拖拉機，毆打駕駛員；三，持刀行兇打群架；四，調戲婦女，企圖強姦；五，亂談戀愛，騙取財物；六，小偷小摸，一度成風；七，不分男女，同住一房；八，勞動不出勤，也要記工分；九，生活散漫，不受組織紀律約束；十，隨便指責，對農村幹部不夠尊重。[99]這個調查報告的指責，不可謂不嚴重。按照「網中人」多年後的分析：「那十個問題涉及了雲莊大隊所轄四個自然村中的三個村裡的五個知青班的四個，具體人物有十來個，占當時全大

---

[98] 王守恩，員玉峰〈「鳥飛巢空」奔前程，「倖存檔案」立一功——我與知青檔案的一段情與緣〉，《檔案天地》2009年第10期，頁11。
[99] 網中人〈1969日記選（29）〉，「網中人的不老閣」（http://wangzongren1952.blog.163.com/）。

隊61名知青的五分之一。從我在日記中記下的內容來看，不乏實有其人、確有其事的，也有吹毛求疵、捕風捉影的，幸好沒有駭人聽聞、無限上綱的。」然而，「那份報告對雲莊大隊知青後來近十年的人生經歷似乎沒有什麼影響」。[100] 看來，如此嚴重指責、無限上綱的調查報告，回饋落實到現實還是打了很大折扣的。這或許是報告本身就是多為吹毛求疵、捕風捉影，也或許是由於各方部門對知青的諒解與保護。

上面兩個例子，基本囿於歷史情境的記述，沒有對有關事件進行更為深刻的反思。當年的鄉村基層幹部張吉安給老知青的信，則從反思歷史出發，對當年知青與農村幹群矛盾進行了較有深度的思考。張吉安在文革期間，是分管知青的農村幹部。他對知青的處境頗為清楚：「當年，你們插隊受得（的）苦，誰見誰心酸，但無可奈何。吃的頓頓是大餅子，細糧、大米一粒沒有，白麵也很少。」若站在農民的立場，便是不那麼歡迎知青：「虎頭知青多，生產隊招架不住，最後，縣裡決定，調出一部分，我做動員工作，每天和你們在一起嘮家常，我好說笑話，動員知青們離開虎頭時，誰也不願意。」多年以後，他認真且深刻地反思了：「『知青下鄉』是國家領導人不成功策略的典範。之後，此舉不說好，也不說壞，這就說明不是成功的經驗。當年，我分管知青工作，上山下鄉的目的：一是防修反修的需要；二是防止城市人口的爆炸。你們返城這麼多年，有的把下一代也帶進城了，

---

[100] 網中人〈1969日記選（29）〉，「網中人的不老閣」（http://wangzongren1952.blog.163.com/）。

第十四章　眾眼看知青

城市人口不但沒有爆炸，反而經濟大發展，社會又有了巨大的進步，國家處於發展高峰期。不但未反修，反而和俄羅斯搞得火熱，今年，又是俄羅斯的中國年。當年塵封的歷史，隨著時間的推移，會逐步被揭開。但受苦的是你們；一是誤了上大學，二是誤了找工作，三是耽誤了找對象。這是我長期思考所得。」[101]張吉安將上山下鄉運動的目的定為「一是防修反修的需要，二是防止城市人口的爆炸」，恰好對應了前文所稱「運動的原初動機是政治性的宏大戰略，抑或經濟性的權宜之計」；他總結上山下鄉對知青的「三誤」，簡樸率直，也確實是大多知青所遭遇的現實困境。或許有關問題還值得進一步商榷探討，但也應承認這些論斷是鄉村基層幹部張吉安長期認真反思的結果。

在農村，跟知青關係密切的還有另一類特殊的幹部——帶隊幹部。嚴格來說，帶隊幹部不屬於農村當地幹部，而是原本就在城鎮機關任職，隨著知青一起下鄉，一般在公社兼任革委會委員或黨委委員，甚至可兼任公社革委會副主任或黨委副書記。帶隊幹部的制度，是1973年全國知青上山下鄉工作會議之後，尤其是1974年推廣「株洲經驗」[102]後實施的，作為調整、落實知青政策的配套措施。[103]以知青父母所在相關部門系統為單位落實知青插

---

[101] 相宜〈張區長的信〉，「樂齡網」（http://www.china5080.com/articles/56417.html）。
[102] 劉小萌等《中國知青事典》，頁314-321。
[103] 五十年代青年墾荒隊時期就由政府派出幹部負責協調溝通工作，但只是暫時性的措施，數年後撤銷；1970年江西、陝西等地利用下放幹部協助管理知青工作，也未形成制度；只有到了1973年全國知青上山下鄉工作會議之後，尤其是1974年推廣株洲經驗，由有關對口單位派出帶隊幹部，才將這種做法固定下來，形成制度。參看劉小萌等《中國知青事典》，頁309-314；潘鳴嘯《失落

隊，由該部門系統派出帶隊幹部。一般上，每個安置知青的大隊配備一位帶隊幹部，任期一至二年。其專責就是管理知青，跟隨知青一起生活勞動，由此也就成為知青上山下鄉運動的一個重要參與者及見證人。用當事人的話說就是：「當了一年知青帶隊幹部，從一個側面觸及了那場運動（引者按：即上山下鄉運動），走近了知青。」[104]

由於知青家長所在的部門系統跟知青下鄉地形成對口單位，前者對後者就起了各種物資或文化支援的作用（所謂對口支援），帶隊幹部往往就起到居中協調操作的角色。而且知青的落戶安置工作，也由於帶隊幹部的具體執行，得到較為妥善的安排落實。據廣州鐵路局系統派駐廣東龍門縣的帶隊幹部鄭某回憶，當時最艱難的工作就是在知青下鄉前，就落實好知青的住所及生活物資調配。帶隊幹部事實上也起著知青家長代表的作用，因此處處注意照顧維護知青的利益。鄭某就曾不惜語出惡言威嚇制止企圖調戲女知青的農村幹部。[105]

可以說，在現實中帶隊幹部起著知青領導者兼監護人的作用。因此，帶隊幹部處理事務更多站在知青立場，更為維護知青利益。如當年的帶隊幹部余譓清記述，為了解決下鄉知青有飯少菜或無菜下飯，文化生活等於零，勞動強度大且無休息日等三個問題，有針對性地開展三項活動：「一是選擇知青種菜較好的點，召開『種菜現場會』、『學習毛選現場會』；二是利用『五

的一代：中國的上山下鄉運動（1968-1980）》，頁92。
[104] 姚錫倫〈知青「扎根者」〉，《晚霞》2007年第9期，頁19。
[105] 2012年9月14日於廣州暨南大學口述訪問。

第十四章　眾眼看知青

一』、『五四』等節日開展籃球比賽；三是開展文藝會演。」其用意就是利用開會與匯演，既管膳食又記工分的「好處」，可以使知青既改善了物質生活又豐富了文化生活，為知青爭取到極大的利益，因而該帶隊幹部備受知青青睞。[105]

來自某市刑警隊的帶隊幹部趙子勤則跟知青打成一片：「他和我們一起收麥，黑脊樑被曬掉一層皮。他一收工，就幹起我們最害怕的家務活，從幾丈深的水井中用轆轤將水搖上來，再從村東頭挑到村西頭的知青點。他微薄的工資一半要用來買煙。他習慣抽一支煙就把煙盒放在桌上。於是，我們一擁而上，肆意瓜分。他在昏暗的油燈下，看我寫日記。一筆一畫地教我『硬筆書法』。」他甚至給知青傳授青春期生理知識：「男子精滿則溢；女孩到年齡就要思春。要我們正確對待愛、情、性。」[106]然而，帶隊幹部既有職責所在，又終日與知青相處，便不免容易跟知青產生摩擦與矛盾。如張品成的〈帶隊幹部〉[107]與王奎山的〈帶隊的老魏〉[108]都反映了因生活摩擦所導致知青對帶隊幹部所玩弄的惡作劇。儘管如此，多年之後知青與帶隊幹部之間仍存留著一段難以磨滅的情誼。

與前面介紹的農家子女及鄉村學生相比，知青家長、農村幹部及帶隊幹部顯然是更具生活歷練與智慧的長者，他們的關注點都頗具現實性。虛幻的政治口號與嚴酷的農村現實形成的矛盾對

---

[105] 余謨清〈我的「帶隊幹部」歲月〉，《江淮文史》2006年第3期，頁165。
[106] 佚名〈帶隊幹部〉，「快樂老人網」（http://www.laoren.com/lrbdn/zq/2012-03-05/181157.html）。
[107] 張品成〈帶隊幹部〉，《椰城》2010年第6期，頁5-6。
[108] 王奎山〈帶隊的老魏〉，《短小說》2006年第3期，頁62-63。

385

立,致使夾雜在其間的知青家長、農村幹部及帶隊幹部,往往糾結於人情與政策的矛盾心態。相比較而言,知青家長(及其家人)的反映更突顯在親情的關愛與擔憂,以及面對國家政策與政治壓力的無奈與不滿。而農村幹部及帶隊幹部雖然在政治話語體系上,大都小心翼翼未越雷池,但現實生活中,感情的天平還是有意無意傾斜於知青。

第四節　缺憾與建言

自上世紀初開始醞釀,1958年落實的以戶籍制度為標誌,以城鄉分治為格局的國家政策構建[110],形成中共建政後長期城鄉不平衡發展的勢態,也固化了城市文明與鄉村文明二元對立關係。知青上山下鄉運動就是在這樣一個政治及文化大格局下展開的,於是就先驗地帶有城鄉二元對立關係的深刻烙印,儘管消除「三大差別」[111]是此運動的冠冕旗號之一。

政治性的操作——防修反修、接受再教育等——預設了農民與知青虛幻的政治高下地位;而政策性的操作——戶籍隨下鄉與上調遷移等——強化了知青與農民固有的文化優劣心態。[112]因

---

[110] 參看第一章第二節。

[111] 指工農差別、城鄉差別、腦力勞動和體力勞動的差別。上山下鄉其他的冠冕目標有「鞏固無產階級專政,防止資本主義復僻」、「反修防修」、「培養革命事業接班人」等。參看1976年5月4日《人民日報》社論〈走同工農相結合的道路,做反修防修的先鋒〉;柳建輝〈「知識青年上山下鄉運動」興起原因初探〉,《中國青年研究》1991年第4期,頁30-32。

[112] 參看趙文遠〈上山下鄉知識青年戶口遷移問題研究〉,《許昌學院學報》2007年第6期(第26卷第6期),頁113-116;劉亞秋〈知青苦難與鄉村城市間關係

第十四章　眾眼看知青

此,城市與鄉村、知青與農民之間的二元對立關係事實上是被進一步擴大了。知青對鄉村的不適應及抗拒,農民對知青的不歡迎及抵觸,乃至日常生活中種種矛盾紛擾,莫不是二元對立關係的具體呈現。

然而,在現實的共同勞動與生活當中,以及鄉村淳樸傳統風土民情的薰陶下,知青無疑也有機會獲得對農村與農民較切身的瞭解,並與農民及農村結下了頗為和諧且深摯的關係,相互之間關心幫助的實例不勝枚舉。知青文學及大量網路回憶文章中此類表現並不少見,都反映了知青跟農民、鄉村之間儘管有城鄉文化差別,但仍然不同程度體現感情融洽真摯的關係。[113]本章所述各方對知青及上山下鄉運動的反映也印證了這一點。

換言之,城鄉分治固然會導致文化形態的二元對立,但在現實生活中並非絕然導向二元對立,而是會出現二元差別卻也協調乃至和諧的情形[114]。瞭解到這些情形,應是十分有助於我們對知青及上山下鄉運動有更為全面充分的認識。

應該強調的是,本章所述各方對知青及上山下鄉運動的反映,不僅是史料的補充與豐富,更是觀念、立場、思考、認知、敘述的多元並置。只有這樣,才能更有效完善知青上山下鄉運動史的建構,正如一位老知青所說的:「上山下鄉史並不等於知青

研究〉,《清華大學學報》2008年第2期,頁135-148。
[113] 見王力堅〈有關知青文學話語質疑的思考——為知青文學一辯〉,頁7-8,《二十一世紀》網絡版總第5期(http://www.cuhk.edu.hk/ics/21c/supplem/essay/0206018.htm),2002年8月31日。
[114] 劉亞秋的論文花了過半篇幅探析了這種二元差別卻非必然對立的關係表現。見氏著〈知青苦難與鄉村城市間關係研究〉,《清華大學學報》2008年第2期,頁144-148。

史,如果單單由當年的知青『說史』、或者只限於敘說知青的歷史,是不完全、不完整的。」[15]

　　從本章探討的幾個方面來看,農家子女的表現最為積極,不僅發言多,且多為自己撰文。這種情形,應是這些農家子女大多有較高的文化水準,目前的生活環境也較為適意。最重要的是,他們之所以能達到今天的成就,幾乎無一例外是受到當年知青所代表的城市文化薰陶,尤其是親身受到知青老師的教育培養。他們在這方面所受的積極性影響應大於消極性影響(如知青的不良習氣)。知青與農民之間最大的利益衝突如口糧工分等物質因素,跟這些農家子女沒有直接關係。城鄉二元對立關係的不平等也曾使他們受到傷害,但他們大多能將傷害轉化為奮發向上的推動力,從而取得改變命運的轉機與契機。相比之下,跟當年知青同齡或稍大年齡的農民,應該是農村裡跟知青接觸最多也瞭解最深的人,但今天大多沉默[16],究其原因,除了文化水準與表達能力較低,是否他們在知青與上山下鄉運動中所受到害大於益,或者時過境遷多說無益?

　　當年的農村幹部及帶隊幹部一般都有一定的文化水準與表達

---

[15] 網中人〈有位當年分管知青的農村幹部如是說〉,「網中人的不老閣」(http://wangzongren1952.blog.163.com/)。

[16] 法國學者潘鳴嘯在上世紀七十年代後期曾與多位青年農民訪談,「跟他們打聽那時候村裏人是怎麼看城市青年的」(《失落的一代:中國的上山下鄉運動(1968-1980)》,前言,頁xx-xxi)。可惜沒有詳情介紹。美國學者的文章也曾轉述過跟知青同齡的青年農民的追憶,這些追憶對知青的遭遇表示同情,也對知青的傲慢自大以及惡劣的表現表達了不滿與批評。見米里亞姆·倫敦、伊凡·倫敦著,徐有威譯〈中國垮掉的一代:1968年以來紅衛兵的命運〉,《當代青年研究》1989年第3期,頁55。這些追憶應是該文作者搜集的口述資料,然而該文沒註明這些口述資料的具體出處。

第十四章　眾眼看知青

能力，但在知青上山下鄉運動問題上發言並不多。主要原因之一，應是他們處在知青與農民之間，知青與國家之間，這麼一個難堪的位置。他們瞭解知青的難處，也更瞭解農民與農村的難處；他們要維護知青的利益，又更得執行國家的政策。當知青、農民、國家三者之間產生矛盾衝突時，他們往往落得個裡外不是人的尷尬處境。在政策大轉變時代大改變的今日，要他們對當年的知青與上山下鄉運動發言表態，或許有其難言之隱。但他們恰是知青上山下鄉運動中連接上下各方的關鍵一群，他們的缺席，使人們（尤其是研究者）對上山下鄉運動難有完整通透的瞭解。

　　知青家人，尤其是家長的反映是最令筆者困惑的。相比較而言，知青家長不少有較高的文化水準與表達能力，他們跟知青的關係最為直接且密切，跟知青也應該最有共同語言。在文革上山下鄉運動高潮時期，知青家長的發言（見諸報刊雜誌）是十分踴躍熱烈甚至高調的，但如今卻是令人不可思議的沉默。不知是否因中共建政以來政治運動不斷，意識形態教育壟斷一切的歷史背景（陰影），致使知青這代人的父母在子女教育與溝通方面有諸多難以坦然、言不由衷的心理障礙？前文所引述的知青父親給兒子家書的例子或許可窺見個中端倪。無論如何，時至今日，是否可卸下心防坦陳：當年目送子女遠行下鄉的背影，他們心中是何感慨？長久沒有下鄉子女的消息，他們心中如何掛念？得悉子女在遠方受苦，他們心中是否煎熬？他們如何到鄉村探望子女，目睹子女在鄉村的生活勞作情形，給他們留下什麼印象？如此等等，都應是知青上山下鄉運動彌足珍貴的歷史見證內容。

　　由上可見，跟知青上山下鄉運動有關的各方人員中，沉默缺

席者尚多,這是知青上山下鄉運動研究的明顯缺憾。當前,社會及學術界對上山下鄉運動的評價不一,其原因或是多方面的,而歷史資料的呈現不完整無疑是重要的原因之一。這就是前文所強調的,歷史的評價須立足於歷史的呈現。眾多當年運動的參與者及見證人如今沉默缺席,要建構知青上山下鄉運動史的完整原貌,何其之難!因此,動員沉默缺席者參與討論知青上山下鄉運動,是不容規避的當務之急。

沉默缺席者固然自有其主觀原因,除了積極溝通瞭解外,當有如下幾個可以努力爭取的途徑:

其一,通過徵文的形式,有針對性地鼓勵,徵求各方撰寫有關知青上山下鄉運動的回憶及議論文章。這個形式,對有一定文化水準的農村幹部與群眾、帶隊幹部、知青家長等應是有效的。

其二,召開各種座談會,讓各方人士,尤其是年紀偏高,文字表達能力有限者能暢所欲言。有的人不一定會寫,或者平時不一定想說,但在座談會場合氣氛的感染,與會者發言互動之下,或許也會有所反應。如前面介紹到的農村幹部張吉安在給知青的信中便說:「如果召開座談會,我有許多話要說。」[11]

其三,口述調查,尤其是對年齡較大的農民進行搶救性的口述調查。有關知青的口述調查工作,早就得到研究者的重視並實施,不少知青歷史、文化與文學研究的學者如梁麗芳、潘鳴嘯、劉小萌等都進行過口述調查工作,並取得很大的成效,以知青口

---

[11] 網中人〈有位當年分管知青的農村幹部如是説〉,「網中人的不老閣」(http://wangzongren1952.blog.163.com/)。

第十四章　眾眼看知青

述調查為基礎的著述層出不窮⑪；然而,有關農民的口述調查似乎至今還未能得到應有的正視與重視。當年的知青,至今已基本上是在五十五歲以上,當年與知青交往較為密切的農民,年齡大的也已有七八十歲,甚至更高齡。因此,對他們的口述調查刻不容緩。

這三個措施的執行者最好是「外人」⑫,也就是與知青上山下鄉運動無關的「局外人」,如中青年學者及學生(研究生與大學生)。尤其是後二項措施的執行,只有面對「外人」,才有可能做到暢所欲言⑬;只有暢所欲言,才有可能形成眾聲喧嘩;只有眾聲喧嘩,才有可能使知青上山下鄉運動的歷史得以完整反映。

---

⑪ 諸如梁麗芳《從紅衛兵到作家——覺醒一代的聲音》(臺北:萬象圖書,1993);王江主編《劫後輝煌(口述實錄體全景式報告文學)》(北京:光明日報出版社,1995);田小野主編《單身女性獨白》(北京:中國社會科學出版社,1997);劉中陸主編《青春方程式——五十個北京女知青的自述》(北京:北京大學出版社,1995);劉小萌《中國知青口述史》(北京:中國社會科學出版社,2004)等。呈現為學術論文與網路文章的例子更是不勝枚舉。

⑫ 筆者(網名「老例」)在一篇部落格文章中曾表示:「中國歷史上就有隔代修史的傳統。其理由大概就是獲得時間的沉澱與空間的疏離,從而爭取更大可能的思考、視野、客觀、公允。基於此,我對當代史、當代文學史的論著,總是心存疑慮的。所謂當局者迷、感情用事、主觀偏執、選擇性記憶(失憶),往往是防不勝防的陷阱。然而,當事人從不同角度、立場留下的各種文字,卻又是不可或缺的歷史資料。這,或許就是我們需要努力的地方。」(老例〈《歲月甘泉》定位的困窘〉,「老例的博客」http://blog.sina.com.cn/s/blog_6560dfbf0100u77w.html)

⑬ 前文所引美國學者的文章〈中國垮掉的一代:1968年以來紅衛兵的命運〉所採用的口述資料印證了這一點。

參考書目

1. 火木《光榮與夢想——中國知青二十五年史》（成都：成都出版社，1992）。
2. 王江主編《劫後輝煌——在磨難中崛起的知青‧老三屆‧共和國第三代人》（北京：光明日報出版社，1995）。
3. 史衛民、何嵐《知青備忘錄——上山下鄉運動中的生產建設兵團》（北京：中國社會科學出版社，1996）。
4. 托馬斯‧伯恩斯坦著，李楓等譯《上山下鄉》（北京：警官教育出版社，1993）。
5. 杜鴻林《風潮盪落（1955-1979）——中國知識青年上山下鄉運動史》（深圳：海天出版社，1993）。
6. 定宜莊《中國知青史——初瀾（1953-1968）》（北京：中國社會科學出版社，1998）。
7. 李廣平編《中國知青悲歡錄》（廣州：花城出版社，1993）。
8. 食指著，林莽、劉福春選編《詩探索金庫‧食指卷》（北京：作家出版社，1998）。

9. 姚新勇《主體的塑造與變遷——中國知青文學新論（1977-1995）》（廣州：暨南大學出版社，2000）。
10. 孫偉《青春詠嘆——知青喜愛的歌》（昆明：雲南民族出版社，1998）。
11. 郝海彥主編《中國知青詩抄》（北京：中國文學出版社，1998）。
12. 梁麗芳《從紅衛兵到作家——覺醒一代的聲音》（臺北：萬象圖書股份有限公司，1993）。
13. 郭小東《中國當代知青文學》（廣州：廣東高等教育出版社，1988）。
14. 許子東《為了忘卻的集體記憶——解讀50篇文革小說》（北京：三聯書店，2000）。
15. 楊健《中國知青文學史》（北京：中國工人出版社，2002）。
16. 楊智雲等《知青檔案：知識青年上山下鄉紀實1962-1979》（成都：四川文藝出版社，1992）。
17. 廖亦武主編《沉淪的聖殿》（烏魯木齊：新疆青少年出版社，1999）。
18. 劉小萌《中國知青史——大潮（1966-1980）》（北京：中國社會科學出版社，1998年）。
19. 劉小萌、定宜莊、史衛民、何嵐編著《中國知青事典》（成都：四川人民出版社，1995）。
20. 鄭義《歷史的一部分——永遠寄不出的十一封信》（臺北：萬象圖書股份有限公司，1993）。

參考書目

21. 潘鳴嘯著，歐陽因譯《中國的上山下鄉運動：1968-1980》（北京：中國大百科全書出版社，2010）。
22. 鄧賢《中國知青夢》（北京：人民文學出版社，1993）。
23. 顧洪章主編《中國知識青年上山下鄉始末》（北京：中國檢查出版社，1996）。
24. 顧洪章主編《中國知識青年上山下鄉大事記》（北京：中國檢查出版社，1996）。

增訂版後記

　　自2008年起，我為中央大學中文系碩博班研究生及大學部高年級學生開設了一門新課：「中國當代大陸文學專題」。這個專題就是「知青文學」。本書就是因這門課程「應運而生」。這門課，本來計畫2007年9月新學期開的，陰差陽錯耽誤了，延至次年2月的下學期才開成。沒承想，卻令這門課的開設以及本書的出版對上了一個似乎頗有「紀念意義」的日子——四十年前，1968年12月22日，毛澤東發出「知識青年到農村去」的指示，從而掀起了文革知青上山下鄉運動高潮。

　　作為這場空前也應該是絕後的運動的親歷者，我確實不能免俗地具有頗為嚴重的「知青情結」。因此，早在十多年前起，我在新加坡國立大學任教期間，已先後指導多位研究生撰寫有關（或涉及）知青文學與歷史研究的碩/博士學位論文。如今，開了這門課，出版了本書，也算是暫且了卻一樁心願罷。

　　知青文學的主流——文革後新時期的知青文學，事實上就是當年的知青對自己青春歷程的回眸。其中自然有眷戀與回味，也有感傷與憤慨，還有自責與懺悔。本書的撰寫，事實上亦是一個

當年的知青對有關知青記憶文本的回眸。其中固然有動情的推崇與渲染，也有平和的介紹與陳述，還有冷靜的剖析與批判。因此，本書的編撰，既遵循一般文學史的模式，又突破固有的模式而體現出頗具個性化的獨特之處。

要在一本書中涵括半個世紀的知青文學創作歷程，顯然有相當大的難度。本書採取了各有側重點的處理方式：文革前的創作，以臚列重點篇目概括介紹（第二章）；文革中的官方主流創作仍以重點篇目臚列介紹（第三章），地下文學創作則以體裁分類進行介紹（第四及第五章）；文革後的新時期創作則以主題（第六至第九章）、風格（第十章）、體裁（第十一章）等不同的類型歸類介紹，以及相關問題的討論（第十二章至第十四章）。

所舉作家作品，亦有兩難：一方面，無論對作家還是作品如何擇取，都有掛一漏萬之虞；另一方面，倘若只專注於「著名作家」，又無疑會墮入「名家創作史」的迷思。為此，本書在選取作家作品時，更注意的是「代表性」而非僅是「名家名作」；在介紹了文革前的幾部代表作之後，專列一節「作品的社會效果」介紹讀者（主要是知青）的反應；此外，在「文革中的知青地下文學」與「新時期的知青紀實文學」兩部分，則著意介紹更多「無名之輩」及其作品——尤其是知青網路文學。相比較名家名作而言，這顯然是更具有原生態的史料與民間化的敘述。這一切，都以期能彌補、平衡長久以來備受質疑的知青文學（及史學）話語權與話語體系。

本書對相關問題也進行一定的分析、探討及研究，尤其是第

增訂版後記

十二章與第十三章集中探討了有關知青文學中的若干重要問題，第十四章則是在知青群體之外，從農民、幹部、家人等角度，對上山下鄉運動進行更多元的考察，以期起到跟對知青群體的敘述互補的作用。這樣的處理，跟一般文學史體例大不相同。然而，在處理相關的史料——包括作家作品及其有關背景時，卻是儘量採取「回歸歷史」、「維持原貌」的處理方式；所涉及的敘述語言尤其是某些歷史概念，則儘量保持「那個」時代的習慣與特點，也儘量不加引號（「　」）來顯示今人的「另眼看待」。

本書的編撰，儘量做到線索清楚、記述簡潔，夾敘夾議、史論相交，在文學史實的陳述中，交融著作者的個人見解。相信既適合作為課程教科書，亦適合作為研究參考書，還適合作為文史愛好者的讀本。

本書的編撰，得到不少知青朋友的熱心支持與幫助，尤其是「華夏知青」、「老三屆」、「老知青論壇」、「泡菜罐子」等知青網站的眾多知青網友，對有關知青、知青運動、知青歷史等方面的諸多概念與問題，以及某些知青人物的個人資料，給予許多翔實準確的參考意見以及誠懇的批評與指正。在此特致以衷心的感謝！此外，還有一些作家及學者朋友，如胡發雲、甘鐵生、孔捷生、鄭義、史保嘉、林梓、譚加東、更的的、潘鳴嘯、梁麗芳、印紅標、楊健、定宜莊、沈家莊、金虹、周建渝、董浩、邢奇、邊曉春、木齋（王洪）等，也都以不同的方式對本書的編撰及修訂給予殷切的關注、支持，提供翔實文史資料，或對有關知青問題進行深入討論與交換意見，借此機會，謹致以難以言喻的感激之情！

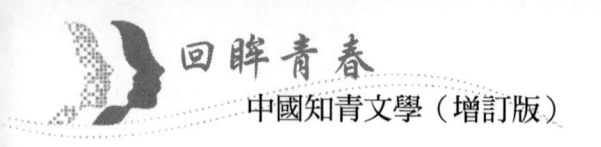

本書的一些學術問題，有幸獲得中央大學中文系同仁孫玫、莊宜文、呂文翠諸老師以及博士研究生李欣倫小姐（現任靜宜大學臺灣文學系助理教授）的寶貴意見；華藝學術出版社（Airiti Press）為本書的出版提供了優越條件，出版社的嚴嘉雲、古曉淩小姐以熱情、細緻、耐心的專業精神及態度，為本書的出版做出了極大的貢獻，在此亦一併致以誠摯謝意！

王力堅

2008年6月初記於中央大學文一館
2013年2月修訂於新加坡武吉巴督

國家圖書館出版品預行編目（CIP）資料

回眸青春：中國知青文學 / 王力堅著. – 二版.
-- 新北市：華藝學術出版：華藝學術數位發行，
2013. 10
面；公分
ISBN 978-986-5792-37-4（平裝）
1. 中國當代文學 2. 中國文學史 3. 文學評論
820.908　　　　　　　　　　　102020642

回眸青春：中國知青文學（增訂版）

作　　者／王力堅
責任編輯／古曉凌
執行編輯／陳水福
美術編輯／林玫秀

發 行 人／陳建安
經　　理／范雅竹
發行業務／楊子朋
出版單位／華藝學術出版社（Airiti Press Inc.）
　　　　　地址：23452 新北市永和區成功路一段 80 號 18 樓
　　　　　電話：(02)2926-6006
　　　　　傳真：(02)2923-5151
　　　　　服務信箱：press@airiti.com
發行單位／華藝數位股份有限公司
　　　　　戶名（郵局／銀行）：華藝數位股份有限公司
　　　　　郵政劃撥帳號：50027465
　　　　　銀行匯款帳號：045039022102（國泰世華銀行　中和分行）
法律顧問／立暘法律事務所　歐宇倫律師
ISBN ／ 978-986-5792-37-4
出版日期／2013 年 10 月二版
定　　價／新台幣 600 元

版權所有・翻印必究　　Printed in Taiwan
（如有缺頁或破損，請寄回本社更換，謝謝）